Samantha Downing vit à La Nouvelle-Orléans. Fascinée par les histoires depuis sa plus tendre enfance, elle rêvait d'écrire des romans si captivants que ses lecteurs ne pourraient pas lâcher ses livres, y compris en pleine rue, au risque d'entrer en collision avec un mur. Elle n'a jamais pris de cours d'écriture. Après avoir commis une dizaine de romans qu'elle jugeait elle-même mauvais, elle envoie finalement aux éditeurs *Pas de secrets entre nous*. Cette histoire-là, se dit-elle, est peut-être le texte renversant qu'elle voulait écrire depuis longtemps. La réaction ne se fait pas attendre, et le succès est tel que son premier roman est traduit dans le monde entier.

De la même autrice :

Pas de secrets entre nous
(Prix des Lectrices 2021)
On te retrouvera

CE LIVRE EST ÉGALEMENT DISPONIBLE
AU FORMAT NUMÉRIQUE

www.editions-hauteville.fr

Samantha Downing

Pas de secrets entre nous

Traduit de l'anglais (États-Unis) par Élodie Coello

Hauteville

Hauteville est un label des éditions Bragelonne

Titre original : *My Lovely Wife*
Originellement publié aux États-Unis en 2019 par Berkley,
une marque de Penguin Random House.

ISBN : 978-2-38122-172-4

Bragelonne – Hauteville
60-62, rue d'Hauteville – 75010 Paris

E-mail : info@editions-hauteville.fr
Site Internet : www.editions-hauteville.fr

Chapitre 1

Elle me regarde. Ses yeux bleus, légèrement vitreux, se reposent sur son verre puis reviennent sur moi. Je détourne les miens pour m'absorber dans la contemplation de mon verre. Je sens qu'elle m'observe, se demande si l'attirance est réciproque. Je relève la tête et, en un sourire, lui fais comprendre que oui. Elle me le rend. De son rouge à lèvres, il ne reste qu'une trace rougeâtre sur le rebord de son verre. Je quitte mon tabouret pour aller m'asseoir à côté d'elle.

D'un geste, elle donne du volume à ses cheveux dont ni la couleur ni la coupe ne retiennent l'attention. Ses lèvres bougent, elle me salue, et ses yeux s'éclairent comme si on les avait allumés.

Je lui plais, comme à la plupart des clientes de ce bar. J'ai trente-neuf ans, la silhouette athlétique, pas l'ombre d'une calvitie, des fossettes charmantes et un costard qui me va comme un gant. Ce qui explique qu'elle me regarde, me sourit et se réjouit de me voir approcher. Je suis l'homme qu'elle avait repéré.

Je fais glisser mon téléphone vers elle sur le comptoir. Un message est affiché à l'écran.

Salut. Je m'appelle Tobias.

Le texte lu, elle plisse les yeux, alternant entre le portable et moi. J'écris à nouveau.

Je suis sourd.

Elle hausse les sourcils, se couvre la bouche et rougit. Toujours cette même grimace gênée.

Elle secoue la tête. Désolée, vraiment. Elle ne savait pas.

Évidemment. Tu ne pouvais pas deviner.

Elle esquisse un sourire hésitant.

Je ne corresponds plus à l'image qu'elle se faisait de moi, de l'homme qu'elle espérait, la voilà déstabilisée.

Elle prend mon téléphone et écrit :

Je m'appelle Petra.

Enchanté, Petra. Tu es Russe ?

Mes parents l'étaient.

Sur un hochement de tête, je souris. Elle en fait autant. Ses pensées fusent.

Ma compagnie l'embarrasse. Elle préférerait aller se trouver un homme capable d'entendre son rire et de s'adresser à elle autrement que par écrit.

Et, en même temps, sa conscience lui interdit de faire de la discrimination. Éconduire un homme parce qu'il est sourd la classerait parmi les femmes superficielles. Elle ne veut pas repousser mes avances comme tant d'autres l'ont fait avant elle.

C'est du moins ce qu'elle croit.

Son débat intérieur se déroule sous mes yeux, une pièce en trois actes dont je devine déjà l'issue. C'est presque toujours la même conclusion.

Elle finit par rester.

Sa première question concerne mon audition, ou plutôt mon absence d'audition. Oui, je suis sourd de naissance. Non, je n'ai jamais rien entendu ; pas un rire, pas une voix, pas même un aboiement de chiot, ni le passage d'un avion dans le ciel.

Petra fait la moue sans avoir conscience de sa condescendance. Je ne le lui fais pas remarquer. Après tout, elle fait des efforts. Elle reste.

Si je sais lire sur les lèvres ? Je fais signe que oui. Elle se met à parler.

— À douze ans, je me suis fait une double fracture de la jambe. Accident de vélo. (Elle accentue son articulation tant et si bien que c'en est grotesque.) Mon plâtre remontait depuis ma cheville jusqu'à ma cuisse.

Une pause pour me désigner la hauteur sur sa cuisse, au cas où je n'aurais pas compris. J'ai très bien compris, mais j'apprécie l'effort. Et la vue de sa cuisse.

Elle reprend.

— Il m'a fallu six semaines pour reposer le pied par terre. Au collège, je me déplaçais en fauteuil roulant à cause du poids de mon plâtre, trop lourd pour des béquilles.

Je souris, en imaginant la petite Petra et son énorme plâtre, mais aussi parce que je me demande où elle veut en venir avec cette histoire navrante.

— Je ne prétends pas comprendre les gens cloués dans un fauteuil roulant ou atteints d'un handicap à vie. C'est juste que… j'ai l'impression d'avoir eu un aperçu de ce qu'ils vivent.

J'acquiesce d'un hochement de tête.

Soulagée, elle sourit. Elle avait peur que son histoire ne me froisse.

Je tape :

Tu es très sensible.

Elle hausse les épaules, puis rayonne, flattée par mon compliment.

Nous commandons un autre verre.

Je lui raconte une histoire sans rapport avec ma surdité. Je lui parle de mon animal de compagnie, quand j'étais petit. Une grenouille que j'appelais Sherman. C'était une grenouille taureau, toujours perchée sur la plus grosse pierre de la mare et qui se goinfrait de toutes les mouches dans son sillage. Je n'ai jamais cherché à capturer Sherman ; je me contentais de l'observer, et parfois, nos regards se croisaient. À force de passer du temps avec lui, j'ai fini par le considérer comme mon animal de compagnie.

— Que lui est-il arrivé ? demande Petra.

Haussement d'épaules nonchalant.

Un jour, la pierre était déserte. Et je ne l'ai plus jamais revu.

Quelle triste histoire, déplore Petra. Je réponds que non, ça n'a rien de triste. Ça aurait été le cas si j'avais retrouvé le cadavre de Sherman et avais été contraint de l'enterrer. Mais ce n'est pas ce qui s'est passé. J'ai imaginé qu'il s'en était allé vers d'autres mares avec plus de mouches.

Elle aime mieux ça, dit-elle.

Il y a certains détails au sujet de Sherman que je préfère garder pour moi. Par exemple, que sa langue était très longue et si vive qu'on avait tout juste le temps de la voir sortir. Et que j'avais envie de l'attraper. Assis au bord de la mare, je mesurais ma cruauté. Était-ce cruel de vouloir attraper la langue d'une grenouille ? Serait-ce douloureux pour Sherman ? S'il en mourait, cela ferait-il de moi un assassin ? Je n'ai jamais essayé d'attraper sa langue, et quand bien même, je n'y serais jamais parvenu. Mais j'y songeais. Et cette seule pensée me faisait craindre de ne pas être un ami digne de ce nom pour Sherman.

Petra me parle de son chat, Lionel, ainsi nommé en souvenir du chat de son enfance. Je lui dis que c'est drôle, même si je n'en pense pas un mot. Elle me montre des photos. Lionel est un chat noir et blanc dont le pelage fait l'effet d'un élégant smoking. Il a l'air si arrogant que je ne peux pas le trouver mignon.

Elle embraie sur le sujet de son travail : il s'agit d'inventer des noms de marque pour des produits ou des entreprises. Selon elle, c'est à la fois simple et terriblement complexe. Le plus ardu étant, au départ, de faire en sorte que le public identifie la marque, mais à mesure que les gens y adhèrent, la tâche se simplifie.

— Il arrive un point où ce qu'on vend devient secondaire. La marque finit par prendre le pas sur le produit.

Elle désigne mon portable et me demande si je l'ai choisi pour son nom ou parce que l'objet me plaisait.

Les deux ?

Elle sourit.

— Je vois. Tu hésites.

Possible.

— Que fais-tu dans la vie ?

Comptable.

Petit signe de tête. Le métier le moins excitant au monde, mais constant, stable, et facilement accessible pour un sourd. Les chiffres ne parlent pas.

Le barman s'approche. Jeune et propre sur lui, le profil étudiant. Petra règle l'addition, parce que je suis sourd. Les femmes sont toujours convaincues que j'ai besoin d'aide. Elles aiment prendre la situation en main parce qu'elles me croient vulnérable.

Petra nous commande deux cocktails et un autre bol de gâteaux salés, le tout avec un sourire fier. Intérieurement, je ris. Certes, je n'en montre rien, mais quand même.

Elle se penche vers moi et pose la main sur mon bras, ne la retire plus. Elle a oublié que je n'étais pas l'homme idéal, et la suite des événements devient prévisible. Peu de temps après, nous allons chez elle. La proposition est presque trop rapide. Non pas qu'elle ne me plaise pas, mais c'est cette notion de choix. Elle me laisse le pouvoir de décision, or dans l'immédiat, l'homme que je suis répond oui.

Petra habite dans le centre-ville, non loin du bar, dans une rue commerçante où il n'y a que des boutiques de marque. Son appartement n'est pas aussi bien tenu que je l'aurais imaginé. Des choses traînent un peu partout : papiers, vêtements, vaisselle. J'en viens à croire qu'elle est du genre à perdre ses clés assez souvent.

— Lionel est là, quelque part. Il se cache.

Je ne cherche pas son chat arrogant.

Elle virevolte dans son univers, laisse son sac ici, retire ses chaussures là. Deux verres apparaissent, remplis de vin rouge, puis elle me conduit vers la chambre. Elle se retourne vers moi, souriante. Petra me paraît soudain plus charmante, même ses cheveux ternes semblent luire. L'effet de l'alcool, certes, mais sa joie n'y est pas pour rien. On dirait qu'elle ne s'est pas sentie aussi bien depuis longtemps, et je me demande pourquoi. Petra est plutôt attirante.

Elle se presse contre moi, le corps chaud, l'haleine chargée de vin. Elle me prend le verre des mains pour le reposer.

Je ne finis de le boire que bien plus tard, une fois tous les deux dans le noir, seulement éclairés par l'écran de mon téléphone. Nous nous parlons par écrit, nous amusant d'en savoir si peu l'un sur l'autre.

Je demande :

Couleur préférée ?

Vert citron. Parfum de glace ?

Chewing-gum.

Chewing-gum ? Ce machin bleu ?

Oui.

Personne n'aime ça !

Et toi ?

Vanille. Ingrédient préféré sur une pizza ?

Jambon.

Dans ce cas, laisse tomber.

Vraiment ?

Attends, on parle toujours de pizza ?

Non, nous ne parlons plus de pizza.

Après quoi elle s'endort la première. J'envisage de partir, puis de rester, hésite si longtemps que je finis par m'assoupir.

Quand je me réveille, il fait encore nuit. Je me glisse hors du lit sans la réveiller. Petra dort en chien de fusil, les cheveux étalés sur l'oreiller. Je n'arrive pas à savoir si elle me plaît vraiment ou non. Rien ne m'oblige à trancher sur la question.

Sur la table de chevet, ses boucles d'oreilles. Elles sont en verre coloré de tourbillons aux nuances de bleu, et en forme d'yeux. Une fois rhabillé, je glisse les bijoux dans ma poche. Pour me rappeler de ne plus jamais recommencer. Je pourrais presque y croire.

Je me dirige vers la porte d'entrée sans me retourner.

— Tu es vraiment sourd ?

Elle le dit tout haut, dans mon dos.

Je l'entends parfaitement, parce que je ne suis pas sourd.

Et je continue d'avancer, faisant mine de n'avoir rien entendu.

Je franchis la porte que je referme derrière moi, puis sors de l'immeuble, descends la rue et tourne au croisement. Alors, seulement, je m'arrête pour me demander comment elle a deviné. J'ai dû déraper.

Chapitre 2

Je ne m'appelle pas Tobias. C'est un pseudo que j'utilise seulement les jours où je souhaite que l'on se souvienne de moi. En l'occurrence, avec le barman. Je me suis présenté sous ce prénom écrit sur mon portable en venant commander ma boisson. Il se le rappellera. Il se souviendra que Tobias, c'est le sourd parti au bras d'une femme qu'il vient à peine de rencontrer. Ce nom était pour lui, pas pour Petra. Elle ne risque pas de m'oublier, on a rarement l'occasion de coucher avec un sourd.

Et si je n'avais commis aucun faux pas, j'aurais fait figure d'exception parmi ses expériences sexuelles. Malheureusement, elle se souviendra désormais de moi comme du « faux sourd » ou du « possible faux sourd ».

Plus j'y pense et plus je doute. J'ai peut-être dérapé deux fois. Éventuellement en marquant un arrêt quand elle m'a demandé si j'étais sourd. C'est humain, on a tous ce réflexe quand un bruit nous surprend. Et si c'est le cas, ce détail ne lui a pas échappé. Elle doit savoir que j'ai menti.

Sur le trajet du retour, tout m'est inconfortable. Le siège de ma voiture me gratte le dos. La radio m'agresse, comme si les animateurs hurlaient dans le micro. Mais je ne peux pas tout mettre sur le compte de Petra. Ces derniers temps, je suis particulièrement irritable.

Chez moi, le silence règne. Ma femme, Millicent, dort encore. Nous sommes mariés depuis quinze ans, et elle ne m'appelle pas Tobias. Nous avons deux enfants ; Rory a quatorze ans et Jenna en a treize.

Notre chambre est plongée dans le noir, mais je distingue la silhouette de Millicent sous les draps. Je retire mes chaussures et me rends à la salle de bains sur la pointe des pieds.

— Alors ?

Millicent semble parfaitement réveillée.

Je ne me retourne qu'à moitié et vois son ombre, redressée sur un coude.

Encore cette fichue notion de choix. Un choix de Millicent, une fois n'est pas coutume.

— Non, je réponds.

— Non ?

— Ce n'est pas la bonne.

L'air refroidit entre nous, mais elle brise la glace par un long soupir, reposant la tête sur son oreiller.

Millicent se lève avant moi. Quand j'entre dans la cuisine, elle est occupée à gérer le petit déjeuner, le casse-croûte des enfants, la journée à venir, nos existences tout entières.

Je devrais lui parler de Petra. Non pas du sexe, cc n'est pas un sujet à aborder avec ma femme. Mais lui dire que j'ai commis une erreur et que Petra n'est pas celle qu'il nous faut. Je dois le faire, sans quoi nous courons un risque en laissant Petra dans la nature.

Pourtant, je me tais.

Millicent me regarde, sa déception me heurte de plein fouet. Elle a les yeux verts, un vert aux mille nuances, façon camouflage.

Rien à voir avec ceux de Petra. Millicent et elle n'ont aucun point commun, si ce n'est d'avoir couché avec moi. Du moins avec une version de moi.

Les gamins déboulent dans l'escalier, se hurlant déjà dessus, se chamaillant à propos de qui a insulté qui en classe hier. Ils sont habillés et prêts pour le collège, tout comme je suis en tenue de travail avec mes baskets blanches. Je ne suis pas comptable, je ne l'ai jamais été.

Pendant que mes enfants sont à l'école et que ma femme vend des maisons, je suis sur le terrain, au soleil, et je donne des cours de tennis. La plupart de mes clients sont d'âge mûr, pas sportifs pour un sou, avec du temps libre à revendre et de l'argent à ne plus savoir qu'en faire. À l'occasion, des parents font appel à moi pour enseigner le tennis à leurs chères têtes blondes. Ils sont convaincus que leurs enfants sont des prodiges, des champions, les idoles de demain. Jusqu'à présent, ils se sont tous trompés.

Avant de me laisser partir au club, Millicent nous fait tous nous asseoir ensemble au minimum cinq minutes. Un moment qu'elle nomme « petit déjeuner ».

Jenna lève les yeux au ciel, tape du pied, elle voudrait récupérer son portable. Les téléphones sont proscrits à table. Rory est plus calme que sa sœur. Il met à profit ces cinq minutes pour s'empiffrer, puis se remplit les poches de tout ce qu'il n'a pas déjà dévoré.

Millicent est assise en face de moi, sirotant son café. Elle est en tenue pour le travail : jupe, chemisier, talons, ses cheveux roux tirés en arrière. Sous cette lumière matinale, ils paraissent cuivrés. Nous avons le même âge, mais elle a toujours fait plus jeune que moi. Cette femme est trop bien pour moi.

Ma fille tapote sur mon bras un rythme régulier, comme celui d'une chanson, et ne cesse que lorsque je lui prête attention. Jenna ne ressemble pas à sa mère. Ses yeux, ses cheveux et la forme de son visage sont les miens. J'en suis parfois triste, et parfois non.

— Papa, on peut aller m'acheter de nouvelles chaussures aujourd'hui ? demande-t-elle, souriant déjà car elle connaît d'avance ma réponse.

— Oui.

Millicent me donne un coup de pied sous la table.

— Tes dernières chaussures ont à peine un mois, fait-elle remarquer à Jenna.

— Mais elles sont devenues trop petites.

Un argument que même ma femme ne saurait contrer.

Rory demande à jouer quelques minutes à son jeu vidéo avant de partir pour le collège.

— Non, répond Millicent.

Il me regarde. Je devrais soutenir ma femme, mais je ne peux plus, pas après avoir cédé à sa sœur. Rory le sait, il est le plus malin des deux. C'est lui qui ressemble à Millicent.

— Vas-y, lui dis-je.

Il file en vitesse.

Millicent repose bruyamment sa tasse.

Jenna récupère son téléphone.

Le petit déjeuner est terminé.

Avant de quitter la table, Millicent me lance un regard noir. C'est ma femme, aucun doute, et en même temps, j'ai le sentiment de ne pas la connaître.

La première fois que j'ai vu Millicent, c'était dans un aéroport. J'avais vingt-deux ans et je rentrais du Cambodge où je venais de passer l'été avec trois amis. Nous fumions de l'herbe à longueur de journée, buvions tous les soirs et avions renoncé à nous raser. J'ai quitté le pays en gamin propret de banlieue résidentielle et je suis rentré en homme hirsute et bronzé, la valise chargée d'anecdotes. À mille lieues de Millicent.

J'étais en escale, la première de mon trajet retour. Je traversais la douane et m'apprêtais à rejoindre le terminal des vols domestiques quand je l'ai vue. Millicent était assise devant une porte d'embarquement déserte, seule, les pieds posés sur sa valise et le regard perdu derrière les grandes vitres donnant sur le tarmac. Elle avait les cheveux noués en chignon lâche et portait un tee-shirt, un jean et des baskets. Je me suis arrêté pour la regarder tandis qu'elle observait les avions.

Sa contemplation me plaisait.

J'avais fait la même chose au départ de mon périple. Mon rêve était de traverser des pays comme la Thaïlande, le Cambodge et le Viêtnam, ce que j'ai fait. À présent, je rentrais sur des terres familières, là où j'avais grandi, mais mes parents n'étaient plus là. En même temps, ils n'avaient jamais vraiment été présents. Pas pour moi en tout cas.

À mon retour, mes envies de voyage s'étaient réalisées, laissant en moi un vide prêt à accueillir une quête nouvelle. C'est là que j'ai rencontré Millicent. Elle semblait sur le point d'entamer son rêve à elle. Et, à cet instant précis, je voulais en faire partie.

À l'époque, je n'en avais pas conscience. C'est venu plus tard, quand j'ai voulu expliquer, à elle ou à d'autres, pourquoi elle m'avait tant plu. Mais, ce jour-là, j'ai repris mon chemin vers ma correspondance. J'avais vingt heures de vol dans les pattes, et il m'en restait encore à faire, d'où le manque d'énergie pour aller l'aborder. Je ne pouvais que l'admirer.

Il s'est avéré que nous prenions le même avion. J'y ai vu comme un signe.

Elle était près d'un hublot et moi côté couloir. Il m'avait fallu m'armer de persuasion, d'un brin de séduction auprès de l'hôtesse de l'air et d'un billet de vingt dollars pour faire changer mon numéro de siège et être placé à côté de Millicent. Quand je me suis assis, elle n'a même pas levé les yeux.

À l'approche du chariot des boissons, j'avais élaboré mon plan. Je commanderais la même chose qu'elle et, convaincu qu'elle n'était pas une personne banale, je l'imaginais mal jeter son dévolu sur un simple verre d'eau. Elle choisirait une boisson exotique, comme un jus d'ananas avec des glaçons, et quand je demanderais la même chose, nous aurions un instant de symbiose, une symétrie, la sérendipité à l'état pur, ou je ne sais quoi de ce genre.

Manquant cruellement de sommeil, je considérais que mon plan tenait la route, jusqu'au moment où Millicent remercia l'hôtesse, mais déclina l'offre. Elle ne voulait rien boire.

J'en fis autant. Ça n'eut pas l'effet escompté.

Mais au moins, quand elle se tourna vers l'hôtesse de l'air, je vis ses yeux pour la première fois. Leur couleur m'évoquait les champs verdoyants du Cambodge. Ce jour-là, elle avait les yeux moins sombres que ce matin.

Elle est retournée à son hublot. Et moi à ma contemplation, tout en feignant l'indifférence.

Quel idiot, me reprochai-je. J'aurais dû l'aborder, tout simplement.

Je devais avoir un souci, à réagir ainsi devant une parfaite inconnue.

Et si j'étais psychopathe ?

De toute façon, elle était trop belle pour moi.

Il ne restait que trente minutes de vol, alors je me suis mis à parler.

— Salut.

Elle s'est retournée, puis m'a regardé.

— Salut.

C'est à peu près à cet instant que j'ai retrouvé mon souffle.

Il m'a fallu des années avant de lui demander ce qu'elle trouvait de si fascinant dehors, à l'aéroport et dans l'avion. C'était la première fois qu'elle prenait l'avion, m'a-t-elle répondu. Et elle n'avait qu'une obsession : arriver à bon port.

Chapitre 3

Petra était en tête de liste, mais maintenant qu'elle ne l'est plus, je passe à la suivante. Une jeune femme du nom de Naomi George. Je ne lui ai pas encore adressé la parole.

Dans la soirée, je me rends à l'hôtel *Lancaster*. Naomi est réceptionniste de ce vieil établissement qui ne survit que grâce à sa gloire d'antan. Le bâtiment est immense, d'une prestance comme on n'en fait plus, par souci d'économie et par crainte de friser la ringardise au moindre faux pas architectural.

L'hôtel en impose avec ses portes et ses grandes baies vitrées, offrant une vue imprenable sur la réception. Naomi est debout derrière le comptoir, elle porte l'uniforme *Lancaster* : une jupe bleue et un veston assorti, tous deux rehaussés de galons dorés, et un chemisier blanc. Elle a de longs cheveux bruns et des taches de rousseur qui donnent à son visage un aspect juvénile. Naomi a vingt-sept ans, et on lui demande sans doute régulièrement de montrer sa carte d'identité à l'entrée des bars, mais elle est loin d'être aussi innocente qu'elle en a l'air.

Tard le soir, je l'ai vue s'acoquiner avec des clients de son hôtel à plusieurs reprises. Toujours des hommes seuls, plus âgés, tirés à quatre épingles. Elle ne quitte pas toujours l'établissement quand sonne l'heure de cesser son travail. Soit Naomi s'adonne à d'obscures activités lucratives, soit elle se montre exigeante dans ses choix d'aventures sans lendemain.

En fouillant les réseaux sociaux, j'ai appris que les sushis étaient son plat préféré, mais qu'elle ne mangeait pas de viande rouge. Au lycée, elle jouait au volley et sortait avec un certain Adam, aujourd'hui rebaptisé « Le Crétin ». Son dernier petit ami en date, Jason, a quitté la ville il y a trois mois, et depuis, elle est célibataire. Naomi envisage de prendre un animal de compagnie, probablement un chat, mais elle n'a toujours pas franchi le pas. Elle comptabilise plus de mille amis sur les réseaux sociaux, mais de ce que j'ai compris, elle n'a que deux amis proches. Trois, tout au plus.

Je ne suis pas encore certain qu'elle soit celle que je cherche. J'ai besoin d'en savoir plus.

Millicent perd patience.

Hier soir, elle était debout devant le miroir de la salle de bains et se démaquillait, vêtue d'un jean et d'un tee-shirt proclamant « Je suis mère d'un prix d'excellence ». Le prix d'excellence en question, c'est Jenna, pas Rory.

— Qu'est-ce qui clochait chez elle ? m'a-t-elle demandé.

Millicent n'a pas à me préciser qu'elle parle de Petra, je le sais.

— Ce n'est pas la bonne, c'est tout.

Sans croiser mon regard dans le miroir, elle appliquait sa crème de nuit.

— C'est la deuxième que tu rayes de la liste.

— Il faut qu'elle nous convienne. Tu le sais.

Tandis qu'elle refermait le tube de crème, je suis retourné dans la chambre et me suis assis sur le lit pour enlever mes chaussures. La journée avait été longue, il me tardait d'en venir à bout, mais Millicent ne le voyait pas du même œil. Elle m'a suivi dans la chambre pour me toiser.

— Tu es toujours sûr de vouloir le faire ? a-t-elle insisté.

— Oui.

La culpabilité d'avoir couché avec une autre femme était encore trop vive pour que j'affiche le moindre enthousiasme. Dans l'après-midi, une scène m'avait frappé ; celle d'un couple de nonagénaires se tenant la main en descendant la rue. Les couples comme eux ne s'adonnaient pas à la tromperie. J'ai regardé Millicent, espérant sincèrement que nous vieillirions ainsi.

Millicent s'est agenouillée devant moi et a posé la main sur mon genou.

— Il faut qu'on y arrive.

Une lumière vacillante dans le regard, elle a promené sa paume chaude sur ma cuisse.

— Tu as raison, lui ai-je répondu. On va y arriver.

Elle s'est penchée vers moi pour presser un long et tendre baiser sur mes lèvres. Je me suis senti encore plus mal, pris d'une folle envie de ne reculer devant rien pour la rendre heureuse.

Moins de vingt-quatre heures plus tard, me voilà garé devant l'hôtel *Lancaster*. Naomi ne termine son service que dans trois heures, je ne vais pas faire le piquet devant la porte. Au lieu de rentrer chez moi, j'achète de quoi grignoter et je m'installe dans un bar. L'endroit parfait où s'asseoir lorsqu'on n'a nulle part où aller.

J'ai choisi un bar fréquenté par une majorité d'hommes seuls. Le lieu est moins plaisant que celui où j'ai rencontré Petra. Les cocktails sont deux fois moins chers, et tous les types en costard ont desserré leur cravate. Le parquet est strié d'éraflures sous les pieds des tabourets, et des cercles mouillés ornent le bois du comptoir. C'est un lieu fait par des assoiffés pour des assoiffés, un lieu où l'on boit trop pour prendre conscience de ces détails.

Je commande une bière et j'alterne entre le match de base-ball sur un écran et les informations sur l'autre.

Troisième tour de batte, deux retraits. De la pluie annoncée pour demain, avec toutefois quelques belles éclaircies. Le soleil brille toujours ici, à Woodview en Floride, une prétendue enclave isolée du reste du pays. Il suffit d'une heure pour rejoindre le bord de l'océan, la verdure ou l'un des plus grands parcs d'attractions du monde. Nous nous considérons tous chanceux de vivre dans cette partie centrale de l'État, en particulier ceux parmi nous qui habitent dans le quartier de Hidden Oaks. Une enclave dans l'enclave.

Début du quatrième tour de batte, un retrait. Encore deux heures, puis Naomi quittera l'hôtel, et je pourrai la suivre.

C'est alors que Lindsay apparaît.

Elle me regarde en souriant sur l'écran de télévision.

Lindsay, avec ses yeux noirs rapprochés, sa chevelure blonde et lisse, son bronzage de plein air et ses grandes dents blanches.

Elle a disparu il y a un an. Pendant une semaine, sa photo a été diffusée dans tous les flashs infos, puis les médias se sont lassés. Sans proche pour la maintenir à la télévision, plus personne ne s'en est soucié. Lindsay n'était pas une enfant disparue, elle n'était pas sans défense. C'était une femme adulte, et en moins de sept jours, le monde entier l'avait oubliée.

Sauf moi. Je me souviens encore de son rire. Assez contagieux pour me faire glousser avec elle. En la revoyant à l'écran, je me rappelle à quel point j'appréciais sa compagnie.

Chapitre 4

La première fois que j'ai parlé à Lindsay, c'était en randonnée. Un samedi matin, je l'ai suivie vers les parcours à flanc de colline, aux portes de la ville. Elle a choisi un chemin, j'ai pris l'autre, et une heure plus tard, nos routes se sont croisées.

Lorsqu'elle m'a vu, Lindsay s'est contentée d'un « bonjour » qui n'invitait pas à la discussion. Je lui ai fait un signe de la main en mimant un « bonjour » muet. Tandis qu'elle me jetait un regard de biais, je lui ai tendu mon téléphone pour me présenter.

> Désolé, cela doit vous paraître étrange ! Bonjour, je m'appelle Tobias. Je suis sourd.

Je l'ai vue baisser la garde.

Elle s'est présentée, nous avons discuté, puis nous sommes assis pour boire un peu d'eau. Elle m'a proposé un bonbon. Une paille à la poudre pétillante. Elle en avait une bonne poignée sur elle.

Un soupir las.

— C'est nul, n'est-ce pas ? De manger des sucreries en plein effort ? Mais j'adore ça.

Lindsay m'a parlé d'elle, de son travail, de sa maison et de ses activités dont je savais déjà tout. À mon tour, je lui ai raconté les mêmes histoires qu'aux autres. Au lever du soleil, on avait fini par se tutoyer et décidé de poursuivre la randonnée ensemble. Le trajet s'est déroulé en bonne partie dans le silence, c'était appréciable. Ma vie ne laissait plus assez de place au silence.

Elle a décliné mon invitation à déjeuner, mais nous avons échangé nos numéros. Je lui ai indiqué celui du portable que j'utilise lorsque je suis Tobias.

Lindsay m'a envoyé un message quelques jours après la randonnée, ce qui m'a fait sourire.

J'ai été ravie de te rencontrer la semaine dernière. Nous pourrions randonner à nouveau ensemble un de ces jours.

Ce que nous avons fait.

La deuxième fois, nous avons opté pour une autre piste, plus au nord, non loin de l'Indian Lake State Forest. Elle a rapporté des pailles au sucre, j'ai acheté un plaid. Nous avons marqué une pause sous de grands arbres verdoyants qui nous protégeaient du soleil. Lorsque nous nous sommes assis, je lui ai souri. Un sourire sincère.

— Tu es mignon, m'a-t-elle dit.

Non, tu l'es bien plus que moi.

Je n'ai pas répondu au message qu'elle m'a envoyé quelques jours plus tard. Millicent et moi avions déjà décidé que Lindsay était la bonne.

À présent, un an plus tard, elle refait surface à la télévision. Ils l'ont retrouvée.

Je quitte le bar et rentre directement chez moi. Millicent s'y trouve déjà, assise sous le porche. Elle porte encore sa tenue de travail, ses escarpins en cuir verni sont assortis à la couleur de sa peau. Elle affirme qu'ils affinent ses jambes, et je suis de son avis. Je remarque toujours lorsqu'elle les porte, aujourd'hui encore.

Après cette journée de travail et le temps passé cloîtré dans ma voiture à observer Naomi, je m'aperçois qu'une douche ne serait pas de refus. Millicent ne m'offre pas un regard lorsque je m'assieds à côté d'elle. Elle prend la parole avant moi.

— Ce n'est pas grave.

— Tu en es sûre ? je demande.

— Certaine.

J'ignore si c'est vrai. Nous étions censés nous occuper de Lindsay tous les deux, mais les choses ne se sont pas déroulées comme prévu. Je n'ai rien à dire pour ma défense.

— Je ne comprends pas comment…

— Ce n'est pas grave, répète-t-elle.

Elle pointe du doigt les chambres à l'étage. Les enfants sont rentrés. J'aimerais lui poser des questions, mais je ne peux pas.

— Nous devrions attendre avant la prochaine, dis-je. Il ne faut rien tenter pour l'instant.

Silence.

— Millicent ?

— J'ai entendu.

Je voudrais lui demander si elle comprend, mais je sais que oui. Seulement, ça ne lui plaît pas. Elle est contrariée que l'on ait retrouvé Lindsay aujourd'hui, alors même que nous avions projeté de recommencer. On dirait qu'elle est devenue accro.

Et ce n'est pas la seule.

Quand j'ai rencontré Millicent dans l'avion, je n'ai pas eu le coup de foudre. Pas pour elle. J'étais à peine intéressé.

Après m'avoir salué, elle a repris sa contemplation du paysage. Retour à la case départ. Je me suis calé dans mon siège, le crâne enfoncé dans l'appuie-tête, j'ai fermé les yeux et je me suis mentalement flagellé de n'avoir pas trouvé le courage d'engager la conversation.

— Excusez-moi.

J'ai rouvert les yeux.

Elle me regardait de ses immenses yeux verts, le front plissé.

— Vous allez bien ? a-t-elle demandé.

J'ai acquiescé.

— Vous en êtes sûr ?

— Oui, mais pourquoi…

— Parce que vous étiez en train de vous cogner contre ça. (Elle a désigné l'appuie-tête.) Vous faisiez bouger tout le siège.

Je ne m'en étais pas aperçu. Je pensais me flageller en toute discrétion.

— Désolé.

— Vous êtes sûr que ça va ?

Recouvrant mes esprits, j'ai pris conscience que l'inconnue qui me plaisait m'adressait la parole. Elle semblait même s'inquiéter.

J'ai souri.

— Oui, ça va aller. C'est juste que…

— Vous vous flagelliez intérieurement. Je sais, je fais la même chose.

— À cause de quoi ?

Haussement d'épaules.

— Ça dépend. Des tas de trucs.

Une envie soudaine m'a saisi : je voulais tout savoir, pourquoi lui arrivait-il de se taper la tête contre un appuie-tête ? Mais les trains d'atterrissage étaient sortis, nous n'avions plus le temps.

— Donnez-moi un seul exemple.

Elle y a réfléchi, portant l'index à ses lèvres. J'ai réprimé un sourire, pas seulement à cause de son geste attendrissant, mais parce que j'avais à présent toute son attention.

Une fois que l'avion a atterri, elle m'a répondu.

— À cause des cons. Les cons qui me draguent dans l'avion, alors que je n'ai qu'une envie : qu'on me foute la paix.

Sans réfléchir, sans même prendre conscience qu'elle parlait de moi, j'ai rétorqué :

— Je vous protégerai de ces crétins.

Elle m'a regardé, perplexe. Quand elle a compris que j'étais sérieux, elle a éclaté de rire.

Et lorsque j'ai compris pourquoi elle riait, j'en ai fait autant.

En remontant la passerelle, j'avais non seulement son prénom, mais également son numéro de téléphone.

Avant de se quitter, elle m'a demandé :

— Tu ferais comment ?

— Pardon ?

— Pour me protéger des cons, dans l'avion. Tu ferais comment ?

— Je les assoirais sur le siège du milieu, monopoliserais l'accoudoir et leur ferais de petites coupures au bras à coups de notice de consignes de sécurité.

Elle a ri de plus belle. Je ne me lassais pas de son rire.

Cette conversation est devenue notre marque de fabrique. Pour notre premier Noël ensemble, je lui ai fait un énorme cadeau, aussi gros qu'un écran plat, noué avec un joli ruban. Mais, dans la boîte, il n'y avait rien d'autre qu'une notice de consignes de sécurité.

Depuis, quand vient Noël, nous redoublons d'originalité pour trouver des cadeaux sur le thème de notre première rencontre. Par exemple, je lui ai offert un gilet de sauvetage.

Une autre année, elle a décoré le sapin avec des masques à oxygène.

À chacun de mes voyages en avion, je regarde avec un sourire la notice d'instructions de sécurité.

Le plus étrange, c'est que s'il me fallait désigner le moment précis où tout s'est mis en place, où nous avons emprunté la route qui nous a menés là où nous sommes, je dirais que tout a commencé par une coupure de papier.

Rory avait huit ans. Ce n'était pas un garçon populaire, mais il avait quelques copains. Un enfant lambda, en somme, d'où notre surprise le jour où l'un de ses camarades, un certain Hunter, l'a coupé avec une feuille de papier. Volontairement. Ils s'étaient chamaillés au sujet de super-héros, chacun soutenant que son favori était le plus fort des deux. Hunter s'était emporté et avait coupé notre fils. Dans le pli entre le pouce et l'index de la main droite. La douleur avait suffi pour faire hurler Rory.

Hunter fut renvoyé de l'école pour la journée, et Rory appelé chez l'infirmière qui enveloppa sa main d'un bandage et lui offrit une sucette sans sucre. La douleur fut vite oubliée.

Le soir même, une fois les enfants au lit, Millicent et moi avons reparlé de l'incident. Nous étions au lit. Elle venait de refermer son ordinateur portable, et j'avais éteint la télévision. C'était peu de temps après la rentrée des classes. Millicent était encore bronzée. Elle ne jouait pas au tennis, mais elle adorait nager.

Elle m'a pris la main, caressant la fine bande de peau qui reliait mon pouce à mon index.

— Tu t'es déjà coupé à cet endroit ?

— Non. Et toi ?

— Oui. Ça fait un mal de chien.

— Comment c'est arrivé ?

— Avec Holly.

J'en savais très peu sur Holly. Millicent évoquait rarement sa sœur aînée.

— C'est elle qui t'a blessée ?

— Nous nous amusions à découper les images de nos objets préférés dans des magazines pour les coller sur de grandes feuilles de papier cartonné. Nous avons voulu attraper la même feuille au même moment et… (Haussement d'épaules.) Je me suis coupée.

— Tu as crié ?

— Je ne sais plus. Mais j'ai pleuré.

J'ai attrapé sa main pour déposer un baiser sur la plaie depuis longtemps refermée.

— Lesquels choisissais-tu ?

— Quoi ?

— Tes objets préférés. Les images que tu découpais. C'était quoi ?

— Ah non, répliqua-t-elle en retirant sa main pour éteindre la lumière. Pas question d'en faire une nouvelle blague tordue pour les prochains Noëls.

— Tu n'aimes pas nos blagues tordues de Noël ?

— Si, je les adore. Mais nous en avons assez, inutile d'en rajouter.

Elle n'avait pas tort. En réalité, j'esquivais simplement le sujet de sa sœur. Millicent n'aimait pas parler de Holly. D'où mes questions sur ses objets préférés.

J'aurais mieux fait de parler de Holly.

Chapitre 5

Aux informations, il n'y en a que pour Lindsay. Elle est le seul cadavre retrouvé. Mais ce qui me surprend le plus, c'est le lieu de la découverte.

La dernière fois que j'ai vu Lindsay, c'était au milieu de nulle part. Millicent et moi l'avions emmenée dans la zone marécageuse en espérant que la nature se chargerait de son cas avant que des promeneurs ne passent par là. Lindsay vivait encore, nous étions censés la tuer ensemble. C'était notre plan.

Notre objectif.

Jamais atteint à cause de Jenna. Nous avions fait en sorte que les enfants dorment chez des amis ; Rory jouait aux jeux vidéo chez un copain, et nous avions déposé Jenna à une soirée pyjama réunissant six ou sept gamines de douze ans. Lorsque le téléphone de Millicent a sonné, c'était comme un miaulement de chaton. La sonnerie attribuée à Jenna. Millicent a décroché avant le deuxième miaou.

— Jenna ? Que se passe-t-il ?

Tandis que Millicent écoutait attentivement, j'avais le cœur qui palpitait plus fort à chacun de ses hochements de tête.

Lindsay gisait sur le sol, ses jambes bronzées étendues dans la boue. Les effets du chloroforme s'estompaient peu à peu, elle commençait à remuer.

— Tu veux bien me passer Mme Sheehan, ma puce ? a demandé Millicent.

Nouveau signe de tête.

Quand elle a repris la parole, c'était sur un ton plus grave.

— Je comprends. Merci infiniment. J'arrive tout de suite.

Elle a raccroché.

— Qu'est-ce que…

— Jenna est malade. Grippe intestinale ou intoxication alimentaire. Elle est enfermée dans les toilettes depuis une heure. (Ne me laissant pas le temps de répondre, elle a ajouté.) J'y vais.

J'ai refusé en bloc.

— Non, c'est moi.

Millicent n'a pas bataillé. Elle a lancé un bref regard à Lindsay.

— Mais…

— J'y vais, ai-je insisté. Je ramène Jenna à la maison.

— Je peux m'occuper d'elle.

Millicent regardait alors Lindsay. Elle ne parlait pas de notre fille.

— Oui, je sais.

Je n'en avais jamais douté. Seulement, j'étais déçu de tout manquer.

Quand je suis arrivé chez les Sheehan, Jenna était toujours malade. J'ai dû m'arrêter deux fois sur le trajet du retour pour qu'elle vomisse sur le bas-côté. J'ai passé une bonne partie de la nuit à son chevet.

Millicent est rentrée juste avant l'aurore. Je ne lui ai pas demandé si elle avait déplacé Lindsay, sans doute l'avait-elle enterrée dans cette zone marécageuse. Loin de moi l'idée qu'elle ait atterri dans la chambre numéro 18 du motel *Moonlite Motor*.

Le *Moonlite* a fermé à la suite de la construction de l'autoroute, il y a plus de vingt ans. Il est resté à l'abandon, à la merci des éléments, des rats, des vagabonds et des drogués. Plus personne ne s'en souciait, puisque personne n'empruntait plus la route qui le bordait. Des adolescents avaient découvert Lindsay et aussitôt alerté la police.

Le motel était un bloc de plain-pied constitué de deux rangées de chambres alignées. La chambre 18 donnait sur l'arrière du bâtiment, dans l'angle, et n'était pas visible depuis la route. En regardant la vue aérienne du motel à la télévision, j'imagine Millicent garer la voiture derrière le *Moonlite*, puis en sortir, ouvrir le coffre.

Et traîner Lindsay sur le parking.

A-t-elle vraiment assez de force ? Lindsay, en amatrice de sports de plein air, était plutôt musclée. Millicent a pu se servir d'un moyen de transport. Un chariot, quelque chose avec des roues. Elle est maligne, elle s'est débrouillée.

Le journaliste est jeune et fougueux ; il articule chaque mot avec emphase. Il m'apprend que Lindsay a été retrouvée dans un placard, enveloppée dans une bâche en plastique et recouverte d'une couverture. Les adolescents sont tombés sur le corps un soir de beuverie alors qu'ils jouaient à cache-cache. J'ignore combien de temps elle est restée dans ce placard, mais le journaliste précise que ses dents ont permis de l'identifier. On attend les résultats des tests ADN. La police n'a pas pu prendre ses empreintes digitales, car on a limé ses dermatoglyphes.

J'aimerais ne pas réfléchir à la façon dont Millicent s'y est prise, ni même si elle est vraiment l'auteur de cet acte, mais cette pensée finit par m'obséder.

J'ai des images plein la tête. Le portrait figé de Lindsay, souriant de toutes ses dents blanches. De ma femme limant le bout de ses doigts, puis la traînant dans un motel pour l'enfermer dans un placard. Ces flashs me hantent toute la journée, la soirée et une bonne partie de la nuit.

Millicent, à l'inverse, ne change rien à ses habitudes. Elle rentre du travail, l'air de rien, prépare une salade, se démaquille, pianote sur son ordinateur et éteint la lumière. Si elle a écouté les informations, elle n'en montre rien. À plusieurs reprises, je m'apprête à lui demander pourquoi et comment Lindsay a pu se retrouver dans ce motel.

Mais je me ravise. Ce qui me rend fou, c'est qu'il me faille lui poser la question. Millicent ne m'a rien dit.

Le lendemain, elle m'appelle en plein après-midi, et je brûle de l'interroger. J'en viens même à me demander ce qu'elle me cache d'autre.

— N'oublie pas, me dit-elle. Nous dînons avec les Preston ce soir.

— Je n'ai pas oublié.

C'est faux. Elle le sait pertinemment et me donne le nom du restaurant avant que je ne le lui demande.

— Dix-neuf heures, précise-t-elle.

— On se retrouve là-bas.

Andy et Trista Preston ont acheté leur maison à Millicent. Andy a quelques années de plus que moi, mais c'est un ami de longue date. Il a grandi à Hidden Oaks, nous avons fréquenté les mêmes écoles, nos parents se connaissaient. À présent, il travaille dans l'informatique. Avec ce qu'il gagne, il pourrait se payer des cours de tennis tous les jours. Ce qu'il ne fait pas, d'où sa bedaine.

Sa femme, en revanche, prend des cours. Trista est également originaire du coin, pas de Hidden Oaks, mais de l'autre côté de Woodview. Nous nous voyons deux fois par semaine, et elle passe le reste de son temps à travailler dans une galerie d'art. À eux deux, les Preston gagnent deux fois plus d'argent que nous.

Millicent connaît les revenus de tous ses clients, et la plupart sont plus riches que nous. Je dois reconnaître que ça m'agace plus qu'elle. Parce qu'elle gagne plus d'argent que moi, prétend-elle. Elle se trompe. En réalité, ce qui m'agace, c'est qu'Andy gagne plus que moi, mais ça, je me garde bien de l'admettre. Millicent n'est pas de la région, elle ne peut donc pas comprendre ce que cela fait d'avoir grandi dans ce quartier et d'être revenu y travailler.

Nous dînons dans un restaurant chic où l'on ne sert que des salades, du poulet ou du saumon, et où l'on ne boit que du vin rouge. Andy et Trista terminent la bouteille à eux seuls. Millicent n'aime pas l'alcool et déteste me voir boire. Quand elle est là, je m'abstiens.

— Je t'envie, m'avoue Trista. J'aimerais tellement avoir ton boulot, passer ma journée dehors. J'adore le tennis.

Andy rit aux éclats. Il a les joues rouges.

— Tu travailles dans une galerie d'art. C'est presque pareil.

— Entre passer sa journée dehors et travailler dehors toute la journée, il y a un monde, dis-je. J'aimerais plutôt m'asseoir sur la plage et ne rien faire de mes journées.

Trista retrousse son nez mutin.

— À être trop oisif, on finit par s'ennuyer. Moi, je préfère rester active.

J'ai envie de lui rappeler que prendre et donner des cours de tennis sont deux choses bien différentes. Au travail, je suis loin de penser aux grands espaces et me préoccupe plutôt d'enseigner le tennis à des gens qui aimeraient mieux pianoter sur leur smartphone, regarder la télévision, boire à s'en soûler ou se remplir la panse. Si je devais compter les élèves réellement motivés par le tennis, voire par le sport en général, je n'aurais guère besoin que d'un doigt. Et Trista est de ceux-là. Elle n'aime pas vraiment le tennis, mais elle tient à son corps d'athlète.

Je me mords la langue et garde le silence. C'est ce que font les amis. Ils ne relèvent les défauts des copains que si on le leur demande.

La conversation se dirige ensuite sur le travail d'Andy, et mon esprit dérive. Je ne perçois plus que des mots-clés, distrait par le bruit des couverts dans les assiettes. À chaque coup de couteau de Millicent dans son poulet grillé, je l'imagine tuant Lindsay.

— L'attention, s'exclame Andy. Dans l'informatique, c'est la seule chose qui nous intéresse. Comment attirer ton attention, et la conserver ? Comment t'obliger à rester rivé à ton ordinateur toute la journée ?

Je lève les yeux au ciel. Dès qu'il boit, Andy se noie dans les grands discours. Ou les leçons de morale.

— Allez, me dit-il. Réponds-moi. Qu'est-ce qui te maintient scotché à ton ordinateur ?

— Les vidéos de chats.

Trista glousse.

— Ne fais pas le con, je suis sérieux, me reproche Andy.

— Le sexe, intervient Millicent. C'est forcément le sexe ou la violence.

— Ou les deux, renchéris-je.

— En fait, le sexe n'est pas indispensable, explique Andy. Pas vraiment. La promesse de sexe suffit. Ou la promesse de violence. Ou les deux. Mais surtout, il faut un scénario. On se fiche qu'il soit fictif ou réel, ou de savoir qui le raconte. Tout ce qu'on veut, c'est donner envie aux gens de connaître la suite.

— Et comment fais-tu ? demande Millicent.

Le sourire aux lèvres, il trace un cercle invisible du bout de son doigt.

— Sexe et violence.

Je lui réponds :

— C'est valable partout, finalement. Même les informations s'y mettent.

— Le monde entier tourne autour du sexe et de la violence. (Il retrace un cercle, puis se penche vers moi.) Tu en sais quelque chose… Après tout, tu viens de là.

— Ce n'est pas faux.

Officiellement, Hidden Oaks représente l'un des quartiers les plus sûrs de l'État. En réalité, il n'échappe pas à la violence, mais celle-ci se cache derrière des portes closes.

— Moi aussi, j'en sais quelque chose, rappelle Trista à son mari. Woodview fonctionne un peu de la même façon.

Non, c'est différent. Mais Andy ne discute pas. Il préfère plutôt déposer un bref baiser sur les lèvres de sa femme. Elle lui caresse la joue.

Je suis jaloux.

Jaloux de la simplicité de leurs conversations. Jaloux de les voir autant boire. Jaloux de la légèreté de leurs préliminaires et de savoir qu'ils coucheront ensemble tout à l'heure en rentrant. C'en est trop.

— Je pense qu'on a compris.

Andy m'adresse un clin d'œil. Je lance un regard à Millicent qui contemple son assiette. Pour elle, les marques d'affection en public frisent l'indécence.

Quand vient le moment de l'addition, Millicent et Trista s'éclipsent aux toilettes. Andy s'empare de la note avant moi.

— N'y pense même pas, c'est pour moi, déclare-t-il en parcourant le papier. De toute façon, vous ne me coûtez pas cher. Zéro alcool.

— On boit peu, et alors ? dis-je nonchalamment.

Andy sourit avec un petit signe de tête. Intrigué, je demande :

— Quoi ?

— Si j'avais su que tu finirais en homme marié barbant, je t'aurais fait rentrer du Cambodge un jour plus tard.

À sa pique, je maugrée :

— À ton tour de faire le con.

— Je suis là pour ça.

Je n'ai pas le temps de répliquer ; nos femmes reviennent à table, nous ne parlons plus d'alcool. Ni de l'addition.

Nous sortons du restaurant ensemble, puis nos chemins se séparent sur le parking. Trista me salue jusqu'à notre prochain cours de tennis. Comme Andy promet de s'y mettre bientôt, Trista lève les yeux au ciel en souriant derrière lui. Ils s'en vont, nous laissant seuls. Millicent et moi avons pris chacun notre voiture pour nous rejoindre directement au restaurant.

Elle se tourne vers moi. À la lueur des réverbères, elle me paraît aussi jeune que le jour où je l'ai rencontrée.

— Ça va ?

Je hausse les épaules.

— Ça va.

Que répondre d'autre ?

— Tu t'inquiètes trop, dit-elle dans un souffle en balayant du regard l'océan de voitures autour de nous. Tout va bien.

— Je l'espère.

— Fais-moi confiance.

Millicent glisse sa main dans la mienne et la serre doucement.

J'opine avant de monter dans ma voiture, mais je ne rentre pas directement à la maison. Je fais un détour par l'hôtel *Lancaster*.

Naomi est à la réception. Ses cheveux détachés cascadent sur ses épaules, et malgré la distance, je crois deviner ses taches de rousseur. Je suis soulagé de la voir, de savoir qu'elle travaille toujours derrière ce comptoir et qu'elle poursuit sans doute ses activités nocturnes. Je n'ai aucune raison de m'inquiéter pour elle, Millicent et moi avons décidé de mettre notre projet en attente. Venir ainsi vérifier que Naomi va bien est totalement irrationnel, mais c'est plus fort que moi.

Et je n'en suis pas à mon coup d'essai. Depuis qu'ils ont retrouvé Lindsay, je dors mal. Je me réveille en pleine nuit, avec des palpitations, et toujours pour des angoisses infondées. Ai-je bien fermé la porte à clé ? Payé les factures ? Pensé à faire toutes ces petites choses qu'il faut faire, sans quoi la maison partirait en fumée dans un incendie ou nous serait confisquée par la banque, sans quoi nous aurions un accident de voiture faute d'avoir tardé à faire réviser les plaquettes de frein.

Autant de broutilles qui m'aident à ne plus penser à Lindsay. Et au fait que je ne peux désormais plus rien pour elle.

Chapitre 6

Samedi matin, jour de match pour Jenna. Je suis seul, car Millicent a des visites. Le samedi, c'est la plus grosse journée, autant dans l'immobilier que pour les cours de tennis. C'est aussi le jour le plus chargé de la semaine pour les activités des enfants. Millicent et moi, nous alternons pour les accompagner. La dernière fois que nous avons passé un samedi tous ensemble remonte à plus d'un an, pour la finale junior d'un tournoi de golf auquel participait Rory. Il continue ses cours de golf ; je l'ai déposé de bonne heure ce matin au même club où j'enseigne le tennis, avant d'accompagner sa sœur à son match de football. S'il a choisi le golf, c'est parce que ce n'est pas du tennis, et comme son objectif est de me pousser à bout, il a réussi son pari.

Jusqu'à présent, contrairement à son frère, Jenna n'a manifesté aucun signe de rébellion. Elle ne cherche pas à provoquer le conflit, ne fait une chose que parce qu'elle en a envie, et non pour mettre à rude épreuve les nerfs de quiconque. J'admire cette qualité. Et puis, elle sourit beaucoup, ce qui me fait sourire aussi. Dès lors, elle obtient ce qu'elle veut de moi. J'ai dû louper une étape, mais laquelle ? C'est parce que je n'ai aucune réponse à cette question que Jenna me fait peur.

Le football, ce n'est pas ma tasse de thé. Je n'ai appris les règles que parce que Jenna s'y est mise. Je ne lui suis donc pas d'une grande aide, incapable de l'aiguiller pour l'aider à s'améliorer comme je pourrais le faire si elle jouait au tennis. Par chance, elle a été nommée gardienne de but, son objectif m'est donc moins obscur : il consiste à empêcher l'équipe adverse de marquer. En dehors de cela, je ne peux qu'une chose pour elle : l'encourager.

— Vas-y, tu peux le faire !

— Bien joué !

— Bel effort !

Je me demande souvent si je la mets mal à l'aise. Oui, probablement, mais tant pis. C'est ça ou regarder le match en silence. Ce serait cruel. Je préfère encore prendre le risque de l'embarrasser. Quand elle se jette sur le ballon juste avant qu'il ne touche le filet, j'exulte. Elle sourit, mais me fait signe de me taire. Dans ces moments-là, je ne pense à rien d'autre qu'à ma fille et son match de foot.

Millicent s'immisce par texto.

Ne t'inquiète pas.

Rien d'autre que ces mots.

Sur le terrain, les gamins hurlent. L'équipe adverse tente une percée, et ma fille doit encore bloquer le ballon. Mais elle le rate.

Jenna se retourne, dos à moi, les mains sur les hanches. J'aimerais lui dire que ce n'est pas grave, qu'on a tous droit à l'erreur, mais ce serait la pire chose à faire. Tous les parents tiennent ce discours, et tous les enfants le détestent. Petit, je le détestais aussi.

Jenna regarde l'herbe à ses pieds. Une coéquipière s'approche, lui tapote l'épaule en lui glissant un mot à l'oreille. Jenna opine et sourit. Je me demande ce qu'elle lui a dit. Sans doute le même propos réconfortant que moi, mais venant de son amie, c'est différent. Ça la touche.

Le match reprend. Je regarde mon téléphone. Millicent n'a rien écrit de plus.

Je me connecte pour consulter les dernières nouvelles et me fige.

Le rapport de l'autopsie indique que la mort de Lindsay remonte à quelques semaines seulement.

J'ignore comment Millicent s'y est prise pour la maintenir en vie pendant près d'un an.

J'ai une envie folle de partir en courant. Où ? Je n'en sais rien. Ça n'a pas d'importance. Pour faire quoi ? Aucune idée. J'ai besoin de courir, c'est tout.

Mais je ne peux pas planter Jenna en plein match sans personne pour l'encourager. Je ne peux pas abandonner ma fille. Ni mon fils, d'ailleurs.

Une fois le match terminé, je vais récupérer Rory au club, et nous allons tous les trois manger notre traditionnelle pizza d'après le sport, suivie d'un yaourt glacé. J'ai beaucoup de mal à participer à la conversation. Ils s'en aperçoivent, forcément. Ce sont mes enfants, ils me voient tous les jours et savent quand quelque chose ne tourne pas rond. J'en viens à me demander ce qu'ils pensent de Millicent.

Aucun souci ne semble jamais l'atteindre. Pendant un an, elle est restée stoïque, imperturbable. Elle a même évoqué, il y a un mois, l'éventualité d'en trouver une autre.

Je finis par comprendre. Elle n'a envisagé de recommencer qu'à partir du moment où elle a tué Lindsay.

De mon côté, cette année a été chargée, entre le travail, les activités des enfants, les tâches ménagères et quelques disputes au sujet des factures et de l'entretien de la voiture. Rien de particulier à signaler. Pas un seul événement, jour, souvenir, dont je me souviendrai pour les vingt, trente ou quarante années à venir. Une année fructueuse de plus pour

Millicent à l'agence. L'équipe de football de Jenna a failli arriver en finale, mais a fini par perdre. Le prix du carburant a augmenté, puis baissé ; il y a eu une élection municipale ; et mon pressing préféré ayant mis la clé sous la porte, il m'a fallu en trouver un autre.

Ou était-ce il y a deux ans ? Tout se mélange.

Et pendant tout ce temps, Millicent maintenait Lindsay en vie, la gardait captive.

Dans mon esprit, les images, dérangeantes au début, se font barbares. Je visualise des scènes dont j'ai entendu des bribes aux informations, des femmes retrouvées plusieurs années après leur disparition chez un détraqué. Je n'ai pas le souvenir de criminels au féminin. En tant qu'homme, je m'imagine déjà difficilement le faire moi-même.

Je dépose les enfants et me rends à la maison que fait visiter Millicent, à quelques rues de chez nous, à moins de cinq minutes en voiture. Devant la maison, un 4x4 est garé à côté de la voiture de Millicent.

J'attends.

Vingt minutes plus tard, elle sort de la maison en compagnie d'un couple plus jeune que nous. La femme semble éberluée. L'homme sourit. En leur serrant la main, Millicent m'aperçoit du coin de l'œil. Je sens son regard vert sur moi, mais son aisance reste intacte.

Le couple rejoint sa voiture. Millicent les regarde partir, plantée devant la maison. Aujourd'hui, elle est habillée en bleu marine, jupe moulante, talons et chemisier à rayures. Ses cheveux roux sont lisses, coupés net à hauteur de menton. Ils étaient bien plus longs lorsque nous nous sommes rencontrés et ont raccourci un peu plus chaque année, comme si elle s'était engagée à sacrifier un centimètre à intervalles réguliers. Je ne serais pas étonné d'apprendre qu'elle ait pris ce genre de résolution. Venant d'elle, plus rien ne me surprend.

Le SUV disparaît au loin. Alors seulement, elle se tourne vers moi. Je sors de ma voiture et m'approche de la maison.

— Tu es fâché, dit-elle.

Je l'observe sans mot dire.

Elle me désigne la maison.

— Viens.

Nous franchissons le seuil. L'entrée est immense, les plafonds s'élèvent à plus de six mètres. Une construction récente, comme la nôtre, mais en plus grand. Tout est ouvert, aéré, et le vestibule donne sur le salon double, où nous nous rendons.

— Que lui as-tu fait ? Pendant un an, qu'as-tu fait ?

Millicent secoue la tête. Ce geste agite son carré.

— Ce n'est pas le moment.

— Il faudra pourtant…

— Pas ici. J'ai un rendez-vous.

Elle s'éloigne. Je la suis.

Quelques mois après notre mariage, Millicent est tombée enceinte. Comme nous avions parlé d'attendre un peu, cette grossesse nous a surpris, et en même temps pas vraiment. Côté contraception, nous n'étions pas très regardants. Nous avions envisagé plusieurs moyens, mais en revenions toujours au préservatif. Millicent ne tenait pas à prendre la pilule. Les hormones influaient trop sur ses émotions.

Quand elle a eu du retard, nous avons tout de suite pensé à une grossesse. Un test effectué à la maison puis un autre chez le médecin nous l'ont confirmé. Ce soir-là, je n'ai pas réussi à dormir. Nous avons veillé tard, lovés sur notre vieux canapé d'occasion dans notre maison de location délabrée. J'étais blotti contre elle, ma tête sur son ventre, inquiet de tout.

— Et si on n'y arrivait pas ?

— On y arrivera, m'a-t-elle rassuré.

— Il nous faut de l'argent. Comment on va…

— On se débrouillera.

— Je ne veux pas juste me débrouiller. Je veux réussir. Je veux…

— On s'en sortira.

J'ai relevé la tête.

— Comment peux-tu en être aussi sûre ?

— Et toi, pourquoi tu doutes autant ?

— Je ne doute pas. Je suis simplement…

— Inquiet.

— Oui.

Sur un soupir, elle a ramené ma tête contre son ventre.

— Ne sois pas bête, a-t-elle susurré. Tout ira bien. Très bien, même.

Un instant plus tôt, j'avais le sentiment d'être un enfant plutôt qu'un futur père.

Elle m'a rendu plus fort.

Nous avons parcouru du chemin depuis cette époque sans le sou. Je venais de reprendre mes études pour passer un master de gestion quand sa grossesse a chamboulé mes plans. Nous avions besoin d'argent, j'ai donc tout arrêté et repris ce que je faisais de mieux : le tennis. C'était mon unique talent, ce pour quoi j'étais meilleur que tous mes copains d'enfance. C'était sur le court que je savais briller. Pas assez pour devenir professionnel, mais suffisamment pour proposer des cours particuliers.

Quand j'ai rencontré Millicent, elle venait de terminer sa formation dans l'immobilier et révisait pour ses examens. Une fois le diplôme en poche, il lui a fallu du temps avant de vendre la moindre maison, mais elle a fini par y arriver, malgré sa grossesse, et même ensuite, avec des enfants en bas âge. Elle avait raison : on s'en est sortis. Tout va très bien. Et pour autant que je sache, nous n'avons pas raté leur éducation.

Chapitre 7

Aujourd'hui, seuls dans cette grande maison qu'elle essaie de vendre, Millicent ne me rend pas plus fort. Elle me fait peur.

— Si, c'est grave, lui fais-je remarquer. Tout ça, c'est grave.

Elle hausse un sourcil. Avant, je trouvais ce réflexe mignon.

— Tiens, aurais-tu des scrupules, tout à coup ?

— J'ai toujours eu des scrupules…

— Non. C'est faux.

Une fois de plus, elle a raison. Je n'ai jamais eu de scrupules pour ce qui était de la rendre heureuse.

— Qu'est-ce que tu lui as fait ? je réitère.

— Ça n'a plus d'importance. Elle a disparu.

— Non, on l'a retrouvée.

— Tu t'inquiètes inutilement. On ne risque rien.

On sonne à la porte.

— Le devoir m'appelle, dit-elle.

Je l'accompagne. Elle me présente, leur parle de mes talents au tennis. Ils sont aussi jeunes que le couple précédent, et pas moins naïfs.

Je la laisse pour rentrer, mais passe devant notre maison sans m'arrêter.

D'abord, je me rends au *Lancaster*. Naomi est là, derrière le comptoir, encore loin de terminer son service.

Ensuite, je prends la direction du country club. L'idée m'effleure de me détendre au club-house, de bavarder avec des clients tout en suivant quelques matchs. Mais là encore, je passe mon chemin.

D'autres options s'offrent à moi : le bar, le parc, la bibliothèque, le cinéma. Je gaspille la moitié de mon réservoir d'essence à rouler au hasard. Et puis, finalement, je me rabats sur l'inévitable.

Chez moi.

C'est là que tout me ramène.

En ouvrant la porte, je retrouve les bruits familiers qui forment mon quotidien. Ma famille. La seule que j'aie jamais eue.

Rory joue à un jeu vidéo, des tirs fusent dans les enceintes. Jenna est sur son téléphone, elle passe des coups de fil et envoie des textos, tout en mettant la table. Les effluves de cuisine embaument la salle à manger : poulet à l'ail, et une touche de cannelle. Millicent est face au plan de travail, affairée aux préparatifs. Elle fredonne toujours quand elle cuisine. Généralement, c'est un morceau ridicule – le générique d'une émission, une aria ou la dernière chanson pop du moment –, c'est une autre blague entre nous.

Elle lève la tête et sourit. Un sourire sincère. Je le vois dans ses yeux.

Nous nous mettons tous à table et dînons ensemble. Jenna distrait sa mère et barbe son frère en résumant chacune des actions de son match. Rory fanfaronne sur ses scores de golf du jour, meilleurs que ceux de tous les autres participants en junior. Nos repas ressemblent tous plus ou moins à celui-ci. Ça chahute, ça vit, on raconte sa journée avec une aisance naturelle, nous qui avons toujours vécu ensemble.

Je me demande combien de repas nous avons partagés comme celui-ci pendant que Lindsay était retenue prisonnière.

Quand je vais me coucher, je suis surpris d'avoir passé plusieurs heures sans repenser à Lindsay, à la police, à ce que Millicent et moi avons fait. Notre maison et sa routine ont ce pouvoir-là sur moi.

Mon enfance était bien différente. Bien qu'ayant grandi avec mes deux parents dans notre jolie demeure de Hidden Oaks, avec deux voitures, de bonnes écoles et d'innombrables activités extrascolaires, nous ne prenions pas tous nos repas en commun comme ma famille le fait aujourd'hui. Et lorsque cela arrivait, nous nous ignorions les uns les autres. Mon père lisait le journal, ma mère regardait dans le vide, et j'engloutissais mon repas à toute vitesse.

Ils ne venaient me voir jouer au tennis que pour les tournois, et encore, seulement si j'arrivais en finale. Ni l'un ni l'autre n'aurait accepté de sacrifier son samedi pour quelque raison que ce soit. La maison était un endroit pour dormir et ranger des affaires, un endroit que l'on fuyait dès que possible. Et c'est ce que j'ai fait. J'ai quitté le pays dès que j'ai pu. Il m'était impensable de vivre une vie entière avec ce sentiment d'incarner une déception.

Ce n'était pas vraiment contre moi. À bien y penser, je me dis qu'ils s'attendaient à ce que je sauve leur mariage. Après des années de réflexion, à fouiller maintes fois dans mon enfance, j'en arrive à la conclusion qu'ils m'ont eu pour sauver leur couple. Et le stratagème n'a pas marché. Leur déception est devenue l'échec de ma vie.

Je ne suis revenu à Hidden Oaks que parce que mes parents sont morts. Un accident tragique, impossible à prédire. Ils roulaient sur l'autoroute quand le pneu de la voiture d'en face a fusé. Il est venu s'écraser droit dans le pare-brise de la luxueuse berline de mon père, ils sont morts sur le coup.

Comme ça. Encore ensemble, encore indubitablement malheureux.

Je n'ai jamais vu leurs corps. La police m'a fortement déconseillé de le faire.

Il s'est avéré que mes parents étaient bien moins riches qu'ils ne le laissaient croire. J'ai donc récupéré une maison croulant sous les dettes et juste assez d'argent pour payer les services d'un agent immobilier. Il m'a aidé à tout arranger et à me débarrasser de cette maison. Mes parents portaient un masque, même avec moi. Des imposteurs. Ils n'avaient pas les moyens de vivre à Hidden Oaks, c'était une façade. Je n'avais plus aucun proche et une vision biaisée de la notion de famille.

C'est Millicent qui a créé la nôtre. J'en suis convaincu parce que je n'en aurais jamais été capable. Je n'aurais pas su construire un foyer et rassembler tout le monde autour d'un repas. Elle, oui. La première fois que Rory a pu s'asseoir dans sa chaise haute, elle l'a rapproché de la table, et depuis, nous mangeons toujours ensemble. Malgré les caprices réguliers de nos enfants à ce sujet, nous continuons de partager nos repas.

Quand Millicent est tombée enceinte de Jenna, elle a instauré des règles de famille. Elle les appelait « Les Commandements de Millicent » :

Nous prendrons le petit déjeuner et le dîner tous ensemble, sans exception.
Les jouets et les téléphones seront interdits à table.
L'argent de poche sera gagné par une participation aux tâches ménagères.
Un soir par semaine, nous regarderons un film tous ensemble.
Le sucre sera limité aux fruits – des fruits frais, pas des jus – et aux occasions particulières.

Toute la nourriture sera issue de l'agriculture biologique, dans la limite de nos moyens.

Toute activité sportive sera encouragée. Non, disons plutôt, fortement encouragée.

Les devoirs seront terminés avant la télé ou les jeux vidéo.

La liste m'a fait rire. Mais, devant son regard foudroyant, je me suis aussitôt repris. À l'époque, je savais faire la différence entre sa fausse sévérité et sa vraie colère.

Millicent a mis ses règles en place, les unes après les autres. Au lieu de transformer la maison en prison, elle en a fait une structure familiale. Nos enfants font du sport tous les deux. Ils n'ont de l'argent de poche que s'ils le gagnent. Nous regardons un film ensemble une fois par semaine. Notre nourriture est essentiellement bio et très peu sucrée. Leurs devoirs sont toujours faits lorsque je rentre du travail. Et tout ça, grâce à Millicent.

Cette même Millicent qui a maintenu Lindsay en vie pendant un an tout en lui faisant subir je ne sais quelles atrocités.

Je ne trouve toujours pas le sommeil, alors je me lève et vais voir les enfants. Rory est en étoile de mer sur son lit, les couvertures en bataille. Pour ses quatorze ans, il a annoncé ne plus vouloir de dinosaures aux murs. Nous avons donc repeint sa chambre et changé les meubles. À présent, un mur est marron et les autres beiges, tous tapissés de posters de groupes de rock. Les meubles sont en bois sombre. Des rideaux opaques sont tirés la nuit. On croirait l'image que se ferait un enfant d'une chambre d'adulte. Mon fils devient un ado.

La chambre de Jenna est toujours orange. Cette couleur l'obsède depuis sa naissance. C'est sans doute à cause des cheveux de Millicent. Ceux de Jenna sont de la même couleur que les miens, bruns, pas une mèche rousse à l'horizon. Elle a accroché des affiches de footballeuses sur tous les murs, quelques photos de groupes et de deux acteurs. Ces deux-là, je ne les connais pas, mais dès qu'ils apparaissent à la télévision, Jenna et ses copines deviennent hystériques. Maintenant qu'elle a atteint l'âge mature de treize ans, toutes ses poupées sont rangées dans son placard. Elle aime la mode, les bijoux et le maquillage – qu'elle n'a pas encore le droit de porter –, les peluches et les jeux vidéo.

Je fais le tour de la maison, m'assure que les portes et les fenêtres sont bien fermées. Je me rends même au garage, en quête du moindre indice annonçant la présence de rats, d'insectes ou de fuite dans une canalisation. Je sors dans la cour et vérifie le portillon. Même manège devant la maison, puis je rentre et recommence.

Millicent faisait la même chose, surtout après la naissance de Rory. Nous vivions encore dans la maison de location délabrée dont elle verrouillait toutes les issues à double tour dès la nuit tombée. Elle s'asseyait quelques minutes, puis se redressait et recommençait sa tournée.

— Le quartier n'est pas malfamé, lui ai-je dit un soir. Personne ne viendra nous cambrioler.

— Je sais.

Elle s'est à nouveau levée.

Alors je me suis mis à la suivre. J'ai mimé chacun de ses gestes. D'abord, elle m'a adressé son regard furieux. Le vrai.

Et puis, comme je n'arrêtais pas, elle m'a giflé.

— Ce n'est pas drôle, a-t-elle grondé.

J'étais trop sonné pour lui répondre. Aucune femme ne m'avait jamais frappé. Je n'avais jamais reçu de fessée, pas même pour plaisanter. Mais, puisque je venais de me moquer de ma femme, j'ai levé les mains en l'air et je lui ai demandé pardon.

— Tu t'excuses parce que tu viens de te faire gifler, a sifflé Millicent.

Elle a fait volte-face et s'est enfermée dans la salle de bains.

J'ai passé la nuit à craindre qu'elle ne me quitte. Elle allait emporter mon fils et partir, parce que j'avais tout gâché. Un peu extrême, certes. Mais Millicent ne plaisante pas avec ces choses-là. Point final. Un soir, pour l'un de nos premiers rencards, j'avais promis de l'appeler à une certaine heure, et je ne l'ai pas fait. Elle ne m'a pas adressé la parole pendant plus d'une semaine. Elle ne répondait pas au téléphone.

Cette fois-là, c'est elle qui est revenue. Mais je savais pertinemment qu'au prochain faux pas elle me quitterait pour de bon. Et un jour, c'est ce qu'elle a fait.

Rory avait un an et demi, et Jenna six mois. Millicent et moi passions nos journées à jongler entre les enfants et le travail. Un beau jour, je me suis réveillé épuisé, une fois de plus, et j'ai pris conscience que j'avais vingt-sept ans, une épouse, deux enfants et un prêt immobilier tout neuf.

Je n'avais qu'une envie : faire une pause. Un répit temporaire, loin de toute responsabilité. Je suis sorti avec des copains et j'ai bu tout mon soûl, si bien qu'ils ont dû me ramener à la maison. Quand je me suis réveillé le lendemain, Millicent était partie.

Mes appels sonnaient dans le vide. Personne à son bureau. Ses parents ne l'avaient pas vue. Millicent n'avait que quelques amies proches, et aucune ne savait où elle était. Elle avait disparu, et nos enfants avec elle.

Après trois ou quatre jours, j'appelais à toutes les heures. J'envoyais des mails, des textos, j'étais sur le point de devenir fou. Je ne m'inquiétais pas pour elle. Elle ne risquait rien, et les enfants étaient entre de bonnes mains. Ce qui me rendait fou, c'était de les croire partis pour toujours, elle et mes enfants.

Huit jours ont passé. Puis elle est revenue.

J'avais mis une éternité à m'endormir, étendu sur les draps froissés couverts de vaisselle sale, de cartons de pizza vides et d'emballages de nourriture. Je me suis réveillé dans un lit propre avec l'odeur des pancakes.

Millicent était dans la cuisine, occupée à préparer le petit déjeuner. Rory était à table, dans sa chaise haute, et Jenna dans son couffin. Millicent s'est retournée et m'a souri. Un sourire sincère.

— Tu tombes à pic, m'a-t-elle dit. Le petit déjeuner est servi.

Je me suis rué sur Rory, l'ai soulevé, à bout de bras, si bien qu'il s'est mis à crier. J'ai embrassé Jenna qui m'a dévisagé de ses grands yeux noirs. Je me suis assis à table, sans oser parler. De crainte de vivre un rêve dont je n'avais aucune envie de sortir.

Millicent a apporté une assiette pleine de pancakes. En la posant sur la table, elle s'est penchée à mon oreille et m'a chuchoté :

— La prochaine fois, on ne reviendra pas.

Depuis le jour de notre mariage, je suis obligé de la croire, je n'ai pas d'autre option. Et pourtant, j'ai couché avec Petra.

Et avec l'autre.

Chapitre 8

À mon retour du travail, Millicent et les enfants sont à la maison. Rory est affalé sur le canapé, sa console de jeux allumée. Sa mère est plantée devant lui, les poings sur les hanches et le visage grave. Derrière elle, Jenna tend son téléphone vers la gauche, puis la droite, elle tente un selfie devant la fenêtre. L'écran de la télévision les baigne tous les trois de sa lumière blafarde. Pendant une seconde, ils ne bougent plus ; c'est le portrait d'une famille moderne.

Le regard foudroyant de Millicent quitte Rory pour venir se poser sur moi. D'un vert plus sombre que jamais.

— Tu es au courant ? dit-elle. Des derniers exploits de notre fils ?

La visière de la casquette de Rory est baissée sur sa figure. Mais elle ne cache pas tout à fait son sourire en coin.

— Qu'a-t-il fait, notre fils ?

— Raconte à ton père.

Jenna répond à la place de son frère.

— Il a triché à un contrôle avec son téléphone.

— Toi, monte dans ta chambre, lui ordonne Millicent.

Ma fille quitte la pièce, glousse dans l'escalier et claque la porte de sa chambre.

— Rory. Que s'est-il passé ?

Silence.

— Réponds à ton père.

Je n'aime pas lorsque Millicent dicte à notre fils comment se comporter avec moi, mais je ne dis rien.

Elle lui confisque la manette. Sur un soupir, Rory prend finalement la parole.

— Clairement, on sait que je ne serai pas botaniste. Si j'ai besoin un jour d'en savoir plus sur la photosynthèse, je n'aurai qu'à regarder sur Internet. Comme je l'ai fait aujourd'hui.

Rivant sur moi ses grands yeux vifs, il ajoute :

— Pas vrai ?

En un sens, il n'a pas tout à fait tort. Mais je suis son père.

— Il est renvoyé pour trois jours, m'informe Millicent. Et encore, estimons-nous heureux qu'il ait échappé à l'exclusion.

Si Rory est exclu du privé, il continuera ses études dans le public. Je me retiens de le signaler à ma femme, trop occupée à signifier à notre fils la nature de sa sanction.

— … plus de téléphone, plus de jeux vidéo, plus d'Internet. Tu rentreras directement après les cours, j'y veillerai personnellement.

Sur ce, elle disparaît dans le couloir en direction du garage, ses escarpins couleur chair cliquetant sur le sol.

Quand j'entends le moteur vrombir, je viens m'asseoir à côté de mon fils. Il a les cheveux de Millicent, mais ses yeux verts sont plus clairs. Plus alertes.

— Pourquoi ?

Il prend son air nonchalant.

— C'était plus facile.

Je le comprends. Parfois, il est plus facile de se laisser porter. C'est plus simple que de se battre pour tout recommencer sur des bases saines.

— Tu ne dois pas tricher. C'est comme nous trahir.

— Tu peux parler. Toi aussi, tu nous trahis.

— De quoi parles-tu ?

— Je t'entends filer en douce la nuit.

Il a raison. Ces derniers temps, je sors prendre l'air quand j'ai une insomnie.

— Il m'arrive d'aller faire un tour en voiture.

Rory ricane.

— Tu me prends pour un con ?

— Non.

— Papa, je t'ai vu revenir, tu portais une cravate. Qui s'habille comme ça pour faire un tour en voiture ?

La dernière fois que j'étais en costume, c'était pour rejoindre Petra.

— Je passe beaucoup de temps au club, tu le sais. Le réseautage fait partie de mon travail.

— Le « réseautage » ? répète-t-il avec une pointe d'ironie.

— Je ne trompe pas ta mère.

C'est presque vrai.

— Menteur.

Je m'apprête à rétorquer que je ne mens pas, mais me ravise. Je voudrais insister sur le fait que je ne trompe pas sa mère, hélas, c'est perdu d'avance. Mon fils est trop malin.

Si seulement je pouvais tout lui expliquer. Mais c'est inconcevable, alors j'opte pour l'hypocrisie.

— Bref, ne change pas de sujet.

Il prend son air las, mais ne répond rien.

— Moi, je n'ai jamais triché à l'école. Imaginons. C'est l'apocalypse, les zombies nous attaquent, et tu parviens à t'échapper sur une île déserte pour y démarrer une nouvelle civilisation. Pour faire pousser de quoi te nourrir, tes connaissances en photosynthèse te seront bien utiles, tu ne crois pas ?

— C'est gentil de te donner autant de mal, papa. L'apocalypse, les zombies, tout ça… Mais je vais nous faire gagner du temps.

Il sort un objet de sa poche et le pose devant moi.

Le petit bout de verre bleu scintille sous mes yeux éberlués. L'une des boucles d'oreilles de Petra.

— Jenna n'a pas les oreilles percées, fait-il remarquer. Et maman ne porterait jamais un truc aussi kitsch.

Il a raison. Millicent préfère les petits diamants. Les vraies pierres, pas la verroterie.

— Je suppose que tu n'as rien à ajouter, dit Rory.

Deux points partout. Je n'ai rien à ajouter.

— Ne t'inquiète pas, Jenna n'est pas au courant pour ta maîtresse. (Il retrouve son sourire en coin.) Pas encore.

Je mets une seconde à comprendre que mon fils joue la carte du chantage. Preuve à l'appui.

Son intelligence m'impressionne et me pétrifie tout à la fois, car la dernière chose que je souhaite pour mes enfants, surtout pour ma fille, c'est de grandir avec pour figure paternelle un crétin doublé d'un infidèle. Les spécialistes déconseillent vivement ce genre d'éducation. Ils affirment que c'est typiquement ce qui risque de marquer à vie une jeune fille dans son rapport aux hommes. Oui, je regarde parfois ces émissions à la télévision.

Jenna ne doit pas savoir, ne doit même pas soupçonner ce que Rory a l'air de croire. Tout, mais pas ça.

Je me tourne vers mon fils.

— Qu'est-ce que tu veux ?

— Le dernier *Bloody Hell* sur ma console.

— Ta mère ne veut pas en entendre parler.

— Je sais.

Si je refuse, il mettra sa menace à exécution et racontera à Jenna que je trompe leur mère.

Si je cède, mon gamin de quatorze ans aura réussi à me faire chanter.

J'aurais dû le voir venir. Le jour de sa naissance, il était si calme que tout le monde l'a cru mort-né. Quand il a enfin hurlé, j'ai bien cru qu'il allait me faire exploser les tympans.

Ou encore, le jour de la naissance de sa sœur. S'il a fait autant de bruit, ce n'était pas pour annoncer son arrivée, mais pour dénoncer le manque d'attention dont il souffrait.

Et puis, il y a eu le soir où Jenna et Rory ont fait leur tournée de bonbons pour Halloween. Il a fait croire à sa sœur que le psychopathe qui travaillait à l'épicerie du coin avait empoisonné toutes les mini-barres chocolatées. Le psychopathe en question était une armoire à glace, doux comme un agneau, mais mes enfants en avaient une trouille bleue. Jenna a cru son frère et lui a cédé toutes les sucreries prétendument empoisonnées. Millicent et moi n'en savions rien jusqu'au jour où Jenna s'est mise à faire des cauchemars et où l'on a retrouvé des emballages de mini-barres chocolatées dans la chambre de Rory.

Voilà pourquoi, quand mon fils me fait du chantage, je me dis que c'était prévisible. Seulement, avant ce soir, j'étais à mille lieues d'imaginer la réalité.

— J'ai une question pour toi, lui dis-je.

— Laquelle ?

— Depuis combien de temps es-tu au courant ?

Je prends soin d'éviter de parler de tromperie. Comme si c'était important.

— Depuis quelques mois. La première fois, je suis allé au garage un matin pour récupérer mon ballon, et ta voiture n'y était pas. Depuis, je suis plus attentif.

J'acquiesce.

— Je t'achèterai ton jeu demain. Ne montre pas la boucle à ta mère.

— D'accord. Mais toi, ne la laisse pas te surprendre quand tu rentres en douce.

— Je ne le ferai plus.

Le sourire aux lèvres, il range le bijou dans sa poche. Rory ne me croit pas une seconde, mais il est assez malin pour savoir garder le silence quand il a une longueur d'avance.

Je devrais parler de cette histoire à Millicent. Cette pensée me traverse l'esprit pendant le repas, quand Jenna fait tout pour ridiculiser Rory sans se faire punir. J'y repense à nouveau après le dîner, alors que Millicent confisque son téléphone à Rory jusqu'au lendemain matin. Puis encore le soir, seul avec ma femme dans la chambre, chacun vaquant à ses occupations. Le moment serait parfait pour lui révéler ce que mijote notre fils, mais je me tais.

Cela soulèverait d'autres questions auxquelles je n'ai pas de réponse.

Deux semaines viennent à peine de s'écouler depuis que j'ai passé la soirée avec Petra. Je repense à elle en pleine nuit, quand j'ai les yeux grands ouverts, incapable de me rendormir. C'est là que le doute me taraude. Qu'est-ce qui m'a trahi ? Pourquoi m'a-t-elle demandé si j'étais vraiment sourd ? Aurais-je réagi à un son, regardé ses yeux au lieu de sa bouche lorsqu'elle me parlait, ou prêté trop attention aux bruits qu'elle faisait au lit ? Je ne sais pas. Je ne sais pas si je recommencerai à jouer le sourd, mais je n'en dors plus de la nuit. Cette pensée m'obsède.

Comme le chantage de Rory. Une erreur de plus. J'ai dérapé, je n'aurais jamais dû laisser à mon fils la possibilité de soupçonner mes sorties nocturnes. Si Millicent savait…

Je préfère ne rien lui dire. Rory et Petra sont deux choses que je cache à ma femme. Sans doute parce qu'elle a ses secrets, elle aussi. Plus que je ne l'aurais cru. Rory et Petra représentent deux gros risques, chacun à sa façon, et pourtant, je garde le silence.

Je n'ai pas envie qu'elle mesure la gravité de mes faux pas.

Chapitre 9

Quand tout a commencé, ce n'était rien de grave. Je le pense toujours, d'ailleurs.

Il y a trois ans, un samedi d'octobre, Rory, Jenna et moi étions dans la cour en fin d'après-midi. Ils étaient assez petits pour ne pas avoir honte de passer du temps avec leur père. Nous préparions Halloween. C'était leur fête préférée après Noël, et chaque année, nous accrochions toutes sortes de toiles d'araignées, squelettes et sorcières autour de la maison. Si j'avais eu les moyens d'acheter des animatroniques, nous en aurions peuplé le jardin.

Millicent rentrait d'une visite, elle portait toujours l'uniforme de l'agence. Elle s'est arrêtée au portillon pour admirer notre œuvre en souriant. Les enfants avaient faim, se plaignaient-ils. D'un air faussement las, Millicent a répondu, sans cesser de sourire, qu'elle préparerait des sandwichs. Tout le monde souriait à cette époque-là.

Pourtant, la vie était loin d'être parfaite. Nous prenions encore nos marques dans cette maison que nous décorions, où nous habitions depuis seulement six mois et dont l'emprunt nous rendait les fins de mois difficiles. Millicent se mettait une pression énorme pour vendre plus de biens, et j'en faisais autant avec les cours de tennis. Il m'arrivait même d'envisager de trouver un emploi à mi-temps en complément.

Et puis, il y avait sa mère et tous les problèmes qui en découlaient. Millicent avait perdu son père deux ans auparavant. On avait découvert peu de temps après que sa mère avait la maladie d'Alzheimer. La longue descente aux enfers était entamée. Nous avions longtemps cherché une aide-soignante à domicile. Les deux premières n'étaient pas à la hauteur des attentes de Millicent. La troisième, en revanche, était plutôt correcte jusqu'à présent.

La vie n'était pas facile, loin de là, mais ce jour-là, nous avions tous le sourire. Quand soudain, Millicent a poussé un cri.

Je me suis rué dans la maison, les enfants sur mes talons. En arrivant dans la cuisine, nous avons vu Millicent jeter le téléphone de toutes ses forces. Il a volé en éclats. Le mur en garde encore la trace. Ma femme a alors enfoui son visage dans ses mains et s'est mise à pleurer.

Jenna a hurlé.

Rory a ramassé les débris du téléphone.

J'ai serré Millicent dans mes bras. Elle était secouée par les sanglots.

Les deux pires scénarios me sont venus à l'esprit.

Soit quelqu'un était mort. Sa mère, peut-être. Ou un ami proche.

Soit quelqu'un était mourant. En phase terminale. L'un des enfants. Ou ma femme elle-même.

Je ne voyais rien d'autre qui soit susceptible de provoquer chez elle une telle réaction. Elle ne s'était jamais mise dans un état pareil pour un licenciement, une dette, ni même pour un animal de compagnie qu'elle aurait perdu. C'était forcément grave.

Et pourtant, je fus étonné d'apprendre que personne n'était mort, ni en danger de mort. Bien au contraire.

Après quelques mois de relation, Millicent et moi avions instauré des « Soirées Bagatelles ». Pour l'occasion, nous commandions des pizzas et buvions du vin dans son minuscule appartement. Le salon était si petit, avec sa causeuse et sa table basse, que nous nous installions par terre. Elle allumait des bougies, servait les parts de pizza au pepperoni dans de jolies assiettes et versait le vin dans des flûtes à champagne, les seuls verres dont elle disposait.

Et nous passions la soirée à nous poser mutuellement des questions. Sans tabou, sans limites. C'était le jeu. Les premières questions tournaient autour de banalités ; faute d'avoir assez bu pour parler de sexe, nous parlions d'autre chose. De cinéma, de musique, de nos couleurs ou de nos plats préférés. Je lui ai même demandé si elle avait des allergies. Oui. Au collyre.

— Au collyre ? ai-je répété.

Elle a hoché la tête en reprenant une gorgée de vin.

— Les gouttes que l'on met en cas d'irritation oculaire. Quand j'en mets, j'ai les paupières qui gonflent à tel point que je n'y vois plus rien.

— Comme Rocky.

— Voilà, comme Rocky. Je m'en suis aperçue à seize ans. J'avais fumé de l'herbe, d'où le collyre. Comme je n'ai rien voulu dire à mes parents, j'ai fini aux urgences.

J'ai ricané.

— Ah, tu étais du genre rebelle ?

Elle a haussé les épaules.

— Et toi ? Des allergies ?

— Seulement aux femmes dont le prénom n'est pas Millicent.

J'ai accompagné ma plaisanterie d'un clin d'œil. Feignant l'agacement, elle m'a donné un petit coup de pied. Au bout d'un moment, nous étions suffisamment enivrés pour en venir aux questions intéressantes. Portant sur le sexe et les relations passées, pour la plupart.

Quand le sujet de son ex-petit ami m'a lassé, je l'ai interrogée sur sa famille. Je savais d'où elle venait et que ses parents étaient toujours mariés, mais ça s'arrêtait là.

— Tu n'as pas de frère et sœur ?

L'alcool faisait alors son effet, en tout cas sur moi, et je ne cessais de tripoter la cire qui gouttait de la bougie. Elle formait une petite flaque dans la coupelle. Je la roulais en petite boule, puis l'aplatissais. Millicent me regardait faire sans répondre à ma question.

— Allô ?

Elle a bu une gorgée de vin.

— Une sœur. Holly.

— Grande ou petite ?

— C'était ma grande sœur. Elle nous a quittés.

J'ai abandonné la cire pour serrer doucement sa main contre le verre de vin.

— Je suis désolé.

— C'est gentil.

J'ai attendu, au cas où elle aurait quelque chose à ajouter. Rien. Alors j'ai demandé :

— Que s'est-il passé ?

Elle s'est adossée au mur. À la lueur des bougies et sous l'effet de l'alcool, tout devenait luisant, y compris ses cheveux roux. Des brisures de charbon ardent semblaient s'en détacher.

Pour me répondre, elle s'est détournée.

— Holly avait quinze ans, j'en avais deux de moins. Son plus grand rêve, c'était de conduire. Il lui tardait de passer son permis. Un jour, nos parents sont sortis avec la voiture de mon père et ont laissé celle de ma mère au garage. Holly m'a proposé de faire un tour. Dans le quartier, pas plus loin. Elle promettait de ne pas rouler vite. (Millicent s'est retournée vers moi avec un haussement d'épaules.) Elle a menti. Et elle est morte.

— Oh, mon Dieu. Je suis désolé.

— Ne le sois pas. Holly était ma sœur, mais… ce n'était pas quelqu'un de bien. Elle ne l'a jamais été.

J'aurais voulu en savoir plus. C'était la Soirée Bagatelles, j'aurais pu la questionner, mais j'ai préféré lui demander de me raconter sa première cuite.

Le sujet n'est plus revenu sur le tapis jusqu'au jour où ses parents m'ont invité à dîner. Je les avais rencontrés une fois, au restaurant, un jour qu'ils passaient en ville. Mais la seconde fois, nous avions parcouru les trois heures de route jusque chez eux. Ils habitaient une grande maison au nord, près de la frontière avec la Géorgie, au milieu de nulle part. Le père, Stan, avait inventé un nouveau genre d'appât, l'avait breveté et vendu le brevet à une boutique d'articles de sport. Ils ne roulaient pas sur l'or, mais n'avaient plus besoin de travailler. Stan passait désormais ses journées à observer les oiseaux, à pêcher à la mouche et à construire des nichoirs en bois. La mère de Millicent, Abby, était une ancienne institutrice. Lorsqu'elle ne s'occupait pas de son jardin, elle rédigeait un blog pédagogique. Ils avaient un côté hippie, à cela près qu'ils faisaient pousser de la coriandre et non de l'herbe.

Millicent était le portrait craché de son père. Elle avait ses yeux aux mille nuances. Quant à sa personnalité, elle tenait de sa mère. Abby était encore plus méthodique que sa fille.

Je n'ai remarqué le portrait qu'après la fin du repas. J'aidais à débarrasser la table et rapportais les assiettes en cuisine quand j'ai aperçu la photo sur le rebord de la fenêtre. Un cadre minuscule caché derrière une plante. Les chevelures rousses ont attiré mon regard. Quand j'ai pris la photo pour la regarder de plus près, j'ai compris qu'il s'agissait de Millicent à côté de sa sœur, Holly. La rareté de ces photos dans la maison m'a alors frappé. On trouvait des clichés des parents et de Millicent, mais Holly n'apparaissait que sur celle-ci.

— Ne lui montrez pas ça.

J'ai levé les yeux. La mère de ma femme se tenait devant moi, me suppliant de son regard noisette chaleureux.

— Vous savez ce qui est arrivé à Holly ? m'a-t-elle demandé.

— Oui. Millicent m'a raconté.

— Dans ce cas, vous savez dans quel état ça la met. (Elle m'a pris le cadre des mains pour le ranger derrière la plante.) On retire ses photos quand Millicent vient nous voir. Elle n'aime pas s'en souvenir.

— L'accident l'a traumatisée. Ça a dû être difficile de perdre Holly de cette façon.

Abby m'a lancé un regard étrange.

Je n'ai compris ce regard que le jour où le téléphone a sonné. Le jour où Millicent s'est mise à pleurer.

Chapitre 10

La jaquette de *Bloody Hell VII* est si sanglante qu'un énorme autocollant jaune la dissimule au public. À l'arrière, un autocollant rouge met en garde contre la violence du jeu.

Je ne suis pas certain que cette chose ait sa place dans mon foyer.

Mais tant pis, je l'achète.

Renvoyé du collège pour trois jours, Rory est à la maison. Sa mère lui a confisqué son ordinateur, a changé le mot de passe du Wi-Fi et tenté de déconnecter le câble de la télévision avant de finir par renoncer. Affalé sur le canapé, Rory zappe d'une chaîne à l'autre.

Je jette le jeu sur le coussin à côté de lui.

— Merci, dit-il. Mais tu pourrais me le donner plus gentiment.

— Ne commence pas.

Le sourire aux lèvres, il s'empare du jeu et retire l'étiquette jaune. Elle cachait l'image de dizaines de cadavres empilés. Sur cette montagne gore se dresse une affreuse créature cornue, sorte de diable incarné.

Rory me regarde de ses yeux verts pétillants. Il me demande où est la console. J'hésite, puis je finis par montrer le buffet dans la salle à manger.

— Derrière le plateau en argent. Attention de ne rien casser.

— Ne t'inquiète pas.

— Et range-la quand tu auras fini.

— Promis.

— Tu ne tricheras plus, pas vrai ?

Il lève les yeux au ciel et répond simplement :

— Tel père, tel fils.

À la télévision, un flash info interrompt l'émission en cours.

Le logo des nouvelles locales apparaît. On retrouve alors ce jeune journaliste fougueux chargé de couvrir l'affaire de Lindsay. Il s'appelle Josh, je ne rate aucun de ses bulletins depuis qu'on a retrouvé le corps. Aujourd'hui, il semble fatigué, mais ses yeux brillent comme jamais.

La police a enfin révélé les circonstances de la mort de Lindsay.

— *Nous sommes aujourd'hui en compagnie du docteur Johannes Rollins, ancien médecin légiste rattaché au comté de DeKalb, en Géorgie*, annonce Josh. *Bonjour, docteur Rollins.*

— *Bonjour.*

Je n'ai jamais vu un homme aussi vieux que le docteur Rollins. On dirait le Père Noël qui aurait troqué sa panoplie pour une chemise à gros carreaux et une cravate bleue.

— *Docteur Rollins, vous avez entendu le rapport de la police aujourd'hui. Selon votre expérience, que pouvez-vous nous dire de plus sur cette affaire ?*

— *On l'a étranglée.*

— *Oui, c'est ce que conclut le rapport. Asphyxie causée par strangulation.*

Le médecin acquiesce.

— *C'est ce que j'ai dit. Étranglée.*

— *Pouvez-vous nous en dire un peu plus ?*

— *Elle a perdu conscience en quelques secondes et est morte quelques minutes après.*

Josh attend, mais le légiste n'a rien à ajouter.

— *Très bien. Merci beaucoup, docteur Rollins.*

La caméra zoome sur Josh qui reprend son souffle. Ses bulletins sont toujours suivis d'une parenthèse plus officieuse. Ce garçon est ambitieux, il semble avoir de nombreux indicateurs.

— *Mais ce n'est pas tout. Comme toujours, News 9 sait déjà ce que tout le monde ignore. Vous ne trouverez nos informations dans aucun rapport de police, ni sur aucune autre chaîne de télévision. D'après mes sources, les marques de strangulation auraient été causées par une chaîne autour du cou de Lindsay. L'assassin se tenait derrière elle et a serré la chaîne autour de sa trachée jusqu'à ce que mort s'ensuive.*

— Cool, commente Rory.

Si je n'avais pas eu la nausée, je l'aurais grondé. Mais j'imagine sa mère, ma femme, dans la peau de l'assassin décrit par Josh.

L'image est claire dans ma tête, sans doute parce que je connais – ou du moins j'ai connu – les deux femmes concernées. Je vois la grimace d'horreur sur le visage de Lindsay. Et l'expression changeante de Millicent. Tantôt horrifiée, tantôt soulagée, puis comme extatique. Elle sourit.

Rory installe son jeu vidéo.

— Ça va ? me demande-t-il.

— Oui.

Il ne dit plus rien. *Bloody Hell VII* est lancé.

Une élève de tennis m'attend, je dois y aller. J'ai déjà annulé trop de cours.

En bas de la rue, au club, une femme d'un certain âge est fin prête. Elle a les cheveux lisses et noirs, un teint de jais et un fort accent. Kekona est hawaïenne. Quand elle s'énerve, elle jure en pidgin.

Kekona est veuve et à la retraite, ce qui veut dire qu'elle a tout le loisir de s'intéresser à la vie des gens. Et de nourrir des commérages. Grâce à elle, je sais qui couche avec qui, quels couples se séparent, qui est enceinte et quels enfants filent un mauvais coton. Parfois, ça va bien au-delà des limites de ma curiosité. Il m'arrive d'avoir simplement envie de donner mon cours de tennis.

Pour les ragots du jour, j'apprends qu'une professeure de Rory entretient une liaison avec le père de l'un de ses camarades. C'est assez dérangeant, mais au moins, elle ne couche pas avec le camarade en question. Kekona a aussi du nouveau au sujet du divorce des McAllister, qui traîne depuis plus d'un an. Il y aurait de la réconciliation dans l'air. Elle s'empresse de préciser que ce ne sont que des ragots, mais on ne sait jamais.

À la moitié de notre heure de cours, elle parle de Lindsay.

Ce qui me surprend, car le corps n'a pas été découvert dans l'enceinte de notre petite communauté de Hidden Oaks, et qui plus est, la jeune femme n'était pas membre du country club. Lindsay vivait, travaillait et est morte à plus de trente kilomètres de là, donc hors de la zone de commérage de Kekona. Généralement, mon élève se contente de Hidden Oaks, ce quartier dont elle habite l'une des plus grandes demeures. J'ai grandi à quelques rues de chez elle, je connais bien sa maison. Ou, en tout cas, je l'ai bien connue. Car c'était celle de ma première petite amie.

— Un truc ne tourne pas rond dans cette affaire de motel, affirme Kekona.

— Forcément. Un meurtre, ça sort de l'ordinaire.

— Pas tant que ça, les meurtres sont presque notre sport national. Non, ce qui n'est pas courant, c'est de retrouver le cadavre d'une fille normale dans un vieux motel à l'abandon.

Kekona dit tout haut ce que je pense tout bas.

Cette histoire de motel me chiffonne. Je ne comprends pas pourquoi Millicent ne l'a pas enterrée ou emportée au fond des bois, n'importe où mais pas ici, non loin de notre lieu de vie, dans un bâtiment où l'on finirait forcément par la découvrir. Ce n'est pas logique.

À moins que Millicent ne cherche à se faire prendre.

— Une fille normale ? Qu'est-ce qu'une fille normale ?

— Tu sais bien, une fille qui ne se drogue pas, qui ne se prostitue pas, me répond Kekona. Qui ne vit pas en marge de la société. Cette fille-là était normale. Elle avait un boulot, un appartement, elle payait sans doute ses factures. Normale, quoi.

— Tu ne regarderais pas un peu trop de séries policières, par hasard ?

— Si, comme tout le monde, se défend Kekona.

Non, pas comme tout le monde. Millicent, elle, préfère lire les polars que les regarder.

Je lui envoie un message.

Un rencard s'impose, je crois.

En réalité, notre dernière soirée en amoureux remonte à plus de dix ans. Nous utilisons le terme « rencard » comme un nom de code depuis le jour où une discussion autour de nos activités clandestines est devenue nécessaire. Une conversation, une vraie, et pas seulement trois mots murmurés dans le noir.

Entre mon texto et le rencard, Rory est toujours renvoyé du collège. Il a passé la journée seul à la maison. Millicent se plaît sans doute à penser que son fils en a profité pour lire et s'élever spirituellement. En réalité, il a joué à son nouveau jeu vidéo, fourni par mes soins. On n'en trouve aucune trace à mon retour à la maison. Rory met la table en silence.

Il me décoche un clin d'œil. Pour la toute première fois, je n'aime pas ce que devient mon fils. Et c'est ma faute.

Je monte prendre une douche avant le dîner. À mon retour, Jenna est apparue, et raille son grand frère.

— Tout le monde parle de toi au collège, raconte-t-elle tout en pianotant sur son téléphone, comme elle le fait toujours. Ils racontent que tu es si bête qu'il t'a fallu chercher sur Internet comment s'écrivait ton prénom. Et que c'est pour ça que tu as triché.

— Ha ha, feint de s'esclaffer Rory, sarcastique.

— Ils disent que tu es trop débile pour être mon frère aîné.

Il lève les yeux au ciel.

Millicent est à la cuisine. Elle a troqué sa tenue de travail pour son pantalon de yoga, un long pull et des chaussettes à rayures. Ses cheveux sont noués en chignon lâche, tenu par une énorme pince. Le sourire aux lèvres, elle me tend un saladier à poser sur la table.

Les enfants continuent de se chamailler pendant que nous apportons les plats.

— Tu es vraiment trop bête, insiste Jenna. Ils disent que j'ai hérité de tout le cerveau, dans cette famille.

— En revanche, en matière de beauté, tu n'as pas été très gâtée par la nature, réplique Rory.

— Maman !

— Ça suffit, déclare Millicent en prenant place à table.

Rory et Jenna s'installent en silence, posant leur serviette sur leurs genoux.

Un dîner somme toute parfaitement ordinaire.

Le repas fini, Millicent nous demande, à Jenna et moi, de débarrasser la table. Elle aimerait vérifier que Rory a bien rattrapé tous les cours manqués.

Je lis la panique dans le regard de mon fils.

La soirée sera longue pour lui, me dis-je, les mains plongées dans l'eau savonneuse. Je rince les assiettes et les fais passer à ma fille qui remplit le lave-vaisselle tout en bavardant.

Jenna me parle de foot, avec force détails dont je ne comprends pas une bribe. Devrais-je m'impliquer davantage, devenir une sorte d'assistant de l'entraîneur ? Cette question vient régulièrement me tarauder, mais non, je n'ai pas le temps.

Ma fille est un véritable moulin à paroles. Mes pensées dérivent vers Millicent. Et notre rencard.

Une fois la vaisselle terminée et Rory à court d'excuses, la soirée s'assagit. Rory monte dans sa chambre pour effectuer le travail qu'il n'a pas fait aujourd'hui. Jenna communique par téléphone, par textos et sur des messageries instantanées tout à la fois. À l'heure du coucher, Millicent emporte ses deux ordinateurs dans la chambre. Elle les range chaque soir pour que les enfants n'en profitent pas pour discuter sur Internet avec des inconnus quand tombe la nuit. Personnellement, je pense que ce danger existe à toute heure du jour, mais je préfère ne pas m'en mêler.

Quand les petits sont couchés, nous nous rendons au garage pour notre rencard.

Chapitre 11

Nous sommes dans le 4 x 4 de Millicent, la plus luxueuse de nos deux voitures, car ma femme est souvent amenée à conduire des clients pour les visites. Le cuir est moelleux, l'habitacle spacieux, et une fois les portières fermées, les enfants ne peuvent rien surprendre de notre conversation.

Je pose la main sur le levier de vitesses entre nous, et elle la recouvre de la sienne.

— Tu es nerveux.

— Pas toi ?

— Ils ne trouveront aucune piste qui remonterait jusqu'à nous.

— Comment peux-tu en être aussi sûre ? Tu avais prévu qu'ils la retrouvent ?

Elle hausse les épaules.

— Ça m'était un peu égal.

J'ai l'étrange sentiment que tout ce que je sais tiendrait dans un mouchoir de poche, et tout ce que j'ignore remplirait un manoir. Les questions se bousculent dans ma tête, mais les réponses me font peur.

— On n'a jamais retrouvé les autres, lui rappelé-je. Pourquoi Lindsay ?

— Lindsay.

Elle articule doucement ce prénom. Je repense au jour où nous l'avons trouvée. C'était une décision commune. On l'a cherchée, on l'a choisie, j'étais impliqué dans le processus.

Après ma seconde randonnée avec Lindsay, j'ai annoncé à Millicent que c'était la bonne. Après quoi nous avons mis en place notre code, le rencard spécial. Mais à l'époque, nous ne sommes pas restés au garage. Un voisin a gardé les enfants pour qu'on puisse sortir manger une glace. Vanille pour elle, noix de pécan pour moi, et nous avons parcouru la zone commerciale, où tout était fermé à l'exception du cinéma. Nous nous sommes arrêtés devant la vitrine d'un cuisiniste haut de gamme : l'une des boutiques préférées de Millicent.

— Bon, a-t-elle dit. Raconte-moi tout.

J'ai balayé les environs d'un regard. Les gens les plus proches faisaient la queue pour le cinéma, à cent mètres de là. J'ai tout de même baissé d'un ton.

— Je pense qu'elle est parfaite.

Millicent a levé un sourcil, agréablement surprise.

— Vraiment ?

— Si tu n'as pas changé d'avis, alors oui. C'est la bonne.

Avant Lindsay, il y en avait eu deux. C'était la troisième. Mais elle était différente des autres, une inconnue que nous avions sélectionnée sur Internet. Parmi un million de possibilités. Les deux premières, nous ne les avions pas choisies. Elles étaient venues à nous.

Millicent a englouti une bouchée de glace et léché sa cuillère.

— Alors, tu crois qu'on devrait le faire ?

L'étincelle dans ses yeux m'a fait détourner le regard. Par moments, Millicent me coupe le souffle. C'était le cas ce soir-là, ensemble dans cette zone commerciale, à décider du destin de Lindsay. J'ai préféré regarder la vitrine du cuisiniste fermé. Ces équipements flambant neufs me rendaient mon regard, moqueurs, hors d'atteinte. Nous n'avions pas les moyens de nous acheter ce dont nous rêvions. Comme beaucoup de gens, certes, mais il n'empêche que ça m'agaçait.

— Oui, ai-je finalement répondu. On devrait le faire.

Elle s'est penchée pour m'offrir un baiser froid parfumé à la vanille.

Nous n'avions jamais évoqué la possibilité de garder Lindsay captive.

À présent, nous voilà dans le garage pour un autre de ces rencards. Pas de glace, seulement un petit paquet de bretzels qui était rangé dans ma boîte à gants. J'en propose à Millicent qui fait la grimace.

Je reviens au sujet qui nous intéresse.

— Tu te doutais forcément qu'on retrouverait Lindsay…

— Oui, c'est vrai.

— Mais pourquoi ? Pourquoi cherchais-tu à ce qu'on la retrouve ?

Son regard se perd dans le garage, vers les piles de caisses en plastique remplies de vieux jouets et de décorations de Noël. Quand elle se retourne vers moi, la tête inclinée, elle m'adresse un petit sourire.

— Parce que c'est notre anniversaire.

— Notre anniversaire ? C'était il y a cinq mois.

— Non, pas celui-là.

Je réfléchis. J'ai peur de tout gâcher, je devrais savoir de quoi elle parle. Je devrais me rappeler ces choses-là.

Soudain, ça me revient.

— On a choisi Lindsay il y a un an. L'anniversaire de notre choix.

Millicent rayonne.

— Oui. Un an jour pour jour avant la découverte du corps.

Je l'observe. Mais je ne comprends toujours pas.

— Pourquoi vouloir…

— As-tu entendu parler d'Owen Riley ?

— Hein ?

— Owen Riley, répète-t-elle. Sais-tu qui c'est ?

D'abord, ce nom ne m'évoque rien. Et puis, je me souviens.

— Tu veux parler d'Owen Oliver ? Le tueur en série ?

— Tu l'appelles comme ça ?

— Owen Oliver Riley. Tout le monde l'appelait Owen Oliver.

— Alors tu sais ce qu'il a fait ?

— Évidemment. Tous les gens du coin sont au courant.

Je la vois sourire, et comme souvent, elle me perd.

— Ce n'est pas seulement notre anniversaire… C'est aussi celui d'Owen, explique-t-elle.

Je fouille dans ma mémoire en quête de détails datant de cette période, quand j'étais aux portes de l'âge adulte. Cette histoire remonte à l'été après l'obtention de mon baccalauréat. La disparition d'une femme n'avait pas fait grand bruit, et celle de la deuxième non plus. Ce n'est qu'à la découverte du premier corps que les gens avaient commencé à se poser des questions.

J'étais dans un bar grâce à une fausse pièce d'identité, entouré de gamins de mon âge. On se soûlait avec de l'alcool bon marché tout en regardant les informations. Un cadavre avait été retrouvé. Une jeune femme prénommée Callie, responsable d'une boutique de prêt-à-porter. Voilà qui sortait de l'ordinaire, pour une fois qu'il se produisait quelque chose à Woodview. Elle gisait sur une aire d'autoroute à l'abandon. Un chauffeur de poids lourd avait découvert son corps et prévenu les autorités.

L'affaire avait d'abord été classée comme le meurtre sauvage d'une jeune femme innocente. J'ai passé l'été rivé devant le poste de télé à écouter les journalistes, la police et les riverains chercher ce qui avait pu motiver cet acte barbare.

« Un étranger de passage » fut la réponse admise par tous. La communauté se rassurait en se disant qu'il ne s'agissait pas d'un habitant du coin, quitte à accepter que ledit étranger ait kidnappé Callie et attendu de longs mois avant de la tuer. Tout le monde a cru à cette théorie. Moi le premier.

Lorsque c'est arrivé une seconde fois, on s'est tous sentis trahis. C'était forcément l'un d'entre nous.

Personne ne savait qu'il s'agissait d'Owen Oliver Riley. À l'époque, on l'appelait « le Tueur de Woodview ».

Neuf victimes plus tard, il a été arrêté. Owen Oliver Riley avait trente ans et des poussières, les cheveux d'un blond paille, des yeux bleus et un début de bedaine. Il conduisait une berline grise, traînait au pub du coin et s'investissait avec sa paroisse dans des activités bénévoles. Les gens le connaissaient, lui parlaient, lui vendaient des articles et des services, le saluaient lorsqu'il passait. Je contemplais sa photo sur l'écran de télévision. Ça ne pouvait pas être lui. Il semblait trop banal. Et il l'était, à cela près qu'il avait tué neuf femmes.

Owen Oliver a d'abord été accusé d'un meurtre. Pour les autres chefs d'accusation, on manquait de preuves. La libération sous caution lui a été refusée, Owen Oliver a passé trois semaines en prison. Et puis, il a été libéré pour un vice de procédure : une signature manquait sur le mandat de son échantillon d'ADN à l'époque où la police avait frotté un coton-tige à l'intérieur de sa joue. Pour son avocat commis d'office, cette bévue était du pain béni.

Sans l'ADN, la police n'avait plus rien. Les enquêteurs cherchaient désespérément des preuves pendant qu'Owen Oliver sortait de prison. Avec son air de M. Tout-le-Monde, il s'est fondu dans la masse et a disparu.

L'annonce de sa libération m'est parvenue alors que je voyageais à l'étranger, l'une des rares fois où mes parents ont donné des nouvelles avant leur mort. Et puis, je suis rentré pour leur enterrement. Je n'avais pas prévu de rester, jusqu'à ma rencontre avec Millicent. À l'époque, je pensais qu'elle acceptait de sortir avec moi uniquement parce qu'elle venait de débarquer et ne connaissait personne d'autre dans la région.

Il m'arrive de le penser encore aujourd'hui.

Owen Oliver était alors de l'histoire ancienne. Mais chaque année, à l'anniversaire de sa libération, son visage reparaissait aux informations. Avec le temps, Owen est devenu notre monstre local, notre croquemitaine, le tueur en série de la région. L'homme s'est élevé peu à peu au rang de mythe.

—Son dernier crime doit remonter à dix-sept ans, fais-je remarquer.

—Dix-huit, me corrige Millicent. Ce mois-ci, cela fait dix-huit ans que sa dernière victime a disparu.

Je secoue la tête, peinant à reconstituer le puzzle. Comme d'habitude, Millicent le fait à ma place.

—Tu te souviens de la réaction des gens quand Lindsay a été portée disparue ? me demande-t-elle.

—Évidemment.

—D'après toi, que se passera-t-il lorsqu'une autre disparaîtra ? Une des femmes de notre liste, par exemple.

Peu à peu, le voile se lève. Si une autre victime est à déplorer, la police commencera à soupçonner un tueur en série. Millicent a ressuscité Owen pour lui faire porter le chapeau.

Elle planifie notre avenir.

—C'est la raison pour laquelle tu as maintenu Lindsay en vie pendant tout ce temps. Tu faisais comme lui.

Millicent acquiesce d'un hochement de tête.

—Oui.

—Et il étranglait ses victimes, pas vrai ?

— Oui.

Je pousse un soupir. À la fois physique et psychologique.

— Tu avais tout prévu, c'était une mise en scène.

— Bien entendu. Lorsque la police entamera son enquête, elle cherchera Owen.

— Mais pourquoi ne m'as-tu rien dit ? Pendant un an ?

— Je voulais te faire la surprise. Pour notre anniversaire.

Je l'observe longuement. Ma charmante épouse.

— C'est de la folie, finis-je par dire.

Elle lève un sourcil perplexe. Elle s'apprête à répliquer, mais un doigt pressé contre ses lèvres, j'ajoute aussitôt :

— C'est brillant.

Millicent vient m'embrasser le bout du nez. Son souffle porte l'odeur de notre dessert de ce soir. Pas de vanille cette fois. Glace au chocolat et cerises.

Elle se retourne dans l'habitacle, s'installe à califourchon sur mon siège passager et ôte son pull. La pince retirée, ses cheveux tombent en cascade devant son visage. Elle pose sur moi ses yeux sombres, marécageux.

— Tu ne pensais tout de même pas qu'on allait s'arrêter en si bon chemin, si ? demande-t-elle.

Non, elle a raison, on ne peut pas tout arrêter maintenant. De toute façon, j'ai bien envie de continuer.

Chapitre 12

Tout a commencé avec Holly. En même temps, nous n'avions pas vraiment le choix.

Ce fameux soir d'automne, quand le téléphone a sonné, notre petit monde a été bouleversé. On appelait au sujet de Holly. Elle allait sortir de l'hôpital psychiatrique.

J'ai dû mal entendre, ai-je pensé lorsque Millicent m'a expliqué que sa sœur n'était pas morte dans un accident de voiture à quinze ans. En réalité, on l'avait internée.

La nuit était bien entamée ce samedi soir. Quand les enfants se sont enfin calmés, ils ont mangé et sont partis se coucher. Nous nous sommes alors installés au salon, sur le canapé neuf que nous venions d'acheter à crédit, et Millicent m'a raconté la véritable histoire de Holly.

Tout a commencé par une coupure de papier. Je connaissais déjà cette histoire : elles découpaient et collaient les images de leurs objets préférés.

— Elle l'a fait exprès, explique Millicent. Elle a attrapé ma main et l'a coupée avec du papier. Juste ici. (Elle montre la bande de peau entre son pouce et son index.) Elle a fait croire à nos parents que c'était un accident.

Un mois plus tard, la petite Millicent, six ans, n'en gardait presque aucun souvenir. Et puis, l'histoire s'est répétée. Dans la chambre de Holly, les deux sœurs jouaient à ce qu'elles appelaient le Puits Violet. C'était leur monde imaginaire peuplé de poupées, de peluches et de chevaux en plastique.

Le nom de ce petit univers était tiré de la chambre de Holly aux murs lavande. Ceux de la chambre de Millicent étaient jaunes.

Alors qu'elles jouaient dans leur puits, Holly l'a coupée. Cette fois avec un bout de plastique saillant arraché à un jouet.

L'entaille se situait juste au-dessus de la cheville de Millicent. Voyant le sang sur le tapis, la petite fille s'est mise à hurler. Holly n'a pas quitté la plaie du regard jusqu'à l'arrivée de leur mère. Puis elle s'est mise à pleurer en chœur avec sa sœur.

Une fois de plus, l'affaire a été reléguée au rang d'incident.

Les deux années qui suivirent, Millicent fut victime d'autres accidents de ce genre. Son père la pensait maladroite. Sa mère lui disait de faire attention.

Et Holly se moquait d'elle.

À mesure que le récit avançait, j'étais horrifié. Certaines choses prenaient tout leur sens.

La morsure à son bras, imputée au chien. Deux petites cicatrices décolorées qu'elle garderait à vie.

Un doigt cassé, coincé dans une porte qui aurait claqué. Le doigt est resté légèrement tordu depuis.

Sa dent de devant, sur la mâchoire du bas, à peine ébréchée du jour où elle a trébuché contre le chambranle de la porte.

La profonde plaie dans son mollet, souvenir de bris de verre dans la rue. La cicatrice est encore visible, une ligne sombre de près de quinze centimètres.

La liste n'en finissait plus. Et ça empirait à mesure que les filles grandissaient.

À l'âge de douze ans, Holly a poussé sa cadette dans l'escalier et lui a ainsi cassé le bras. Six mois plus tard, elle l'a renversée avec son vélo. Puis elle l'a fait tomber d'un arbre dans la cour.

Ses parents croyaient toujours à des accidents. Sans doute ne voyaient-ils que ce qu'ils voulaient bien voir. Aucun parent n'a envie d'un monstre pour enfant.

Après tout, je pouvais le comprendre. Rien ne peut me convaincre que Rory ou Jenna ont une part de mal en eux. C'est impossible, insensé. Les parents de Millicent devaient certainement penser la même chose de Holly.

Ce qui n'apaisait en rien ma colère. Assis là, à écouter le récit de ce qu'avait enduré ma femme, j'enrageais.

Ce traitement – ou plutôt cette torture – s'est poursuivi jusqu'à l'adolescence. Cela faisait bien longtemps que Millicent avait abandonné l'idée d'être gentille avec son aînée dans l'espoir qu'elle arrêterait. Au contraire, elle essayait désormais de lui rendre la pareille.

La seule et unique fois où elle avait tenté de s'en prendre physiquement à Holly, c'était au collège. Après les cours, elles sortaient avec les autres élèves pour retrouver la foule de parents rassemblés devant le portail. Tandis qu'elles marchaient côte à côte, Millicent a tendu la jambe pour lui faire un croche-pied.

Holly a basculé la tête la première.

Ça n'a duré qu'une seconde, mais la moitié du collège a assisté à la scène. Les enfants ont ri, les enseignants se sont rués pour l'aider, et intérieurement, Millicent jubilait.

— Ça paraît dingue, soupire-t-elle. Mais, à l'époque, je pensais que ce serait fini. Maintenant qu'elle était la victime, je pensais qu'elle arrêterait de me harceler.

Mais non.

Quelques heures plus tard, Millicent s'est réveillée en pleine nuit, les poings liés à sa tête de lit, alors que Holly était occupée à la bâillonner en silence. Puis elle est restée assise dans un coin, à scruter Millicent jusqu'au lever du jour. Enfin, elle l'a libérée juste avant le réveil de leurs parents.

— Ne t'avise plus jamais de me faire du mal, l'a-t-elle menacée. La prochaine fois, je te tuerai.

Millicent a obéi. Elle a continué de subir la torture de son aînée, cherchant un moyen de prouver qu'elle n'était pas maladroite, que ses blessures n'étaient pas accidentelles. Holly était trop maligne pour laisser une caméra ou un témoin surprendre ses méfaits.

Aujourd'hui encore, Millicent est convaincue que, sans cette histoire de voiture, le calvaire aurait continué.

L'accident dont elle m'a parlé est vraiment arrivé. Millicent avait treize ans et Holly quinze quand cette dernière s'est mis dans la tête d'emprunter avec la voiture de leur mère. Elle a ordonné à Millicent de venir avec elle, puis a foncé volontairement dans une clôture, côté passager en première ligne.

Sans la vidéo, on aurait cru à un accident.

Seulement, deux caméras de surveillance ont filmé la scène. La première montre la voiture descendant la rue en ligne droite avant d'opérer un virage brutal pour aller se planter dans la clôture. Sur la seconde vidéo, on voit le côté chauffeur. Holly semble tourner le volant délibérément.

Après l'avoir questionnée, la police a finalement conclu que l'accident n'en était pas un.

Les interrogatoires se sont enchaînés pour Millicent, Holly et leurs parents, et le constat fut sans appel : Holly avait un sérieux problème. La police la soupçonnait même d'avoir essayé de tuer sa petite sœur.

Les parents de Millicent avaient deux solutions : voir leur fille aînée accusée d'une tentative de meurtre ou la faire interner dans un établissement spécialisé pour une durée indéterminée.

Les médecins ont pris le relais.

Vingt-trois ans plus tard, ils l'ont libérée.

Holly a été la première.

Après notre rencard, je m'informe sur Owen Oliver Riley. Si nous projetons de ressusciter notre croquemitaine local, il est impératif de connaître les éléments-clés de l'affaire, à commencer par le profil de ses victimes. J'ai oublié quels étaient ses penchants en la matière. En revanche, je me souviens clairement de l'impact de cette histoire sur ma vie amoureuse. Pour le pire – certaines filles se méfiaient de moi comme du potentiel Tueur de Woodview – comme pour le meilleur : d'autres se laissaient séduire lorsqu'elles mesuraient mes chances en face à face avec notre tueur anonyme.

Ces filles-là avaient mon âge, entre dix-huit et vingt ans. Elles ne risquaient donc pas grand-chose d'Owen Oliver qui semblait les préférer plus matures, autour de la trentaine.

Blonde ou brune, cela n'avait aucune importance.

Sur d'autres points, il était plus tatillon. Les femmes devaient être assez petites, pas plus d'un mètre soixante, sans doute pour faciliter le transport de leur corps. Ce qui arrangeait Millicent.

Toutes vivaient seules.

Beaucoup travaillaient de nuit. L'une d'elles se prostituait.

Le dernier critère d'Owen était celui qui l'avait trahi. Toutes ses victimes étaient d'anciennes patientes du Saint Mary's Memorial. Parfois, l'intervention datait de plusieurs années. L'une s'y était fait retirer les amygdales, une autre y avait passé deux jours sous intraveineuse pour une pneumonie. Owen travaillait au service de facturation, il connaissait chaque étape pour chaque opération, l'âge des patientes, leur statut marital et leur adresse.

Le Saint Mary était le seul dénominateur commun entre tous les meurtres. Pendant longtemps, personne n'avait fait le rapprochement, s'agissant du plus grand hôpital de la région. Tous les gens du coin s'y rendent pour se faire opérer.

En dehors de Saint Mary, l'hôpital le plus proche est situé à une heure de route.

Je m'épargne les détails sur le traitement qu'ont subi ses victimes durant leur captivité. C'est trop d'informations futiles, trop d'images mentales dont je me passerai volontiers.

Mon attention s'attarde tout de même sur un point : Owen limait le bout des doigts de ses victimes pour effacer leurs empreintes digitales. Millicent en a fait autant avec Lindsay.

Je parcours les portraits des neuf femmes. Elles sont toutes jeunes, rayonnantes et heureuses. C'est souvent l'impression que donnent les photos de victimes. Personne n'a envie de regarder le portrait d'une jeune femme triste, aussi morte soit-elle.

Je prends note d'autres détails. Toutes étaient assez quelconques. Elles se maquillaient peu et n'avaient pas de style vestimentaire marqué. Pour la plupart, elles se contentaient d'une coiffure ordinaire, d'un jean et d'un tee-shirt, sans rouge à lèvres criard ni vernis sur les ongles. Lindsay correspondait au profil recherché par le tueur, pour sa taille et pour le reste.

Naomi est une fille simple qui ne fait pas dans le glamour. Seulement, elle est trop grande.

Jusqu'à présent, je n'avais jamais choisi de femme selon ces critères. Je m'attachais plutôt à savoir si sa disparition inquiéterait de nombreux proches ou non, la rapidité avec laquelle la police serait alertée et combien de temps les autorités consacreraient à la recherche d'une adulte.

Tout le reste était arbitraire. J'ai choisi Lindsay parce qu'elle rassemblait tous les critères de base et parce que Millicent commençait à trépigner pour que l'on trouve la suivante.

Petra, c'était différent. Peut-être parce que j'ai couché avec elle, ou parce qu'elle me soupçonnait de faire semblant d'être sourd. Ou les deux. Nous prenons un risque considérable en la laissant courir dans la nature, mais elle ne correspond plus à notre nouveau profil. Trop grande et trop coquette ; elle porte des jupes, des talons hauts et du vernis rouge sur les orteils.

Il me faut trouver une autre fille. Notre quatrième.

C'est ainsi que fonctionnait Owen Oliver. Il se lançait dans de nouvelles recherches dès qu'on avait retrouvé le corps de la précédente.

Tout en épluchant les réseaux sociaux, je sens l'adrénaline me griser. Ce n'est pas encore le pic de l'excitation, mais ça va venir. Millicent et moi allons ressusciter Owen ensemble.

Et il me tarde d'y être.

Chapitre 13

Nous n'avions pas anticipé les deux précédentes. Lindsay est la première que nous ayons vraiment choisie, la première à avoir été sélectionnée via les réseaux sociaux. Mais, à l'époque, nous n'avions pas de profil type ni d'exigence de taille. Rares sont les filles qui précisent leurs mensurations sur Internet, il n'y a pas de case pour le poids, la couleur des yeux ni la taille. Ce qui rend l'enquête préliminaire de notre numéro quatre un brin complexe.

J'ai toutefois trouvé un genre de sites qui recense la taille des inscrites : les sites de rencontres. Mais après avoir vaguement parcouru quelques pages, je suis en panne d'inspiration. Le lendemain, je demande à Millicent de me rejoindre pour la pause de midi. Nous commandons un café et nous installons au parc de l'autre côté de la rue. La journée s'annonce magnifique, le bleu du ciel est d'azur, et l'humidité dans l'air reste légère. Le parc est juste assez proche du café pour que nous utilisions son Wi-Fi.

Je lui liste nos dernières contraintes et lui détaille mes trouvailles en ligne. Elle consulte les profils des femmes inscrites sur le site de rencontre, puis lève les yeux vers moi.

— Elles ont toutes l'air si…

Sans finir sa phrase, elle secoue doucement la tête.

— Fausses ?

— Oui. Comme si elles cherchaient à balayer leur personnalité pour correspondre à un idéal masculin.

Je lui montre le profil d'une femme qui prétend aimer la planche à voile et les soirées sur la plage.

— Et puis, elles ont trop d'amis.

— Certaines oui, c'est sûr.

Elle survole d'autres profils, les sourcils froncés.

— On ne peut pas la choisir sur un site de rencontre.

Comme je ne réponds rien, elle lève à nouveau les yeux. Je lui souris.

— Quoi ? me demande-t-elle.

— J'ai une autre idée.

L'inquiétude la quitte. Voilà qu'elle devient curieuse, plus détendue.

— Vraiment ?

— Oui, vraiment.

— Dis-moi tout.

Je balaie le parc d'un regard, puis m'arrête sur une femme assise sur un autre banc, plongée dans la lecture d'un roman. Je la pointe du doigt.

— Pourquoi pas elle ?

Millicent l'observe un instant, puis sourit.

— Tu veux chercher dans la vraie vie.

— Dans un premier temps, oui. De sorte que son physique concorde. Ensuite, nous affinerons nos recherches sur Internet pour nous assurer qu'elle rassemble tous les critères.

Millicent se retourne vers moi, les yeux pétillants. Elle pose sa main sur la mienne. Son contact me fait frissonner, comme si elle rechargeait ma jauge d'énergie. J'ai le cerveau qui bourdonne.

Sur un petit signe de tête, elle me titille par un début de sourire. J'ai une envie soudaine de la coucher sur la pelouse et de lui arracher ses vêtements.

— Je savais bien que je ne t'avais pas épousé pour rien, finit-elle par dire.

— C'est pour mon intelligence extraordinaire, n'est-ce pas ?

— Et ton humilité.

— Pour mon charme, aussi, dois-je ajouter.

— Bon, si on s'y prend correctement, la police n'envisagera même pas l'éventualité que ces meurtres aient pu être commis par un couple. On pourra donc opérer comme bon nous semble.

Cette précision m'excite d'autant plus. Le monde regorge de choses que je ne peux pas faire, qui me sont hors de portée : des maisons et des voitures, des ustensiles de cuisine hors de prix. Mais ça, c'est notre passeport vers la liberté. La seule chose qui nous appartienne vraiment, que nous pouvons contrôler. Et c'est grâce à Millicent.

— Oui, lui dis-je.

— Oui à quoi ?

— Oui à tout.

Je roule jusqu'à la gare du SunRail et prends le train pour Altamonte Springs, la direction opposée de l'endroit où habite Petra. Techniquement, nous ne sommes plus à Woodview, mais l'on reste dans la zone de chasse d'Owen.

Il y a des femmes partout. Des jeunes, des vieilles, des grandes, des petites, des minces, des rondes. Elles sont dans tous les quartiers, dans toutes les boutiques et au coin de chaque rue. Je ne prête aucune attention aux hommes, seulement aux femmes, et ce depuis toujours. Quand j'étais plus jeune, la monogamie m'apparaissait comme un concept abstrait. Comment se priver de ces milliers d'opportunités ?

Évidemment, c'était avant de rencontrer Millicent.

C'est surtout moi qui ai changé. Je continue d'évaluer toutes les femmes que je croise, mais c'est différent. Je ne les vois plus en partenaires potentielles, en amantes ni en conquêtes. Je les vois selon leur correspondance avec le profil type d'Owen. Je les mesure d'abord selon leur taille, puis leur maquillage et leurs vêtements.

Je remarque une jeune femme qui sort d'une laverie et monte l'escalier vers l'appartement du dessus. Depuis mon poste d'observation, je ne saurais juger de sa taille.

Une autre sort d'un bâtiment administratif pour se diriger vers le parking. Elle est assez petite, mais sa vivacité m'agresse, sans compter sa voiture, mieux que la mienne. Non, je m'imagine mal l'aborder.

Je repère la cliente d'un café et m'assieds à la table derrière elle. Son ordinateur ouvert, l'inconnue parcourt des sites que l'on pourrait ranger selon deux catégories : politique et nourriture. Vu mon intérêt limité pour ces deux domaines, j'ai du mal à concevoir nos futures conversations. Mais je suis assez curieux pour guetter le moment où elle quitte le café, la suivre et noter sa plaque d'immatriculation.

Je me promène dans la rue et tombe sur une femme, assez petite, qui travaille pour la voirie. Elle remplit une contravention. Ses ongles sont coupés court, et ses cheveux également. Je ne vois pas ses yeux derrière ses lunettes de soleil, mais elle ne porte pas de rouge à lèvres.

Je la dépasse, d'assez près pour lire le nom sur son badge. A. Parson.

Peut-être… Peut-être pas… Je n'ai pas encore décidé. Profitant du fait qu'elle regarde ailleurs, je prends quelques photos.

Ce soir-là, Millicent est au lit, étudiant un tableur sur son ordinateur. Les enfants dorment, ou devraient dormir. En tout cas, ils ne font pas de bruit. Ces derniers temps, nous pouvons difficilement espérer mieux.

Je me glisse sous la couette.

— Salut, lui dis-je.

— Salut.

Millicent se décale pour me faire plus de place, même si notre lit est bien assez grand.

— J'ai fait du shopping aujourd'hui.

— Mon Dieu, j'espère que tu n'as rien dépensé. Je regarde justement notre budget, et c'est serré. Pas de folies tant qu'on n'aura pas remplacé le lave-linge.

Je souris en posant mon téléphone sous ses yeux avec la photo de A. Parson.

— Je te parle d'un autre genre de shopping.

— Oh. (Elle zoome sur l'image et la contemple en détail.) C'est un uniforme ?

— Oui, elle est contractuelle.

— Je ne vois pas d'inconvénient à me venger de ces gens-là.

Nous échangeons un sourire.

— Moi non plus. Et puis, elle correspond au profil d'Owen.

— Tu as raison, approuve Millicent en refermant son ordinateur avant de se tourner vers mon côté. Joli travail.

— Merci.

Nous nous embrassons et oublions d'emblée nos soucis financiers.

Chapitre 14

Au début, ça n'avait rien de sexy. C'était même angoissant. Holly devait être une conclusion, pas le début d'une longue série. Le lendemain de sa sortie de l'hôpital, Millicent a ouvert la porte d'entrée. Sa sœur se tenait sur le seuil. Ma femme lui a claqué la porte au nez.

Nous avons reçu une lettre directement glissée dans notre boîte. Millicent ne lui a pas répondu.

Alors elle a appelé. Millicent n'a plus décroché.

Lorsque j'ai pris contact avec l'hôpital psychiatrique, ils n'ont rien voulu me dire.

Holly a commencé à nous suivre lorsque nous quittions la maison. Toujours à plus d'une trentaine de mètres, certes, mais elle ne nous lâchait pas d'une semelle. À l'épicerie quand Millicent faisait les courses, au parking du centre commercial, sur le trottoir d'en face lorsque nous dînions au restaurant.

Elle s'éclipsait toujours trop vite pour que nous ayons le temps de prévenir la police. Et chaque fois que nous voulions la prendre en photo pour preuve, elle se retournait, s'éloignait ou bougeait pour que le cliché soit flou.

Millicent refusait d'en parler à sa mère. La maladie d'Alzheimer commençait déjà à effacer son souvenir de sa fille aînée, et d'après mon épouse, ce n'était pas plus mal.

En ligne, j'ai effectué des recherches sur les lois contre le harcèlement et dressé l'historique de toutes les apparitions de Holly. Quand j'en ai parlé à Millicent, elle a trouvé l'idée futile.

— Ça ne servira rien.

— Mais si on...

— Je connais les lois contre le harcèlement. Elle n'en a enfreint aucune. Holly est trop maligne.

— Il faut faire quelque chose.

Les yeux rivés sur mon carnet, Millicent a secoué la tête.

— Tu n'as pas l'air de comprendre. Holly a fait de mon enfance un enfer.

— Je sais.

— Tu devrais donc savoir aussi que cette liste ne changera pas le cours de l'histoire.

J'avais envie de courir au poste de police, de leur raconter ce qui nous arrivait, mais la seule preuve physique dont nous disposions était l'enveloppe que Holly avait glissée dans notre boîte aux lettres. Elle n'avait rien de menaçant. Millicent avait raison : Holly était bien trop futée.

M.,
Il faudrait qu'on parle, tu ne crois pas ?
H.

Au lieu de me rendre au commissariat, je suis allé directement voir Holly. Je lui ai demandé de laisser ma famille tranquille.

Ce qu'elle n'a pas fait. La fois suivante, elle est venue chez moi.

C'était un mardi, vers midi. Pendant mon cours de tennis, je réfléchissais à ce que j'allais manger pour le déjeuner. Mon téléphone a bipé trois fois d'affilée, des textos de Millicent.

SOS.

Rentre à la maison. Tout de suite.

Holly.

C'était moins d'une semaine après que je suis allé la voir.

Je n'ai pas pris le temps de répondre à Millicent. Quand je suis arrivé à la maison, elle m'a ouvert la porte, les yeux gonflés de larmes qu'elle peinait à retenir. Ma femme n'est pas du genre à pleurer pour un rien.

— Mais qu'est-ce que…

M'interrompant net, elle m'a pris par la main et m'a conduit au salon. Holly se trouvait à l'autre bout de la pièce, assise sur le canapé. Me voyant arriver, elle s'est levée.

— Quand je suis rentrée, elle était là, m'a expliqué Millicent d'une voix chevrotante.

— Quoi ? a dit sa sœur.

— Ici, dans notre salon.

— Non, ce n'est pas ce que tu crois…

— J'avais oublié mon appareil photo. Je devais photographier la maison des Sullivan aujourd'hui, je suis revenue le chercher et je l'ai trouvée ici.

— Attends…

— Elle était assise sur notre canapé !

Le visage enfoui dans ses paumes, Millicent a finalement laissé libre cours à ses larmes. Je l'ai serrée dans mes bras.

Holly avait tout d'une femme banale, trente ans et des poussières, en jean, tee-shirt et sandales. Ses cheveux roux et courts étaient coiffés en arrière, et elle portait du rouge à lèvres écarlate. Elle a pris une profonde inspiration et levé les mains en signe de paix.

— Attendez, ce n'est pas…

— Je n'en peux plus de tes mensonges ! a crié Millicent. Tu ne fais que ça, mentir.

— Je ne mens pas !

— Ça suffit, suis-je intervenu. On se calme.

— Oui, a acquiescé Holly. Calmons-nous.

— Non, je ne me calmerai pas.

Millicent montrait la fenêtre dans le coin, celle qui donnait sur le côté de la maison. Le rideau était fermé, mais le sol était parsemé de bris de verre.

— C'est par là qu'elle est entrée. Elle a cassé la vitre pour pénétrer chez nous.

— C'est faux !

— Dans ce cas, comment as-tu atterri dans notre salon ?

— Je n'ai pas…

— Holly, arrête. Tu n'arriveras pas à manipuler mon mari comme tu l'as fait avec papa et maman.

Millicent marquait un point.

— Oh, mon Dieu, a murmuré son aînée en fermant les yeux, les mains autour de sa tête comme pour se couper du monde entier. Mon Dieu, mon Dieu, mon Dieu…

Ma femme a reculé d'un pas.

Je me suis avancé.

— Holly. Ça va ?

Elle ne s'arrêtait plus. Comme sourde à ce qui l'entourait. Quand elle s'est giflé la tempe, je me suis retourné vers Millicent. Pétrifiée, elle posait sur sa sœur un regard affolé.

J'ai haussé le ton.

— Holly !

Elle a levé la tête.

Et baissé les mains.

Son expression s'est tordue en une forme de rictus presque sauvage. Un aperçu de ce qui faisait si peur à Millicent.

— Tu aurais dû mourir dans cet accident, a-t-elle aboyé dans un grognement animal.

Millicent s'est approchée, se servant de moi comme d'un bouclier, et m'a pris par le bras. J'allais me tourner pour lui dire d'appeler la police, mais elle m'a parlé la première. Dans un murmure à peine audible.

— Heureusement que les enfants ne sont pas là pour voir ça.

Les enfants. Leur image m'est soudain apparue. J'ai vu Rory et Jenna dans la chambre au-dessus de nos têtes. J'ai senti leur peur devant le comportement de cette folle.

— Holly.

Elle ne m'entendait plus. Elle n'entendait plus personne. Ses yeux étaient braqués sur Millicent qui se cachait tant bien que mal derrière mon dos.

— Salope, a grommelé l'aînée.

Elle s'est jetée sur moi.

Ou plutôt sur Millicent.

À cet instant précis, je n'ai pris aucune décision. Je n'ai pas étudié les options qui s'offraient à moi, n'ai pas pesé le pour et le contre, n'ai pas fait montre de logique pour trouver la meilleure façon de procéder. Si j'avais fait tout ça, Holly serait encore en vie.

Je n'ai ni réfléchi ni hésité. Ce que j'ai fait est venu d'une part enfouie en moi. C'était biologique, un réflexe de survie. L'instinct.

Holly était une menace pour ma famille, elle était donc une menace pour moi. J'ai attrapé le premier objet à ma portée. Elle était posée là, contre le mur.

Ma raquette de tennis.

Chapitre 15

Quelques jours passent avant qu'on ne commence à reparler d'Owen Oliver Riley dans les médias.

Josh, mon jeune journaliste fougueux, évoque le nom du tueur en série lors de l'une des conférences de presse que tient régulièrement la police depuis qu'ils ont retrouvé Lindsay. Ces conférences se déroulent en fin d'après-midi, de telle sorte qu'on en résume les éléments-clés aux informations du soir.

L'intervention de Josh en fait partie.

—Avez-vous envisagé la possibilité du retour d'Owen Oliver Riley ?

La question n'a pas l'air de surprendre l'inspecteur chargé de l'affaire, un homme dégarni, la cinquantaine bien sonnée.

Josh est bien trop jeune pour se souvenir de l'affaire Owen Oliver, mais c'est un reporter rusé et ambitieux, capable de surfer sur Internet plus vite que son ombre. Il a seulement besoin d'une première piste pour se lancer.

Et, pour l'aider, j'ai passé en revue les méthodes des plus célèbres tueurs en série. Quelques-uns entretenaient un contact avec la presse, certains même avec la police, et ce bien avant l'invention des mails. Mais sachant la simplicité avec laquelle on peut tracer le moindre message électronique, j'ai préféré éviter ce moyen de communication. Et agir à l'ancienne.

Owen n'a jamais écrit à personne, il m'a donc suffi de concocter un petit texte juste assez plausible pour être cru.

Après plusieurs brouillons, du plus concis au plus fleuri en passant par l'hermétisme le plus sibyllin, je me suis finalement arrêté sur une simple phrase :

Qu'il est bon de rentrer chez soi.
Owen

J'ai mis des gants en latex pour manipuler le papier, l'enveloppe et le timbre. Une fois scellée et prête à l'envoi, j'ai parfumé l'enveloppe d'une eau de Cologne bon marché, qui sentait le cow-boy en sueur.

Pour brouiller les pistes de Josh.

Puis j'ai roulé jusqu'à l'autre bout de la ville et ai glissé ma lettre dans une boîte postale. Trois jours plus tard, Josh évoque le nom d'Owen à la conférence de presse, mais pas un mot sur le courrier. Soit il garde ce détail pour lui, soit la police lui a demandé de ne pas révéler l'information.

Pour l'instant, je reste observateur, car j'ai autre chose à faire. Hier soir, j'ai surveillé le logement d'Annabelle Parson. Enfin, ce n'est pas trop tôt ! La contractuelle qui m'a tapé dans l'œil a été plus difficile à pister que les autres. Pour Lindsay et Petra, je n'ai eu qu'à chercher leur nom sur Internet. Mais Annabelle est plus discrète, sans doute pour se protéger des colériques dont elle a orné le pare-brise d'une contravention. Pour trouver son adresse, j'ai dû la suivre un jour jusqu'à son appartement. C'était un peu pénible.

Hier soir, j'ai attendu en bas de son immeuble pour voir si elle rentrait seule ou si elle fréquentait quelqu'un. Vers minuit, j'ai reçu un texto de mon fils.

Encore de sortie ? Ça va te coûter cher.

Qu'est-ce que tu veux ?

Tu veux dire, combien ?

Cette fois, il ne veut pas de jeu vidéo. Il veut de l'argent.

Le lendemain, je le retrouve à la maison après le travail. Il est avachi sur le canapé, occupé à zapper, tout en envoyant des messages et jouant à un jeu. Millicent n'est pas encore rentrée. Jenna est en haut.

Je m'assieds près de lui.

Il lève la tête, sourcils haussés.

J'ai fait une bêtise. J'aurais dû en parler à Millicent dès le début. Nous aurions eu une conversation avec Rory et Jenna, leur aurions expliqué qu'il ne se passait rien de mal.

Papa aime partir en balade en voiture en pleine nuit. De temps en temps, il met un costard. C'est tout.

Je tends les billets à Rory.

Trop absorbé par le comptage, il ne prête aucune attention aux informations. Ils repassent les points forts de la dernière conférence de presse. Rory est loin de soupçonner la véritable raison pour laquelle son père part en vadrouille la nuit. La réponse est pourtant juste sous son nez.

Au menu du soir, tacos à base de restes de poulet. Le résultat se révèle délicieux. Ma femme est fine cuisinière et insiste pour que les dîners soient faits maison, mais j'ai l'impression que ses plus grandes réussites sont les plus basiques.

Mais ça, je préfère le garder pour moi.

En dessert, pêches en tranches saupoudrées de sucre roux, et un cookie à la cannelle par personne. Rory est le premier à prendre son air désabusé, puis Jenna l'imite. Millicent a toujours limité notre consommation de sucreries.

Nous avons chacun notre façon de savourer notre dessert. Jenna lèche les grains de sucre sur la pêche, puis grignote le cookie et termine par les tranches de fruit. Rory commence par le gâteau, puis la pêche, mais il engloutit le tout si vite que l'ordre a une importance relative. Millicent alterne entre le fruit et le cookie, une bouchée de l'un, une bouchée de l'autre. Moi, j'écrase la pêche et le cookie dans une purée informe que je mange à la cuillère.

Demain, c'est notre soirée film, nous débattons pour faire notre choix. La semaine dernière, c'était un film d'animation avec des animaux parlants. Rory est toujours réfractaire au début, et puis il finit par admettre qu'il les adore, comme tout le monde. Les enfants apprécient tous les deux les films sur le sport, nous optons donc pour l'histoire d'une équipe de base-ball en ligue junior cherchant à se qualifier pour le championnat du monde. Nous votons comme s'il s'agissait d'une élection des plus sérieuses, et le film de base-ball l'emporte haut la main.

— Je rentrerai à 17 h 30.

— On dînera à 18 heures, me répond Millicent.

— C'est bon, on a fini ? s'impatiente notre fils.

— C'est qui, Owen Oliver Riley ?

Silence.

Ma femme et moi nous tournons vers Jenna.

— Où as-tu entendu ce nom ? demande sa mère.

— À la télé.

— Owen est un type horrible qui fait du mal aux gens, résumé-je. Mais à toi, il ne fera jamais rien.

— Ah.

— Ne t'inquiète pas, ma puce.

— Mais pourquoi on parle de lui aux infos ?

— C'est à cause de la gamine morte, intervient Rory.

Je le corrige :

— Une femme. Pas une gamine.

—Ah oui, je vois, répond distraitement Jenna avant de regarder en direction de son portable. Bon, on a fini ?

Millicent fait signe que oui, ils récupèrent leurs téléphones et débarrassent la table en envoyant des textos. Je passe les assiettes sous l'eau, Jenna remplit le lave-vaisselle, et Millicent jette les restes de tacos.

À l'heure du coucher, Millicent met les informations dans la chambre. Elle écoute les derniers points abordés lors de la conférence de presse, puis se tourne vers moi sans un mot. Elle veut savoir si j'ai quelque chose à voir avec ça.

Je hausse une épaule.

Elle lève le sourcil.

À mon clin d'œil complice, elle sourit.

Nous nous comprenons sans rien nous dire.

Ça n'a pas toujours été le cas. Au début, nous passions des nuits entières à discuter, comme tous les couples lorsqu'ils tombent amoureux. Je lui racontais toutes mes histoires, un vrai moulin à paroles, ravi d'avoir enfin une oreille attentive, quelqu'un qui me trouvait fascinant.

Peu à peu, comme elle connaissait toutes mes vieilles histoires, nous n'échangions plus que les nouvelles. Je lui écrivais dans la journée pour lui raconter des détails anodins. Elle m'envoyait une photo rigolote de son travail. Je n'avais jamais connu quelqu'un aussi intimement et ne m'étais encore jamais livré à ce point. Cette complicité a duré, nous nous sommes mariés, et elle est tombée enceinte de Rory.

Je me souviens encore de la première chose que je ne lui ai pas dite. Enfin la première chose importante. C'était au sujet de la voiture. Nous en avions deux : la sienne était plus récente, et la mienne était un vieux tas de ferraille dans lequel j'entreposais mon matériel de tennis. Au huitième mois de grossesse de Millicent, ma camionnette a lâché. Nous en avions pour mille dollars de réparation, mais pas un sou en poche. Nous dépensions jusqu'au dernier cent dans les affaires pour le bébé : couffin, poussette, sans compter les tonnes de couches dont nous allions avoir besoin.

Je ne voulais pas l'inquiéter outre mesure, alors j'ai fait un choix. Je lui ai dit que la camionnette était en panne, mais je ne lui ai pas indiqué le prix des réparations. J'ai ouvert un nouveau compte courant avec une carte de crédit, uniquement à mon nom.

Il m'a fallu plus d'un an pour tout payer, et Millicent ne l'a jamais su. Je ne lui ai pas parlé des charges non plus.

Ça a été le premier vrai mensonge. Et à côté de cela, nous ne partagions plus tous les détails de notre quotidien. Nous avons eu un enfant, puis un autre, et les journées de ma femme ont perdu en folie et gagné en fatigue. Elle ne me racontait plus les aléas de son travail, et je gardais pour moi les anecdotes de mes clients.

Nous avons cessé de nous poser mutuellement des questions, de nous faire part des vétilles de notre routine et nous sommes finalement contentés des grandes lignes. C'est encore le cas aujourd'hui.

Parfois, un sourire et un clin d'œil nous suffisent.

Chapitre 16

En vingt-quatre heures, l'image d'Owen Oliver Riley se répand comme une traînée de poudre. Son visage apparaît dans tous les flashs infos et sur la toile. Mes élèves s'intéressent à lui. Ceux qui ne sont pas d'ici réclament des détails sur son histoire. Les autres refusent encore de croire à son grand retour. Kekona, la reine du commérage, est partagée entre les deux.

Bien que née à Hawaï, elle habite le quartier depuis assez longtemps pour en connaître toutes les légendes, les mythes et les personnalités. Elle ne croit pas au retour d'Owen Oliver. Pas une seule seconde.

Nous sommes sur le court, et Kekona travaille son service. Une fois de plus. Elle reste convaincue qu'un enchaînement de services parfaits permet de ne pas avoir à jouer le reste du match. En théorie, elle n'a pas tort. Dans les faits, personne n'en est capable. À moins d'affronter un enfant de cinq ans.

— Owen pourrait aller tuer des femmes n'importe où, et ils croient vraiment qu'il est revenu ici ? s'étonne-t-elle.

— La police, tu veux dire ? Non, ils ne se sont pas prononcés sur Owen Oliver. La question a seulement été posée par un journaliste.

— Pff.

— Qu'est-ce que tu insinues par « pff » ?

— Que c'est ridicule, affirme mon élève. Owen s'en est tiré une fois. Il n'a aucune raison de revenir.

— Sauf s'il a envie de rentrer chez lui, fais-je nonchalamment remarquer.

Kekona lève au ciel ses yeux noirs.

— On n'est pas dans un film d'horreur.

Elle n'est pas la seule de cet avis. Tous ceux qui n'ont pas connu la première vague de meurtres considèrent que l'assassin serait stupide de revenir dans la région. Ils voient les choses sous le même angle que Kekona, l'angle rationnel.

Mais ceux qui ont connu l'époque des premiers meurtres et s'en souviennent, ceux-là le croient de retour. Surtout les femmes.

Elles n'ont pas oublié la peur qui leur tiraillait le ventre dès qu'elles se retrouvaient seules, dehors comme dedans, car Owen kidnappait ses victimes n'importe où. Deux avaient été enlevées à leur domicile. Une autre se trouvait à la bibliothèque, une autre dans un parc, et au moins trois sur des parkings. Deux de ces dernières avaient été filmées par des caméras. Malheureusement, le système de vidéosurveillance était obsolète, et l'image trop sombre. Owen n'était qu'une ombre portant une casquette de base-ball. Les vidéos avaient tourné en boucle aux informations toute la journée.

Aujourd'hui, j'ai un cours prévu avec Trista, la femme d'Andy, mais lorsque j'arrive au club, elle est attablée au bar et regarde les informations sur les écrans géants. Comme son mari, elle a quarante ans passés et ne fait pas plus jeune que son âge. Ses cheveux sont trop blonds aux pointes, ses yeux toujours soulignés d'un trait noir, et le teint est naturellement si bronzé que c'en est déroutant. Elle déguste du vin rouge, seule, à 13 heures. La bouteille est posée sur la table.

J'en déduis que notre cours est annulé.

De loin, je l'observe, sans trop savoir si je dois m'approcher. Parfois, mes élèves m'en disent plus qu'ils ne devraient. Je suis un peu le coiffeur des sportifs.

Mais il faut admettre que, de temps en temps, c'est assez intéressant.

Je m'avance.

— Salut.

Trista me désigne la chaise vide à sa table sans quitter l'écran des yeux. Je l'ai souvent vue boire à des soirées ou des dîners, mais jamais ainsi.

Lors de la coupure publicitaire, elle se tourne vers moi.

— J'annule notre cours d'aujourd'hui, annonce-t-elle.

— C'est gentil de me prévenir.

Son sourire ne lui donne pas l'air plus heureux. Et si elle était en froid avec Andy ? Il a pu faire une bêtise. Je n'ai pas envie de me mêler de leurs affaires. Je m'apprête à me lever, mais Trista m'interrompt par cette question, pointant l'écran du doigt :

— Tu te souviens de l'ambiance qui régnait à l'époque ? Quand il tuait toutes ces femmes ?

— Owen ?

— Qui d'autre ?

— Bien sûr que je m'en souviens. Comme tous ceux qui vivaient dans le coin, réponds-je banalement. Est-ce qu'il t'arrivait de sortir au *Hatch* ? On était plusieurs à se retrouver là-bas, le samedi soir. Les télévisions étaient toutes branchées sur les infos. Je crois que c'est là que…

Trista prend une profonde inspiration.

— Je le connaissais.

— Qui ?

— Owen Oliver. Je le connaissais.

Elle saisit la bouteille et remplit son verre vide.

— Tu ne me l'avais jamais dit.

Elle lève les yeux au ciel.

— Je n'en tire aucune fierté. Encore moins d'être sortie avec lui.

— Sans blague !

— Je te jure.

J'en reste bouche bée. Littéralement.

— Andy est au courant ?

— Non. Et tu n'as pas intérêt à le répéter.

D'un signe de tête, je lui fais comprendre que je ne serai pas le messager d'une nouvelle pareille.

— Mais comment as-tu…

— Commence par boire un coup, m'invite Trista en poussant la bouteille vers moi. Tu vas en avoir besoin.

Trista avait raison. L'alcool a quelque peu atténué la violence de son récit.

Lorsque sa route a croisé celle d'Owen Oliver, il avait un peu plus de trente ans. Elle en avait dix de moins, un diplôme d'histoire en poche et travaillait pour une agence de recouvrement. C'est là qu'ils se sont rencontrés. Owen travaillait au service de facturation de l'hôpital Saint Mary, dont les factures impayées étaient transmises à l'agence en question.

— C'était un sale boulot, marmonne-t-elle d'une voix enrouée par le vin. J'appelais des malades pour leur réclamer de l'argent. Voilà, j'étais sale. Une personne sale qui faisait des saletés toute la journée.

Owen lui a soutenu que c'était faux. La première fois qu'ils ont discuté, c'était au sujet d'une certaine Leann qui devait plus de dix mille dollars à l'hôpital. Après dix-sept appels infructueux, Trista a commencé à croire que Leann leur avait donné un faux numéro. La seule personne qui décrochait était un homme très âgé et un brin sénile. Leann était une femme de vingt-huit ans qui vivait seule. Trista a donc appelé Saint Mary pour vérifier le numéro de téléphone. Elle n'était pas supposée contacter l'hôpital directement, mais tant pis. Owen a décroché.

— Évidemment, j'avais le bon numéro. Owen m'a expliqué que Leann était actrice. (Soupir.) J'avais tellement honte que je n'ai même pas demandé d'où il tenait cette information.

Ils ont discuté. Elle aimait sa voix, il aimait son rire. Ils ont décidé de se rencontrer. Leur histoire a duré six mois.

— On aimait tous les deux manger et boire. On préférait regarder le sport plutôt que de le pratiquer. Sauf le sexe. On faisait beaucoup l'amour. C'était bien, mais pas génial. Pas de quoi casser trois pattes à un canard. Par contre… (Trista agite son index.) Ses roulés à la cannelle étaient divins. Il les préparait de A à Z. Il roulait la pâte, la couvrait de beurre fondu, puis ajoutait son mélange de cannelle et de sucre…

Un bref instant, elle laisse son regard se perdre dans le vide. Puis elle revient lentement à elle.

— Bref. Il cuisinait bien. Je n'avais rien à reprocher à ses roulés à la cannelle. Finalement, je n'avais rien à lui reprocher tout court. Si ce n'est son poste au service de facturation de l'hôpital.

Trista baisse les yeux sur la table, un sourire aux lèvres. Ce n'est pas un sourire franc, il est teinté de dégoût d'elle-même. Elle relève la tête et me regarde droit dans les yeux.

— J'ai rompu parce que je me refusais à épouser un employé de trente-trois ans dont le boulot consistait à faire payer les malades. C'était hors de question. Si ça fait de moi une snob, alors tant pis, mais je ne pouvais pas me résoudre à être pauvre pour le restant de mes jours.

Elle montre ses paumes, comme prête à encaisser les insultes qu'elle pourrait m'inspirer.

Mais je ne dis rien et me contente de lever mon verre. On trinque, on boit.

Trista me parle d'Owen Oliver Riley pendant près de deux heures.

Il aimait le sport à la télévision, en particulier les matchs de hockey, alors que l'équipe professionnelle la plus proche jouait à plusieurs centaines de kilomètres de chez lui. Owen était toujours en jean. Toujours, sauf sous la douche, au lit ou près d'une piscine. Mais il ne savait pas nager. Trista le soupçonnait même d'avoir peur de l'eau.

Il vivait dans le nord de la ville, non loin de là où j'habitais avec Millicent quand on s'est mariés. Ce n'est pas un quartier malfamé, mais il commence à vieillir et n'a pas le charme cossu du sud-est de la ville, où se trouve Hidden Oaks. Owen avait hérité de la maison à la mort de sa mère. Trista décrit sa demeure comme une « cabane charmante, mais une cabane quand même ». Rien de surprenant ; les petits pavillons des banlieues nord sont dotés de jolis porches, de boiseries sculptées et de chiens-assis sur les toits, mais à l'intérieur, la plupart tombent en décrépitude. Celui d'Owen ne faisait pas exception à la règle.

Le chauffage était en panne, la fenêtre de la chambre était condamnée, et la moquette était d'un bleu sarcelle immonde. Il y avait tout de même une baignoire à pieds dans la salle de bains, et Trista l'appréciait, mais le robinet fuyait, ce qui la rendait folle. Lorsqu'elle dormait chez lui, elle fermait la porte de la salle de bains, sans quoi elle entendait le goutte-à-goutte jusqu'au bout du couloir. Les soirs où ils mangeaient chez lui, ils utilisaient les assiettes de la mère d'Owen, avec des motifs floraux jaunes sur le rebord.

Arrive le moment où Trista est trop soûle et trop fatiguée pour continuer son récit. J'appelle un taxi au club pour la ramener chez elle. Je lui promets que, si le besoin la prend de parler d'Owen, je serai ravi de l'écouter. Et c'est la stricte vérité.

Elle m'a apporté toutes les informations dont j'avais besoin pour écrire ma deuxième lettre à Josh.

Chapitre 17

Je n'ai jamais été très doué en matière d'organisation. Mon voyage à l'étranger, par exemple, s'est fait sans le moindre préparatif. Un ami m'a appelé et, une semaine plus tard, je le rejoignais à l'aéroport d'Orlando. Lorsque j'ai pris conscience que je n'aurais jamais le niveau pour jouer au tennis en professionnel, là encore, je n'avais aucun plan de secours. Le jour où Millicent m'a dit qu'elle était enceinte de Rory, je n'avais aucune idée de la façon dont j'allais m'y prendre pour élever cet enfant. Quand Jenna s'est annoncée, j'en étais toujours au même point. Seul le secret que je partage avec Millicent me pousse à l'organisation.

Mon sport, c'est le tennis. Pas les échecs. Je joue et j'enseigne le tennis en match simple. Généralement, je suis focalisé là-dessus : un joueur de chaque côté du filet, deux forces opposées poursuivant un même objectif. Ce n'est pas compliqué. Et pourtant, me voilà à monter un stratagème impliquant plusieurs protagonistes, comme si j'avais quelque chose à prouver.

La version actuelle de mon plan intègre trois personnes : Owen, Josh et Annabelle. Avec Millicent, le chiffre grimpe à quatre, et je pourrais presque compter Trista, ne serait-ce que pour les informations qu'elle me procure.

Je dois commencer par écrire un nouveau courrier à Josh. Non seulement cette lettre contiendra des éléments de la vraie vie d'Owen – notamment sur la maison de sa mère –, mais on y trouvera également la date de l'enlèvement de sa prochaine victime.

C'est risqué, je le sais. Peut-être même inutile. Mais cela me permet de clarifier la situation en un tour de main. Oui, Owen est revenu. Oui, il est responsable de la mort de Lindsay et de la prochaine. Pas de devinette, pas de ping-pong entre la police et les journalistes, à se demander s'il est vraiment de retour ou s'il s'agit d'un imitateur. Les informations fournies par Trista leur prouveront qu'il s'agit bien d'Owen. Personne ne pourra en douter une fois qu'une nouvelle disparition sera à déplorer.

Il s'agira d'Annabelle Parson, bien que je ne fasse pas mention de son nom dans la lettre.

L'inconvénient : tous les agents de police seront sur le qui-vive à la date annoncée. Ils entameront les recherches dès que la disparition sera déclarée.

L'avantage : Annabelle a très peu d'amis. Personne ne s'inquiétera pour elle tant qu'elle n'aura pas manqué son prochain jour de travail. Ce qui devrait bien nous laisser deux jours pour agir.

Il nous reste toutefois à trouver un moyen de la kidnapper sans se faire remarquer, ni par un passant ni par une caméra, un soir où tout le monde s'y attend. Mais là où la police cherchera Owen, personne ne fera attention à Millicent.

Ce plan est d'une telle simplicité qu'il frôle le génie.

Je le passe entièrement en revue, à commencer par ma lettre à Josh et en finissant par la disparition d'Annabelle. Entre les deux, je perçois un millier de failles, de questions en suspens et d'imprévus.

Voilà pourquoi je n'aime pas l'organisation. C'est épuisant. C'est précisément la raison pour laquelle je me donne cette peine. J'attends que mon plan soit solide avant d'en parler à Millicent. Aujourd'hui encore, après toutes ces années, j'ai envie de l'impressionner.

La dernière fois que j'y suis parvenu remonte à une éternité. Quand elle était plus jeune, il n'était pas évident de l'épater. Aujourd'hui, c'est presque impossible.

Toutefois, notre relation n'est pas unilatérale. À de nombreuses occasions, c'est elle qui a voulu m'impressionner. Par exemple, l'année où elle a décoré le sapin de Noël avec des masques à oxygène. Ou pour notre cinquième anniversaire de mariage, quand elle a porté la même lingerie que le soir de notre nuit de noces. Ou encore pour notre dixième anniversaire : elle a organisé un petit séjour en amoureux.

Avec deux enfants et une belle maison sur notre liste de vœux, on ne pouvait pas se permettre d'investir dans un grand voyage, ni même un dîner luxueux. Mais Millicent trouvait toujours un moyen de se débrouiller.

Ce jour-là, elle est venue me chercher au club de tennis. Généralement, elle ne s'y rendait que pour aller nager ou déjeuner avec une amie, alors quand je l'ai vue traverser le court, j'ai d'abord cru à un problème. Mais ma femme voulait seulement me kidnapper.

Millicent nous a conduits au milieu de nulle part, elle a garé la voiture et a pointé les arbres du doigt.

— Avance par là.

Ce que j'ai fait.

Deux cents mètres plus loin, nous arrivions dans une clairière. Une tente y était déjà plantée, juste à côté d'un foyer de pierres prêt à accueillir un feu. Une petite table de pique-nique était dressée avec ses assiettes en plastique, ses verres et ses bougies d'extérieur.

Millicent m'emmenait camper. Dormir à la belle étoile, ce n'est pas son truc, mais le temps d'un soir, elle a fait comme si.

Les moustiques nous ont posé un problème, car elle avait oublié le répulsif. Les bougies, bien qu'à l'abri du vent, s'éteignaient tout le temps. Et Millicent avait pris juste assez d'eau pour boire, mais pas pour la vaisselle ni pour se brosser les dents. Autant de détails futiles. Nous nous sommes assis devant notre feu, avons bu notre soupe réchauffée, notre vin bon marché et nous sommes offert un corps-à-corps tout aussi rudimentaire. On a parlé de l'avenir, qui prenait un nouveau tournant à cause des enfants. Pas un tournant négatif, mais radicalement différent.

Nous avons évité le sujet de nos rêves désormais hors d'atteinte.

Peu après minuit, le sommeil l'a emportée. Je ne m'étais pas couché aussi tard depuis notre dernier réveillon de Noël, lorsque nous avions dû veiller pour mettre les cadeaux au pied du sapin.

Le lendemain matin, quand je suis sorti de la tente, Millicent était dehors, pétrifiée, les mains sur la bouche. On avait saccagé notre campement.

Tout avait été fouillé, retourné, ravagé. Les emballages de nourriture étaient éventrés, et nos vêtements de rechange éparpillés partout sur le sol.

— Des charognards, ai-je supposé. Sûrement des ratons laveurs.

Millicent n'a rien répondu, trop en colère pour parler.

Elle a commencé à rassembler ce qui restait de nos affaires.

— Ils n'ont pas touché au café, ai-je fait remarquer en soulevant le bocal d'instantané. On pourrait s'en faire…

— Je ne crois pas que ce soit des ratons laveurs.

Je l'ai regardée ramasser notre sac à dos en lambeaux.

— Alors quoi…

— Ce sont des gens qui nous ont pillés. Pas des bêtes.

— Qu'est-ce qui te fait penser ça ?

Elle a pointé du doigt notre couchage.

— Ils n'ont pas touché à la tente.

— Peut-être qu'ils voulaient juste manger. Ils se fichaient…

— Ou peut-être que c'étaient des gens.

Je n'ai plus cherché à la contredire. Nous sommes sortis du bois pour rejoindre notre voiture.

Depuis, dès que l'on reparle de cet épisode, elle évoque ces criminels qui ont saccagé notre campement. Je crois toujours qu'il s'agissait d'animaux, mais je ne dis rien. Millicent voit le mal partout.

Moi, je garde un tout autre souvenir de cette aventure. Ce qui importe, c'est que Millicent ait tout organisé pour m'impressionner.

Annabelle Parson n'a jamais pris un seul congé maladie, n'a jamais été en retard, n'a jamais accumulé deux jours de repos et s'est toujours proposée pour remplacer les absents. J'en déduis donc qu'elle est célibataire. En couple, il arrive forcément que l'on arrive en retard au travail. Et puis, on prend des vacances pour passer du bon temps ensemble, surtout si l'on n'a pas d'enfant, ce qui est le cas d'Annabelle. Cerise sur le gâteau, Annabelle a été élue « Contractuelle du mois » à cinq reprises, et sa photo figure sur la page Internet de la municipalité.

Je déroule mon argumentaire à Millicent qui étudie le tout avant de déclarer :

— Tu as raison. Elle est parfaite.

— Je suis sur le brouillon de ma prochaine lettre à Josh, mais je ne te le ferai pas lire.

— Pourquoi pas ?

— Parce que c'est une surprise.

Elle esquisse un sourire.

— Je te fais confiance.

Pour moi, c'est la meilleure nouvelle de la semaine.

Comme je l'ai fait pour les autres, je commence par l'étape de l'observation.

Cette fois, je prends le train pour me rendre sur place, au cas où elle reconnaîtrait ma voiture. Quand elle travaille, il m'est impossible de la suivre. Annabelle conduit son 4 x 4 en quête de tickets de stationnement expirés et de voitures mal garées. Elle passe son temps à s'arrêter et à repartir.

Je patiente dans un café situé sur l'artère principale. Toutes les vingt ou trente minutes, elle va vérifier les pare-brise. Je m'occupe en fignolant le brouillon de ma prochaine lettre signée Owen Oliver, persuadé que celle-ci sera si convaincante qu'elle sera rendue publique. Josh et la chaîne pour laquelle il travaille ne pourront pas résister à la tentation.

La seule évocation du retour d'Owen met tout le monde à cran. Les radios locales rediffusent d'anciens reportages, des rétrospectives et des portraits du tueur. Owen est en première page des journaux depuis plusieurs jours. Rory et ses camarades ont créé un verbe à partir de son nom (« Je vais t'Owen Olivier ta face »), et le groupe de soutien féministe local œuvre pour classer le meurtre de Lindsay dans la catégorie des féminicides.

J'essaie d'imaginer l'ampleur que prendrait la situation si la rumeur s'avérait fondée. Ne serait-ce que si les gens y croyaient. La crédulité du public, voilà tout ce dont nous avons besoin. Si je parviens à tromper la police, on ne cherchera plus d'autre tueur qu'Owen.

Millicent a peut-être déclenché notre plan, mais c'est moi qui vais le concrétiser. Elle n'en croira pas ses yeux.

Chapitre 18

Sans Robin, rien de tout cela ne serait arrivé. On ne l'a pas cherchée, elle n'a pas été choisie comme Lindsay. Robin a tout fait basculer en venant frapper à notre porte.

C'était un mardi. Je venais de rentrer pour déjeuner. La maison était vide, et j'avais deux heures devant moi avant mon prochain cours. C'était presque un an après Holly, la vie reprenait à peine son cours. Son corps avait disparu depuis bien longtemps, enterré dans les bois. Millicent et moi ne parlions jamais d'elle. Je ne redoutais plus les sirènes de la police. Mon cœur ne s'emballait plus à la moindre sonnerie du téléphone ou lorsqu'on frappait à la porte. Je n'étais donc pas sur mes gardes ce jour-là, quand je lui ai ouvert.

La femme qui se tenait sur le seuil était jeune, un peu plus de vingt ans. Elle portait un jean moulant et un tee-shirt au col déchiré. Vernis à ongles cerise, rouge à lèvres rose et de longs cheveux auburn.

Derrière elle, une petite voiture rouge était garée dans la rue. Une voiture si vieille qu'elle aurait pu passer pour un modèle de collection. Je l'avais remarquée quelques minutes auparavant à un stop, non loin de la maison. Elle avait klaxonné, mais je ne m'étais pas douté que c'était pour moi.

— En quoi puis-je vous aider ? ai-je demandé.

Elle a incliné la tête et m'a souri avec un regard en coin.

— Je savais bien que c'était vous.

— Pardon ?

— Vous êtes l'ami de Holly.

Ce nom m'a fait sursauter, semblable à un coup de jus dans une prise électrique.

— Holly ?

— Je vous ai vu avec elle.

— Vous devez confondre.

Non, bien sûr, elle ne confondait pas. Je la reconnaissais, à présent.

Lorsque l'hôpital avait libéré Holly, l'un des médecins l'avait aidée à trouver du travail à l'épicerie du coin. Holly y était embauchée à mi-temps pour l'approvisionnement des rayons. Je m'étais rendu dans cette boutique pour lui demander d'arrêter de harceler ma famille.

Je n'avais pas prévu que ça déraperait.

Je m'y étais pointé un lundi matin, quand l'épicerie était calme et les rayons bien achalandés. Holly se trouvait dans l'une des allées, occupée à ranger une boîte de barres chocolatées, seule. Alors que j'approchais, elle s'est tournée vers moi. La surprise s'est lue dans ses yeux vert d'eau.

Les poings sur les hanches, elle m'a regardé avancer vers elle.

— Oui ?

— Je ne crois pas que nous nous soyons officiellement présentés.

Je lui ai tendu la main. Au bout d'un long moment, elle a fini par la serrer.

Je me suis excusé de cette rencontre impromptue ; en d'autres circonstances, peut-être aurions-nous pu former une famille. Mais dans l'immédiat, c'était impensable, car son comportement effrayait ma femme et mes enfants. Mes petits ne lui avaient rien fait de mal. Ils ne méritaient pas ça.

— Je te le demande. S'il te plaît, laisse ma famille tranquille. Tu veux bien ?

Holly m'a ri au nez.

Jusqu'à en avoir les larmes aux yeux, puis elle a ri de plus belle. Plus ça durait, plus je me sentais humilié. Ce qui l'a encore amusée davantage. J'ai commencé à comprendre ce que ressentait Millicent, ça m'a mis en colère.

— Quelle salope, ai-je grincé entre mes dents.

Elle a cessé de rire. Son regard s'est fait noir.

— Fous le camp.

— Et si je refuse ? Si je reste là pour faire de ta vie un enfer ?

Je haussais le ton sans m'en apercevoir.

— Va-t'en.

— Ne t'approche plus de ma famille.

Holly m'a contemplé, immobile comme une statue. Ce jour-là, elle n'a pas bougé. Pas plus que les autres fois.

Je me suis retourné avec un sentiment d'impuissance. Je ne pouvais pas ramener cette folle à la raison, lui faire comprendre.

Robin se trouvait au bout de l'allée, elle a été témoin de la scène.

C'était une employée de l'épicerie, elle aussi. Elle portait le même chemisier jaune et le tablier vert. Je l'ai vue, suis passé devant elle, lui ai peut-être adressé un signe de tête. Ou pas. En tout cas, elle était là, elle m'avait reconnu, et se tenait à présent sur le pas de ma porte.

— Non, je ne confonds pas. C'est bien vous que j'ai vu ce jour-là.

Je n'ai marqué aucun silence.

— Je suis désolé… Vous vous trompez.

J'ai refermé la porte.

Elle a frappé à nouveau.

Je l'ai ignorée.

La voix de Robin a appelé :

— Vous savez qu'elle a disparu, n'est-ce pas ? Elle n'a même pas récupéré son solde de tout compte.

J'ai rouvert la porte.

— Écoutez, je suis vraiment navré pour votre amie, mais je n'ai pas la moindre idée…

— Très bien, très bien. J'ai dû confondre. Ce n'était pas vous. Maintenant que je sais qui vous êtes, je vais pouvoir laisser la police résoudre ce mystère.

Elle a fait mine de s'en aller.

Je l'en ai empêchée.

Personne ne savait que Holly avait disparu. Personne ne la cherchait, il ne fallait pas que ça change. Millicent et moi n'y connaissions rien aux analyses médico-légales et aux empreintes ADN. Quiconque fouillerait dans cette affaire décèlerait forcément nos failles.

J'ai invité Robin à entrer pour discuter. Elle a d'abord hésité. Son portable fermement tenu en main, elle a finalement franchi le seuil de la maison. Nous sommes allés dans la cuisine. Je lui ai proposé à boire, elle a refusé, préférant attraper une orange qu'elle s'est mise à peler. Sans rien admettre, ni même me présenter, je lui ai demandé de me raconter ce qui s'est passé. Elle a commencé à me parler de l'épicerie, de Holly et d'elle-même.

Elle m'a dressé le topo sur le parcours qui l'avait amenée à travailler dans cette boutique, comment elle avait rencontré Holly, la naissance de leur amitié. Je me suis levé de table pour me servir un soda dans le frigo et, caché derrière la porte ouverte, j'ai envoyé un bref texto à Millicent. Avec le même code que nous avions utilisé quand Holly était dans la maison.

SOS. Rentre à la maison. Tout de suite.

Les minutes m'ont paru des heures avant que j'entende sa voiture vrombir dans l'allée. Robin cherchait une solution à notre problème. Elle voulait que justice soit faite pour sa chère Holly. Elle voulait de l'argent. Beaucoup d'argent.

— On en ressortirait tous les deux gagnants, expliquait-elle.

La porte d'entrée a claqué, et Robin a tourné la tête.

— Qui est-ce ?

— Ma femme, ai-je répondu.

Millicent est alors apparue à la porte de la cuisine, le souffle court, comme si elle avait couru. Elle était en tenue de travail : chemisier, jupe et talons hauts. Sa veste était ouverte, elle n'avait pas pris la peine de la boutonner. Son regard allait de Robin à moi.

— Je te présente Robin. Elle travaillait avec une certaine Holly.

Millicent a jeté un regard noir à Robin qui a acquiescé.

— C'est exact. Et j'ai vu votre mari lui parler. Il l'a traitée de salope.

Le regard noir s'est alors braqué sur moi.

Je n'ai rien dit.

Millicent a retiré sa veste, elle est entrée dans la cuisine pour la poser sur une chaise.

— Robin. Et si vous me racontiez tout depuis le début ?

Un sourire en coin, Robin s'est mise à parler, à commencer par la scène de l'épicerie.

Derrière moi, Millicent évoluait dans la cuisine. Je ne voyais pas ce qu'elle faisait. J'entendais cliqueter ses talons, elle revenait vers nous. Robin lui a lancé un regard étrange sans toutefois interrompre son récit.

Je n'ai vu le moule à gaufres dans la main de Millicent qu'au moment où j'ai entendu le crâne de Robin se fendre. Elle est tombée par terre avec un bruit sourd.

Millicent a tué Robin de la même façon que j'ai tué Holly. Sans hésitation. L'instinct à l'état pur.

C'était sexy.

Chapitre 19

Je reçois l'appel en quittant le club, alors que je partais surveiller Annabelle. Au bout du fil, Millicent m'informe que notre fille est malade.

— Je suis allée la chercher à l'école.

— Elle a de la fièvre ?

— Non. À quelle heure penses-tu finir ?

— Je peux rentrer tout de suite.

J'oublie instantanément Annabelle et je fais demi-tour au prochain croisement.

À la maison, Millicent fait les cent pas dans l'entrée tout en parlant au téléphone. La télévision est allumée dans le salon, où Jenna est emmitouflée dans des couvertures sur le canapé d'angle, la tête sur une pile d'oreillers. Sur une petite table d'appoint, un soda au gingembre, un bol de biscuits salés et une cuvette, au cas où.

Je m'assieds à côté d'elle sur le canapé.

— Maman m'a dit que tu étais malade.

Timide signe de tête.

— Ouais.

— Tu ne joues pas la comédie ?

— Non, répond Jenna avec un léger sourire.

Je sais qu'elle dit la vérité. Ma fille a horreur d'être malade.

En maternelle, une pneumonie l'a clouée au lit pendant un mois. Elle n'était pas assez malade pour aller à l'hôpital, mais elle l'était assez pour s'en souvenir toute sa vie. Millicent ne risque pas de l'oublier non plus. Il lui arrive de la chouchouter comme si elle avait encore cinq ans ; or, sachant Jenna aux portes de l'adolescence, je ne cautionne pas son attitude, mais ne dis rien. Moi aussi, je m'inquiète pour notre fille.

— Reste avec moi, me réclame-t-elle en montrant la télévision.

Je retire mes chaussures et me perche sur le canapé. Nous regardons ensemble un jeu de culture générale, hurlant les réponses avant les joueurs.

Les talons de Millicent cliquettent. Elle vient se planter devant l'écran.

Jenna diminue le son.

— Comment te sens-tu ? Bien ?

— Bien, confirme Jenna.

Millicent se tourne vers moi.

— Combien de temps tu peux rester ?

— Tout l'après-midi.

— Je vous appelle plus tard.

Millicent vient poser la main sur le front de la malade, puis y presse ses lèvres.

— Toujours pas de fièvre, commente-t-elle. Appelle-moi si tu as besoin de quoi que ce soit.

Ses pas résonnent dans le couloir. Jenna attend que la porte d'entrée se referme pour monter le son de la télévision. Nous retournons à notre émission. À la coupure publicitaire, Jenna baisse à nouveau le volume pour me demander :

— Ça va ?

— Moi ? C'est toi, la malade.

— Je ne parle pas de ça.

J'avais deviné.

— Oui, ça va. Un peu débordé.

— Trop débordé.

— C'est vrai.

Elle ne pose plus de question.

Millicent appelle deux fois, la première pendant que nous regardons l'interview d'une personnalité, et la seconde au milieu d'une série pour ados. Rory rentre vers 15 heures et, après quelques protestations, il consent à nous tenir compagnie pour notre marathon télévisé.

À 17 heures, je reprends mon rôle de père.

— Vos devoirs.

— Je suis malade, s'indigne Jenna.

— Rory, tes devoirs.

— Tiens, ça y est ? Tu te souviens que je suis collégien ?

— Tes devoirs. Tu connais les règles.

Il prend son air excédé et monte l'escalier en soupirant.

J'aurais dû l'envoyer travailler plus tôt. Ce n'est pas que j'ai oublié. Seulement, je n'avais pas passé de temps seul avec mes enfants depuis une éternité.

Millicent rentre trois quarts d'heure plus tard. Toujours vive, elle nous salue brièvement et disparaît en cuisine pour se mettre aux fourneaux avant même d'avoir quitté son uniforme. L'énergie dans l'air n'est pas la même quand elle est à la maison. La tension monte d'un cran.

Ce soir, nous mangeons une soupe de pâtes au poulet, et personne ne se plaint. C'est ainsi quand l'un d'entre nous est malade.

On lève également le pied sur les autres règles. Puisque Jenna est installée sur le canapé, Millicent déclare que c'est là que nous dînerons tous. Nous venons nous asseoir avec nos plateaux. Entre-temps, Millicent a enfilé une tenue d'intérieur, et Rory a affirmé avoir terminé ses devoirs. Nous regardons une nouvelle série minable et un film policier lamentable. Pendant ces quelques heures, on croirait presque retrouver une vie normale.

Une fois les enfants au lit, ma femme et moi rangeons le salon. Bien qu'ayant passé la journée affalé sur des coussins, je me sens épuisé. Je m'assieds à la table de la cuisine et me frotte les yeux.

— Tu as beaucoup de travail à rattraper ?

Elle parle de mes cours, que j'aurais ratés quoi qu'il en soit, puisque je prévoyais de surveiller Annabelle.

Je hausse les épaules.

S'approchant derrière moi, elle vient les masser. C'est agréable.

— C'est moi qui devrais te détendre, je soupire. Contrairement à toi, je n'ai pas bossé aujourd'hui.

— Prendre soin d'un enfant malade, c'est plus stressant.

Millicent a raison, bien que Jenna ne soit pas vraiment malade, simplement un peu patraque.

— Elle s'en remettra.

— Évidemment, renchérit-elle.

Après une minute de massage, elle ajoute :

— Et le reste, comment ça se passe ?

— Ta surprise sera bientôt prête.

— Parfait.

— Oui, ça le sera.

Millicent lâche mes épaules.

— On croirait entendre une promesse.

— C'en est peut-être une.

Ma femme me prend par la main et m'accompagne jusqu'à la chambre.

Après Robin, nous avons clos le sujet. Et celui de Holly, par la même occasion. Notre vie a repris un cours normal, entre le travail et les enfants. L'idée de Lindsay, d'une troisième, a germé il y a un an et demi. Au début, c'était totalement innocent ;

loin de moi l'idée de choisir une femme, de la suivre et de la tuer. C'est parti de rien, au centre commercial.

Nous n'étions que tous les deux, Millicent et moi, occupés à acheter les cadeaux de Noël de nos enfants. Financièrement, nous traversions un passage à vide. Millicent était sur le point de finaliser deux ventes, mais les apports tardaient à venir, et les deux maisons étaient en attente. Une semaine avant Noël, nous n'avions pas de cadeaux, pas d'argent, et plus grand-chose sur nos comptes courants. Nous avions réduit le budget des vacances à trois reprises, ce qui était loin de me réjouir. Nous n'avions pas seulement les cadeaux des enfants à acheter, mais aussi ceux des amis, des collègues et des clients.

Au magasin, Millicent disait non à tout ce que je choisissais. Toujours trop cher.

— On va passer pour des mendiants.

— Tu exagères, m'a-t-elle reproché.

— J'ai grandi auprès de ces gens-là.

Millicent a soupiré.

— Et c'est reparti.

— Je te demande pardon ?

— Non, rien.

J'ai posé la main sur son bras. Elle portait un chemisier à manches longues, mais pas de veste, car même en plein mois de décembre, la température avoisinait les quinze degrés.

— Que veux-tu dire par là, Millicent ?

— Tu appelles toujours les habitants de Hidden Oaks « ces gens-là ». Tu les insultes et, l'instant d'après, tu te targues d'être l'un des leurs.

— C'est faux.

Elle n'a pas répondu, occupée à examiner les articles du rayon des bougies.

J'insistais :

— Je ne fais pas ça.

— Que penses-tu de ceux-là ?

Elle m'a montré des bougeoirs en argent. Ou, du moins, de couleur argentée.

J'ai fait la grimace.

Le geste sec, elle les a rangés sur l'étagère.

L'agacement me gagnait. Et puis, la fatigue s'en est mêlée. Récemment, on ne parlait plus que d'argent. J'en avais assez d'entendre que nous étions à sec, que je ne pouvais pas acheter ceci, que cela serait moins cher. Je ne pouvais même pas offrir à mes enfants ce qu'ils voulaient pour Noël.

Millicent n'arrêtait pas de ressasser au sujet de notre budget, de nos comptes bancaires. Je l'ai mise en sourdine. Je n'en pouvais plus, j'avais besoin d'une distraction.

Quand, par hasard, elle est arrivée. À point nommé. Ses cheveux auburn.

— Tu m'écoutes ? a demandé Millicent en claquant des doigts devant ma figure.

— Oui.

— Vraiment ? Parce que tu…

— Elle me fait penser à Robin. La copine de Holly.

Millicent a regardé la femme qui a disparu dans la foule. Quand elle s'est retournée vers moi, elle avait le sourcil levé.

— Tu trouves ?

— Oui.

— Bizarre.

En effet, c'était bizarre. Aussi bizarre que le sentiment éprouvé quand je me repassais la scène du meurtre de Robin. Quelle merveilleuse journée, me disais-je chaque fois que j'y repensais. Nous faisions bloc, tous les deux, pour nous protéger. Pour protéger notre famille. C'était magnifique.

Et tellement sexy.

C'est ainsi que j'ai présenté les choses à ma femme.

Chapitre 20

Les journées d'Annabelle sont réglées comme du papier à musique. Du lundi au vendredi, de 8 heures à 17 heures, elle colle des amendes aux voitures mal garées, appelle la fourrière et se fait hurler dessus pour avoir fait son travail. Les gens l'insultent, la gratifient de gestes obscènes et la traitent de tous les noms. Comment fait-elle pour garder son calme ? Est-elle vraiment indifférente à ce point ? Ou prend-elle des médicaments pour se donner du courage ? Je me demande quelle est la proportion de contractuels sous antidépresseurs.

Les soirées d'Annabelle ne sont pas moins rudes. C'est une célibataire qui aime sortir, mais pas trop, et son métier ne lui rapporte pas grand-chose. Le mercredi, elle dîne avec ses parents, mais en dehors de cela, le programme varie. C'est le vendredi soir qu'elle a tendance à sortir le plus souvent.

Dans deux semaines, c'est vendredi 13. Le hasard fait si bien les choses que c'en est presque ridicule. Le vendredi 13, Annabelle sera enlevée.

Je parviens enfin à terminer la deuxième lettre d'Owen à l'intention de Josh. Elle est tapée à l'ordinateur, comme la première, mais plus longue.

Cher Josh,

Tu pourrais douter encore qu'il s'agit bien de moi. Et si tu me prends au sérieux, ce n'est pas le cas de la police.

Pourtant, je ne suis pas un imposteur. Je suis bien le Owen Oliver Riley qui habitait au 4233 Cedar Crest Drive, dans cette vieille bicoque avec sa moquette hideuse. À ce propos, ce n'est pas moi qui l'ai choisie. Encore une manifestation du mauvais goût de ma mère.

J'ai comme l'impression qu'un doute persiste. Ce qui se comprend parfaitement, puisque personne ne m'a vu ni entendu. Enfin, à part Lindsay bien sûr. Ça, pour m'avoir vu… Et nous avons beaucoup parlé pendant cette longue année où elle fut mienne.

À présent, je suis seul, et tu ne me crois pas. Je vais donc te faire une promesse. Dans deux semaines jour pour jour, une autre femme disparaîtra. Je peux te donner la date exacte : vendredi 13. C'est kitsch, n'est-ce pas ? Oh oui, très cliché. Mais c'est surtout facile à retenir.

Tu ne me crois peut-être pas aujourd'hui, Josh, mais tu apprendras que je n'ai qu'une parole.

Owen

Je suis au country club avec Millicent pour assister au pot de départ à la retraite d'un membre du conseil. Les soirées au club sont un étalage de luxe qui flirte avec le vulgaire. La nourriture est riche, le vin corsé, et tout le monde se congratule pour ses grands exploits.

Nous y allons parce qu'il le faut, le réseautage fait partie intégrante de notre travail. Nous avons même notre propre stratégie. À peine arrivés, nous nous séparons. Je vais à gauche, elle à droite, et nous évoluons parmi la foule jusqu'à nous retrouver au milieu de la pièce. Là, nous changeons de côté et terminons le tour de la pièce pour nous rejoindre à l'entrée.

Millicent porte une robe jaune vif qui, associée à sa chevelure rousse, lui donne une allure flamboyante. Depuis mon côté de la pièce, je l'aperçois par moments succincts, papillonnant parmi les convives, sa robe citron toujours dans ma ligne de mire. Je la vois rire, sourire, se montrer tour à tour étonnée ou ravie. Quand ses lèvres bougent, j'essaie d'y lire ses paroles. Elle promène une coupe de champagne qu'elle ne boit jamais. Personne ne le remarque.

Cela faisait une éternité que ses yeux ne m'avaient pas paru si clairs, telle une feuille fraîche et nouvelle sous le jour radieux. Elle croise mon regard. Millicent comprend que je l'observe.

Et elle me décoche un clin d'œil.

Je pousse un soupir et reprends mon réseautage.

Andy et Trista sont là, chacun son verre de vin plein. Andy se tapote le ventre en déclarant avoir grand besoin de se remettre au sport, et il n'a pas tort. Trista reste discrète, mais soutient mon regard un peu trop longtemps. Sans doute repense-t-elle à notre conversation au sujet d'Owen, ou aux bribes qu'elle en garde.

Kekona est également de la partie. Elle est accompagnée d'un jeune homme, son dernier escort en date, mais au lieu de nous le présenter, elle préfère parler des autres : unetelle a bonne mine, une autre a l'air pâle, une autre encore s'est fait refaire et unetelle en aurait grand besoin. En sa qualité de cliente parmi les plus riches du club, Kekona peut raconter ce qu'elle veut, les gens l'accepteront toujours dans leur cercle.

Beth, serveuse au club, passe par là avec un plateau de boissons et me propose un verre.

Je secoue la tête.

— Pas ce soir.

— Ça marche.

Son accent d'Alabama lui donne toujours l'air joyeux.

Je m'approche d'un couple récemment débarqué, les Rhinhart. Lizzie et Max viennent d'emménager à Hidden Oaks. Ma femme leur a vendu leur maison, je ne les ai rencontrés qu'une fois. Max joue au golf, et Lizzie prétend avoir joué au tennis. Elle devrait s'y remettre, ajoute-t-elle. Le sujet lasse son mari qui aborde le thème du marketing, sa branche professionnelle. Max est convaincu qu'il peut apporter beaucoup au country club de Hidden Oaks, bien que personne ne l'ait encore officiellement embauché.

Je prends congé, invitant Lizzie à m'appeler le jour où elle souhaitera reprendre des cours. Elle le fera, me promet-elle.

Millicent et moi nous retrouvons à notre repère central. Sa coupe de champagne est toujours pleine. Elle en verse la moitié dans un pot de fleurs.

— Tout se passe bien ? me demande-t-elle.

— Ça va.

— On refait un tour ?

— Allez.

Nos chemins se séparent à nouveau, et je conquiers cette fois l'autre moitié de la salle, saluant ceux que je n'ai pas encore vus. J'ai l'impression de tourner en rond, et c'est précisément ce que je fais.

Autour de 23 heures, le dernier flash info perturbe la soirée. J'ignore qui en a parlé le premier, mais je vois des gens sortir leur téléphone de leur poche. Ils sont trop nombreux à le faire en même temps, il se passe quelque chose.

Une femme chuchote derrière moi.

— C'est lui.

Alors je comprends.

On allume les télévisions du bar. Nous sommes cernés par l'image de Josh qui connaît son heure de gloire. Il a l'air moins jeune, ce soir. Peut-être les lunettes. Elles sont nouvelles.

— J'ai reçu cette lettre en début de semaine. Après une discussion avec les autorités et le patron de la chaîne, il en est ressorti qu'il est de l'intérêt de tous de rendre cette information publique.

La lettre apparaît sur les écrans. Nous suivons tous la lecture à mesure que Josh lit tout haut les phrases imprimées sur papier. Lorsqu'il évoque le kidnapping prévu pour le soir du vendredi 13, un cri étouffé soulève la foule de convives autour de moi.

Je cherche du regard la robe jaune.

Millicent me sourit discrètement, le sourcil levé, avec un air interrogateur.

Je réponds par un clin d'œil.

— C'est brillant, approuve-t-elle. Tu es un génie.

Millicent est couchée sur les draps, nue, sa robe jetée sur une chaise.

— Tu penses que les gens vont y croire, maintenant ?

Pour ma part, j'en suis sûr. Mais je veux entendre ma femme le dire.

— Évidemment, répond-elle, ils ont tous mordu à l'hameçon.

Je suis debout au pied du lit, nu moi aussi, et le sourire aux lèvres comme si j'avais capturé l'oiseau rare.

Millicent tend les bras, attrape la tête de lit.

Je retombe sur la couverture auprès d'elle.

— Ils chercheront tous Owen.

— Oui.

— Ils ne verront rien d'autre.

Millicent touche le bout de mon nez.

— À cause de toi.

— Arrête…

— C'est la vérité.

Je secoue la tête.

— On ne devrait pas jubiler comme ça.

— On arrêtera demain. Pour l'instant, savourons.

Les jours qui suivent sont d'une rare douceur. Les sourires de Millicent me transportent. Je sens que je me tiens droit, la tête haute.

Elle partage mon sentiment. Le lendemain du pot de départ, elle m'envoie un texto signé Penny. C'est le seul surnom que je lui aie jamais donné. Et je ne l'ai plus utilisé depuis des années.

La première fois, nous sortions tous les deux sans être officiellement en couple, mais nous avions déjà couché ensemble. Nous n'avions pas un sou en poche, nos rencards se résumaient à peu de chose. Nous faisions de longues balades, allions au cinéma le matin pour payer moins cher et profitions des buffets à volonté durant l'happy hour. Parfois, nous jouions la carte de l'originalité. Ce soir-là, par exemple, nous avions fait trente kilomètres pour manger une pizza surgelée et jouer à de vieux jeux vidéo dans un café d'arcade rétro. Je la battais aux jeux de sport, mais elle me mettait une raclée dès qu'il s'agissait de manier les armes.

De l'autre côté de la rue, il y avait un petit parc et une fontaine. Elle a sorti un centime, a fait un vœu et a jeté la pièce dans l'eau. Nous l'avons regardée couler auprès de toutes les autres. L'eau était si claire qu'on y lisait sa valeur.

Un *penny* américain.

— Je devrais t'appeler comme ça, ai-je dit. Penny.

— Penny.

— Millicent se termine comme centime commence : Millicentime.

— Oh, non…

— En plus, tu as les cheveux cuivrés.

— Penny ? Tu es sérieux ?

J'ai souri.

— Penny.

Elle a secoué la tête.

J'étais amoureux. Fou d'elle. Je ne le lui avais encore jamais dit. À la place, je l'ai appelée Penny. Quand on a fini par s'avouer notre amour, j'ai arrêté de lui donner ce surnom. Maintenant qu'elle l'évoque à nouveau, j'ai bien l'intention de le garder.

Chapitre 21

Le lundi 9, Annabelle est au travail. La journée s'annonce superbe, ensoleillée sans être étouffante. Il fait même presque frais. Annabelle a garé sa voiture au bout de la rue et remonte le trottoir en scrutant les plaques d'immatriculation et en vérifiant les tickets de stationnement. Ses cheveux courts rebiquent sous la casquette qu'elle porte pour s'abriter du soleil. Dans l'oreille droite, elle a un écouteur dont le fil blanc serpente sous sa chemise et s'engouffre dans la poche droite de son pantalon. Visiblement, son uniforme bleu est mixte.

Au bout de la rue, j'observe et j'attends. Arrivée au niveau de la voiture verte, elle se met à pianoter sur la machine qu'elle tient dans la main.

Je trottine dans sa direction et m'arrête à quelques mètres d'elle en levant les mains pour la stopper dans son élan.

Annabelle a l'air de me prendre pour un fou.

Je sors mon téléphone, tape quelques mots, puis le lui tends.

> Pardon, je ne voulais pas vous effrayer ! Je m'appelle Tobias, je suis sourd.

Elle lit, semble se détendre, et opine.

Je lui indique la voiture, puis me pointe du doigt.

À son tour, elle désigne le ticket expiré.

Je serre mes mains sous mon menton d'un air de la supplier. Ou de prier.

Elle éclate de rire. Annabelle a un rire charmant.

Je souris, lui montre mes fossettes.

Annabelle fait signe que non.

Je lui tends à nouveau mon portable.

Je ne le referai plus, c'est promis…

Soupir.

C'est dans la poche. La voiture verte n'aura pas de PV.

Pour ce que je m'en soucie, ce n'est pas la mienne.

En outre, je ne sais pas pourquoi j'échange avec Annabelle. Je n'ai pas besoin de la pousser à me raconter sa vie, ni à me dire où elle habite et si quelqu'un l'attend chez elle, puisque j'ai déjà toutes les réponses à ces questions. Mais je le fais quand même. Cela fait partie du processus.

Mercredi, je la reverrai. Mais elle ne le sait pas encore.

La photo d'Owen est partout. Son portrait a été vieilli par ordinateur, on devine ce à quoi il pourrait ressembler aujourd'hui, et même ses éventuelles couvertures. Ils nous bombardent de ces images à la télévision, dans le journal, sur Internet. Des affichettes sont collées aux poteaux électriques. Owen barbu, moustachu, brun, chauve, gros, maigre. Owen avec des cheveux longs, courts, des lunettes de soleil, des lentilles, un bouc et des pattes aux tempes. Owen ressemble à M. Tout-le-Monde.

C'est mon œuvre.

Enfin, celle de Millicent. C'est elle qui a commencé, mais j'y ai amplement participé.

Ce n'est pas exceptionnel, mais grâce à moi, la police cherche Owen Oliver Riley.

J'ai toujours voulu sortir de la norme.

D'abord, par le tennis. Mon père en faisait, ma mère faisait mine de pratiquer, et à l'âge de sept ans, j'ai tapé ma première balle. C'était la première fois qu'un sport m'intéressait, ils m'ont donc payé des cours, m'ont acheté ma première raquette et m'ont mis sur les rails. En quelques années, je suis devenu le meilleur joueur de mon club. Je n'attirais toujours pas l'attention de mes parents, ou pas comme je l'aurais voulu, mais leur indifférence ne faisait que me rendre encore meilleur. Je n'avais pas conscience de la colère qui sommeillait en moi avant de frapper cette petite balle jaune.

Là, je sortais de la norme. Je n'étais une déception pour personne, sauf pour mes parents. J'étais meilleur que les autres. Et puis, un joueur plus talentueux a pris le relais. Ne sachant plus comment sortir du lot, je suis parti à l'étranger, loin de mes parents, en quête d'un endroit où je pourrais me démarquer des autres, où je ne décevrais personne. Avec Millicent, j'ai réussi.

C'est cruel à dire, mais je suis plus heureux depuis qu'ils sont morts.

Et depuis que j'ai rencontré Millicent. Grâce à elle, je me sens au-dessus de tout le monde. Ma lettre l'a impressionnée. Au coucher, elle aborde le sujet.

— J'aimerais la découper dans le journal et l'afficher sur le frigo.

Étouffant un petit rire, je caresse sa jambe, paresseusement posée en travers des miennes.

— Les enfants trouveraient ça bizarre.

— Tu parles, ils la remarqueraient à peine.

Elle a raison. Un patchwork de photos recouvre la porte de notre réfrigérateur, scotchées, collées et superposées, sorte d'album de famille improvisé. Au milieu d'autant de détails, rien ne peut se détacher.

— Pas faux, admets-je. Ils ne verraient rien.

Millicent roule sur le côté et vient chuchoter tout près de mon visage.

— J'ai un secret.

Mon cœur tressaille, mais pas de manière agréable.

— Lequel ? réponds-je à voix haute.

— Je l'ai suivie.

— Qui ça ?

— *Annabelle*, mime-t-elle en silence.

Cette fois, mon cœur s'emballe. Nous avions procédé de la même façon pour Lindsay. Nous l'avions surveillée et avions mis en commun les informations ainsi collectées.

— Et ? dis-je.

— Elle passera très bien à l'écran.

Les lumières sont éteintes, mais il ne fait pas nuit noire. Notre chambre est à l'étage et donne sur la rue, d'où les lampadaires dessinent le contour de nos rideaux. J'ai souvent contemplé ce carré de lueur dorée depuis que nous habitons dans cette maison, il semble presque surnaturel.

— Penny, dis-je.

Elle rit.

— Quoi ?

— Je t'aime.

— Moi aussi, je t'aime.

Je ferme les yeux.

Parfois, je le dis d'abord. D'autres fois, c'est elle. Ça me plaît, on est quittes. Mais c'est elle qui l'a dit la première. Au tout début, j'entends. C'est elle qui m'a dit « je t'aime » en premier.

Il lui a fallu trois mois. Trois mois entre notre rencontre dans l'avion et sa première déclaration. Moi, je l'aimais depuis au moins deux mois et demi. Mais je n'ai rien dit. J'ai attendu qu'elle le fasse. Quand c'est arrivé, nous ne touchions plus terre. Au sens propre. Nous étions jeunes, fauchés, désœuvrés, alors nous avons grimpé à un arbre.

Comme son nom l'indique, Woodview est très boisé. On y trouve un parc rempli d'immenses chênes, parfaits pour l'escalade. Mais, ce jour-là, Millicent et moi avions choisi un érable. J'aurais dû me douter, le jour où Millicent s'est mis en tête de monter dans un arbre, qu'elle choisirait un spécimen interdit.

Il se trouvait sur la propriété privée d'un voisin qui habitait à quelques centaines de mètres de chez nous. Une seule chose rompait l'étendue plate de pelouse verte qui séparait la route de la porte d'entrée : cet immense érable.

Nous étions au milieu du mois d'août, en plein pic de chaleur, et contemplions cet arbre depuis l'intérieur de ma voiture climatisée. Nous étions garés dans le quartier, là où nous pouvions tranquillement surveiller la propriété, et attendions que les lumières de la maison s'éteignent. Il n'en restait qu'une, à droite à l'étage. Millicent serrait ma main, comme submergée par l'angoisse.

— Tu es sérieuse, tu veux vraiment monter dans cet arbre ?

Elle s'est tournée vers moi, les yeux brillants.

— Pas toi ?

— Je n'y avais jamais songé.

— Et maintenant ?

— Maintenant, j'ai une envie folle de grimper là-haut.

Elle a souri. Moi aussi. Et la dernière lampe s'est enfin éteinte.

J'ai tourné la clé pour couper la climatisation. L'habitacle s'est aussitôt réchauffé. Millicent est sortie la première, retenant la poignée de la portière pour la refermer en silence. Je l'ai imitée.

L'érable se dressait devant moi, soudain presque trop accessible, trop à découvert. Pouvait-on finir en prison pour violation de propriété privée ?

Millicent s'est mise à courir. Elle a foncé dans la rue, a traversé la pelouse et disparu derrière le tronc. Si elle a fait le moindre bruit, je n'ai rien entendu.

J'ai suivi le même chemin au pas de course. J'avais l'impression que mes talons faisaient trembler tout le quartier. J'ai couru jusqu'à Millicent. À peine suis-je arrivé à l'arbre qu'elle m'a pressé contre elle pour m'embrasser. Passionnément. J'ai repris mon souffle à grand-peine.

— Prêt pour l'escalade ? m'a-t-elle demandé.

Sans attendre ma réponse, elle a posé le pied sur un gros nœud du tronc qui lui a permis d'attraper l'une des branches basses, puis s'est hissée plus haut. Je suis resté un instant immobile, prêt à voir une lumière se rallumer dans la maison. Ou à la rattraper si elle tombait de l'arbre. Mais aucun de ces scénarios ne s'est réalisé.

— Allez, viens ! a-t-elle chuchoté.

Elle me regardait de là-haut, assise sur une branche. Sa silhouette se découpait dans le clair de lune. Je voyais ses longs cheveux onduler dans la brise et ses pieds se balancer de part et d'autre de la branche. Tout le reste était dans l'ombre.

J'ai entamé mon ascension, plus ardue qu'elle n'y paraissait, et je me suis à nouveau inquiété de réveiller tout le voisinage avec mes grognements et mon souffle haletant. Pourtant, la famille de cette maison semblait dormir à poings fermés. Les chambres restaient dans le noir.

Enfin arrivé à hauteur de Millicent, j'étais trempé. Il faisait terriblement chaud. L'air était plus épais dans les branchages. Ça sentait la sueur, la mousse et l'écorce.

Millicent m'a saisi par le tee-shirt et m'a attiré contre sa bouche. Elle sentait le sirop d'érable, je croyais rêver. Elle a enfoui sa figure dans mon cou, comme pour s'y creuser un terrier, son haleine tiède contre ma peau.

— Ça va ? ai-je soufflé.

Elle a levé la tête et plongé son regard dans le mien. Une mèche humide se collait à son visage.

— Je t'aime, m'a-t-elle dit.

— Moi aussi, je t'aime.

— C'est vrai ? Sincèrement ?

— Évidemment.

Elle a posé sa main sur ma joue.

— Promets-le-moi.

— Je te le promets.

Chapitre 22

Les distributeurs de café sont l'une de nos plus grandes inventions. Pas de barman, pas de lait entier à la place du demi-écrémé, et toujours le petit arôme en plus que chacun peut choisir à son goût. Je n'ai qu'à faire ma sélection parmi les différents choix de cafés, laits, arômes, et même de températures, puis presser le bouton. Et mon café coule. Pas cher, en plus.

L'inconvénient, c'est qu'on trouve ces machines simples et à la fois complexes uniquement dans les supérettes d'aires d'autoroute. Les vrais bars et cafés ne proposent pas de distributeur automatique.

Mon distributeur préféré se trouve à la supérette EZ Go, une station-service située à trois kilomètres de Hidden Oaks. Je n'ai pas le temps, mais j'y vais quand même. La caissière est une jeune femme aimable répondant au nom de Jessica, le genre de personne souriante ayant un mot gentil pour chacun de ses clients. C'est aussi pour elle que je suis prêt à faire trois kilomètres pour un café. En fait, la supérette EZ Go fait partie de ma routine. On a tous nos habitudes.

Annabelle plus que quiconque.

Tous les mercredis soir, elle dîne avec ses parents dans un restaurant italien, toujours le même. Je ne serais pas étonné d'apprendre qu'ils prennent toujours le même plat, la même boisson, peut-être même le dessert. Le repas commence à 18 h 30 et se termine à 20 heures. Annabelle rentre à pied, il lui faut alors marcher onze minutes depuis le restaurant pour arriver chez elle, à moins de s'arrêter dans une boutique, de passer un coup de fil ou de croiser quelqu'un par hasard. Moi, par exemple.

Comme Annabelle est absorbée par son téléphone, je la bouscule. Elle lève les yeux, surprise, et me reconnaît.

—Oh, bonjour.

Elle est plus maquillée qu'en journée. Son rouge à lèvres est plus sombre, et ses yeux sont soulignés de noir. Ses cheveux coupés court la rendent encore plus belle.

Je sors mon téléphone.

Mais qui voilà ! La plus jolie contractuelle de la ville :)

Elle esquisse un sourire gêné.

—Comment allez-vous ?

Je hoche la tête et la montre du doigt.

Elle lève le pouce.

Que faites-vous dehors toute seule ? N'avez-vous pas entendu parler du tueur qui sévit dans la région ?

Mon message la fait sourire.

—Je rentre justement chez moi.

Je peux vous inviter à boire un verre d'abord ?

Elle hésite.

Je désigne le bar au coin de la rue.

Annabelle regarde sa montre. Sa réponse positive me surprend. Elle devrait refuser, surtout avec cette histoire de tueur en série, mais Annabelle est plus seule que je ne le pensais.

Le barman, Éric, me salue de la main. Je suis venu plusieurs fois dans cet établissement, toujours seul, à attendre qu'Annabelle passe dans la rue en rentrant de son dîner avec ses parents. Éric me connaît sous le nom de Tobias. Je lui ai appris tous les signes que je connaissais. Il peut épeler mon nom et ma boisson, un gin-tonic.

Annabelle commande la même chose.

— Plus de tonic que de gin, précise-t-elle.

Elle ne me fait pas confiance. Comment lui en vouloir ? Je ne suis qu'un inconnu qui l'a suppliée de ne pas lui mettre de PV. Un sourd inoffensif et sans doute très gentil.

— Vous le connaissez ? demande-t-elle à Éric en me pointant du doigt.

— Bien sûr. Tobias boit peu et a la main lourde sur le pourboire. Mais il n'est pas très bavard.

Là-dessus, il lui adresse un clin d'œil pour lui signifier qu'il plaisante.

Elle rit. Un joli rire. Je commence à m'imaginer au lit avec elle. Ce qui me pousse à me demander combien de temps elle mettra avant de m'inviter dans son appartement. Je sais qu'elle le fera, et je sais aussi qu'elle n'habite pas loin. Ce pouvoir me plaît, celui de connaître par avance ses réactions et de choisir ce qui nous arrivera ensuite.

— Vous faites la paire, dit-elle en parlant d'Éric et de moi.

Annabelle prend soin de me regarder en face lorsqu'elle parle. Elle n'oublie pas que je suis sourd.

Après les premières gorgées de nos boissons, Éric s'éclipse à l'autre bout du comptoir. À présent seule avec moi, Annabelle me raconte beaucoup de choses que je sais déjà, et certaines que j'ignorais encore. Par exemple, je ne savais pas qu'elle avait mangé des linguine aux champignons ce soir. Désormais, je sais que c'est son plat du mercredi.

Je lui raconte l'histoire de Tobias : comptable, divorcé, sans enfant. J'aimais beaucoup ma femme, mais nous nous sommes rencontrés au lycée et nous sommes mariés trop tôt. Ce sont des choses qui arrivent.

Annabelle sait écouter. Elle hoche la tête juste quand il faut.

Et toi ? Tu as un copain ?

Elle répond par la négative.

— Je n'ai pas été en couple depuis un moment.

Nous touchons bientôt au but. Je suppose qu'elle m'invitera après le deuxième verre et avant un troisième.

Pourquoi n'as-tu personne ?

Cette question ne sert pas seulement la conversation. Elle satisfait également ma curiosité.

Annabelle hausse les épaules.

— Parce que je n'ai rencontré personne ?

Je secoue la tête.

Trop vague.

Une minute de réflexion. Je m'attends à l'entendre dire que son dernier compagnon était un salaud. Qu'il l'a trompée, sortait tous les soirs avec ses copains, n'était qu'un crétin égoïste.

— Mon dernier petit ami s'est fait tuer.

Sous le choc, je manque de réagir à voix haute.

C'est affreux. Que s'est-il passé ?

— Un chauffard soûl.

J'ai le vague souvenir d'une publication d'Annabelle sur les réseaux sociaux, au sujet d'une cagnotte pour financer une campagne contre l'alcool au volant. Il n'était pas précisé que la démarche était personnelle.

Je lui demande de m'en dire plus. Il s'appelait Ben, ils s'étaient rencontrés au travail. Ben était policier et prenait des cours du soir en justice pénale pour devenir inspecteur, puis sergent.

Elle a fini par supprimer sa photo dans son téléphone, elle la regardait tout le temps, c'en devenait malsain.

Son récit m'attriste si profondément que je détourne les yeux.

— Oh, murmure-t-elle en me tapotant le bras pour que je la regarde. Désolée, c'est déprimant.

Non, c'est moi qui ai posé la question.

— Bon, assez parlé de moi. Et toi ? Tu as une copine ?

Je fais signe que non.

— À ton tour de me dire pourquoi.

J'ai beaucoup de mal à me remettre à séduire, après dix ans de mariage. Et le fait d'être sourd... disons que ça ne facilite pas les choses.

— Si une femme refuse de sortir avec toi parce que tu es sourd, c'est qu'elle n'en vaut pas la peine.

Je souris. C'est une phrase toute faite, mais elle la dit avec le cœur. Je me demande comment elle réagirait si elle apprenait la vérité.

C'est décidé, je ne coucherai pas avec elle.

Je change de sujet, et nous cessons de parler de nous pour évoquer la musique, le cinéma et l'actualité. Rien de personnel, une simple conversation dont personne ne sortira blessé. Comme je ne suis plus sur le mode de la séduction, elle non plus. L'ambiance a changé.

Éric revient nous voir et demande si on veut boire autre chose. Ni elle ni moi ne prendrons de troisième verre.

Elle ne veut pas que je la raccompagne, et c'est normal, mais j'insiste tout de même pour qu'Éric lui appelle un taxi. Elle accepte, probablement à cause d'Owen Oliver. Avant de partir, je lui demande son numéro, qu'elle me donne en échange de celui de mon téléphone à carte prépayée.

Sur une poignée de main, Annabelle me remercie de l'avoir invitée. Un geste à la fois formel et attendrissant. Je la regarde quitter le bar.

Je ne lui écrirai aucun message. C'est une certitude.

Je sais également qu'Annabelle n'est pas celle qu'il nous faut. Elle ne sera pas enlevée vendredi soir.

C'est à cause de son petit ami. Dès qu'elle m'a raconté son histoire, j'ai su que ce ne serait pas elle.

Je me dis qu'une tragédie suffit pour une si jeune vie. De perdre ainsi un compagnon dans un accident mortel pour ensuite mourir assassinée, c'est trop.

C'est injuste. Nos critères de sélection respectent, en partie, les préférences d'Owen, mais notre façon de procéder a été arbitraire. J'ai croisé Annabelle ce jour-là. Ça aurait pu être n'importe qui.

À présent, je suis de retour devant l'hôtel *Lancaster* et surveille Naomi. Elle est toujours trop grande pour correspondre au profil d'Owen. Je ne la connais qu'au travers de mon ordinateur ou des portes vitrées du *Lancaster*. Je ne lui ai jamais parlé, n'ai même jamais entendu le son de sa voix.

Mais j'en ai envie. Je veux l'entendre rire, la voir grisée par quelques verres. Je veux savoir si elle a vraiment un faible pour les hommes plus âgés ou si elle a simplement besoin d'argent. Je veux savoir si elle me plaît, me déplaît ou me laisse indifférent. Mais je n'en ferai rien. Je ne peux pas prendre le risque de vouloir la laisser vivre.

C'est pourquoi je n'entre pas dans cet hôtel et ne m'approche pas d'elle. Quand elle termine son service, je la regarde partir. Elle a quitté son uniforme et enfilé un jean et un tee-shirt. Elle est au téléphone et se dirige vers sa voiture, minuscule, vert citron. Un mercredi soir à 23 h 15, elle ne s'arrête qu'une fois sur le trajet du retour, et c'est au drive d'un fast-food. Quelques minutes plus tard, elle rentre chez elle, son repas dans une main, son uniforme dans l'autre. Naomi habite au rez-de-chaussée d'un immeuble calme, occupé par des familles aux revenus modestes. Le jardin de la cour n'est pas entretenu, et d'épaisses broussailles entravent sa porte d'entrée.

Parfait. Le vendredi 13, nous aurons pléthore de possibilités entre le parking de l'hôtel et l'immeuble de Naomi.

Il ne me reste plus qu'à informer Millicent que j'ai changé d'avis.

Chapitre 23

À 6 heures du matin, la voix du présentateur radio me hurle à l'oreille, assez fort pour me faire sursauter. Millicent aime son réveille-matin. C'est un vieil engin analogique à palettes dans un cadran imitation bois, et je le déteste profondément. Certains s'irritent d'une lunette de toilettes jamais rabattue, eh bien moi, c'est cet objet criard.

— *Bonjour. En ce jeudi 12 octobre, il ne vous reste plus que vingt-quatre heures pour vous enfermer à double tour, mesdames. Owen Oliver est en chasse d'un joli minois…*

La radio se tait. J'ouvre les yeux sur Millicent qui se tient au-dessus de moi.

— Désolée. J'ai oublié de l'éteindre.

Elle pivote et retourne à la salle de bains. Ses cheveux de flammes, son short en coton et son débardeur se muent en une longue queue de cheval brune et un uniforme bleu aux coutures d'or.

Je rêvais de Naomi quand le réveil a sonné. Elle était derrière le comptoir du *Lancaster* et discutait avec un vieillard à la respiration sifflante. Elle rejetait la tête en arrière en riant. Un ricanement digne d'une sorcière dans un conte de fées. Puis elle s'est tournée vers moi et m'a décoché un clin d'œil. Les taches de rousseur sur son nez ont commencé à saigner. Je crois que je m'apprêtais à lui parler lorsque le réveil s'est déclenché.

Millicent m'a menti ; elle n'a pas oublié d'éteindre le réveil. Elle m'en veut toujours. Non pas à cause de notre changement de dernière minute pour Naomi, mais parce que j'ai pris cette décision sans la consulter.

Hier soir, nous avons eu un autre rencard dans le garage. Elle s'attendait simplement à une dernière mise au point avant le grand jour. À l'origine, c'était le but de cette réunion, jusqu'à ce que je lui annonce que ce ne serait pas Annabelle.

— Je ne comprends pas.

— Nous devrions plutôt choisir Naomi.

— Naomi est trop grande. Elle ne remplit pas les critères.

— Je sais, mais Annabelle est...

— Elle est quoi ?

À cet instant précis, j'ai fait le choix de lui mentir.

— Elle a commencé à voir quelqu'un.

— Un petit ami ?

— S'il ne l'est pas encore, il le deviendra vite. Et il appellera aussitôt la police.

Le genre de scénario que nous préférons éviter.

Millicent a secoué la tête, et même poussé un juron tout bas.

— Je n'arrive pas à croire qu'on l'apprenne seulement maintenant.

— On l'a toujours surveillée quand elle travaillait.

— Non, pas toujours.

Je n'ai pas relevé. Ce n'était pas le moment d'interroger Millicent sur tout ce qu'elle me cachait. J'étais mal placé pour lui faire la leçon.

— Donc, ai-je repris. Naomi.

Ma femme a soupiré.

— Oui, Naomi.

Nous ne parlons plus d'Annabelle.

Je n'ai aucune envie d'aller travailler, mais je n'ai pas le choix. Mes cours s'enchaînent toute la journée, et quand j'ai enfin terminé, je vais chercher les enfants au collège et les emmène chez le dentiste. Par chance, leur rendez-vous est tombé sur le jeudi 12. Millicent prévoit leurs séances de détartrage longtemps à l'avance, tous les six mois.

En entrant dans le cabinet, Jenna et Rory désignent celui qui ira le premier par une partie de chifoumi, l'un des seuls jeux pour lesquels ils sont à l'unisson.

— Pierre, feuille, ciseaux !

Rory perd, Jenna glousse, et aucun ne prend de recul : quoi qu'il arrive, ils passeront tous les deux sous la fraise du dentiste.

Dans la salle d'attente, je regarde les dernières nouvelles sur mon téléphone. Nous sommes bombardés d'images des précédentes victimes d'Owen. Notre journal local les affiche toutes en première page, portraits de jeunes femmes bien vivantes, souriantes. Le message n'est pas très subtil : si vous ressemblez à ces femmes, demain, votre vie sera en danger. Owen pourrait s'en prendre à vous. Il n'est fait aucune mention de la moindre possibilité de lui échapper ni de se défendre, le seul moyen de survivre étant de ne pas être son élue. Je trouve cela un peu brutal, de considérer d'emblée que les femmes sont des proies sans défense. Le journaliste qui a écrit cet article ne connaît pas ma femme.

Après le dentiste, place à la glace. Millicent nous rejoint pour cette étrange tradition familiale. J'en suis à l'origine. Quand les enfants étaient petits, je cherchais un moyen de les faire réconcilier avec le rendez-vous chez le dentiste.

Nous avons chacun notre parfum préféré. Millicent commande une boule de vanille. Pour moi, c'est chocolat. Rory choisit la guimauve au chocolat. Jenna est la plus audacieuse d'entre nous : elle prend toujours le parfum du jour. Aujourd'hui, myrtille aux copeaux de chocolat, elle adore. Moi, je trouve ça écœurant.

Une fois nos gencives agressées et nos cerveaux refroidis, nos routes se séparent. Millicent rentre à la maison avec les enfants, et je retourne au travail. Au club, je tombe sur Trista. Elle a annulé notre dernier cours, et je l'ai à peine croisée depuis ce fameux jour où, bien avinée, elle m'a raconté sa relation passée avec Owen Oliver. Elle est loin de se douter qu'elle m'a rendu un fier service. Elle est même loin de tout, dans l'immédiat ; son regard embué vient se perdre dans ma direction, mais ce n'est pas sous l'effet de l'alcool. Elle prend des médicaments, surtout des antalgiques, et en grande quantité. Ils sont nombreux à en consommer au country club.

Mais pour elle, c'est une première. Je m'approche, lui touche le bras.

— Trista, tout va bien ?

— Très bien, articule-t-elle avec peine, comme n'en pensant pas un mot.

— Ça n'a pas l'air. Tu veux que j'appelle Andy ?

— Non.

Pourtant, il le faudrait. Si ma femme planait, j'aimerais être au courant. Je sors mon téléphone.

Trista me regarde.

— Une femme sera enlevée demain. Puis elle mourra.

J'aimerais lui dire que non, peut-être qu'on l'arrêtera avant, mais je me tais. Ce serait mentir. La police ne nous attrapera jamais, Millicent et moi. Ils ignorent jusqu'à notre existence.

— Oui, réponds-je. Une femme risque de disparaître.

— Owen n'est qu'un salaud.

Trista semble dans le brouillard, et pourtant, malgré les médicaments, une part d'elle refuse de lâcher prise. D'extérioriser sa colère.

— Arrête, Trista. Tu n'as rien à te reprocher.

Elle pouffe.

— Tu ne seras pas seule demain, n'est-ce pas ?

Ma question est sincère, je m'inquiète pour elle. Je la sens capable de se faire du mal.

— Andy sera à la maison.

Levant les yeux vers l'écran, Trista regarde les images diffusées, l'arrestation d'Owen il y a quinze ans. Elle frissonne.

— Je dois y aller.

— Attends… Laisse-moi te ramener.

— Je ne rentre pas chez moi.

— Trista.

— À plus tard. Dis à Millicent que je l'appellerai, me lance-t-elle en se dirigeant vers les vestiaires, puis elle se retourne une dernière fois. Ne dis rien à Andy, d'accord ?

Je n'ai jamais répété à Andy que j'avais vu Trista éméchée, qu'elle avait eu une liaison avec Owen Oliver. Le mal est déjà fait, un secret de plus n'y changera rien.

— Tu peux compter sur moi.

— Merci.

Elle disparaît dans le vestiaire, et je contemple la porte fermée. Qu'avons-nous fait ? Le retour d'Owen n'entraîne pas seulement des conséquences sur l'enquête policière.

Mon dernier élève de la journée aborde à nouveau le sujet. C'est un homme charmant, père de trois filles dont deux ont l'âge ciblé par Owen. Toutes les trois résident dans la région. Deux sont célibataires et vivent seules. Le père est si inquiet qu'il leur a payé un week-end loin d'ici. Il n'habitait pas encore le quartier quand Owen sévissait la première fois, mais il en a beaucoup entendu parler.

Malgré notre glace de cet après-midi, le dîner reste prévu pour 18 heures. Jenna nous raconte que le nom du tueur était sur toutes les lèvres cette semaine au collège. L'aînée de l'une de ses camarades est convaincue qu'Owen viendra la kidnapper. Rory, amusé, en doute fortement. Les deux sœurs sont trop moches pour attirer le regard du tueur, décrète-t-il. Jenna lui lance une boule de mie de pain au visage. Millicent intervient. Ils s'en tiennent alors à s'insulter en silence, se mimant toutes les injures.

— J'ai dit stop !

Millicent n'aime pas se répéter, alors ils arrêtent. Une minute. Jenna grimace, Rory lui a donné un coup de pied sous la table. Cela n'a pas échappé à leur mère, mais elle ne dit rien et, une fois le repas terminé, elle annonce une soirée film improvisée. Parfois, lorsqu'ils se chamaillent trop, elle les force à passer plus de temps ensemble. C'est sa façon de les contraindre à trouver un terrain d'entente au lieu de les laisser partir chacun dans son coin.

Ils se disputent une vingtaine de minutes avant de choisir un film. Millicent et moi ne nous en mêlons pas ; en fait, nous n'y prêtons aucune attention. Nous sommes à la cuisine, occupés à faire la vaisselle, quand elle me demande si je compte sortir ce soir.

— Oui.

— Tu es sûr que c'est une bonne idée ?

— Ça ira.

Je n'avais pas l'intention de répondre aussi sèchement. À trop entendre parler d'Owen, j'ai les nerfs en pelote. Et le fait d'avoir croisé Trista n'a rien arrangé à l'affaire. Quelque chose me dérange chez elle, dans sa façon de se flageller.

Tout ce qui arrivera demain sera ma faute. J'ai écrit à Josh, j'ai choisi la date, j'ai promis qu'une autre femme disparaîtrait. Et c'est moi qui ai décidé, au dernier moment, d'abandonner Annabelle pour Naomi. C'est à moi de faire en sorte qu'elle soit la bonne.

Notre film du soir est tiré à pile ou face, un film consacré aux dauphins. Rory et Jenna s'assoient par terre avec leur saladier de pop-corn sans même s'en jeter à la figure. Millicent et moi sommes installés sur le canapé avec un autre bol. Elle passe plus de temps à regarder nos enfants que l'écran de la télévision. Ses yeux brillent, plus clairs que jamais, comme chaque fois qu'ils se posent sur nos petits.

À la fin du film, les enfants montent se coucher en traînant les pieds, se chamaillant gentiment à propos d'une histoire de dauphins. Millicent me caresse le genou alors que je suis sur le point de me lever.

— Tu devrais aller te préparer.

À l'entendre, on croirait que l'idée vient d'elle, et ça m'agace.

— Tu as raison. Il faut que je prenne l'air.

— Ça va ?

Je la regarde, mon épouse aux yeux clairs, si différents de ceux de Trista. Millicent est l'exact opposé de la femme d'Andy.

Je souris, me félicitant de ne pas avoir épousé Trista.

Chapitre 24

Je n'avais pas prévu de mettre un costume, puisque parler à Naomi n'était pas au programme, mais au dernier moment, j'ai enfilé celui que préfère Millicent. Un ensemble bleu marine coûteux au col cousu main. Quitte à l'avoir, autant le porter.

Debout devant le miroir, je noue ma cravate quand Millicent apparaît derrière moi. Elle est appuyée contre le mur, les bras croisés, et m'observe. La question lui brûle les lèvres, car d'habitude, je ne porte ce costume qu'en sa présence. C'est elle qui me l'a offert.

Ma cravate nouée, j'enfile mes chaussures, prends mon portefeuille, mon téléphone et mes clés. Le portable à carte prépayée n'est pas dans la maison.

Quand je lève les yeux, elle est toujours là, dans la même position.

— Bon, je vais y aller.

Elle acquiesce d'un hochement de tête.

J'attends, mais elle n'a rien à ajouter. Je passe donc devant elle et descends l'escalier. Quand j'arrive à la porte du garage, Rory m'appelle.

— Papa.

Il sort de la cuisine, un verre d'eau à la main. De sa main libre, il frotte son pouce à son index. Encore de l'argent.

Il ne se trouvait pas dans la cuisine par hasard. Il m'attendait.

Je fais un signe de tête, et sors.

Naomi est à la réception, accueille les clients, répond au téléphone et résout les problèmes des gens qui viennent se plaindre au comptoir. Ce soir, je n'observe pas depuis ma voiture. Je suis dans le hall.

C'est un endroit vaste et luxueux aux meubles de bois sombre chargés de bibelots et aux tissus épais. Des rideaux de velours encadrent les fenêtres, retenus par des cordons dorés qui rappellent l'uniforme des employés. Partout, des franges et des pampilles.

Je pourrais rester caché dans ce hall, me fondre dans le décor fastueux, un client anonyme de plus travaillant sur son ordinateur, un verre sur la table, ne supportant plus de rester enfermé dans sa chambre d'hôtel. Seulement, si Naomi est la bonne, je suis séduit par l'idée de m'en rapprocher.

Mais sans lui parler. Cette décision est irrévocable, je n'ai pas assez de temps, pas après un changement de dernière minute. Je suis trop stressé, trop inquiet. La résurrection d'Owen Oliver se révèle plus complexe que prévu, sans doute à cause des médias ou de Trista, mais aussi parce que mes enfants n'ont que son nom à la bouche.

Pour Lindsay, ça n'avait rien à voir. C'était Millicent et moi, sans personne d'autre dans notre sillage.

Pour le Nouvel An, nous nous sommes rendus tous les deux à une soirée organisée au country club. Jenna avait douze ans, Rory treize, et c'était la première fois que nous les laissions seuls un 31 décembre. L'idée les enchantait. Et nous aussi. Nous n'avions pas fêté l'arrivée de la nouvelle année entre adultes depuis la naissance des enfants.

Moins d'un mois plus tôt, j'avais croisé cette femme au magasin, celle qui ressemblait à Robin. Millicent et moi avions couché ensemble ce soir-là. Non pas le genre d'ébats sexuels auxquels un couple se force une fois de temps en temps.

C'était plutôt comparable au début de notre relation, lorsque nous étions insatiables l'un de l'autre. Le sexe dans ce qu'il a de plus exaltant.

Le lendemain, c'était fini. Le désir, l'humeur, les sentiments. Nous retournions à nos débats sur l'argent, sur ce que nous pouvions ou pas nous permettre. Y compris le gala du Nouvel An.

C'était une soirée costumée. Millicent et moi étions habillés comme dans les années 1920, un gangster et sa copine délurée. Je portais un costume à rayures, des brogues et un Borsalino. Millicent était en robe violette à paillettes avec un bandeau à plumes sur le front et une touche de rouge carmin sur les lèvres.

D'ordinaire, je trouvais les soirées déguisées déprimantes. Elles me donnaient le sentiment que les gens jouaient à incarner celui ou celle qu'ils rêvaient d'être sans jamais pouvoir l'assumer.

Ce soir-là, nous étions à part, pas comme tout le monde, différents de tous les autres convives de la fête. Millicent et moi parlions de recommencer. De tuer une femme. Nous parlions de ce que nous lui ferions subir, si nous passions à l'acte, et pourquoi.

— Et elle ?

Millicent désignait une femme à la poitrine si plantureuse que c'en était grotesque. Des faux seins, évidemment, et elle clamait à qui voulait l'entendre le prix qu'ils lui avaient coûté.

J'ai répondu à sa suggestion, nonchalant :

— On ne pourrait pas la noyer.

— Tu marques un point.

— Et elle ? ai-je dit en lui indiquant du regard une blonde décolorée au bras d'un homme qui pouvait être son grand-père.

Le sourire de Millicent faisait ressortir le blanc de ses dents sur ses lèvres rubis.

— Ce serait lui faire une fleur. Avec ce bronzage, elle mourra bientôt d'un cancer de la peau.

J'ai réprimé un éclat de rire, et Millicent a gloussé. Nous étions cruels, jasions de la pire des façons, mais ce n'étaient que des mots. Nous avons passé presque toute la fête à discuter tous les deux.

Pour cette première soirée sans enfants depuis une éternité, j'étais prêt à veiller. J'avais même bu une boisson énergisante avant de partir. Mais nous ne sommes pas restés tard. Minuit avait à peine sonné que nous étions de retour à la maison.

Un quart d'heure plus tard, nos déguisements années 1920 jonchaient le sol de la chambre.

J'ignorais si c'était le début ou la suite de quelque chose, mais en tout cas, je ne voulais pas que ça s'arrête.

Dans le hall du *Lancaster*, je consulte ma montre, mon téléphone, et surfe sur le Net. Tout est prétexte à ne pas regarder Naomi. Elle ne me remarque pas. Cette nuit, l'hôtel est plus fréquenté que d'habitude, sans doute parce que c'est la veille du vendredi 13. Les gens viennent en ville voir ce que fera Owen, qui sera sa cible, celle qu'il tuera. Certains clients sont envoyés par des médias respectés, d'autres cherchent l'événement à filmer et poster sur la toile.

Un groupe de ceux-là est assis non loin du hall. Des étudiants en quête d'argent, occupés à spéculer sur le bénéfice qu'ils tireront de cette affaire. Le chiffre augmentera selon le degré d'horreur de leur vidéo. Le jackpot, ce serait de filmer la scène de kidnapping en direct. Si tant est qu'ils sachent tenir une caméra sans trembler.

Lorsqu'ils partent enfin à la recherche des lieux que pourrait fréquenter un tueur en série, je peux me concentrer sur Naomi. J'attends d'avoir quelque chose à raconter à Millicent, une information à partager. Je veux retrouver le sentiment de complicité que nous avions avant.

Naomi sourit, et ce depuis le début de la soirée. C'est incroyable, voire admirable. La plupart des clients qui l'abordent viennent se plaindre pour des broutilles, et elle veille toujours à leur répondre aimablement. Elle sourit même lorsqu'un grossier personnage la traite d'idiote.

Je commence à croire qu'on a affaire à Pollyanna, l'héroïne du roman jeunesse d'Eleanor H. Porter, cette petite orpheline qui incarne joie et bonne humeur en toutes circonstances. Ça ne me plaît pas. Millicent et moi ne pouvons pas médire de ces personnes-là.

Et puis je l'aperçois, la faille derrière son masque mielleux. Une fois qu'un client particulièrement revêche lui tourne le dos, Naomi lui fait un doigt d'honneur.

Je souris.

Il est temps de rentrer raconter ma soirée à Millicent.

Chapitre 25

Je me réveille dans le silence. L'aube attendra encore une heure, le monde est lové dans son voile de velours sombre.

Nous sommes samedi 14.

Millicent n'est pas rentrée.

C'est jeudi, tard dans la soirée à mon retour du *Lancaster*, que nous avons opté pour la séparation. Le plan était de garder Naomi en vie quelque temps, comme Lindsay. Il le fallait, c'était l'habitude d'Owen.

Mais l'idée ne me plaisait pas. Je ne voulais pas voir ça.

Pourtant, je savais bien qu'il le fallait, ce serait injuste de laisser Millicent accomplir tout le travail. Quand j'essaie d'imaginer la séquestration de Naomi, j'ai l'estomac noué. Millicent doit la maintenir vivante en lui donnant à manger et à boire tout en la torturant.

Je ne me crois pas capable d'encaisser ça.

Voilà pourquoi j'évite soigneusement de demander à Millicent où elle gardait Lindsay enfermée, et où elle enfermera Naomi. J'ai failli lui poser la question plusieurs fois, mais je me suis toujours ravisé. Parfois, je m'en veux un peu de ma lâcheté, mais pas tant que ça. Le plus souvent, c'est un soulagement.

— Je peux m'en occuper, a proposé Millicent.

Nous étions à la maison, seuls, vendredi matin. Les enfants étaient partis à l'école. Nous buvions un café dans la cuisine et discutions de nos plans.

— Tu n'as pas à tout faire toute seule.

— Ce ne serait pas la première fois.

Millicent s'est levée pour aller mettre sa tasse dans l'évier.

— Ce n'est pas une raison.

Mon argumentation manquait d'entrain, certes, mais au moins, j'avais bonne conscience.

— Si, c'est une raison, a-t-elle tranché. Je m'en charge. Toi, occupe-toi du journaliste.

— Compte sur moi. Il faudra bien que je le recontacte.

— Exactement.

Elle s'est tournée vers moi et m'a adressé un sourire éclairé par un rayon de soleil qui se frayait un chemin à travers la fenêtre.

Notre plan était au point. Le même que pour Lindsay.

Nous avions tout prévu dans les moindres détails, comme à l'habitude de Millicent. D'abord, pour l'endormir. Lindsay et, maintenant, Naomi devaient rester inconscientes pour être déplacées vers un lieu désert. Le chloroforme n'est pas la recette miracle que prônent les films au cinéma. Après quelques recherches, nous nous sommes retrouvés sur d'obscurs sites Internet où tout est accessible moyennant finance. Avec des bitcoins et des mails anonymes envoyés à partir de boîtes privées, on peut tout se procurer, y compris un tranquillisant assez rapide et puissant pour assommer un éléphant.

N'ayant besoin que d'une dose suffisante pour une femme de cinquante-huit kilos, le coût restait abordable.

Millicent avait acheté un ordinateur portable dont nous seuls connaissions l'existence. C'est sur cet appareil que nous faisions nos recherches pour le tranquillisant. Il nous avait également permis de trouver Lindsay.

Et Petra.

Et Naomi.

Le vendredi soir, nous avons enlevé Naomi ensemble. Comme nous l'avions fait pour Lindsay.

Sur le parking derrière l'hôtel, Millicent lui a fait signe alors qu'elle s'éloignait en voiture. Elles étaient juste derrière le champ des caméras de surveillance. J'ai regardé ma femme se pencher à la fenêtre du chauffeur, parlant avec précipitation, car sa voiture était en panne. Puis j'ai vu le geste sec de son bras lorsqu'elle lui a injecté la drogue. Elle a ensuite poussé Naomi vers le siège passager pour prendre sa place au volant et sortir la voiture du parking.

Je l'ai suivie, le sourire aux lèvres. Après toutes ces recherches, toute cette organisation, je jubilais de voir enfin notre plan se dérouler sous mes yeux.

Nous nous sommes séparés dans les bois. J'ai pris la voiture de Naomi et je m'en suis débarrassé pendant que Millicent conduisait la mienne avec notre victime toujours inconsciente. Puis j'ai récupéré la voiture de Millicent, garée à quelques rues du *Lancaster*, et je suis rentré à la maison, il était minuit passé. À Hidden Oaks, les lumières des perrons étaient toutes allumées. Y compris la nôtre.

Les enfants ne dormaient pas. À leur âge, j'aurais fait exactement la même chose : une soirée films d'horreur. Tous les deux campaient dans le salon avec leurs téléphones, leurs tablettes et de quoi grignoter. Je me suis joint à eux.

Ils pensaient que je revenais d'un tour du quartier, que j'avais aidé à protéger Hidden Oaks d'Owen Oliver. Nous avons notre propre système de sécurité, mais malgré tout, quelques riverains avaient décidé de se joindre à la patrouille. Je n'étais pas parmi eux.

Les enfants savaient que Millicent ne rentrerait pas avant le lendemain. Elle avait prétexté une soirée entre copines qui ne voulaient pas passer la nuit seules. Les enfants s'en fichaient. J'ai l'impression qu'Owen Oliver est une idée abstraite pour eux. C'est le croquemitaine à la télé, le psychopathe au cinéma. Ils n'ont pas conscience que toutes les femmes – leur enseignante, leur voisine, ou même leur mère – courent un danger potentiel. Mes sentiments sont mitigés à ce sujet. Je tiens à savoir mes enfants en sécurité, mais je veux aussi qu'ils sachent que le monde est dangereux.

Toujours au lit, je commence à me demander où Millicent a emmené Naomi, ce qu'elle va lui faire subir. Ce qu'elle lui a déjà fait. Pour m'arrêter de penser, je me lève et j'allume la télévision. Une chaîne sportive. Tout en écoutant les scores du match de base-ball de la veille, je me fais couler un café. J'entends le bruit sourd du journal enroulé que le livreur jette contre ma porte d'entrée, mais je ne vais pas le chercher. Au lieu de ça, je bois mon café devant des dessins animés avant que les enfants ne se réveillent, puis j'éteins la télévision avant qu'ils ne descendent l'escalier. Rory est le premier à entrer dans la cuisine. Il attrape la télécommande et met les informations.

— Alors, qui va clamser ?

Il sort un bol du placard et le remplit de céréales.

— On ne dit pas « clamser ».

Rory prend son air las.

— D'accord, alors qui s'est fait tuer ?

Jenna apparaît sur le seuil. Son regard alterne entre son frère et moi.

— C'est arrivé ? Owen est revenu ?

Rory monte le volume. À l'écran, ce n'est pas Josh, mais une autre journaliste. Une jeune femme blonde, tout à fait le genre d'Owen.

— *La police nous indique qu'il faudra patienter, elle n'a encore aucune information à nous communiquer. Hier soir, le climat de tension était tel que les appels ont été nombreux pour signaler que des femmes ne répondaient pas au téléphone ou ne donnaient aucune nouvelle à leur famille. Nous ignorons encore si ces femmes ont vraiment disparu, la police aura besoin de temps pour mettre de l'ordre dans cette affaire…*

— Les flics sont tous des idiots, juge Rory en se tournant vers sa sœur pour lui pincer le bras. Comme toi.

Elle lève les yeux au ciel.

— Ouais, c'est ça.

La conversation se détourne d'Owen. Je n'entends plus ce nom jusqu'au trajet en voiture, lorsque j'emmène Jenna au football. Entre deux tubes à la radio, le présentateur annonce que la police a reçu plus de mille appels de gens prétendant avoir vu Owen Oliver vendredi soir.

Toujours aucune nouvelle de Millicent. Je mens aux enfants, en prétextant qu'elle avait prévu un brunch avec ses copines. Ça ne leur fait ni chaud ni froid.

Pendant le match, je regarde souvent mon téléphone.

Certains parents discutent de l'actualité, ils spéculent sur le retour d'Owen et cette histoire de vendredi 13, et débattent de l'éventualité d'un canular. L'un des pères en est convaincu, mais les femmes en doutent. Le voyant rire, l'une d'elles lui demande ce qu'il trouve de si drôle à savoir qu'une personne est peut-être morte un vendredi 13.

Je regarde à nouveau mon téléphone. Toujours rien.

L'équipe de Jenna mène d'un point. Je lève le pouce dans sa direction. Elle me lance un sourire gêné. Le pouce en l'air, ce doit être *has been*.

Et puis, je la vois. Derrière Jenna, près du parking, elle contourne le terrain. Ses cheveux roux sont lâchés et rebondissent sur ses épaules à chacun de ses pas. Elle porte un jean, des baskets et un tee-shirt avec une tête de lion, la mascotte de l'école. Elle essaie toujours de ressembler à toutes les autres mamans, mais n'y parvient jamais. Millicent se démarque, qu'elle le veuille ou non.

En s'approchant, elle me sourit. Un beau sourire franc. Mon soulagement m'étonne. Je prends seulement conscience de la nervosité qui m'étreignait. C'est bête. Je sais pourtant que je n'ai aucun souci à me faire pour Millicent.

Je lui tends les bras, elle passe le sien dans mon dos pour m'embrasser. Ses lèvres sont chaudes, et son souffle sent la cannelle et le café.

— Comment s'en sort Jenna ? demande-t-elle en se tournant vers le terrain.

Je ne quitte pas ma femme du regard, comme happé.

— Bien. Elles mènent d'un point.

— Parfait.

Elle m'échappe pour aller saluer d'autres parents. Ils discutent du score, du beau temps et, enfin, d'Owen.

Une fois le match terminé, je dois aller travailler. Ce samedi, c'est au tour de Millicent de ramener les enfants pour déjeuner. Nous n'avons que quelques minutes en tête à tête sur le parking. Les enfants sont à l'intérieur, leur ceinture bouclée, et se disputent. Nous discutons entre nos deux voitures.

— Tout s'est bien passé ?

— Parfait, répond-elle. Comme sur des roulettes.

Je les quitte pour me rendre au country club, le cœur léger, comme porté par les flots. Je nage dans le bonheur.

Au club, j'ai un cours avec Kekona, la commère attitrée de Hidden Oaks, chose exceptionnelle un samedi. Je pense qu'elle a programmé ce cours pour parler de ce qui a pu se passer hier soir. Mes soupçons se révèlent fondés. Owen est au cœur de la conversation.

— Cinquante-trois femmes. Les informations parlent de cinquante-trois femmes portées disparues entre hier soir et ce matin.

Elle secoue la tête. Les longs cheveux noirs de Kekona sont noués en chignon à la base de sa nuque.

— Owen n'a pas kidnappé cinquante-trois femmes dans la nuit, démens-je.

— Non, en effet. Il n'a peut-être même kidnappé personne. Mais cinquante-trois familles pensent le contraire.

J'encaisse ses paroles en hochant doucement la tête et essaie d'imaginer la souffrance que traversent ces familles. Je me sens détaché, comme si je n'avais rien à voir avec toute cette histoire.

Chapitre 26

Nous patientons, en attendant que les gens découvrent la vérité. Quand quelqu'un met la chaîne des informations, Millicent me décoche un clin d'œil. Quand quelqu'un évoque Owen, je lui lance un regard qu'elle seule peut comprendre. C'est notre truc à nous, ce qui nous distingue de la masse.

J'ai eu ce sentiment pour la première fois après Holly. Puis à nouveau après Robin, et ensuite après Lindsay. Après chacune de ces femmes, Millicent et moi avons partagé un moment où nous étions uniques au monde. Un peu comme ce fameux jour dans l'arbre. Je le ressens à présent aujourd'hui, après Naomi.

Millicent et moi avons les yeux grands ouverts tandis que le reste du monde dort à poings fermés.

Lundi, la police a réduit le nombre à deux femmes. Toutes les autres ont été retrouvées ou sont rentrées chez elles. Je l'apprends à la radio en me rendant au travail et j'en suis surpris. Je ne pensais pas qu'ils mettraient si longtemps à identifier la disparue. J'ai presque envie d'écrire une nouvelle lettre à Josh, pour lui révéler que c'est Naomi.

Presque. Mais plus ils passent de temps à identifier la victime, moins ils en passent à tenter de la retrouver. La police ne sait même pas qui chercher.

À la mi-journée, je reçois un appel du collège sur mon portable. Étrange, c'est Millicent qu'ils appellent en premier, d'habitude. La principale m'explique que ma femme ne répond pas au téléphone. Elle m'annonce également qu'il y a eu un incident au collège, je dois m'y rendre au plus vite. Je demande s'il s'agit de Rory.

— C'est votre fille, me détrompe-t-elle. Nous avons un problème avec Jenna.

En arrivant, je trouve Jenna assise dans un coin du bureau de la principale. Nell Granger travaille dans cet établissement depuis des siècles et n'a pas pris une ride. Elle a toujours cet air de mamie gâteaux qui vous pince les joues jusqu'au sang.

Jenna garde les yeux rivés au sol.

Nell me fait signe de m'asseoir, et je m'exécute. C'est alors que je remarque le couteau.

Une lame de quinze centimètres en inox. Un manche en bois sculpté. L'ustensile vient de notre cuisine et se trouve à présent sur le bureau de Nell qui en tapote le tranchant du bout de son ongle rose.

— Votre fille a apporté ce couteau à l'école aujourd'hui.

— Je ne comprends pas.

Et je ne suis pas sûr de vouloir comprendre.

— Un professeur l'a aperçu dans son sac quand elle a sorti son cahier.

Assise contre le mur, Jenna est face à nous, mais ne lève pas les yeux. Elle ne dit rien.

— Pourquoi as-tu apporté ce couteau en classe ? je lui demande.

Pas de réponse. Seulement un hochement de tête timide.

Nell se redresse et me fait signe de la suivre. Nous sortons du bureau, et elle referme la porte derrière nous.

— Jenna n'a pas prononcé un mot. J'espérais que vous ou votre femme parviendriez à lui faire avouer la raison pour laquelle elle s'est armée.

— J'aimerais bien le savoir.

— Ce n'est pas quelque chose que vous…

— Jenna n'est pas une fille violente. Elle ne joue pas avec les couteaux.

— Pourtant…

Nell n'a pas besoin de terminer sa phrase.

Je retourne seul dans le bureau. Jenna ne semble pas avoir bougé d'un pouce. J'approche une chaise et je m'assieds.

— Jenna.

Silence.

— Tu peux me parler du couteau ?

Haussement d'épaules. C'est un début.

— Tu avais l'intention de faire du mal à quelqu'un ?

— Non.

Sa voix est ferme, résolue, je ne m'y attendais pas.

— D'accord. Puisque tu ne voulais faire de mal à personne, pourquoi as-tu apporté un couteau en classe ?

Elle lève les yeux. Son regard est moins déterminé que sa voix.

— Pour me protéger.

— Quelqu'un te harcèle ?

— Non.

Ce n'est pas l'envie qui me manque de la secouer comme un prunier et de la sommer de tout m'expliquer.

— Jenna, je t'en prie, dis-moi ce qui s'est passé. Quelqu'un t'a menacée ? T'a touchée ?

— Non, je voulais juste…

— Tu voulais quoi ?

— Je ne voulais pas qu'il me fasse de mal.

— Qui ?

C'est à peine un murmure :

— Owen.

Je crois recevoir un coup de poing dans l'estomac. Le choc est douloureux. Il ne m'était jamais venu à l'esprit que Jenna puisse avoir peur d'Owen.

Je la prends dans mes bras.

— Owen ne touchera pas à un seul de tes cheveux. Jamais. Ni dans cette vie ni dans une autre.

Elle glousse.

— Tu es bête.

— Je sais, sauf quand il s'agit d'Owen. Là, j'ai raison.

Jenna s'écarte pour poser sur moi ses yeux à présent plissés.

— C'est pour ça que j'ai pris le couteau. Je ne voulais faire de mal à personne.

— Je sais.

Elle va dans le couloir en attendant que je termine avec Nell, qui répond par un sourire et un signe de tête à mon explication des craintes de Jenna envers Owen Oliver. Je lui rappelle qu'il monopolise les informations depuis plusieurs semaines. Son portrait inonde la toile, il est partout à la télévision et sur des flyers dans les commerces.

— Finalement, il fallait s'attendre à ce genre d'incident, conclus-je en désignant le couteau. Maintenant que j'y pense, c'est assez logique. Les médias ne parlent que d'Owen depuis qu'il est revenu.

Nell hausse un sourcil.

— Vous croyez à son retour ?

Je retombe en adolescence quand, à treize ans, j'étais couvert de terre et d'hématomes, une trace de sang au coin de la bouche. Ma bagarre contre Danny Turnbull s'était bien passée, en tout cas pour ma part, à cela près qu'on m'avait convoqué dans le bureau de la principale. J'ai soutenu mordicus que Danny m'avait cherché, et la principale m'a lancé le même regard sceptique que celui que m'adresse Nell Granger aujourd'hui.

— J'ignore s'il est revenu ou non, mais de toute évidence, ma fille y croit.

— C'est ce qu'elle prétend.

— Auriez-vous une raison de mettre ses paroles en doute ? Parce que moi, non.

Nell secoue la tête.

— Non, non. Jenna a toujours été une gentille fille.

Elle n'a pas besoin d'ajouter « jusqu'à présent », je le devine à son silence.

— Je peux la ramener à la maison ?

— Oui, mais je dois garder le couteau.

Je ne discute pas.

Comme Jenna a l'autorisation de s'absenter de l'établissement pour le reste de la journée, je l'emmène déjeuner dans un restaurant appartenant à une chaîne, dont les dix pages du menu proposent du gras sous toutes ses formes : petit déjeuner anglais, côtes de porc au barbecue et compagnie. Cet établissement est l'une de nos adresses préférées, Jenna y commande toujours un sandwich ou un club grillé à la tomate et au fromage. Aujourd'hui, elle prend une salade avec sauce à part. Pas de soda, juste un verre d'eau.

Je lui demande si tout va bien. Elle répond que oui.

J'aimerais parler à Millicent, lui expliquer pour notre fille. Mais ma femme reste injoignable.

Elle doit être avec Naomi. Elles sont sans doute dans un bunker, un sous-sol isolé, comme dans les films. D'où le fait que son téléphone soit sur répondeur. Ça ne doit pas capter.

À moins qu'elle soit tout simplement occupée.

Je lui envoie un message pour l'informer qu'il n'y a pas de souci, bien que j'en doute moi-même. Après l'avoir envoyé, je reconnais l'alerte sonore aux informations annonçant un flash spécial.

En face de notre banquette, le comptoir de la partie bar est encadré par plusieurs écrans de télévision, et sur tous, Naomi me regarde droit dans les yeux. Elle semble immense. Une bannière défile sous l'image avec le titre :

UNE FEMME DE LA RÉGION PORTÉE DISPARUE

— C'est elle, pas vrai ? me demande Jenna en regardant les informations. C'est elle qu'Owen a enlevée.

— Ils n'en sont pas encore sûrs.

— Elle va mourir, hein ?

Je ne réponds rien. Intérieurement, je souris. En tout cas, une part de moi sourit.

L'autre s'inquiète pour Jenna.

Chapitre 27

Naomi. Naomi avec les cheveux lâchés, les cheveux attachés, démaquillée, les lèvres rose vif. Naomi en uniforme, en jean, en robe de demoiselle d'honneur vert satiné. Le nom de Naomi est partout, à la télévision, sur Internet et sur toutes les lèvres. En quelques heures, ses rares amis se sont multipliés. Soudain, tout le monde la connaît et s'épanche volontiers auprès des journalistes. De vagues connaissances affirment qu'elles étaient profondément attachées à elle.

Lundi soir, nous sommes à la maison, et la télé est allumée. Millicent est rentrée. Elle justifie son absence d'aujourd'hui par une remarque évasive. En retour, je lui dresse un résumé, tout aussi nébuleux, de ce qui s'est passé au collège de Jenna. À m'entendre, c'est une bagatelle.

— Bref, un simple quiproquo, conclus-je.

Millicent hausse les épaules.

— Tu en es sûr ?

— Certain.

Jenna est absorbée par les informations, mais Rory en a plus qu'assez de voir les médias ne parler que du tueur en série. Il ordonne à sa sœur de changer de chaîne. Elle refuse.

Je n'avais pas anticipé l'impact qu'Owen Oliver pourrait avoir sur nos enfants. Holly et Robin n'ont jamais bénéficié de ce genre de publicité. Voilà qu'on parle d'Owen depuis des semaines. Jenna pourrait bien être marquée à vie par la disparition de Naomi.

Mon sentiment de bien-être s'est totalement dissipé.

Je sors dans notre jardin. Derrière, dans un coin, pousse un grand chêne. La vieille aire de jeux des enfants est toujours là-bas, dans l'autre coin, à l'abandon depuis des années. Je l'avais même oubliée, mais voilà que je ne vois plus que ça, ce plastique fané et craquelé. Ça devient dangereux. Je rentre, traverse la maison jusqu'au garage et y récupère ma boîte à outils. C'est important… non, crucial : je dois démonter l'aire de jeux et m'en débarrasser avant que quelqu'un ne se blesse.

Les boulons en plastique, aussi grossiers soient-ils, tiennent bon. J'en brise un à coups de marteau.

— Qu'est-ce que tu fabriques ?

La voix de Millicent ne me fait pas sursauter ; au contraire, je m'y attendais.

— J'ai l'air de faire quoi ?

— Une chose qui peut attendre demain.

— Je veux m'en occuper maintenant.

Je n'entends pas son soupir, mais le devine. Derrière moi, elle me regarde pulvériser un autre boulon de plastique. Je lui lance :

— Tu comptes faire le pied de grue toute la soirée ?

Sans un mot, elle rentre dans la maison et referme la baie vitrée d'un geste sec.

Moins d'une heure plus tard, j'ai formé une montagne de plastique à la sueur de mon front. Le jardin est encore plus désolant qu'il ne l'était quand je me suis attelé à ma tâche.

Au salon, personne. Je les entends à l'étage ; un dans la salle de bains, un autre dans le couloir. Je m'installe devant la télévision et regarde une série. C'est l'histoire d'une famille semblable à la mienne : deux parents et deux enfants, mais bien plus drôle que la nôtre. Ils n'ont pas nos soucis, pas de gamine de treize ans armée d'un couteau à l'école ni de gamin qui soumet son père à un odieux chantage.

Pendant la coupure publicitaire, ils annoncent les gros titres des informations. Je change de chaîne, puis change encore, et encore jusqu'à ce que Millicent vienne dans le salon me confisquer la télécommande. Elle se penche à mon oreille et murmure :

— Ressaisis-toi. Et vite.

Sur ce, elle jette la télécommande à l'autre bout du canapé et quitte la pièce.

On pourrait croire que je ne tiens jamais tête à Millicent, mais c'est faux. Certes, ce n'est pas tous les jours, mais ça arrive. Ou en tout cas, c'est au moins arrivé une fois, et je m'en souviens clairement. Le sujet était assez grave pour mériter ma mobilisation.

Quand Rory avait six ans et Jenna cinq, Millicent et moi ne sortions plus la tête de l'eau. J'avais deux boulots. En plus de mes cours de tennis, je travaillais dans un club de fitness. Millicent tentait de vendre des villas. Les enfants étaient dans deux écoles différentes : l'une en maternelle, l'autre au CP ; il y en avait toujours un à déposer ou à récupérer. Nous avions deux voitures, et quand l'une ne tombait pas en panne, c'était l'autre. Notre frigo était rempli, et nous avions un toit au-dessus de nos têtes, mais, pour le reste, rien n'allait comme il fallait.

Un jour, une aubaine. Une chose étrange que je n'ai pas vue venir. Une action collective de poursuite en justice était menée contre l'un de mes anciens employeurs, du temps où j'étais lycéen. Après plus de dix ans de démarches, la sentence était tombée. J'ignore si c'est du fait que les plaignants étaient peu nombreux ou que les avocats étaient des pointures, toujours est-il que ma part d'indemnités s'élevait à dix mille dollars. Je n'avais jamais reçu une telle somme d'un coup.

Assis à la table de la cuisine, Millicent et moi regardions le chèque. Les enfants étaient couchés, la maison silencieuse, et nous rêvions à tout ce que nous pouvions nous offrir. Une semaine à Hawaï ou un mois en montagne. Un voyage en Europe. L'alliance que méritait Millicent. Autour d'un verre de vin, nos rêves tournaient à l'absurde. Des vêtements sur mesure. Une salle de cinéma privée. De belles jantes chromées pour nos deux voitures. Avec dix mille dollars, nous n'étions pas richissimes, mais faisions comme si.

— Bon, un peu de sérieux, a fini par dire Millicent en terminant son fond de vin. Les enfants. Leurs études.

— Très raisonnable.

— Il faut bien.

Elle avait raison. La fac coûtait une fortune, nous avions intérêt à économiser dès aujourd'hui. Seulement, ce ne serait pas de gaieté de cœur. Cet argent aurait pu faire notre bonheur immédiat à tous les quatre.

— J'ai une meilleure idée.

— Meilleure que l'éducation de nos enfants ? a-t-elle avancé, perplexe.

— Attends, je t'explique.

Je lui ai proposé d'investir dans notre propre avenir. Les premières années, quand nous étions jeunes mariés et jeunes parents, notre situation économique ne connaissait pas de grande amélioration, pas plus que nos carrières respectives. Millicent ne vendait guère mieux que des appartements ou des pavillons de quartiers populaires, les agents plus expérimentés se réservant les biens les plus lucratifs. De mon côté, je donnais des cours de tennis sur les terrains des parcs publics, à une clientèle irrégulière. Je lui ai proposé d'agir.

D'abord, on aurait cru à un rêve absurde de plus. Le billet d'entrée pour le gala de Noël du country club de Hidden Oaks coûtait deux mille cinq cents dollars par personne. Mais ce n'était pas une soirée comme les autres ; c'était notre sésame pour accéder à une clientèle que nous ne trouverions nulle part ailleurs. Une nouvelle génération s'installait à Hidden Oaks. Pour la plupart, ces gens-là ne connaissaient pas mes parents. Ils avaient les moyens de se payer des cours particuliers de tennis et des maisons de luxe. C'étaient eux qui paieraient les études de nos enfants.

— Tu es fou, a soupiré Millicent.

— Tu ne m'écoutes pas.

— Non.

D'un geste impérieux, elle a chassé mon idée saugrenue.

Dès lors, je n'ai pas lâché le morceau.

Nous nous sommes disputés une semaine entière. Elle m'a traité d'enfant, j'ai répondu qu'elle ne voyait pas plus loin que le bout de son nez. Elle m'a traité d'arriviste, j'ai rétorqué qu'elle n'avait aucune imagination. Elle m'a boudé, j'ai dormi sur le canapé. Et pourtant, je n'ai pas capitulé. Elle, oui.

Millicent a déclaré qu'elle était fatiguée. Je la soupçonne d'avoir cédé à sa curiosité. Elle voulait voir si j'avais raison.

Nous avons dépensé la moitié du chèque dans ces billets. Avec l'autre moitié, elle s'est acheté une robe et des escarpins, je me suis offert un smoking et des chaussures vernies, et nous avons loué une voiture de luxe pour la soirée. Millicent en a profité pour se faire coiffer, maquiller et vernir les ongles. Une fois la baby-sitter payée, il ne restait plus grand-chose.

Mais le jeu en valait la chandelle. Six mois après le gala, on m'a proposé un poste de professeur de tennis au club. Lors de cette soirée, Millicent a rencontré ses premiers clients de la haute société et a gravi les échelons de l'immobilier. En un soir, nous avions fait plus pour notre ascension sociale qu'en cinq années d'efforts laborieux. C'était comme sauter des niveaux dans un jeu vidéo en trichant avec des codes.

Nous n'appartenions pas à la bourgeoisie, contrairement à nos clients, mais cette soirée nous en avait rapprochés.

Et depuis ce jour, Millicent sait que c'est grâce à moi. J'ai décidé de ce que nous devions faire de cet argent. Chaque année, le gala annuel le lui rappelle, mais pour être franc, je pense que ça la laisse de marbre.

Chapitre 28

Au début, j'étais impressionné par la façon dont Rory avait trouvé un moyen de me faire chanter. Je le reconnais. Je ne lui en voulais pas tellement de m'avoir pris sur le fait. C'est à moi que j'en voulais de m'être ainsi laissé surprendre.

Mais maintenant, il commence à m'énerver.

Je suis dans sa chambre. Il est assis à son bureau. Son ordinateur est allumé, Naomi me regarde droit dans les yeux. Cela fait quarante-huit heures qu'elle a été identifiée comme la seule femme toujours portée disparue. Son visage inonde tous les écrans.

— Pourquoi tu regardes ça ?

— Ne change pas de sujet, me répond-il d'une voix tranchante.

Touché. Je parlerais volontiers d'autre chose que des centaines de dollars qu'il me réclame en échange de son silence au sujet de ma liaison inexistante. Ou plutôt de mon aventure d'un soir, puisque j'ai effectivement couché avec Petra. Je lui demande :

— Combien de temps comptes-tu faire durer cette plaisanterie ?

— Je te retourne la question. Je t'ai encore vu filer en douce la semaine dernière.

Quand il me parle sur ce ton, j'ai du mal à croire que Rory est encore un enfant. Derrière ses mèches rebelles rousses et ses habits trop grands, il n'a pas l'air d'un adolescent de quatorze ans. Il passerait plutôt pour mon égal.

— Je te propose un marché. Cette fois, je te donne l'argent, et on arrête tous les deux. Tu ne me verras plus jamais filer en douce.

— Et si tu recommences ?

— Si je recommence, je te paie le double.

Son masque impénétrable tombe quand il hausse les sourcils, mais il cache sa surprise en se frottant le menton, d'un air de soupeser mon offre.

— Je continuerai de te surveiller, dit-il.

— Je n'en doute pas.

Un signe de tête, il réfléchit, puis refuse.

— J'ai une autre idée.

Je la rejette d'avance, furieux. Jusqu'à présent, je me suis montré patient, mais ça va trop loin.

— Tu n'auras pas un seul…

— Je ne veux pas d'argent.

— Quoi, alors ?

— La prochaine fois que tu fileras, je ne te demanderai pas de fric. Je ne te demanderai rien du tout. Mais je dirai tout à Jenna.

— Tu ferais ça à ta sœur ?

Il pousse un soupir. Pas de ceux que laisserait échapper un vieil homme las et fatigué. C'était un soupir d'enfant, lèvres tremblantes.

— Arrête, papa. Tout ce que je te demande, c'est d'arrêter de tromper maman.

À mon tour d'être surpris. L'impact de ses paroles s'étend progressivement dans mon esprit, et je prends enfin la mesure de la situation.

C'est un enfant. Il a encore de nombreuses années avant de devenir adulte. Voilà qu'il me paraît plus petit que jamais.

Il me semble plus jeune que la première fois que je lui ai menti, plus jeune que la seconde fois, et plus encore que la troisième. Il paraît plus jeune que le jour où je lui ai appris à tenir une raquette de tennis, et plus jeune que lorsqu'il a choisi de préférer le golf. Rory a l'air plus jeune qu'hier. C'est encore un petit garçon.

Tout cela n'a rien à voir avec l'argent, les jeux vidéo ni le chantage.

Le problème, c'est ce qu'il croit que je fais. Il croit que je trompe sa mère. Et il me demande d'arrêter.

En prendre conscience, c'est comme recevoir une balle en plein ventre. C'est en tout cas la douleur que j'imagine. Bien plus forte qu'un coup de poing. Les mots me manquent.

Alors j'acquiesce et je tends la main.

Il la serre en retour.

Je n'en dis toujours pas un mot à Millicent. Ni du fait que Rory se renseigne sur Internet au sujet de Naomi. De toute façon, l'information est partout, les enfants ne peuvent pas y échapper.

Josh continue de couvrir l'affaire. Il est à l'écran toute la journée pour les flashs infos et les nouvelles du soir. Toujours jeune et fougueux, il a toutefois l'air fatigué, et un passage chez le coiffeur ne serait pas du luxe.

Depuis deux jours, il arpente les aires d'autoroute avec les patrouilles de police. C'est là qu'Owen séquestrait ses victimes, dans l'abri souterrain du bâtiment désaffecté d'une ancienne aire de repos. La police a fouillé toutes les aires et toutes les maisons abandonnées de la région. En vain.

Ce soir, Josh est dehors, devant une route déserte envahie par une flotte de voitures de police. Arborant un look d'étudiant avec son gros anorak et sa casquette de base-ball vissée sur la tête, il annonce que les recherches s'étendent partout et dans tous les recoins, allant jusqu'au parc national de Goethe.

Parce que Naomi est encore vivante.

Josh ne le précise pas. Et la police non plus. Mais tout le monde sait que si Owen est revenu, Naomi est sa prisonnière. Il les séquestre toujours vivantes et leur fait subir toutes sortes d'atrocités. Des choses dont on ne parle pas à la télévision. Des choses auxquelles j'évite de penser, car Millicent les commet en ce moment même.

Enfin, je crois. Je suppose que Naomi est toujours en vie, bien que je n'aie pas posé la question, ni la moindre idée de l'endroit où Millicent a pu l'enfermer. Les recherches de la police me font m'interroger.

Le lendemain matin, tandis que je recule dans notre allée, Millicent sort de la maison, me faisant signe d'attendre. Je la regarde s'éloigner du seuil pour s'approcher de ma voiture. Elle porte un pantalon slim et un chemisier blanc à petits pois.

Elle se penche à la vitre de ma portière. Son visage est si proche que je vois se dessiner de petites lignes au coin de ses yeux. Pas des rides profondes, mais en bonne voie. Quand elle pose la main sur le rebord, j'aperçois son bras strié d'éraflures. Comme si elle avait joué avec un chat.

Remarquant mon regard, elle abaisse sa manche. Je lève les yeux vers elle. Dans la lumière matinale, les siens ont presque leur teinte d'antan.

— Quoi ?

Elle tire de sa poche une petite enveloppe blanche.

— Tiens, j'ai pensé que ça pourrait t'être utile.

L'enveloppe est scellée.

— Qu'est-ce que c'est ?

Un clin d'œil.

— C'est pour ta prochaine lettre.

Ce détail anodin me met déjà de meilleure humeur. Je n'écris pas de lettre. Owen, oui.

— Ça les convaincra, m'assure Millicent.

— Si tu le dis.

D'un geste doux, elle me caresse la joue. J'ai cru qu'elle allait m'embrasser, mais non, pas ici dans notre allée, un voisin pourrait nous surprendre. Au lieu de ça, elle repart vers la maison, aussi légère qu'elle en est sortie, comme si elle m'avait simplement rappelé d'acheter du lait d'amande en rentrant.

Je glisse le doigt sous le rabat de l'enveloppe et j'en découvre le contenu.

Une mèche de cheveux de Naomi.

Chapitre 29

Millicent a beau dire, cette mèche me tracasse. J'ignore si elle arrangera ou empirera la situation. Bien que Jenna ait renoncé à s'armer d'un couteau, elle a complètement perdu l'appétit, et je commence à m'inquiéter sérieusement. Elle triture sa nourriture du bout de sa fourchette, la déplace dans son assiette, ne dit presque plus rien. Aucun récit détaillé de son match de foot ni des cours de la journée.

Je n'aime pas ça. Je voudrais retrouver ma Jenna, celle qui me sourit tout le temps, qui me réclame des choses que je suis incapable de lui refuser. Mais tout ce qu'elle me réclame ces derniers temps, c'est de pouvoir quitter la table.

Si j'envoie une lettre à Josh confirmant que Naomi est bien la victime d'Owen, les recherches ne feront que s'intensifier. La police fouillera tous les bâtiments à cent kilomètres à la ronde, et les médias en diffuseront jusqu'à la moindre miette.

Mais ce pourrait être pire si je n'envoyais pas la lettre. Tout le monde se demanderait si Naomi est entre les mains d'Owen, la question pourrait demeurer à jamais. Et Jenna apprendrait que l'on peut disparaître du jour au lendemain sans laisser aucune trace. C'est la triste réalité, mais elle n'a pas besoin de le savoir. Du moins, pas encore.

Une fois de plus, Millicent a raison. La mèche de cheveux est utile.

Je rédige plusieurs brouillons. Le premier est trop élaboré, le deuxième encore trop long. Le troisième se résume à un paragraphe. Et puis, je prends conscience qu'Owen n'a pas besoin de mots.

La mèche parle d'elle-même.

Ils feront un test ADN et sauront qu'elle appartient à Naomi. Je n'ai qu'à l'envoyer accompagnée d'une feuille de papier signée.

Owen.

La touche finale : l'eau de Cologne bon marché.

Je lâche les cheveux sur ma lettre. Cinquante, peut-être une centaine en tout, je n'ai pas compté, mais ils mesurent environ cinq centimètres. D'un côté, ils sont légèrement dégradés. De l'autre, ils sont coupés si net que j'entends presque le claquement des ciseaux.

Je m'interdis d'y songer davantage. Je ne veux pas imaginer l'expression de Naomi à l'approche des ciseaux, ni son soulagement lorsqu'elle ne les sent que sur ses cheveux.

Non, je me contente de replier la feuille sur la mèche, la glisse dans une nouvelle enveloppe que je scelle avec une éponge. Je ne retire mes gants qu'une fois la lettre dans la boîte postale.

Le bruit sec de l'enveloppe tombant sur les autres me procure une poussée d'adrénaline.

Le travail devrait être mon échappatoire, mais il n'en est rien. Tout le monde parle de Naomi et d'Owen. Où la détient-il ? Sera-t-elle un jour retrouvée ? Kekona est au club-house. Elle n'a pas cours, mais vient quand même, pour jaser avec d'autres femmes, toutes assez âgées pour être la mère de Naomi. Les hommes assis au comptoir regardent sur le grand écran la jolie jeune femme disparue qu'ils auraient bien aimé rencontrer. Personne ne mentionne les activités de Naomi au *Lancaster*. Elle est la fille, la sœur, la voisine de tout le monde.

C'est effrayant la rapidité à laquelle vont les choses.

Pour les autres, c'était différent. Surtout pour Holly. Personne ne l'a jamais cherchée, puisqu'elle n'a jamais été portée disparue.

Millicent et moi avions pris la décision ensemble. Nous n'en avions jamais reparlé après Holly, et ça ne m'était même jamais revenu à l'esprit. J'étais trop inquiet de ne pas me faire prendre pour réfléchir à la suite. Quelques jours plus tard, la mère de Millicent a téléphoné. Elle avait commencé à perdre la mémoire, mais elle se souvenait encore combien de filles elle avait. Nous ne lui avions pas dit qu'ils avaient libéré Holly, mais elle était au courant. Elle avait appelé l'hôpital.

Ce soir-là, nous avons organisé notre premier rencard. Nous ne l'avions encore jamais fait. C'était un terme dont nous nous moquions jusqu'au jour où il nous a été utile.

Quand j'ai informé Millicent de l'appel de sa mère, elle est restée parfaitement impassible. Nous finissions à peine de dîner, les enfants regardaient la télévision, et nous étions tous les deux encore à table. Burger au steak de légumes, saveur tomate et fromage bio, avec frites de patates douces et salade. Je mangeais encore mes frites en les trempant dans une mayonnaise épicée faite maison.

— Il fallait bien que ça arrive, a-t-elle déclaré.

J'ai vérifié derrière moi que les enfants n'écoutaient pas. À l'époque, je sursautais au moindre courant d'air. L'illégalité n'était pas dans mes habitudes, encore moins pour un meurtre, d'où la crainte de me faire arrêter à tout moment. Chaque jour, je me voyais vieillir d'une année.

— On ne devrait pas en parler ici.

— Bien sûr. On en reparlera plus tard, quand les enfants seront couchés.

Rien que cela suffisait à me faire frémir.

— On devrait aller dehors. Ou dans le garage. On pourrait s'installer dans la voiture, par exemple.

— Excellente idée. C'est un rencard.

Notre premier rencard a été planifié quand Rory, onze ans, et Jenna, dix ans, sont montés se coucher. Millicent a laissé la porte de la maison entrouverte, au cas où ils nous appelleraient.

Je m'attendais à ce qu'elle propose de dire à sa mère que nous n'avions pas vu Holly. J'avais tort.

— On ne peut pas lui dire qu'elle a disparu, m'a expliqué Millicent. Ils la chercheraient partout.

— Elle ne la reverra…

— Je sais. Mais elle la cherchera jusqu'à ce que sa mémoire flanche.

— Alors quoi ? On ment à ta mère ? On lui dit que Holly est ici, qu'elle va bien ?

Elle a refusé en silence, le regard perdu vers le tableau de bord. Et puis, elle a fini par répondre :

— On ne peut pas y échapper.

J'ai attendu, de peur de dire une absurdité.

Quand Millicent a évoqué l'idée de faire comme si Holly vivait encore, je me souviens d'avoir pensé que le subterfuge ne fonctionnerait jamais. Après tout ce que nous avions fait, jusqu'à présent en toute impunité, nous risquions de tout gâcher. Nous n'avions pas assez réfléchi avant d'agir, n'ayant rien prémédité.

— Ça ne marchera pas, ai-je décrété. Elle finira par vouloir lui parler, la voir. Les médecins la chercheront ou essaieront d'entrer en contact avec elle…

Je déballais mes arguments, toute la liste des risques encourus. Nous ne pouvions pas prétendre être les seuls à voir Holly ou à lui parler.

— Je pense que Holly cherche à s'enfuir, a dit Millicent. Ce doit être ma faute, je lui rappelle les erreurs de son passé et la raison pour laquelle on l'a fait interner.

J'ai commencé à comprendre, et ai murmuré :

— Si c'était moi, si j'avais voulu repartir de zéro, j'aurais même quitté le pays.

— Sans aucun doute.

— Enverrais-tu un mail à ta mère ?

— Une lettre. Une longue lettre pour la rassurer, lui dire que je vais bien, que j'ai simplement besoin de temps pour réfléchir.

Elle a expédié la lettre presque une semaine après la mort de Holly. Elle y racontait qu'elle partait en Europe pour guérir, pour se trouver, pour se faire une place en ce monde, mais prendrait régulièrement des nouvelles. Sa mère a répondu qu'elle comprenait. Millicent a même envoyé une photo, prise avec mon téléphone quand j'ai surpris sa sœur devant l'école des enfants. La boucle a été bouclée le jour où leur mère a montré la lettre à Millicent à l'occasion d'une visite.

Juste avant de mourir, ma belle-mère ne se souvenait plus de ses filles. Ni de l'une, ni de l'autre.

Chapitre 30

J'apprends d'abord la nouvelle sur mon téléphone, alors que j'attends dans ma voiture garée devant un café. C'est ma pause. En retournant travailler au club après avoir récupéré les enfants pour les déposer à la maison, je m'arrête pour prendre un café. Le bip sonore me signale qu'il y a du nouveau.

OWEN REPREND CONTACT

Dans la vidéo, Josh évoque la dernière lettre d'Owen. Pour la première fois depuis quelque temps, il n'a pas l'air fatigué. Il se tient devant le poste de police. Ses joues sont d'un rose vif, et ses yeux brillent d'une excitation induite par autre chose qu'une simple tasse de caféine. Après avoir passé une semaine à regarder la police fouiller des aires d'autoroute à l'abandon et d'autres abris déserts, il semble un nouvel homme.

Une photo de la lettre apparaît à l'écran. Le nom d'Owen est clairement lisible.

— *Dans l'enveloppe, il y avait cette feuille de papier, signée de l'homme prétendant être Owen Oliver Riley. Mais pas seulement. Le courrier renfermait également une mèche de cheveux. Nous ignorons à qui elle appartient. Nous ne savons pas s'ils sont à un homme ou une femme. Les tests ADN sont en cours à l'heure où nous parlons, mais dès que nous en saurons plus, nous serons les premiers à vous en informer.*

Josh présente ensuite une jeune femme qui affirme être une amie de Naomi, mais le journaliste précise tout de même que nous n'avons encore aucune certitude quant à ce qu'il est advenu de la jeune femme. Cette amie ne me dit rien, je ne me souviens pas de l'avoir vue avec Naomi, dans la vie réelle comme sur la toile. Elle a une voix nasillarde qui vient crisser à mon oreille dans l'espace confiné de ma voiture. À l'écouter, Naomi est « une femme douce mais pas excessivement sensible, une grande amie, quoique très indépendante, intelligente sans être Mme Je-sais-tout », un discours vague, sans queue ni tête.

Elle quitte le champ de la caméra qui revient sur Josh avant de reprendre un plan large. Un homme se tient à présent à côté de lui, de forte carrure, avec une moustache qui lui donne des allures de morse. Josh le présente : il s'agit du directeur adjoint de l'hôtel *Lancaster*, il travaillait avec Naomi. Josh ne lui demande pas de résumer Naomi en un mot, et pourtant il le fait.

— *Si je devais résumer Naomi en un mot, je dirais que c'est quelqu'un de profondément gentil. Elle était gentille avec tout le monde, tous les clients et tous ses collègues. Toujours serviable. Si un client avait besoin qu'on lui monte quelque chose alors que le room service était occupé, elle se portait volontaire. Si quelqu'un était malade, elle le remplaçait. Elle ne réclamait jamais rien. Pas à moi, en tout cas. Pour les autres, je ne sais pas.*

On frappe à la vitre de ma voiture, je sursaute.

Trista.

Je la regarde, un reflet derrière la paroi de verre feuilleté. La dernière fois que j'ai vu Trista, elle était shootée aux médicaments. Comme promis, je n'en ai jamais parlé à Andy.

Trista sourit en me faisant signe de baisser ma vitre. Je m'exécute, et elle vient m'embrasser sur la joue. Son rouge à lèvres abricot laisse sur ma peau une empreinte collante.

— Hum. Salut, dis-je.

Son petit rire la rajeunit, tout comme la visière à motifs de pâquerettes vissée sur sa tête.

— Désolée. Je suis de bonne humeur.

— Je vois ça.

Je sors de ma voiture pour lui faire face. Les yeux de Trista sont limpides, ses pupilles ni trop petites ni trop dilatées. Un voile rosé couvre sa peau, comme si elle rentrait d'une journée à la plage.

— Tu as bonne mine.

— Je me sens en pleine forme.

Soudain soulagé, je prends conscience que je m'inquiétais à son sujet.

— Je suis ravi de l'apprendre. Je me faisais du souci pour toi.

— J'ai largué Andy, dit-elle.

— Tu l'as largué où ?

Je regarde derrière elle, pensant qu'elle a pu le déposer au café. Oui, vraiment.

— Non, enfin, on n'est plus ensemble.

C'est le choc, je ne peux m'en cacher. Andy et Trista se sont mariés peu de temps après Millicent et moi. Nous étions à leur mariage. Aucun des deux n'a jamais évoqué le moindre problème de couple, que ce soit avec moi ou auprès de Millicent. Elle m'en aurait parlé.

— Il ne t'a rien dit ? s'étonne Trista.

— Non.

— Eh bien, c'est fait. Je l'ai quitté.

J'aimerais lui dire combien je suis désolé que leur mariage soit un échec. Ce sont mes amis. Mais elle semble si heureuse que je n'ose prononcer un mot.

Trista lève les yeux au ciel.

— Tu n'es pas obligé de dire quoi que ce soit, ne t'inquiète pas. Mais tu sais quoi ? Je ne l'ai jamais vraiment aimé. Pas comme tu aimes Millicent, en tout cas. (Elle sourit, pas gênée pour un sou.) C'est vrai, je t'assure. J'ai épousé Andy parce qu'il remplissait tous les critères. Horrible, n'est-ce pas ? Vas-y, dis-le. Je suis horrible.

— Je n'ai jamais dit ça.

— Non, mais tu le penses. C'est normal, après tout. Andy est ton ami.

— Toi aussi, tu es mon amie.

Elle hausse les épaules.

— Il va falloir qu'on arrête les cours. Je suis désolée, mais je ne peux plus prendre le risque de croiser Andy au club.

— Je comprends.

— Tu m'as beaucoup aidée, tu sais. Notre conversation de l'autre jour m'a permis d'y voir plus clair.

À moi aussi, cette conversation a été d'une aide précieuse. Grâce à Trista, j'ai appris des choses sur Owen que je n'aurais jamais sues autrement, ce qui m'a permis d'adresser à Josh une lettre crédible. Mais ce n'est pas de ça dont elle parle.

— Je n'ai rien fait, dis-je, sans doute pour me convaincre que je n'ai pas brisé le mariage de mon ami.

— Si tu ne m'avais pas écoutée, je n'aurais pas vidé mon sac au sujet d'Owen. Personne n'a envie d'entendre ces vieilles histoires. On veut garder son image de monstre.

— C'en est un, non ?

— Oui. Et non. Tu te souviens quand je disais qu'Owen était bon au lit sans être exceptionnel ?

Je réponds par l'affirmative.

— J'ai menti. Au lit, c'était génial. Fantastique, même. Owen était, il était…

Sa voix se meurt. Elle laisse son regard se perdre vers le parking devant le café, plongée dans un souvenir que j'ignore. Je suis mal à l'aise de la regarder dans ce silence, mais il serait encore plus gênant de parler, alors je me tais.

— Je l'aimais, finit-elle par avouer.

— Owen ?

Elle acquiesce, puis secoue la tête.

— C'est affreux, je sais. Je ne dis pas que je compte me jeter dans ses bras. De toute façon, je ne saurais pas comment le joindre. Oh, mon Dieu, ce n'est pas ce que je voulais dire. (Levant les mains en l'air, elle abandonne l'idée de s'expliquer.) Je suis désolée. Tout ça, c'est complètement tordu.

— Non, c'est…

En réalité, je ne trouve pas de mot plus juste.

— Tordu, insiste-t-elle.

— Bon, d'accord, c'est tordu.

Et horrible.

— Aimer un monstre, c'est mal. Tu ne crois pas ?

— Tu ne savais pas que c'était un monstre à l'époque où tu en es tombée amoureuse, n'est-ce pas ?

— Non, c'est vrai.

— Et tu n'es pas tombée amoureuse de lui *parce que* c'était un monstre. Pas vrai ?

Haussement d'épaules, puis un sourire.

— Qu'est-ce que j'en sais ?

À cela, je ne sais quoi lui répondre.

Chapitre 31

C'est au sein d'une église baptisée la communauté de l'Espoir que s'est installé un groupe d'écoute pour tous ceux qui souhaitent parler de Naomi, prier pour elle ou allumer un cierge. Ce mouvement a commencé avec ses proches, amis et collègues, lancé peut-être par l'homme-morse ou la fille nasillarde, puis il s'est étendu à la ville tout entière.

Je n'ai pas pénétré dans l'église, mais m'y suis arrêté en rentrant du travail pour regarder les gens aller et venir. Certains restaient longtemps, d'autres quelques minutes seulement. J'en ai reconnu certains, membres du club, et je parierais ma chemise qu'aucun ne connaissait personnellement Naomi. Ils ne sont pas du genre à fréquenter des réceptionnistes d'hôtel.

La nouvelle remonte jusqu'à Millicent, sans doute par l'un de ses clients, et elle décide que notre famille doit se rendre à l'église vendredi.

Le soir du vendredi en question, c'est panique à bord. Je rentre tard de mon dernier cours et saute sous la douche. Rory est allé chez un copain après le collège et n'a pas vu l'heure passer. Millicent est partie le chercher. Jenna se prépare dans sa chambre. Nous n'avons pas le temps de dîner à la maison, nous mangerons donc un morceau en ville après l'église. Millicent envoie un texto groupé pour choisir le restaurant. Rory veut manger italien, Millicent aimerait du mexicain, et moi, ça m'est égal.

Quand j'entends arriver la voiture dans le garage, j'appelle Jenna.

— En route, mauvaise troupe ! je lui lance.

Jenna me répond toujours que c'est une réplique de papa. Mais là, rien.

— Jenna ?

Silence. Je remonte alors l'escalier et frappe à sa porte sur laquelle est accroché un petit panneau blanc orné de rubans multicolores. Dessus, on peut lire « Non, Rory » tracé de son écriture ronde.

En bas, la porte du garage s'ouvre sur l'appel de Millicent :

— Vous êtes prêts ?

— Presque, je crie en frappant encore à la porte de Jenna.

Elle ne répond pas.

— Ça ne va pas ? lance ma femme.

Ce n'est pas verrouillé, je me permets d'entrouvrir.

— Jenna ? Tout va bien ?

— Ouais.

Réponse timide, en provenance de la salle de bains.

Chez nous, personne ne se contente d'une simple chambre. Ce sont des suites, avec une salle de bains chacune. Quatre chambres, quatre salles de bains. C'est ainsi que sont construites toutes les maisons de Hidden Oaks.

— Allez, on se dépêche ! hurle Rory.

Millicent monte l'escalier.

Je traverse la chambre de Jenna, me fraie un passage entre ses jouets d'enfant, et son attirail d'adolescente : vêtements, chaussures et maquillage. La porte de la salle de bains est ouverte. À l'instant où j'y jette un coup d'œil, Millicent déboule dans le couloir puis dans la chambre de notre fille.

— Que se passe-t-il ? s'enquiert-elle.

Jenna se tient là, sur le carrelage blanc, les pieds recouverts de mèches foncées. Elle me regarde de ses yeux démesurément grands. Jenna a coupé tous ses cheveux. Elle s'est rasée. Il lui reste à peine deux centimètres de longueur sur le crâne.

Derrière moi, Millicent retient un cri. Elle se rue vers Jenna et prend son visage en coupe.

— Qu'est-ce que tu as fait ?

Jenna la regarde sans ciller.

Je ne dis rien, bien que je connaisse d'avance sa réponse. Je sais pourquoi Jenna a fait ça. Et j'en reste pétrifié d'horreur, planté sur le tapis kaki de sa chambre.

— Bordel, qu'est-ce que…

Rory nous a rejoints, il regarde sa sœur, puis les cheveux sur le carrelage.

Jenna se tourne vers moi pour me dire :

— Maintenant, il n'y a plus aucune chance pour qu'il m'enlève, hein ?

— Bon Dieu ! souffle Rory.

Non, pas Dieu.

Owen.

Nous n'allons pas à l'église. Nous ne sortirons pas ce soir.

— Un médecin, murmure Millicent. Notre fille doit voir un médecin.

— J'en connais un. Un élève de tennis.

— Appelle-le. Non, attends. On ne devrait pas prévenir tes clients. Il vaut mieux qu'ils ne soient pas au courant, si ?

— Au courant de quoi ?

— Du fait que notre fille a besoin d'aide.

Nous échangeons un long regard, impuissants. La situation est surréaliste.

Pour nous, c'est une première. Dans les manuels sur l'éducation des enfants, on trouve une réponse à tout. Millicent les a toutes en tête. Maladie, voir le médecin.

Patraque, mettre au lit. Fait semblant, envoyer à l'école. Se bat avec un camarade, appeler les parents. Pique une crise, mettre au coin.

Mais ce problème-là nous est totalement inconnu. Les livres n'expliquent pas comment réagir devant un enfant effrayé par un tueur en série, encore moins dans ce contexte particulier.

Dans notre chambre, nous parlons tout bas. Jenna est sur le canapé du salon, elle regarde la télévision, une casquette sur la tête. Rory est avec elle. Nous lui avons demandé de ne pas lâcher sa sœur d'une semelle. Et de ne pas se moquer d'elle. Pour une fois, il obéit sans discuter.

Millicent décide d'appeler notre médecin de famille. Le docteur Barrow n'est pas un élève de tennis. Simplement le vieux généraliste que nous consultons depuis des années. Il soigne nos gorges enrouées et nos maux de ventre, cherche d'éventuelles fractures ou commotions, mais je ne pense pas qu'il nous soit d'un grand secours dans le cas présent. C'est un homme d'une autre génération qui pourrait bien minimiser la gravité d'une pathologie mentale.

— Il est tard, fais-je remarquer à mon épouse. Il ne décrochera pas.

— La secrétaire arrivera à le contacter. Un médecin se doit de rester joignable.

— On devrait plutôt…

— J'appelle, décrète-t-elle. Il faut faire quelque chose.

— Oui. Tu as sans doute raison.

Tout en prenant le téléphone, elle me jette un regard en coin. Il est rare que je ne comprenne pas l'un de ses regards, mais c'est le cas ce soir. Si je devais tenter de le décrypter, je dirais que c'est un regard de panique.

Je descends voir Jenna. Elle est toujours sur le canapé avec Rory. Ils regardent la télévision tout en mangeant des sandwichs fourrés aux chips. Jenna lève les yeux. Je lui souris, essayant de lui transmettre un message : tout ira bien, elle va se remettre, tout va s'arranger, et personne ne viendra lui faire du mal. Elle détourne le regard et croque dans son sandwich.

Je ne lui ai rien transmis du tout.

De retour là-haut, je trouve Millicent au téléphone. Elle parle d'une voix trop calme et régulière, expliquant à la secrétaire que, oui, c'est une urgence et que, oui, elle a besoin de parler au docteur Barrow ce soir même. Elle raccroche, attend cinq minutes, puis retente sa chance.

Le docteur finit par rappeler. Dans la précipitation, Millicent raconte tout d'un bloc, tout ce que notre fille a fait. Les mots coulent en un flot continu.

Pour elle, pour nous, pour notre famille, c'est une crise. Et moi, je suis là, spectateur.

Jenna, la cause de la crise en question.

Millicent, qui prend les choses en main.

Rory, qui reste en dehors du champ de tir.

Moi, qui cours dans l'escalier pour voir tout le monde et ne prends aucune décision. Une fois de plus, je suis planté là, au milieu, impuissant.

Chapitre 32

Le docteur Barrow nous recommande un psychologue pour enfant qui accepte de nous recevoir un samedi matin, moyennant le double de ses honoraires habituels. Dans son bureau, tout est beige du sol au plafond, j'ai l'impression de nager dans un bol de flocons d'avoine.

Ce psychologue est spécialisé dans ce type de problématiques. Car c'est un vrai problème : d'après lui, Jenna ne se sent pas en sécurité. Il soupçonne une forme d'anxiété due aux médias, le nom scientifique de ce trouble n'ayant que peu d'importance. Les arguments évoqués par Jenna n'en ont pas plus, et ce n'est pas grave, ils n'ont ni queue ni tête. La raison n'a plus sa place.

— Vous auriez beau lui répéter jour et nuit qu'elle ne risque rien, cela ne changera rien à son mal-être.

Millicent s'assied devant le médecin, aussi proche que possible. Elle a passé la nuit dans la chambre de sa fille, n'a presque pas fermé l'œil, et a une mine affreuse. Je peux en dire autant pour ce qui me concerne. Jenna, elle, a dormi comme un bébé. Ses cheveux courts semblent l'apaiser. Lorsque j'essaie de faire remarquer ce détail au médecin, il lève la main.

— Du cinéma.

— Du cinéma, je répète en imitant son ton, mais mon arrogance est de trop.

— C'est un apaisement temporaire, jusqu'à ce que le prochain flash info la traumatise de plus belle.

Le médecin vient de passer une heure avec Jenna, première partie de cette consultation d'urgence arrangée par le docteur Barrow. Nous sommes la seconde partie.

— Que doit-on faire ? demande Millicent.

Il propose plusieurs solutions pour rendre à Jenna un sentiment de sécurité. Pour commencer, deux consultations par semaine dans son cabinet. Deux cents dollars chacune, sans le tiers payant, par chèque ou carte bancaire uniquement. Ensuite, tenir toutes nos promesses ; ne jamais décevoir Jenna. Ne jamais la laisser croire que nous ne sommes pas là pour elle.

— Mais c'est évident, je m'insurge. Nous avons toujours…

— Toujours ?

— Au moins quatre-vingt-dix pour cent du temps, nuance Millicent. Peut-être même quatre-vingt-quinze.

— Non, cent, attesté-je.

Millicent acquiesce, comme si un coup de baguette magique allait réaliser ce fantasme.

— Dernière chose, et non des moindres, reprend le médecin. Éloignez-la des médias. Éloignez-la de ce tueur en série et de toutes les histoires sur ses victimes. J'ai conscience de vous demander l'impossible, surtout à son âge et de nos jours, mais essayez, autant que faire se peut. Ne regardez pas les informations chez vous. Ne parlez pas d'Owen ni de quoi que ce soit en rapport avec lui. Faites comme s'il n'avait rien à voir avec votre famille.

— C'est le cas, je lui rappelle.

— Bien entendu.

Nous nous délestons de quelques centaines de dollars et prenons congé. Jenna est dans la salle d'attente. Au mur, la télévision diffuse des dessins animés. Notre fille regarde son téléphone.

Millicent fronce les sourcils.

Tout sourire, j'essaie tant bien que mal de détendre l'atmosphère :

— Qui veut prendre le petit déjeuner ?

Le week-end voit défiler des réunions à n'en plus finir : tous les quatre, seuls avec Jenna, seuls avec Rory, puis Millicent et moi, juste tous les deux. Ces réunions-là, à deux, sont les plus nombreuses. Le dimanche soir, nous avons établi de nouvelles règles. Elles tournent principalement autour du bannissement des informations. Les flashs infos sont prohibés dans la maison, ainsi que les journaux. Nous regardons des films sur Internet et évitons au maximum la télévision. Pas de radio non plus. Autant de choses faciles à contrôler contrairement à Internet. Les enfants surfent pour l'école, pour le plaisir, pour communiquer…

Millicent tente tout de même sa chance en proposant d'activer le code du Wi-Fi : personne ne pourra se connecter sans son accord.

Une mutinerie éclate.

Rory tente le tout pour le tout :

— Dans ce cas, je ne peux plus habiter ici.

Jenna est d'accord avec son frère. Un rare moment de solidarité.

Les petits ont raison. La solution de Millicent est utopique, ça ne fonctionnera jamais. C'est absurde.

Mais je ne dis rien.

Le regard de Rory alterne entre sa mère et moi. Il perçoit une faille. Voilà qu'il dresse la liste de toutes les raisons pour lesquelles l'idée du code est caduque, à commencer par les horaires de Millicent qui rentre tard le soir.

Jenna prend enfin la parole.

— En littérature, ça va être la catastrophe.

L'argument finit de nous achever.

Cette année, les lettres lui ont donné du fil à retordre. Il lui a fallu mettre les bouchées doubles pour se maintenir sur le tableau d'honneur. La seule idée de voir Jenna échouer convainc Millicent. Elle accepte de revoir la sévérité de ses nouvelles règles à la baisse.

Contrôle parental, ordinateurs cantonnés au salon, réseaux sociaux supprimés des téléphones. Ça a surtout une portée symbolique, mais on comprend le principe. Jenna respectera-t-elle les règles ? Je n'en ai pas la moindre idée.

Une coiffeuse tente de rattraper le peu de cheveux qui lui reste. Maintenant qu'elle a égalisé la longueur, ce n'est pas laid, simplement différent. Millicent lui achète toutes sortes de chapeaux et de casquettes au cas où elle voudrait les cacher. Elle les dispose sur la table de la salle à manger, et Jenna les essaie tous, un par un. À la fin, elle hausse les épaules.

— Ils sont jolis.

— Lequel préfères-tu ? demande sa mère.

Nouveau geste nonchalant.

— Je ne suis pas sûre d'avoir besoin d'un chapeau.

Millicent n'est pas loin de se décourager. Elle s'inquiète plus pour les cheveux de sa fille que Jenna elle-même.

— D'accord, soupire-t-elle en rassemblant les chapeaux. Je les range quand même dans ta chambre.

Avant l'heure du coucher, je vais voir Rory. Il est allongé sur son lit et bouquine une bande dessinée. Il la glisse sous son oreiller, je fais mine de n'avoir rien vu.

— Quoi ? s'enquiert-il, clairement agacé.

Je m'assieds à son bureau. Des livres, des cahiers, des chargeurs, un grand sac de chips et le dessin d'une créature moitié monstre, moitié héros.

— C'est injuste, dis-je. Tu n'as rien à voir avec tout ça et tu dois subir ces changements malgré toi.

— « Il faut se serrer les coudes », je sais.

— Qu'est-ce que tu en penses, toi ?

— De quoi ?

— De ta sœur.

Il s'apprête à répondre, je vois dans ses yeux verts qu'il me réserve une remarque cinglante.

Mais il se ravise.

— Je ne sais pas, finit-il par dire. Cette histoire l'obsède.

— Owen.

— Ouais. En tout cas, plus que d'habitude. Tu sais comment elle est.

Il fait référence à la capacité déconcertante qu'a notre fille de se consacrer à un domaine corps et âme, que ce soit le football, les rubans ou les poneys. Si Rory se moque de ses activités, qu'il qualifie d'obsessionnelles, c'est parce qu'il n'a pas ce caractère passionné.

— Comment ça se passe pour elle, au collège ? je demande.

— Bien, à ce que je sache. Toujours populaire.

— Tu peux me prévenir s'il se produit quoi que ce soit ?

Il réfléchit. À ce qu'il exigera en échange, peut-être.

— Ouais.

— Et ne sois pas trop méchant avec elle.

Rory sourit.

— Mais c'est mon boulot. Je suis son grand frère.

— Je sais. Mais ne le fais pas trop bien.

Dimanche soir, Millicent et moi sommes enfin seuls. Je suis épuisé. Inquiet. Je redoute les prochaines nouvelles au sujet d'Owen, Naomi ou Lindsay.

Naomi. Pour la première fois en deux jours, je me fais cette réflexion : Millicent ne s'est pas absentée un seul instant.

Elle est restée avec Jenna, avec moi, avec nous depuis vendredi soir. J'en viens à me demander où est Naomi, si elle est encore vivante. Elle doit avoir de l'eau. Sans quoi elle ne survivrait pas.

Je n'ai jamais voulu savoir où se trouvait Naomi, à quoi elle était attachée, ni connaître l'environnement qui l'entourait. Je m'efforçais de ne pas y penser. Mais les images affluent. Celles dont j'ai entendu parler, le bunker sous-terrain, le sous-sol, la pièce insonorisée dans une maison sinon banale. Les moyens de contention, j'y pense également. Des chaînes et des menottes, en acier pour ne pas risquer d'être brisées.

Mais c'est peut-être autre chose. Elle est peut-être enfermée dans une pièce, libre de circuler. Ce pourrait être une chambre avec un lit, une commode, une salle de bains, voire un frigo. Confortable, propre. Et non une salle d'horreur ou de torture, ni rien de ce genre. Peut-être a-t-elle la télévision.

Ou pas.

Je me retourne vers Millicent, assise sur le lit, les yeux rivés sur sa tablette, occupée à se demander s'il existe ici-bas d'autres enfants phobiques des informations télévisées.

Une fois de plus, j'envisage de l'interroger sur Naomi. Je veux savoir où et comment Millicent la séquestre, mais j'ai peur de l'effet de cette révélation sur moi.

J'ai peur de ne pas pouvoir me contrôler.

Si je savais où elle se trouve, j'irais la voir. Je n'aurais pas le choix. Et si c'était le pire des scénarios ? Et si elle était menottée à un radiateur dans un sous-sol, recouverte de terre, ensanglantée depuis sa dernière séance de torture ? Si je tombais sur ce genre de scène, j'ignore comment je réagirais.

La tuerais-je ? La laisserais-je partir ?

Je préfère ne pas savoir.

Chapitre 33

La résurrection d'Owen nous aura bien servis. Plus personne ne doute de sa responsabilité dans l'enlèvement et le meurtre de Lindsay, et on croit désormais qu'il détient Naomi. Il est temps pour lui de s'éclipser. Le seul moyen d'y arriver est de cesser toute actualité : plus de lettres, plus de mèches de cheveux. Plus de disparitions. Plus de cadavres.

Il nous faut une stratégie de repli. Pour le bien de Jenna.

Au club, on parle encore d'Owen. Moi, je refuse. Je sors du club-house, loin des commérages, et surtout loin de Kekona. Nous avons toujours deux cours ensemble par semaine, mais elle vient au club tous les jours. Je passe ma journée sur le court, soit avec un élève, soit en attente du suivant. Après les événements des semaines précédentes et du week-end dernier, la journée me semble presque trop banale. Comment briser cette monotonie ?

Je donne un cours à un couple qui habite Hidden Oaks depuis sa création. Ils sont lents sur le terrain, mais se déplacent tant bien que mal, c'est déjà ça.

La leçon terminée, nous prenons tous les trois le chemin de la cafétéria. J'y boirai un café et regarderai mon planning de la semaine. Pour nous y rendre, nous devons traverser le club-house où je croise Andy.

Je ne l'avais pas revu depuis sa rupture avec Trista. Il avait alors toujours la même allure : de l'embonpoint, des cheveux clairsemés et le teint rougi par son penchant pour le bon vin.

Mais là, c'est la déchéance. Appuyé au comptoir, il porte un vieux pantalon en coton qui paraît dater de l'entre-deux-guerres. Sa chemise Hidden Oaks, en revanche, est flambant neuve avec les plis encore visibles, comme s'il venait de l'acheter en boutique et l'avait enfilée dans la foulée. Il est rasé de près, mais a les cheveux hirsutes. Dans sa main, la boisson est brune et pure, sans glaçon.

Je vais le voir, c'est mon ami ; du moins, ça l'était avant que je ne me mette à avoir des secrets pour lui.

— Salut.

Il se retourne sans un sourire.

— Tiens, voilà le pro. Pro du tennis, en tout cas. À moins que tu ne me caches d'autres talents.

— Quoi de neuf ?

— Ma foi, tu dois être au courant.

Je secoue la tête, d'un air innocent.

— Ça ne va pas ?

— Non, pas vraiment. C'est ma femme que tu devrais interroger. Tu la connais plutôt bien, non ?

Ne lui laissant pas le temps d'ajouter quoi que ce soit, je le saisis par le bras.

— Viens, allons prendre l'air.

Par chance, il ne discute pas et ne dit pas un mot qui risquerait de me mettre professionnellement dans l'embarras.

Nous traversons le club-house et sortons dans l'allée voûtée. Du lierre grimpe d'un côté, passe au-dessus du chemin et redescend de l'autre. À gauche, la boutique. À droite, le parking.

Je m'arrête là, prêt à affronter Andy.

— Écoute, je ne sais pas…

— Tu couches avec ma femme ?

— Bon sang, non.

Il me scrute, incertain.

— Andy, je n'ai jamais couché avec Trista. Jamais.

Je le sens soudain las, comme vidé de sa colère. Il me croit.

— Mais elle aime un autre homme.

— Pas moi, en tout cas.

Je n'ai pas l'intention de lui révéler de qui il s'agit.

— Mais tu la vois tout le temps. Deux fois par semaine, c'est ça ? Elle prend bien des cours avec toi ?

— Depuis quelques années, oui. Et tu le sais. Mais elle n'a jamais évoqué de liaison.

Andy fronce les sourcils.

— Tu en es sûr ?

— On se connaît depuis combien de temps, Andy ?

— Depuis qu'on est gamins.

— Et tu crois que je serais plus loyal envers elle qu'envers toi ?

Il lève les mains, excédé.

— Je n'en sais rien, moi. Cette histoire de disparitions l'a bouleversée. Elle ne veut plus regarder les informations.

Les yeux baissés, il frotte son pied contre les faux pavés.

— Tu me jures que tu ne sais rien ?

— Je te le jure.

— D'accord. Désolé.

— Je t'en prie. Tu veux qu'on aille déjeuner ?

Je ne lui propose pas d'aller boire un verre.

— Pas tout de suite. Je vais rentrer.

— Tu en es sûr ?

Andy fait signe que oui et s'éloigne, pas vers le club-house, mais vers le parking. J'aimerais lui faire remarquer qu'il n'est pas en état de conduire, mais je me tais. Le voiturier s'en chargera. Chacun ses responsabilités.

Mes cours continuent. Rien ne bouscule ma routine. Pas d'appel ni d'autre interruption. En tout cas, pas avant de terminer le travail et de m'arrêter pour laver la voiture sur le chemin du retour.

D'habitude, je vérifie à peu près un jour sur deux les messages sur mon téléphone ; l'autre, j'entends, celui à carte prépayée. Mais, cette fois, j'ai dérogé à la règle. Trop d'imprévus ces derniers temps, trop de choses à régler.

Le téléphone est caché dans la roue de secours. Avant de laisser la voiture au nettoyage, je dois vider le coffre et j'en profite pour récupérer le portable, que j'allume pendant qu'on s'occupe de mon véhicule. Le bip d'un nouveau message en attente me surprend. La sonnerie est aussi archaïque que l'appareil lui-même. Ce n'est pas un smartphone, simplement un vieux téléphone à carte prépayée, et qui pèse son poids.

Je l'ai acheté dans une boutique discount il y a plusieurs années. Il m'a fallu du temps pour me décider. Non pas pour choisir le modèle – à l'époque, tous les prépayés se ressemblaient –, mais pour franchir le pas. Une aimable vendeuse est venue me proposer son aide. Elle paraissait trop âgée pour s'y connaître en électronique, et pourtant, elle s'est révélée être une mine de renseignements, prodigués avec patience et gentillesse. Je lui ai posé un tas de questions. Les réponses importaient peu. Je me fichais de la technicité de l'appareil. J'essayais simplement de me décider quant à l'acquisition ou non d'un second téléphone, sans abonnement, et j'ai fini par l'acheter, de peur d'être grossier. Je l'avais monopolisée trop longtemps pour repartir les mains vides.

Ça a commencé quand je l'ai acheté. Annabelle est le dernier contact enregistré.

Je n'ai plus repensé à elle depuis que j'ai décidé qu'elle ne serait pas l'élue. Je n'avais aucune raison de songer à Annabelle jusqu'à ce qu'elle appelle. Ou plutôt qu'elle écrive. À quoi bon appeler un sourd ?

Salut, l'inconnu. Et si nous allions boire un verre, un de ces quatre ? Au fait, c'est Annabelle :)

Je n'ai aucune idée du jour où ce message a été envoyé. Il n'est réceptionné que lorsque j'allume mon téléphone. Il peut donc dater d'une semaine. En tout cas, c'est le temps qui s'est écoulé depuis la dernière fois que j'ai allumé ce téléphone.

Je pourrais lui répondre, ne serait-ce que pour lui dire que je n'avais pas vu son message.

Ma voiture est encore au nettoyage, alors je parcours mes textos. Avant celui d'Annabelle, il y a celui de Lindsay. Celui que j'ai ignoré. Il date d'il y a quinze mois.

J'ai passé une excellente journée, Tobias. À bientôt !

Tobias. Il n'était pas censé avoir sa propre personnalité. Et il n'était pas censé coucher avec quiconque.

Millicent et moi avons eu l'idée ensemble de créer ce personnage de toutes pièces. Par une rare soirée de froid en Floride où la température a chuté sous la barre des cinq degrés, Tobias est né entre un chocolat chaud et un bol de glace.

— Tu ne peux pas vraiment changer d'apparence, a-t-elle décrété. Enfin, pas sans un postiche ou une fausse barbe.

— Je ne mettrai pas de perruque.

— Dans ce cas, il te faut autre chose.

C'est moi qui ai eu l'idée de feindre la surdité. Quelques jours auparavant, j'avais donné un cours de tennis à un adolescent sourd, nous utilisions nos téléphones pour communiquer. Ça m'est resté, j'ai donc proposé cette solution.

— C'est brillant, a jugé Millicent avant de m'embrasser avec fougue.

Ensuite, nous avons réfléchi au prénom. Il fallait qu'il soit marquant sans être étrange, traditionnel, mais pas commun.

Nous avons finalement réduit le choix à deux possibilités : Tobias ou Quentin. Je préférais le second pour le surnom : Quint plutôt que Toby.

Nous avons pesé le pour et le contre de chacun. Millicent a même cherché leur étymologie.

— Tobias vient de l'hébreu Tobiah, a-t-elle lu sur Internet. Quentin est issu du nom romain Quintus.

Ni l'une ni l'autre de ces origines ne m'inspirait le moindre émoi.

Millicent a ajouté :

— Le prénom Quentin vient du chiffre « cinq » en romain. Tobias est un prénom biblique.

— Qu'a-t-il fait dans la Bible ?

— Attends, a-t-elle soufflé en poursuivant ses recherches.

Puis elle a repris :

— Il a tué un démon pour sauver Sarah, puis l'a épousée.

— Je veux être Tobias.

— Tu en es sûr ?

— Qui n'a pas envie d'être un héros ?

Ce soir-là, Tobias est né.

Rares sont les personnes à l'avoir rencontré, seulement des barmans et quelques femmes. Millicent elle-même n'a pas eu cette chance. Tobias est pour moi une sorte d'alter ego. Il a ses propres secrets.

Je ne réponds pas à l'invitation d'Annabelle à aller boire un verre. J'éteins le téléphone avant de le ranger dans mon coffre.

CHAPITRE 34

Noël, il y a six ans. Rory avait huit ans, Jenna sept, et tous les deux commençaient à se demander pourquoi ils n'avaient de grands-parents que du côté de leur mère. Je ne leur avais jamais parlé de mes parents, jamais raconté quoi que ce soit, sur leur vie comme sur leur mort. Leurs questions m'ont fait réfléchir à ce que je pourrais leur dire. À ce que je *devrais* leur dire.

Une nuit, je suis descendu à la cuisine en espérant qu'un en-cas m'aiderait à trouver le sommeil. J'ai dévoré des restes de ragoût aux haricots noirs directement dans la casserole. C'était froid, mais pas mauvais. Je mangeais encore quand Millicent m'a rejoint dans la cuisine. Elle a attrapé une fourchette et s'est assise avec moi.

— Que t'arrive-t-il ? s'est-elle enquise en prenant une grosse bouchée de ragoût avant de lever les yeux, attendant ma réponse.

Je ne m'étais jamais levé la nuit pour manger, elle le savait.

— Les petits me questionnent au sujet de mes parents.

Sans rien dire, elle a simplement haussé le sourcil.

— Si je leur mens en prétendant que leurs grands-parents étaient géniaux et qu'ils apprennent la vérité, ils me détesteront. Pas vrai ?

— Probablement.

— Si ça se trouve, ils me détesteront quoi que je leur dise.

— Pendant un temps, en tout cas. Tous les enfants traversent une période où ils rejettent toutes les fautes sur nous.

— Combien de temps ça dure ?

Elle a fait la moue avant de répondre :

— Une vingtaine d'années ?

— J'espère que les nôtres ne seront pas trop violents.

J'ai souri. Elle a souri.

Je pouvais leur raconter que mes parents avaient abusé de moi. Sur le plan mental, physique et même sexuel. Je pouvais leur dire qu'ils me battaient, m'attachaient, me brûlaient avec leurs mégots et me faisaient gravir la colline à pied jusqu'à l'école tous les matins. Mais ce serait mentir. J'ai grandi dans une jolie maison de quartier chic, et personne n'a jamais levé la main sur moi. Mes parents étaient raffinés et polis, ils pouvaient réciter par cœur le manuel des bonnes manières.

C'étaient également des gens horribles et froids qui n'auraient jamais dû devenir parents. Ils auraient dû avoir l'intelligence de penser qu'un enfant ne réglerait pas leurs problèmes.

Ils m'ont porté le coup fatal lorsque je suis parti à l'étranger. Quand je leur ai annoncé que je voulais faire une pause dans mes études pour voyager, ils m'ont donné un peu d'argent. J'ai pris un aller simple, un grand sac à dos, et je me suis payé quelques dizaines de shooters. Andy et deux amis m'ont rejoint, nous avons établi un programme décousu et posé les dates. Je ne leur ai pas dit, ni à eux ni à personne, que j'avais peur.

Quelques heures avant le décollage, je n'avais pas encore bouclé ma valise, ne sachant quels tee-shirts emporter et s'il me faudrait un manteau. Excité, je l'étais. Il me tardait de partir loin de Hidden Oaks. Loin de ma chambre d'enfant aux murs peints de la couleur du ciel, parsemé d'étoiles.

Je n'en pouvais plus de rêver à ce que ce monde offrait de nouveau, je voulais aller voir par moi-même.

Et puis, j'ignorais ce qui allait m'arriver. J'avais déjà échoué au tennis, puis dans mes études, lorsque toutes les grandes universités m'avaient fermé leurs portes. Un joueur de tennis raté qui étudiait dans une fac de ratés. À quoi ressemblerait un voyage de raté ? Je n'en avais aucune idée. Mais c'était forcément plus agréable que le sentiment permanent d'avoir été une erreur de conception.

J'espérais ne jamais rentrer, ne jamais revoir ces murs couleur azur.

Mes parents ne m'ont pas conduit à l'aéroport. Un taxi est venu me chercher parce que j'avais trop honte de demander à un ami et à ses parents de m'accompagner. C'était un mercredi matin, mon vol était très tôt. Le jour commençait à peine à se lever. Ma mère et sa tasse de café, mon père habillé pour le travail. Nous étions tous les trois dans l'entrée avec son carrelage rutilant, entourés de miroirs. Sur le guéridon, un vase présentait des chrysanthèmes orange. Un premier rayon de soleil frappait le lustre en cristal au-dessus de nos têtes, projetant un arc-en-ciel sur l'escalier.

Le taxi a klaxonné. Ma mère m'a embrassé sur la joue. Mon père m'a serré la main.

— Papa, je voulais…

— Bonne chance, m'a-t-il interrompu.

J'ai oublié ce que j'allais dire. Alors je suis parti. C'est la dernière fois que je les ai vus.

Finalement, je n'ai pas menti aux enfants. Je leur ai expliqué que leurs grands-parents étaient morts dans un terrible accident de voiture, il y a des années.

Je n'ai pas tout raconté, mais presque. Millicent m'a beaucoup aidé. Ensemble, nous avons fait le tri entre ce que nous pouvions dire et ce qu'il valait mieux censurer. Pour rendre la chose la plus officielle possible, nous avons organisé une réunion de famille. Rory et Jenna étaient encore petits. C'était cruel, certes, mais nous l'avons fait quand même.

La conversation s'est déroulée au salon. Jenna était déjà en pyjama, l'ensemble jaune à motif de ballons. Elle adorait les ballons, et Rory adorait les percer. Les cheveux bruns de Jenna étaient coupés à hauteur du menton et, sous la frange qui lui barrait le front, brillaient ses yeux foncés.

Rory portait un tee-shirt bleu et un pantalon de coton assorti. À sept ans, il s'était proclamé trop grand pour les pyjamas. Millicent et moi avions décidé que nous allions nous en remettre, elle a donc cessé de lui en acheter.

C'était si dur de dire à ces petits visages ingénus que, parfois, les gens feraient mieux de ne pas faire d'enfants.

— Les adultes ne feraient pas tous de bons parents, ai-je commencé. Tout comme ils ne sont pas tous gentils.

Jenna a réagi la première.

— Je sais qu'il faut se méfier des inconnus.

— Pas seulement. Même au sein de notre famille, il n'y a – ou n'y avait – pas que des gentils.

Grimaces boudeuses et mines confuses.

J'ai parlé pendant dix minutes. C'est tout ce qu'il m'a fallu pour expliquer à mes enfants que leurs grands-parents n'étaient pas de bons parents.

L'ironie de cette soirée ne m'a frappé que des années plus tard, après Holly et les autres. J'ai soudain pris conscience que Rory et Jenna diraient peut-être un jour à leurs enfants la même chose de Millicent et moi.

Chapitre 35

Je pensais qu'ils mettraient plus d'une semaine à identifier les cheveux de Naomi. Dans les films, les tests ADN sont toujours si rapides que je croyais la fiction loin du compte et que, en réalité, il fallait des mois. Apparemment, j'avais vu juste… sauf dans le cas d'une enquête préliminaire. Et surtout lorsque la police recherche une femme qui pourrait être encore en vie.

Les résultats indiquent avec plus de quatre-vingt-dix-neuf pour cent de certitude que les cheveux appartiennent à Naomi.

Je l'apprends par Kekona. Nos cours de tennis se changent en cours de médecine légale depuis qu'elle a développé une nouvelle passion pour les documentaires et les reportages sur les crimes réels. Les femmes tuées ou kidnappées sont monnaie courante dans ces émissions.

— Toujours jeunes, belles et innocentes en tous points, liste-t-elle, emportant avec elle sa énième tasse de café de la journée. Enfin, pas toujours innocentes. Il arrive qu'ils enquêtent sur une prostituée, en guise de mise en garde.

— Et ensuite ?

— Et ensuite quoi ?

Je m'explique :

— Après la disparition de cette belle et innocente jeune femme, que se passe-t-il ?

Kekona fait de grands gestes comme pour calmer un public trop bruyant.

— Première hypothèse : le petit ami, par jalousie et possessivité. Ou l'ex, pour les mêmes raisons.

— Tout ça, ce n'est qu'une seule hypothèse ?

— Oui. Une minute, je n'ai pas fini. Deuxième hypothèse : l'inconnu, ou presque. C'est l'option du tueur en série, psychopathe, harceleur, sociopathe ou malade mental. Qui peut porter l'une ou plusieurs de ces étiquettes.

Kekona ne m'apprend rien de nouveau. Moi aussi, je regarde la télévision. Mais pas ces derniers jours, les informations étant toujours proscrites à la maison. J'ai manqué le rapport de Josh sur les résultats ADN, je regarderai la vidéo plus tard sur Internet.

— Quelles sont les issues potentielles ? poursuit Kekona comme si je lui avais posé la question. La mort. Le viol et la mort. La torture, le viol et la mort.

À cela, que répondre ?

— Il arrive parfois que les victimes survivent, fait-elle remarquer.

— Mais pas souvent.

Kekona secoue la tête.

— Pas même dans les fictions.

Nous reprenons notre match de tennis. Finalement, j'ai une autre question pour elle.

— D'après toi, pourquoi ont-elles tant de succès ? Ces histoires de femmes disparues ?

— C'est simple : qui peut résister à l'histoire d'une jeune femme en détresse ?

La prohibition des informations sous notre toit est biaisée, puisque nous avons tous Internet sur notre téléphone. Tout le monde connaît les avancées de l'enquête. Après le repas, Millicent me conduit au garage. Rencard improvisé.

Elle aimerait discuter des résultats des tests ADN avec Jenna. L'incident de la salle de bains s'est produit il y a moins d'une semaine, mais depuis, Jenna semble aller mieux. Elle a même l'air heureuse. Millicent craint une rechute. Une rechute vers quoi ? Je ne saurais dire. Je commence à croire que notre fille est proactive, mais pas paranoïaque. Qui aimerait être enlevé par un tueur en série psychopathe, harceleur, sociopathe et malade mental ? Certainement pas elle.

Nous sommes assis dans la voiture, et Millicent me déroule son plan d'action. Nous ne voulons pas la bouleverser ni la couper du monde. Nous ne voulons pas non plus prendre Jenna de haut, mais hors de question de copiner pour autant. Nous voulons discuter sans faire la morale, réconforter sans infantiliser. Millicent ne cesse d'utiliser le pronom « nous », comme si ce plan venait de nous deux, et pas d'elle seule.

— Comment va-t-elle ? je m'enquiers.

— Pour l'instant, ça a l'air d'aller, mais bon. La dernière fois aussi, elle semblait aller bien quand…

— Je ne te parle pas de Jenna.

Elle lève la tête, confuse. Agacée. Et puis, elle comprend.

— Nous parlions de Jenna, me rappelle-t-elle.

— Est-elle toujours vivante ?

— Oui.

J'aimerais retirer ma question. Changer de sujet sur une boutade qui l'amuserait et nous ferait du bien.

Mais rien ne me vient à l'esprit.

Nous échangeons un long regard, ses pupilles si sombres qu'on croirait deux puits sans fond. Une minute de plus, et je vais craquer, soit en me détournant, soit en lui demandant où est Naomi.

Je baisse les yeux.

Millicent pousse un soupir.

Je lui emboîte le pas jusqu'au salon où nous nous installons sur le canapé, à côté de Jenna et Rory qui regardent la télévision. L'aîné est le premier à remarquer que nous ne regardons pas l'écran, mais nos enfants. Sentant approcher une conversation sérieuse, il s'éclipse.

À mon sens, tout se passe plutôt bien. Jenna nous écoute, hoche la tête et sourit. Quand Millicent lui demande si elle a des questions, Jenna fait signe que non. Lorsque je lui demande comment elle va, elle marmonne qu'elle va bien.

— Est-ce que tu as peur ? tente sa mère.

Jenna tripote ses cheveux courts.

— Non.

— Owen ne te fera aucun mal.

— Ouais, je sais.

L'irritation palpable dans sa réponse nous rassure. Hormis sa coupe de cheveux, elle semble revenue à la normale.

Plus tard, je suis avec Millicent dans notre chambre. Elle s'organise, fait plusieurs fois le trajet entre le dressing et notre salle de bains, range certains habits, en sort d'autres. Elle se prépare toujours la veille pour éviter toute source de stress le matin. La dernière minute, ce n'est pas sa tasse de thé. Tout comme elle ne supporte pas d'être en retard.

Je l'observe. D'un geste mécanique, elle ne cesse de rejeter en arrière ses longues boucles rousses. Elle porte un vieux pyjama bouloché et des chaussettes à rayures. Le seul faux pas stylistique de Millicent sur le plan vestimentaire, ce sont ses tenues d'intérieur. Je lui ai déjà dit combien je les trouvais ridicules. Mais ce soir, je m'abstiens de tout commentaire et remonte le couloir pour aller voir Jenna.

Elle dort, blottie sous sa couette. Elle a les traits détendus. Aucun signe d'une peur quelconque.

De retour dans notre chambre, je me glisse dans le lit auprès de Millicent qui vient de se coucher. Elle me regarde, comme prête à évoquer notre conversation de tout à l'heure, dans la voiture. Mais non, elle éteint la lumière, d'un air de dire que tout cela n'a aucune importance.

J'attends. Quand sa respiration ralentit, je me redresse et retourne voir Jenna.

La deuxième fois que je me lève, je ne prends plus la peine de me recoucher. Durant la nuit, je retourne la voir à trois reprises et regarde la télévision entre-temps pour finalement m'assoupir devant un vieux film vers 2 heures du matin. À mon réveil, je vois le visage d'Owen. Un documentaire lui est consacré.

Il existe plusieurs reportages sur lui avec divers degrés de précision sur les crimes perpétrés. Jusqu'à présent, j'ai réussi à me préserver des films comme des articles pour ne pas connaître les détails de ce qu'Owen faisait subir à ses victimes. Mais cette fois, impossible d'y échapper, je m'éveille pile au mauvais moment. À l'instant où je reconnais Owen à l'écran, le plan de coupe passe à la suite. Une pièce, celle dans laquelle il séquestrait chacune de ses victimes.

La vidéo avait été tournée en prévision du procès d'Owen. Lequel n'a jamais eu lieu. Elle a quinze ans, filmée caméra au poing, sans stabilisateur. Owen avait aménagé le sous-sol d'une aire d'autoroute désaffectée, après avoir abattu les parois qui séparaient les toilettes des hommes de celles des dames. Le carrelage, s'il avait été blanc un jour, était d'un marron grisâtre. Il ne restait qu'un W.-C. et un lavabo, près d'un matelas et d'une table. Des canalisations couraient à l'endroit où les murs n'étaient plus que des gravats, s'élevant du sol pour se planter dans le plafond, puis redescendant de l'autre côté et replongeant dans le carrelage marron. Les tuyaux avaient le diamètre parfait pour des menottes. Une paire y était d'ailleurs toujours accrochée.

L'image tressaute, puis la caméra zoome sur le sol. On ne voyait pas le sang sur le plan large. À présent, je distingue clairement quelques taches ici, d'autres gouttes là-bas. Des traces rouges, il y en a partout, comme si l'on avait badigeonné le carrelage au pinceau. La caméra balaie la pièce, puis se focalise sur un angle. Du sang, cette fois en grande quantité, macule le bas du mur, à quelques centimètres à peine du sol, comme si la personne blessée s'était accroupie dans ce recoin.

La caméra bouge, cadre sur le matelas. J'imagine Naomi allongée là.

Et je change de chaîne.

Chapitre 36

Deux jours passent avant que je n'entende parler de Trista. C'est Millicent qui m'apprend la nouvelle.

Un samedi soir. Rory est à l'étage, et Jenna dort chez une copine. La voie est libre, j'en profite pour m'affaler sur le canapé, les talons appuyés sur la table basse. C'est interdit – pour les enfants comme pour moi –, mais quand Millicent vient s'asseoir à côté de moi, elle ne dit rien.

Sa seule présence me pousse à retirer mes pieds. C'est bizarre, je sais.

— Qu'est-ce qu'il y a ? je lui demande.

À peine pose-t-elle sa main sur la mienne que je m'inquiète. Je suis même paniqué.

— Millicent, viens-en…

— C'est Trista.

— Trista ?

— Sa sœur a appelé tout à l'heure. Andy est trop bouleversé pour parler à qui que ce soit.

— La sœur de Trista ? Pourquoi…

— Elle s'est suicidée.

Je secoue la tête, j'ai dû mal entendre. J'ai cru entendre que Trista s'était tuée.

— Je suis désolée, ajoute Millicent.

Quand je prends la mesure de la réalité, l'air me manque.

— Je ne comprends pas.

— Apparemment, tu n'es pas le seul. À commencer par Andy.

— Mais comment ?

— Elle s'est pendue à la barre de douche.

— Oh, mon Dieu.

— Je savais que ça n'allait pas fort entre eux, mais j'ignorais qu'elle le vivait aussi mal.

Millicent est à mille lieues de soupçonner ce qui a motivé cet acte. Je ne lui ai jamais parlé de Trista, du fait qu'elle était sortie avec Owen. Et qu'elle l'aimait toujours.

Mon repas de ce soir semble soudain creuser un trou dans mon estomac. Je cours vomir à la salle de bains. Derrière la porte, Millicent me demande si je vais bien. Avant mon premier haut-le-cœur, je réponds que oui.

— Trop mangé, lui dis-je.

Elle vient toucher mon front, qui n'est pas chaud. Je m'assieds par terre, le dos contre le mur, et lui fais signe de ne pas s'inquiéter.

Elle s'en va. Les yeux clos, je l'écoute aller dans la cuisine et fouiller le réfrigérateur en quête de ce qui a bien pu me rendre malade.

J'aimerais lui dire que c'est nous. Notre fille a apporté un couteau à l'école et s'est coupé les cheveux jusqu'au crâne. Et maintenant, une femme est morte. Pas Naomi, une autre.

À cause d'Owen. À cause de moi. À cause des lettres que j'ai écrites à Josh.

Millicent revient dans la salle de bains avec un cachet pour la digestion.

Je l'avale, mais le vomis aussitôt.

La cérémonie a lieu à la chambre funéraire d'Alton, au même endroit que pour Lindsay. Je n'avais pas assisté à ses obsèques, mais j'avais lu un rapport dans le journal.

Pour Lindsay, ils avaient gardé le cercueil fermé à cause de ce que Millicent lui avait infligé. Celui de Trista est ouvert.

Andy est toujours son mari, il a tout organisé. La pièce est vaste, et toutes les chaises sont occupées. Trista serait touchée d'apprendre que son enterrement rassemble autant de gens. Tout le monde est là, chacun dans sa plus belle tenue noire, pour lui rendre hommage ou pour satisfaire sa curiosité. Moi, je suis venu parce que je suis coupable.

Millicent est avec moi, ignorant toujours la véritable raison du suicide de Trista. Comme tout le monde. Cela faisait des jours que les membres du club discutaient de leur rupture. Était-ce un problème d'argent, une dépression ? On n'était pas loin de la soupçonner d'être droguée, alcoolique ou nymphomane. Ou enceinte, de quelques mois à peine, et elle aurait perdu le bébé. Ou peut-être était-elle condamnée, en phase terminale d'une tumeur au cerveau.

Personne ne semblait se souvenir – ou l'avaient-ils seulement déjà su ? – qu'elle a eu une aventure avec Owen Oliver Riley il y a vingt ans.

Sa sœur est présente également. La copie conforme de Trista, mais en brune et de plus forte carrure. Elle raconte que Trista prenait soin d'elle quand leurs parents travaillaient ; elle lui faisait à manger et s'occupait du linge.

— Nous avons grandi de l'autre côté de la ville. Elle n'a pas toujours vécu à Hidden Oaks.

À l'entendre, c'est une insulte. La cadette de Trista habite toujours à l'autre bout de Woodview.

Elle ne parle pas d'Andy.

Vient le tour d'une amie de Trista, parmi les plus récentes. Aussi mince et blonde que la défunte, elle prend son temps pour nous raconter combien Trista était toujours à l'écoute, serviable, prête à aider son prochain.

Andy est le dernier à prendre la parole. Il s'est coupé les cheveux depuis la dernière fois que je l'ai vu et a troqué son vieux pantalon en coton pour un costume noir. Il évoque sa rencontre avec Trista. Elle était stagiaire dans un musée et cherchait l'emploi rêvé qui mettrait enfin à profit son diplôme en histoire de l'art. Il était venu assister à une soirée caritative, et leurs chemins s'étaient croisés devant une sculpture dont elle lui avait raconté toute l'histoire.

— J'étais envoûté. Par sa voix, sa façon d'être, par ce qu'elle me racontait, et même par le ton qu'elle prenait. Je ne vois pas de meilleur terme. Trista était envoûtante, tout simplement.

En prononçant ces mots, Andy craque. D'abord quelques larmes, puis des sanglots.

Personne ne bouge.

Je détourne le regard. La nausée me saisit à nouveau.

Le frère d'Andy s'approche et lui glisse quelque chose à l'oreille. Andy prend une profonde inspiration. Il poursuit son discours. Je n'écoute plus. Je repense à ce mot.

Envoûtante.

Quand il a terminé, ceux qui le désirent peuvent venir faire leurs derniers adieux à Trista. Ils sont nombreux à le souhaiter. Seuls quelques-uns s'abstiennent, mais Millicent et moi ne sommes pas de ceux-là.

Le cercueil est d'un bois sombre, presque noir, et l'intérieur est d'une nuance de pêche claire. Le résultat est moins sinistre que ma description le laisse entendre. Les couleurs se marient bien aux cheveux blonds de Trista et à son rouge à lèvres abricot. C'est une teinte qui lui allait à merveille, je suis content que quelqu'un y ait pensé.

Sa tenue, en revanche, est l'inverse absolu. Des vêtements d'un bleu foncé et profond, à manches longues, un simple collier de perles autour du cou et une perle à chaque oreille.

Ce n'est pas Trista. La tenue semble avoir été achetée hier, comme si l'on estimait préférable qu'elle soit enterrée dans des vêtements plus dignes que ceux qu'elle affectionnait.

Ça m'irrite, plus qu'il ne le faudrait. L'idée de savoir Trista coincée pour l'éternité dans une tenue qu'elle détesterait me déplaît. J'espère qu'elle ne voit pas tout ce manège.

— Elle est magnifique, fait remarquer Millicent.

Si je pouvais m'adresser à Trista, je lui demanderais pardon. Pardon pour cette tenue, pardon de l'avoir interrogée au sujet d'Owen, pardon d'avoir ramené Owen dans notre ville.

Et puis, je lui dirais qu'Andy a raison. Elle était envoûtante. Je ne peux que comprendre mon vieil ami.

Millicent est envoûtante, elle aussi. Je ne vois pas de meilleur adjectif pour la qualifier. Elle m'a envoûté le jour de notre rencontre et elle m'envoûte aujourd'hui encore. Si elle mourait et si je devais prononcer un discours à ses obsèques, je serais comme Andy. Si je n'allais plus jamais la revoir et devais décrire combien elle m'a toujours envoûté, je lèverais le poing au ciel. Ou à celui qui aurait gâché ma vie.

Dans le cas d'Andy, c'est moi. Son ami.

Chapitre 37

L'homme à la télévision est en surpoids, il n'a pas l'air en forme, la cinquantaine passée et déjà un pied dans la tombe. Le ventre rond et lisse, un début de bajoues tombantes et des mèches grises disséminées tout autour du crâne. Je connais le genre. La plupart de mes clients sont comme lui, ou l'ont été.

Il est interviewé par Josh devant l'hôtel *Lancaster*. Il est le premier à dire, ou plutôt à insinuer, que Naomi n'était pas la fille banale que tout le monde se plaît à décrire.

—*Attention, je ne prétends pas que c'était quelqu'un de mauvais,* clarifie-t-il. *Seulement, si l'on compte la retrouver, il faut garder en tête qui elle était vraiment.*

Il s'agit d'un client régulier du *Lancaster* qui se rend en ville deux fois par mois dans le cadre de son travail. Il aurait parlé plusieurs fois à Naomi, ainsi qu'à d'autres pensionnaires.

—*Disons simplement que ses rapports avec certains clients dépassaient le domaine strictement professionnel.*

—*Pourriez-vous nous en dire plus ?* tente Josh.

—*Je ne pense pas que ce soit nécessaire. Les gens sont assez intelligents pour comprendre de quoi il retourne.*

C'est la première fois que quelqu'un mentionne les activités nocturnes de Naomi. Et ce n'est pas la dernière.

D'autres collègues de travail prennent la parole et affirment connaître la véritable Naomi. Elle couchait avec de nombreux hommes. Pour certains, des clients de l'hôtel.

Personne n'évoque de transaction financière, c'était uniquement pour le sexe. Naomi ne se prostituait pas, c'était une jeune femme de vingt-sept ans qui couchait avec un certain nombre de clients de l'hôtel.

Le premier de ses amants à apparaître à l'écran refuse de révéler son identité. Simple silhouette à la voix brouillée.

— *Étiez-vous pensionnaire de l'hôtel* Lancaster *?*

— *Oui.*

— *Connaissiez-vous une réceptionniste du nom de Naomi ?*

— *Oui.*

— *Avez-vous couché avec elle ?*

— *J'ai honte de l'admettre, mais oui.*

Il poursuit, décrivant Naomi comme une fille rentre-dedans, une aguicheuse.

Un autre homme est interrogé. Puis un troisième. De nouvelles silhouettes et leurs voix retouchées. Tous conservent leur anonymat. Aucun des amants de Naomi ne tient à révéler son identité. Non parce qu'ils sont mariés, puisque deux d'entre eux sont célibataires et divorcés. Seulement, ils refusent de reconnaître qu'ils comptaient parmi ses amants.

Ou ses conquêtes. Terme utilisé par l'un d'eux.

Au club, les conversations évoluent. On ne parle plus de parodie ni d'acte odieux. Certains cessent même de qualifier Owen de monstre. À la place, on commence à se demander si Naomi aurait pu l'éviter. Comment elle aurait pu se débrouiller pour ne pas se mettre en danger.

Kekona fait partie de ce groupe. Les rumeurs sur Naomi confirment sa théorie : quand on a des ennuis, c'est qu'on l'a bien cherché. Et le sexe est pour elle facteur déclenchant.

La télévision ne cesse d'étaler la vie privée de Naomi. Josh est au cœur de l'action. Quiconque détient des renseignements s'adresse à lui en priorité. Plus je regarde les informations, plus elles me happent. Naomi change de personnalité en un claquement de doigts.

La première fois que je trouve l'occasion d'en parler à Millicent, c'est après une séance de Jenna chez le psychologue. Nous la déposons au collège, où elle rejoint ses copines pour décorer le gymnase en vue d'une soirée au profit d'une œuvre caritative. Millicent me ramène ensuite au club où j'ai laissé ma voiture. En route, elle allume la radio qui se met à beugler dans les enceintes. Le présentateur annonce qu'un autre homme, toujours anonyme, déclare avoir couché avec Naomi lorsqu'il était client du *Lancaster*. Ce qui fait sept en tout.

— Fantastique, approuve Millicent.

— Fantastique ?

— Tant qu'on parle d'elle ou d'Owen, nous n'avons aucun souci à nous faire.

J'aimerais lui parler de Jenna, de l'impact qu'a cette histoire sur notre fille. Évidemment, je préférerais qu'elle reste vierge pour le restant de ses jours, mais j'ai bien conscience que c'est malsain.

Millicent me prend doucement la main.

— Tu as eu raison de vouloir changer. Avec Annabelle, ça n'aurait pas été pareil.

Elle a raison. Et c'est pourquoi je serre sa main en retour.

Je monte souhaiter bonne nuit à Jenna. Elle est allongée sur son lit et bouquine un livre, un vrai, puisque son ordinateur doit rester en bas. Ses cheveux ont légèrement repoussé, et je trouve sa coupe de plus en plus stylisée. Elle lève les yeux par-dessus son roman, me demandant d'un seul regard ce que je lui veux.

Je m'assieds sur le bord de son lit.

— Tu veux parler, pas vrai ? devine-t-elle.

— Tu commences à être trop maligne pour moi.

Jenna plisse les yeux.

— Tu me caresses dans le sens du poil. Pourquoi ?

— Tu vois ? Tu es trop maligne.

Avec un soupir, elle repose son livre. Ce qui me donne la désagréable impression d'être stupide, comme souvent avec mes enfants.

— Comment vas-tu ?

— Ça va, me répond-elle.

— Sérieusement. Parle-moi.

Haussement d'épaules.

— Puisque je te dis que ça va.

— Tu aimes bien ton psy ?

— Ça peut aller.

— Tu n'as plus peur d'Owen, si ?

Nouveau geste nonchalant.

Depuis quelques semaines, nos conversations ressemblent à celle-ci. Avant, c'était différent. Jenna me racontait tout sur ses copines et ses professeurs, ce qu'untel a fait, ce qu'un autre a dit. Il fallait trouver le bouton stop pour la faire taire.

J'ai même été au courant de son premier béguin. Il était assis devant elle en cours de littérature, ce qui expliquait son décrochage dans cette discipline.

Ce soir, elle ne veut pas parler, sans doute à cause du psychologue. Elle s'est assez épanchée pour la journée.

Je me penche et dépose un baiser sur son front. Dans le mouvement, j'aperçois un objet du coin de l'œil, entre le lit et la table de chevet, coincé sous l'oreiller. Un bout ressort. Je le reconnais, il vient de notre cuisine.

Ma fille a pris un autre couteau et l'a caché sous son oreiller.

Je ne dis rien.

Je lui souhaite bonne nuit et m'en vais, refermant la porte sans un bruit. En remontant le couloir, je passe devant la chambre de Rory et l'entends parler au téléphone. Je m'apprête à entrer pour lui dire de se coucher, quand je distingue ce dont il parle. Naomi.

On ne pourra jamais empêcher les informations de pénétrer dans notre maison.

Chapitre 38

J'ai caché plusieurs petites choses à Millicent. La camionnette en panne, il y a quelques années, par exemple. Et Trista. Je ne lui ai jamais raconté que Trista était sortie avec Owen Oliver Riley. Que c'est ce qui a amorcé sa séparation avec Andy, et probablement la raison pour laquelle elle s'est suicidée.

Petra. Ce serait idiot de tout dire à Millicent maintenant, au sujet de celle qui m'a soupçonné de ne pas être sourd. Rien ne justifie de reparler d'elle.

Et Rory. Je ne lui ai pas parlé du chantage de notre fils, parce que ça m'amènerait à parler de Petra.

Et puis, il y a Crystal.

Millicent refusait le moindre coup de pouce à la maison, elle pensait que personne ne pourrait nettoyer la maison comme elle le souhaitait, ni élever ses enfants à sa façon. La seule fois que nous avons embauché quelqu'un, c'était pour conduire les enfants entre l'école et leurs différentes activités. C'était il y a quelques années, quand Millicent et moi étions tous les deux pris par le travail au point d'être débordés.

C'était juste après la mort de Holly. Avant tout le reste.

C'est Crystal que nous avons employée pour cette tâche. Une jeune femme douce, toujours ponctuelle, qui savait s'y prendre avec les petits. Elle a travaillé pour nous jusqu'au jour où Millicent a décrété que nous n'avions plus besoin d'elle.

Mais avant cela, Crystal m'a embrassé.

Millicent était en déplacement à Miami pour une conférence avec un collègue, Cooper. Ce type, je ne l'ai jamais aimé.

Pendant trois jours, Millicent n'était pas là, et Crystal venait plus souvent qu'à l'accoutumée. Elle récupérait les enfants à l'école et leur préparait le dîner à la maison. Un midi, nous nous sommes retrouvés seuls. C'est à ce moment-là que c'est arrivé.

Un jour, je suis rentré manger, et elle était chez nous, seule, puisque les enfants étaient à l'école. Elle a préparé des sandwichs, et nous avons déjeuné ensemble en discutant de sa famille. Rien d'excitant ni d'extraordinaire. Rien ne laissait penser qu'elle flirtait. Notre repas terminé, nous nous sommes heurtés, j'allais au frigo et elle vers l'évier.

Elle ne s'est pas écartée.

Moi non plus, pour être honnête. Peut-être pour voir ce qu'elle allait faire.

Elle m'a embrassé.

Je me suis écarté. À ce moment-là, je n'avais encore jamais trompé Millicent. Ça ne m'avait même jamais traversé l'esprit. Au contraire, je pensais à ma femme à Miami avec son collègue.

Sans me laisser le temps de réagir, Crystal s'est excusée et a quitté la pièce. Depuis, je crois que nous ne nous sommes plus jamais retrouvés seuls.

Je pensais tout raconter à Millicent. Jusqu'au moment où je suis allé la chercher à l'aéroport d'Orlando. Finalement, j'ai préféré ne pas prendre le risque.

Je repense à tout ça aujourd'hui, car j'ai le sentiment de ne pas être le seul à manquer d'honnêteté. Je pense que Millicent m'a menti. L'idée m'est venue le jour où Jenna est tombée malade. Je rentrais du travail en retard ; nous devions nous rendre à une soirée organisée par des courtiers en hypothèque.

Millicent s'affairait pour se préparer, Rory jouait à un jeu vidéo, et Jenna vomissait dans la salle de bains.

Ce soir-là, Millicent s'est rendue seule à la fête. Je suis resté à la maison avec Jenna.

Ce n'était pas la première fois que Jenna se plaignait de maux de ventre. Notre médecin de famille s'était montré rassurant : tous les enfants ont mal au ventre, affirmait-il. Mais ces épisodes étaient de plus en plus fréquents et ils ont empiré depuis le retour d'Owen. Ce qui m'incite à penser que les craintes de ma fille ne sont pas apaisées. Elles ont des répercussions sur son état de santé.

J'ai regardé le calendrier de mon téléphone pour tenter d'estimer la fréquence de ses maux de ventre. L'une des premières fois s'est produite le soir où nous étions avec Lindsay, quand j'ai laissé Millicent seule pour aller au chevet de notre fille.

Depuis que le corps de Lindsay a été retrouvé, je repense souvent à ce soir-là, à ce qui se serait passé si Jenna n'était pas tombée malade. Aurions-nous mis notre plan à exécution et tué Lindsay ensemble ? Ou Millicent m'aurait-elle avoué préférer la garder en vie ?

Quand s'est-elle occupée d'elle ? Quand on la croyait au travail ? Comment a-t-elle vendu toutes ces maisons tout en maintenant Lindsay vivante pendant un an ?

Trop de questions restées sans réponse. J'ai mes secrets. Pourquoi n'aurait-elle pas les siens ?

Ma première idée était stupide. Je pensais suivre Millicent pour découvrir ce qu'elle mijote, et même savoir où elle détient Naomi. Mais je me suis vite aperçu que c'était impossible. Elle connaît ma voiture par cœur, y compris la plaque d'immatriculation. Elle aurait tôt fait de me repérer.

Et puis, j'ai un travail. Flexible, certes, mais pas optionnel.

Finalement, pourquoi m'embêter à la pister ? La technologie fait ça très bien. Après cinq minutes de recherches sur Internet, je découvre que les films disent vrai. Je n'ai qu'à acheter un traceur GPS avec boîtier magnétique, appuyer sur le bouton pour l'allumer et le coller sous sa voiture. Ensuite, il ne me reste plus qu'à télécharger l'application sur mon téléphone pour observer le cheminement du véhicule. L'application permet également d'enregistrer les adresses auxquelles elle s'arrête pour que je n'aie pas à la suivre en direct. L'ensemble du matériel est incroyablement bon marché, malgré les frais induits par l'information fournie en temps réel. Il n'a jamais été aussi simple de pister quelqu'un.

À m'entendre, c'est facile, et techniquement ça l'est, mais le véritable prix à payer pèse sur mon esprit. Et sur mon couple.

Après avoir acheté l'appareil, je ne l'installe pas tout de suite. Il reste dans le coffre de ma voiture et creuse lentement un trou dans ma conscience. Je ne veux pas mettre en péril mon mariage et ma famille, or c'est ce qui arrivera si Millicent découvre que je l'espionne.

Je n'ai pas envie de le faire, mais je veux savoir ce qu'elle manigance.

À mon retour du travail, Millicent est déjà rentrée, sa voiture est au garage. Il me faut seulement une seconde pour mettre l'appareil en place.

Plus tard dans la soirée, j'ai un doute. Peut-elle deviner que sa voiture est géolocalisée ? Toutes les technologies ont leur contre-technologie, c'est en tout cas ce que je crois. Je passe donc une heure sur mon téléphone à chercher tous les moyens par lesquels Millicent pourrait découvrir le pot aux roses. Et j'ai raison : elle pourrait le découvrir. Mais pour cela, il faudrait qu'elle me soupçonne.

Je lui lance un regard en coin. Elle est dans la salle à manger avec Rory, ils font des fiches pour ses révisions d'histoire. Il n'a jamais été brillant à l'école parce que, d'après ses professeurs, il ne fournit pas assez d'efforts. Millicent est de leur avis, et lui donne un coup de pouce plusieurs fois par semaine. Pas de téléphone, pas de distraction, rien que sa mère et ses devoirs. Moi-même, je n'ose pas les interrompre lorsqu'elle travaille avec lui.

Au bout de quelques minutes, elle sent peser mon regard, lève les yeux et me décoche un clin d'œil. Je le lui rends.

Plus tard ce soir-là, je retire le traqueur de sa voiture.

Le lendemain matin, je le remets en place.

Chapitre 39

Quand je surveille quelqu'un en personne, j'ai un sentiment d'intimité. Ma cible ne se sait pas observée, elle n'est pas sur ses gardes. J'apprends alors comment elle marche, comment elle se comporte, ses tics et ses gestes mécaniques. Parfois, j'en viens même à deviner à l'avance ce qu'elle va faire.

Dans le cas d'un traqueur, c'est complètement différent, car ce n'est pas Millicent que je surveille, mais un point bleu qui bouge sur une carte.

L'application m'informe des endroits où elle se rend : adresse, latitude, longitude. Je sais combien de temps elle y reste, à quelle vitesse elle conduit et de quelle façon précise elle gare la voiture. L'application me sort autant de graphiques et de schémas indiquant le temps qu'elle passe au volant, sa vitesse moyenne et la durée de chaque arrêt. J'essaie de l'imaginer derrière le volant, habillée pour le travail, peut-être au téléphone ou écoutant de la musique. Je me demande si elle a une habitude que j'ignore. Chante-t-elle à tue-tête ? Ou se parle-t-elle tout haut ? Je ne l'ai jamais vue faire ni l'un ni l'autre, mais elle fait forcément quelque chose. On a tous nos petites manies lorsqu'on est seul.

Le premier jour, elle dépose les enfants à l'école et se rend au bureau. Elle travaille pour une agence immobilière, mais passe peu de temps dans les locaux. Après quoi elle se rend à Lark Circle, un quartier résidentiel de Woodview.

En l'espace de huit ou neuf heures, elle se rend dans onze maisons différentes, toutes en vente. Je les vérifie toutes. Elle récupère les enfants, s'arrête à l'épicerie et rentre à la maison.

Ce qui me surprend, c'est l'endroit où elle fait sa pause-déjeuner. Au lieu de manger une salade, un sandwich ou même un hamburger, Millicent va chez un glacier.

Tout le reste de l'après-midi, je me demande si elle a commandé un cornet ou un pot.

Au dîner, dinde rôtie au chorizo et patates douces. Rory évoque rapidement sa note au contrôle d'histoire puis nous raconte une anecdote : on a surpris un élève en train de fumer, mais il a filé si vite que personne n'a su qui c'était. Jenna en a entendu parler, mais la copine d'une copine a précisé qu'il s'agissait du fils du proviseur adjoint, d'où sa fuite précipitée.

— C'est faux, dément Rory. On m'a dit que c'était Chet.

Jenna fait la grimace.

— Chet est un crétin.

— Chet Allison ? intervient Millicent. C'est à moi que les Allison ont acheté leur maison.

— Non. Chet Madigan.

— Vous avez deux Chet au collège ?

— Trois, rectifie Jenna.

Un ange passe. Je médite sur le nombre croissant de Chet de cette génération tout en jetant un regard à l'assiette de Millicent. Elle s'est servi un gros morceau de dinde, une rondelle de chorizo et une minuscule patate douce. Pour elle, c'est un dîner normal. En dessert, un fruit et des cookies au gingembre. Pas de glace.

Me voilà soudain fasciné par les habitudes alimentaires de ma femme. Je me demande si son déjeuner lui permet toujours de déterminer ce que nous mangerons le soir, en plat, au dessert ou les deux.

Le lendemain, je recommence à suivre le point bleu.

Millicent dépose les enfants, mais c'est moi qui vais les chercher. Pendant ce temps, elle s'occupe d'une maison dans la résidence communautaire de Willow Park. Aujourd'hui elle se rend au bureau, mais ne s'arrête pas pour déjeuner. Une fois de plus, elle reste dans un rayon restreint, celui des maisons de son catalogue.

À l'inverse, la police a agrandi son périmètre de recherches. La nuit, quand Millicent est endormie, je regarde les informations sur mon téléphone dans la salle de bains, car si je vais au garage, mon fils risque de croire que je trompe sa mère.

Josh commence désormais tous ses reportages par le nombre de jours écoulés depuis la disparition de Naomi. Il l'appelle « Le Décompte », et nous en sommes à vingt-deux. Vingt-deux jours sont passés depuis le vendredi 13, et Josh continue de suivre la police dans ses recherches de bâtisses à l'abandon, de vieilles cabanes ou de bunkers. D'après un expert, c'est totalement futile, puisque Owen regarde probablement les informations. Naomi a donc peu de chances de se trouver enfermée dans l'un de ces lieux. En outre, on peut séquestrer une femme n'importe où. Dans une chambre ou une cave. Dans un placard.

Le reportage ne dure que quelques minutes. Avant, il occupait la moitié du journal du soir. Le fait divers commence à lasser, car il n'y a eu aucune actualité, et Naomi n'est plus l'innocente que l'on croyait. Son image est corrompue. Les téléspectateurs sont à bout de nerfs.

Et moi, je me laisse happer par le point bleu. De toutes mes années de mariage, je ne me suis jamais demandé combien de temps il lui fallait pour faire visiter une maison, pour prendre sa pause-déjeuner, ni combien de visites elle organisait chaque jour. Maintenant que je la piste, tous ces éléments m'intriguent.

Je regarde l'application dès que l'occasion se présente. Avant et après chaque cours de tennis, quand je suis en voiture, au club-house, au vestiaire. Aucun signe de Naomi. Millicent ne se rend dans aucun établissement louche, et toutes les maisons sont des biens en vente. Elle va à l'épicerie, au collège et à la banque pour une signature. Après quatre jours, je commence à me demander si Naomi n'est pas morte.

Aussi étrange que cela puisse paraître, je me dis que c'est ce qui peut lui arriver de mieux, à ce stade.

Si elle n'est plus là, qu'on ne peut plus jamais la retrouver, Owen pourra aussi bien disparaître avec elle. Quand il aura déserté les pages d'informations, on pensera qu'il ne sévira plus.

Trista sera toujours morte. On ne pourra rien y changer. Mais Jenna n'aura plus peur. Elle cessera de penser à Owen Oliver.

Et puis, dans un an, le visage d'Owen reviendra à la télévision. L'anniversaire du fait divers sera marqué de documentaires, de pages spéciales et de reconstitutions macabres, mais il n'y aura aucune nouvelle à rapporter. Nous entendrons parler de Naomi et des hommes-silhouettes à la voix retouchée.

Et, une fois de plus, Owen disparaîtra. Et Naomi avec lui.

Jenna aura un an de plus, elle s'intéressera aux garçons. Ses cheveux auront repoussé, et elle n'aura plus de couteau caché sous son oreiller.

À mesure que passent les jours, je commencerais presque à y croire. Naomi n'est plus en vie, et Millicent ne la torture pas, elle ne lui rend pas visite. La police n'a toujours aucun indice. Tout ce que nous avons accompli, absolument tout, s'estompera, et on finira par oublier.

Le sourire aux lèvres, j'observe le point bleu. Millicent rentre à la maison dans l'après-midi, dépose les enfants, puis repart. Elle s'arrête dans un café, et je sais qu'elle prend un latte vanille. Peut-être avec un nuage de lait, mais ça, un simple point sur la carte ne me permet pas de le deviner.

Je suis si absorbé par Millicent que je manque le dernier flash info. Une femme déclare avoir été attaquée par Owen Oliver Riley.

Chapitre 40

La première fois que j'entends parler de cette femme, c'est à la supérette de la station-service. La télévision est suspendue au-dessus du distributeur de boissons, à la vue de tout le magasin et se reflétant dans les miroirs de surveillance. La bannière couvre toutes les images, mais je ne lis son contenu qu'une fois Josh à l'écran. Une femme aurait porté plainte pour une agression dont l'auteur ne serait autre qu'Owen Oliver Riley.

Elle n'apparaît pas dans le reportage, pas même en silhouette. Pour l'instant, cette femme est incarnée par une plainte déposée au poste. Le texte apparaît à l'écran, lu par une voix féminine :

— Jeudi soir, j'ai été la dernière victime en date d'Owen Oliver Riley, mais grâce à Dieu, je lui ai échappé. Je suis coiffeuse, et après le travail, mes collègues et moi sommes allées boire un verre au bar d'en face. Plus tard dans la soirée, nous nous sommes rendues dans un bar sur Mercer Road, puis j'ai décidé de rentrer, car je travaillais le lendemain. Il était environ 23 heures, je m'en souviens, car quelqu'un a dit l'heure. C'est ce qui m'a fait prendre conscience qu'il était tard, je suis donc sortie. J'étais garée sur le parking, derrière le bar, où il ne faisait pas sombre grâce à l'éclairage public, et la nuit était particulièrement claire. Peut-être était-ce la pleine lune, je n'ai pas vérifié. Toujours est-il que j'y voyais assez pour me sentir en sécurité et retourner seule

à ma voiture, ce que j'ai fait. Franchement, je ne pensais pas du tout à Owen. J'étais loin d'imaginer tout cela.

Je n'étais qu'à une cinquantaine de mètres de ma voiture quand j'ai senti que quelque chose me retenait. Comme si mon sac s'était accroché à un obstacle, au niveau de la bretelle. Ce n'était pas brutal, je n'ai pas eu peur. Je me suis simplement arrêtée pour tirer dessus, il était bel et bien coincé. Alors je me suis retournée.

Et je l'ai reconnu, il était là. C'est à ça que mon sac était accroché. À la main d'Owen.

Je savais que c'était lui, en dépit de la casquette qui masquait la moitié de son visage. Mais je voyais sa bouche. Son sourire. Un sourire que tout le monde connaît, puisque sa photo, avec ce célèbre rictus, est sur toutes les chaînes depuis des semaines. C'est comme ça que je l'ai reconnu. Alors j'ai lâché mon sac, et je me suis mise à courir.

Quelques mètres plus loin, il m'a plaquée au sol, d'où mes égratignures, quand j'ai voulu lui échapper. Mais c'était peine perdue, je n'étais pas de taille à lutter. Dès que j'essayais de me dégager, sa prise se refermait de plus belle.

Si je suis toujours vivante, c'est grâce à mon téléphone. Mon frère a appelé, j'ai reconnu sa sonnerie personnalisée. Tous mes contacts ont leur propre sonnerie, car j'aime savoir qui m'appelle. Celle de mon frère simule une explosion, c'est tout à fait son genre. Sa vie n'est qu'un enchaînement de rebondissements, et à chaque nouvelle péripétie, il m'appelle. Mais je ne m'en plaindrai plus jamais, car sa vie tumultueuse et sa sonnerie explosive ont permis que je sois toujours là aujourd'hui. Le bruit a fait sursauter Owen. Il a brutalement tourné la tête, croyant sans doute à une vraie détonation.

Je me suis relevée et j'ai couru à toutes jambes vers le bar. Il ne m'a pas suivie.

Je crois qu'il n'a pas compris que c'était une simple sonnerie. Il doit encore penser qu'une véritable explosion s'est produite ce soir-là.

Sa déposition se termine ainsi, ou en tout cas la partie relayée par les journalistes. Les mots s'effacent, et Josh réapparaît sur le parking de Mercer Road. La dernière fois que je me suis rendu dans ce bar, je devais avoir vingt ans. À l'époque, on allait là-bas parce qu'ils ne vérifiaient pas l'âge des clients.

Josh arbore son air sérieux. Contrit. Il s'améliore, les sinistres nouvelles n'ont plus l'effet excitant qu'elles avaient sur lui les premiers temps.

— Excusez-moi.

Une vieille dame passe devant moi. Je suis toujours dans la supérette, devant le distributeur de boissons, le nez levé vers l'écran. La seule autre personne intéressée par les informations est à la caisse. Ce n'est pas Jessica, l'employée habituelle, mais un homme dont le crâne chauve luit sous les néons.

Il croise mon regard et secoue la tête d'un air de dire : « N'est-ce pas terrible ? C'est une honte. »

J'acquiesce et paie pour mon café et mon paquet de chips saveur barbecue.

Ma vie avec Millicent a toujours eu cette saveur imprévue. Notre quotidien suit son chemin bien tracé sur une route lisse, à peine un nid-de-poule de temps en temps. Quand soudain le bitume s'éventre sous nos pieds comme pour engloutir nos existences entières. Parfois, le fond de l'abîme est alléchant, et parfois pas du tout.

C'est ce qui est arrivé lorsqu'elle m'a annoncé que Holly était vivante. Puis lorsqu'elle a enfoncé le crâne de Robin avec le moule à gaufres. Et à nouveau pour la résurrection d'Owen.

Ces événements étaient colossaux, autant de gouffres plus profonds que la terre elle-même. Mais ça n'a pas toujours été aussi abyssal. Parfois, je suis seul à tomber dans le précipice, comme la fois où elle a disparu avec les enfants pendant huit jours après ma soirée trop arrosée.

Et puis, il y a les fissures. Quand un gouffre se creuse, la terre se craquelle tout autour. Certaines brèches sont plus grosses que d'autres, comme Jenna et son couteau sous l'oreiller. Ou le suicide de Trista. Autant de fissures variées – des petites, des grandes, des plus ou moins béantes –, mais qui partent toutes du même abîme.

Le premier s'est creusé sous nos talons le jour de notre mariage.

Nous nous sommes mariés chez ses parents, dans un champ parsemé de coriandre, de romarin et d'origan. Elle portait une robe diaphane, qui tombait jusqu'au sol, et sur sa tête une couronne de fleurs tressée à la main, ornée de jonquilles et de lavande. J'étais vêtu d'un pantalon de toile retroussé au-dessus des chevilles et d'une chemise blanche restée hors de mon pantalon. Nous étions tous les deux pieds nus. C'était parfait. Jusqu'au moment où tout a basculé.

Huit personnes étaient présentes à notre mariage. Les trois copains avec qui j'étais parti à l'étranger, parmi lesquels Andy. Pas Trista. Ils sortaient ensemble mais n'étaient pas mariés, et Andy ne tenait pas à ce qu'elle se fasse des idées. Abby et Stan, les parents de Millicent, étaient présents également, ainsi qu'une amie de lycée de Millicent. Les deux derniers convives étaient des voisins.

La cérémonie s'est résumée à cela : un acte, un rituel. Millicent n'était pas plus croyante que moi, nous allions signer l'acte officiel le lundi suivant à la mairie de Woodview. Pour la fête, nous avons organisé une simple mise en scène dans laquelle le père de Millicent tenait le rôle du pasteur. Avec sa chemise à carreaux boutonnée jusqu'au col et ses cheveux gris lissés au gel, Stan passait pour un officiant plus vrai que nature. Il se tenait devant leur jardin d'herbes aromatiques, un livre à la main. Pas la Bible, un livre lambda, mais il déclamait un discours proche du sermon original.

— Mesdames et messieurs, ce jeune homme souhaite épouser ma fille, mais qu'il fasse d'abord ses preuves, a-t-il déclaré en faisant mine de me jauger d'un regard circonspect. On t'écoute, donne tout ce que tu as.

J'avais ébauché une dizaine de brouillons pour écrire mes vœux, conscient qu'il allait me falloir les lire à haute voix. Ce qui m'intimidait, ce n'était pas notre public, mais l'idée de les prononcer devant Millicent. J'ai pris une profonde inspiration.

— Millicent, je ne peux pas te promettre monts et merveilles. Je ne peux pas jurer de t'offrir une grande maison, une belle voiture ou un énorme solitaire. Je ne peux même pas t'assurer que nous aurons toujours de quoi manger.

Elle me regardait sans ciller. Sous l'éclat du soleil radieux, ses yeux ressemblaient à deux cristaux.

— J'aimerais t'offrir tout cela, mais je n'ai aucune garantie. J'ignore ce que nous réserve l'avenir, mais je suis sûr d'une chose : nous serons ensemble. Voilà ce que je peux te promettre sans l'ombre d'une hésitation, sans craindre de te mentir. Je serai toujours là pour toi, avec toi, auprès de toi. (J'ai souri, car je voyais se former une petite larme au coin de son œil.) Et avec un peu de chance, nous aurons toujours à manger sur notre table.

Huit personnes ont ri. Millicent a hoché la tête.

— Bien, a conclu Stan avant de se tourner vers sa fille. C'est ton tour, il me semble. À toi de nous convaincre qu'il est l'homme qu'il te faut.

Millicent a posé une main sur ma joue. Elle s'est penchée vers moi, tout près de mon oreille, et a murmuré :

— C'est parti.

Chapitre 41

Au dîner, personne ne fait allusion aux dernières nouvelles ni à l'inconnue du parking. Les médias se focalisent sur elle, mais nous faisons comme si de rien n'était et discutons plutôt du énième séjour d'une célébrité en cure de désintoxication.

Nous parlons d'un match de foot que je n'ai pas vu.

Nous débattons du film que nous irons voir la prochaine fois. Rory veut une comédie qui se déroule sur un campus, Jenna préférerait une histoire d'amour.

La seule actualité dont nous discutons se résume à la tuerie qui a eu lieu dans un centre commercial ailleurs aux États-Unis.

— Un malade mental, résume Rory.

Jenna le pointe de sa fourchette.

— Tu peux parler, tu adores les jeux de guerre.

— Effectivement, ce sont des « jeux ».

— Mais tu aimes bien.

— Ta gueule.

— Ta gueule toi-même.

— Ça suffit, intervient Millicent.

Silence.

Le repas terminé, ils montent chacun dans leur chambre.

Nous échangeons un regard. Millicent me montre du doigt en mimant en silence :

— C'était toi ?

Ai-je attaqué l'inconnue du parking ? Je fais signe que non et désigne le garage.

Nous avons fait la vaisselle, les enfants sont au lit, et nous sortons nous asseoir dans la voiture. Millicent emporte les sucreries qu'il nous reste d'Halloween, et nous partageons une bouteille d'eau pétillante. Elle porte un chemisier bleu clair à manches courtes. Il me semble qu'il est neuf, la voiture de Millicent s'est arrêtée devant un magasin dans la journée.

— Tu n'avais rien à voir avec cette femme ? demande-t-elle.

— Absolument rien. Je ne ferais pas une chose pareille sans t'en parler avant.

Enfin, je crois.

— J'espère bien.

— Et puis, je ne prendrais pas le risque d'aggraver la situation de Jenna.

Millicent hoche la tête.

— Je m'en doutais.

— Peut-être que cette fille ment.

— C'est possible. Ou peut-être qu'un inconnu l'a attaquée et qu'elle l'a pris pour Owen. On ne sait pas ce qu'elle a vu.

— Il existe une troisième possibilité.

— Laquelle ?

Je déballe le morceau de chocolat, le coupe en deux et lui en donne une moitié.

— Et s'il était vraiment revenu ?

— Owen ?

— Oui. Si c'était vraiment lui ?

— Impossible, tranche-t-elle.

— Comment peux-tu en être aussi sûre ?

— Ce serait idiot. Pourquoi revenir pile au moment où tout le monde le cherche ?

— Bien vu.

De retour dans le cabinet beige, j'attends que Jenna termine sa consultation. Le médecin a appelé après avoir entendu parler de l'inconnue du parking, recommandant une séance de plus avec notre fille. Il a peur que cette nouvelle attaque ne fasse rechuter Jenna. Je ne suis pas sûr que son état ait été assez grave pour parler de rechute, mais je l'ai tout de même emmenée. Millicent dit qu'elle n'aura pas le temps de se joindre à nous, je patiente donc dans la salle d'attente en observant le point bleu. Ma femme fait visiter une maison sur Danner Drive, affichée à un peu moins de cinq cent mille dollars.

Puis elle se rend chez un traiteur.

Il lui arrive de manger avec des clients, mais elle n'a jamais parlé de les emmener chez un traiteur.

Millicent n'est qu'à quelques minutes de route du cabinet du psychologue, mais elle ne vient pas. Elle est encore chez le traiteur lorsque la porte s'ouvre sur Jenna. Ma fille n'a l'air ni heureuse ni triste, à peu près dans le même état d'esprit que lorsqu'elle est entrée.

C'est à son tour de patienter pendant que je m'entretiens avec le médecin. Le docteur Beige. Pour moi, il s'appellera toujours ainsi. Ce surnom est injuste et biaisé, puisque seul son cabinet est de cette couleur, pas sa personnalité. Au contraire, il aurait plutôt le tempérament d'un crétin arrogant et haut en couleur. Je n'ai jamais rencontré de psychologue qui ne l'était pas.

— Je me réjouis d'avoir fait venir Jenna, dit-il. Cette nouvelle attaque a été une surprise.

Docteur Beige ne précise pas que c'est Jenna qui a été surprise, mais c'est ce qu'il entend par là. Voilà comment il contourne la clause de confidentialité.

— Oui, c'en était une.

— Le plus important, c'est de lui dire que rien n'a changé. Qu'elle est en sécurité, rappelle-t-il.

— C'est le cas.

— Évidemment.

Nous échangeons un regard.

— Avez-vous remarqué le moindre changement dans son comportement ? Ne serait-ce qu'un détail ?

— Pour tout vous dire, Jenna se plaint de maux de ventre et de nausées.

— Depuis combien de temps ?

— Pas si longtemps, mais ça va de mal en pis. Pourrait-il y avoir un lien ?

— Oh, bien sûr. Le stress peut tout à fait se répercuter sur notre santé physique. Y a-t-il autre chose ?

Je fais mine de réfléchir et secoue la tête.

— Non, je ne crois pas.

Je me demande s'il voit que je lui mens. Personne n'est au courant pour le couteau sous l'oreiller.

Nous avons fini de discuter lorsque mon téléphone émet une vibration. C'est Millicent.

Désolée de ne pas avoir pu venir, comment ça s'est passé ?

Son point bleu vient de quitter le traiteur.

Jenna est dans la salle d'attente et griffonne dans un carnet tout en regardant un débat à la télévision. Ses cheveux courts soulignent ses yeux immenses, elle porte un long tee-shirt sur son jean et ses baskets. Je lui annonce que nous mangerons un morceau avant d'aller chercher son frère. Elle sourit.

Le traiteur *Chez Joe* est à sept minutes de route. Lorsque j'arrive au parking, cela fait bien longtemps que Millicent est repartie. L'établissement a connu des jours meilleurs ; il faut dire qu'il n'est pas très bien situé, dans le centre historique qui a perdu la bataille face aux nouveaux quartiers plus dynamiques de la ville.

L'intérieur est si lumineux qu'on distingue les rayures sur le comptoir et la vitrine. Les viandes, fromages et salades préparées ont mauvaise mine. Nous sommes les seuls clients de l'établissement. Jenna brise le silence en faisant tourner le vieux présentoir à chips qui émet un grincement. Une femme apparaît, comme si elle était assise et venait juste de se lever. Rondelette aux cheveux blonds, elle a les traits tirés, mais lorsqu'elle sourit, son visage s'illumine.

— Bienvenue *Chez Joe*, nous accueille-t-elle. Je suis Denise.

— Enchanté, Denise, dis-je. C'est la première fois que nous venons. Quelle est votre spécialité ?

D'un doigt tendu, elle me fait signe d'attendre et disparaît derrière le comptoir. Elle glisse une main dans une vitrine et en sort un plateau de viande tranchée qu'elle nous met sous le nez.

— Dinde aux épices et au miel. Un brin piquant, un brin sucré. Mais pas trop.

Je me tourne vers Jenna.

— Cool, dit celle-ci.

Nous prenons deux sandwichs à la dinde agrémentés seulement de salade et de tomate, le sien avec du pain complet aux graines, le mien dans un petit pain viennois.

— Il faut préserver le goût de la dinde, argumente la femme.

Chez Joe propose un patio sur le côté, qu'on ne peut pas voir depuis le parking. Quelques tables sont dispersées dans cet espace emmuré. C'est propre et bien rangé, mais sans personnalité. Nous oublions vite ce défaut, car les sandwichs sont excellents. Même Jenna a bon appétit.

— Tu as trouvé cet endroit sur Internet ? me demande-t-elle.

— Non. Pourquoi ?

— Ça te ressemblerait bien. De dénicher des adresses où manger des sandwichs bizarres.

— Ce n'est pas bizarre. C'est délicieux.

— Maman détesterait. Ce n'est pas bio.

— Ne lui dis pas que nous sommes venus ici.

— Tu veux que je mente ?

J'ignore sa question et je change de sujet.

— Que penses-tu de ton psy ? Tu trouves qu'il t'aide ?

Elle hausse une épaule.

— Je suppose.

— Tu as toujours peur ?

Jenna pointe quelque chose du doigt. Derrière la baie vitrée du traiteur, elle peut voir la télévision accrochée au-dessus de la vitrine. La vendeuse blonde est assise devant sa caisse et regarde les informations. Les gros titres annoncent que l'inconnue du parking tiendra une conférence de presse demain soir.

Chapitre 42

Millicent et moi sommes dehors, sur le parking du centre commercial de Ferndale. Le calme n'est rompu que par le bruit de l'autoroute derrière nous. C'est vendredi, Jenna est à une soirée pyjama, et Rory passe la nuit chez un copain pour jouer à des jeux vidéo.

La conférence de presse de l'inconnue du parking est terminée depuis une heure. Nous l'avons suivie en retransmission dans un bar-restaurant populaire de la galerie marchande. La conférence était sur tous les écrans. Le dernier rebondissement de notre drame meurtrier a animé notre vendredi soir autour de bières et d'ailes de poulet. Nous étions en compagnie d'un autre couple, les Rhinehart, qui croyaient l'inconnue du parking sur parole.

Millicent est appuyée contre la voiture, bras croisés, arborant une mèche rebelle que la brise fait danser. Elle a une tenue appropriée dans toutes les circonstances, même pour cette soirée décontractée. Son jean noir est assorti à un tee-shirt sur lequel on lit « Woodview se mobilise », un slogan qui est apparu en ville après la disparition de Naomi. Ses cheveux tressés serpentent dans son dos, à l'exception de cette mèche rebelle.

Elle secoue la tête.

— Je ne l'aime pas, décrète-t-elle. Je n'aime pas son histoire.

Je repense à Lindsay, à sa captivité. Peut-être que Millicent n'aimait pas Lindsay non plus.

— Ça n'a pas d'importance, lui dis-je.

— On n'en sait rien.

— Alors pourquoi…

— Nous devons en savoir plus.

— Tu ne crois quand même pas…

— Je ne crois plus rien.

Nous laissons un silence s'installer, puis Millicent se retourne et ouvre la portière. Je la regarde s'installer sur le siège passager de ma voiture. Elle referme la portière et lève les yeux vers moi. Je n'ai pas bougé. Je crois entendre son soupir, puis elle ressort finalement de la voiture. Ses chaussures ont des talons en caoutchouc qui ne font aucun bruit lorsqu'elle s'approche de moi.

Une paume posée sur ma joue, elle me dévisage.

— Dis-moi, m'encourage-t-elle.

— Quoi ?

— Ça ne va pas ?

Je hausse les épaules sans répondre.

— Je prends ça pour un non, en déduit-elle.

À mon tour de soupirer. Ou plutôt de souffler. Fort.

— Écoute, on a dérapé.

— Ah bon ? murmure-t-elle.

— Oui, je crois.

— Dis-moi tout.

Par où commencer ? Dans ma tête, un sac de nœuds. J'aimerais éviter les sujets qui fâchent. Petra, par exemple, que je n'ai jamais évoquée avec elle. Ou le chantage de Rory. Elle est au courant pour Jenna, mais pas de tout. Le suicide de Trista. Le traqueur sur sa voiture. *Chez Joe*.

Tant de choses que ma femme ignore. Et pourtant, j'ai le sentiment d'en avoir autant à apprendre de son côté.

— Cette histoire d'Owen, finis-je par dire. Ça nous échappe.

— Je ne suis pas d'accord.

— Que fais-tu de Jenna ?

— J'aurais dû le voir venir.

Sa réponse me surprend. Il est rare qu'elle commette une erreur, et plus rare encore qu'elle l'admette. C'est pourquoi je décide de ne pas lui rapporter les propos de docteur Beige. Le moment est mal choisi pour lui annoncer que toute cette affaire a un impact sur la santé de notre fille.

Des phares nous aveuglent lorsqu'une voiture arrive à l'angle du centre commercial. Tandis qu'elle approche, je remarque que ce n'est pas une voiture. Les véhicules de sécurité du magasin rappellent les voiturettes de golf. Celle-ci est conduite par une femme d'une cinquantaine d'années. Elle s'arrête pour nous demander si tout va bien.

Millicent agite la main.

— Oui, ne vous inquiétez pas. Mon mari et moi discutions du bulletin scolaire de notre fils.

— Oh, je vois. J'ai moi-même trois garçons.

— Dans ce cas, vous nous comprenez.

Elle acquiesce et échange un sourire avec ma femme dans un instant de complicité maternelle.

— Ne restez pas là. Le magasin est fermé.

— Merci, nous allions partir, répond Millicent.

L'agente attend que nous démarrions la voiture et quittions le parking. Au premier feu rouge, Millicent pose la main sur mon bras.

— Je me disais que nous devrions inscrire Jenna à un cours de self-défense. Elle gagnerait en confiance.

— C'est une bonne idée.

Et je le pense vraiment.

— Je me renseignerai demain.

Le passage de Millicent chez le traiteur n'était pas un cas isolé. Elle y retourne le lendemain pour la pause de midi et s'y attarde une quarantaine de minutes avant de repartir pour une autre visite. Le reste de sa tournée n'a rien d'exceptionnel. Elle se renseigne sur deux écoles d'arts martiaux pour Jenna et m'en parle le soir même après le repas, lorsque nous sommes seuls dans la chambre.

— L'une des écoles enseigne le taekwondo en vue de compétitions. Ils ont des rencontres, des équipes et doivent remporter des médailles. Mais une autre école, au centre-ville, propose des cours de krav-maga. C'est un peu plus cher, mais davantage porté sur l'autodéfense.

— Qu'elle essaie les deux. Elle choisira ce qui lui plaît.

Millicent dépose un baiser sur mon nez.

— Tu es malin.

Je lève les yeux d'un air dramatique, ce qui la fait glousser.

Elle n'évoque ni les sandwichs à la dinde, ni la vendeuse blonde et rondelette au grand sourire. Je cherche un moyen d'aborder le sujet de ce qu'elle a mangé à midi sans lui poser directement la question. Je ne suis pas aussi futé qu'elle le prétend. La preuve : dès que je commence à bafouiller sur mon déjeuner qui fut délicieux, elle ne renchérit pas, se contente de hocher la tête en souriant à mon monologue sur un repas fictif et se met en pyjama. Nous nous couchons sans avoir parlé de *Chez Joe.*

Au milieu de la nuit, je me lève et descends dans la bibliothèque. C'est ainsi que nous appelons cette pièce parce qu'elle est remplie d'étagères et de livres, et un grand bureau en acajou trône en son centre, mais nous ne l'utilisons que pour y passer des appels privés. J'ai aussi commencé à y surfer sur Internet pour être tranquille.

Chez Joe a ouvert il y a vingt-deux ans. L'entreprise a connu deux patrons, qui n'avaient toutefois aucun lien de parenté, et est toujours restée à cette adresse. Louée, pas achetée. Aucun impair déclaré, si ce n'est un procès après la chute d'un client qui soutenait que le sol était mouillé. L'affaire a été réglée à l'amiable. Aucun autre crime, aucune action en justice ni de grave problème sanitaire. *Chez Joe* est fidèle à l'image qu'il renvoie : celle d'un traiteur ordinaire. Le seul fait qu'il soit si quelconque le rend suspect à mes yeux. Millicent n'avait aucune raison de s'y rendre une fois, et encore moins une deuxième.

Sur la carte satellite de ce quartier, on distingue un bâtiment indépendant donnant sur une route jadis très fréquentée. De l'autre côté de la rue, un garagiste de véhicules d'occasion. Mitoyen, un magasin d'articles de plomberie, puis un atelier de réparations.

Si elle ne s'y était arrêtée qu'une fois, j'aurais pu croire à un hasard. Quelqu'un aurait pu lui recommander ce traiteur d'un quartier où elle ne va jamais, elle l'aurait essayé, n'aurait pas aimé, fin de l'histoire. Je serais même prêt à croire qu'elle ne s'y est arrêtée que parce qu'elle avait soif et qu'il n'y avait pas d'autre endroit où trouver de l'eau, même si c'est à plusieurs kilomètres de sa zone de travail habituelle. Je goberais n'importe quelle excuse pouvant justifier un passage exceptionnel chez ce traiteur. Seulement, deux jours plus tard, elle y est retournée.

Il y a autre chose qui l'attire *Chez Joe*. D'abord, je crois que c'est en lien avec Naomi – elle est peut-être séquestrée dans le quartier –, mais Millicent s'arrête précisément à cet endroit. Il n'y a aucun bâtiment vide alentour, aucune entreprise à l'abandon, nulle part où se rendre à pied depuis le parking du traiteur.

Ça n'a aucun sens. À moins qu'elle n'ait soudain pris goût aux sandwichs gras industriels.

Et ça, c'est peu probable.

Chapitre 43

Après Holly, je n'imaginais pas qu'il puisse y en avoir une autre. Jusqu'au jour où Robin a frappé à notre porte en menaçant de faire de nos vies un enfer si je ne la payais pas grassement.

Après Robin, je n'envisageais pas qu'il puisse y en avoir une autre. Jusqu'au jour où j'ai eu envie de recommencer.

L'idée était dans l'air depuis quelque temps, d'abord à cette soirée du Nouvel An lorsque Millicent et moi débattions des femmes présentes à la fête. La conversation s'est poursuivie sur plusieurs mois, à tel point que nous avons entamé des recherches sur Internet. Cette activité devenait notre aphrodisiaque.

Nous évoquions la méthode à adopter pour les tuer, puis comment éviter de se faire pincer. Ces soirées-là se terminaient toujours par une extraordinaire partie de jambes en l'air. Sauvage et passionnée. Partout dans la maison, lorsque les enfants dormaient chez des copains. S'ils étaient là, nous nous efforcions de ne faire aucun bruit.

Nous en riions, en discutions, choisissions des femmes et planifiions notre plan. C'était comme grimper à une échelle : chaque fois que nous passions un barreau, nous tendions la main vers le suivant. Jusqu'au jour où l'un de nous a proposé de vraiment franchir le pas. C'était moi.

Je l'ai dit alors que nous étions dans la cuisine. En fin de matinée, nous étions nus sur le carrelage froid. Nous venions de trouver Lindsay en ligne. Nous étions d'accord, elle était parfaite.

— On devrait le faire, ai-je soufflé.

Millicent a pouffé de rire.

— Encore ? Mais on vient à peine de terminer.

— Non, pas ça. Enfin, si, mais je ne parle pas de ça.

— Tu parles de Lindsay et du fait qu'on devrait la tuer.

J'ai marqué une pause avant de répondre :

— Oui. Voilà.

Millicent m'a regardé d'un drôle d'air, une forme de surprise, mais pas seulement. À l'époque, je ne savais pas décrypter ce regard. Aujourd'hui, je dirais que c'était de l'intérêt. Ou de l'intrigue. Mais certainement pas du dégoût.

— Aurais-je épousé un psychopathe ?

J'ai ri. Elle aussi.

La décision était prise.

Millicent ne m'a plus jamais reparlé de ce jour-là. Elle n'a jamais évoqué que l'idée venait de moi, ni dit que c'était ma faute. Mais je sais que c'est le cas. Si je m'étais tu, Lindsay serait en vie, Naomi serait hors de danger, et Owen ne serait jamais revenu. Notre fille aurait encore ses longs cheveux soyeux et ne cacherait pas de couteau sous son oreiller.

À moins que tout ça ne soit l'œuvre de Millicent. Elle a pu me manipuler pour arriver à ses fins.

Je ne sais plus.

Mais, quelques jours plus tard, me voilà confronté une nouvelle fois à cette décision. Et aux conséquences fâcheuses qui en ont découlé.

L'école d'arts martiaux a autorisé Jenna à venir observer un cours de niveau débutant pour voir si le sport lui plaisait. Nous avons commencé par le taekwondo. Au bout d'une demi-heure, Jenna m'a fait un signe de tête négatif, alors nous sommes partis. Elle n'a pas l'esprit de compétition, n'a aucune envie de gagner des coupes et des médailles. Jenna veut juste savoir se défendre face à Owen.

L'après-midi suivant, nous nous sommes rendus au cours de krav-maga. Contrairement au taekwondo, l'école de krav-maga n'impose aucune tenue spécifique ni aucune ceinture, ce qui convient mieux à Jenna. Les élèves de taekwondo portaient un dobok blanc, Jenna préférait rester en jogging.

L'idée ne m'avait jamais traversé l'esprit que Jenna puisse blesser le garçon qui tentait de lui enseigner la discipline, et encore moins qu'elle essaierait de le mettre à terre.

C'est arrivé si vite que personne ne l'a vu venir. Pas même moi, pourtant je n'avais d'yeux que pour Jenna depuis les gradins réservés aux parents. Ils étaient tous les deux debout, le garçon lui montrant comment décocher proprement un coup de poing. L'instant d'après, il était au sol et hurlait de douleur.

Quelques gouttes de sang maculaient le tatami, un mouvement de panique a parcouru l'assistance.

— Mais qu'est-ce que…

— Comment…

— Est-ce un caillou, par terre ?

Une mère en pull turquoise pointait Jenna du doigt.

— Oui, c'est bien ça. Elle l'a frappé avec une pierre !

Indignation générale, cris et accusations.

Il fallut plusieurs heures pour calmer le jeu, en partie à cause de la mère du jeune garçon qui venait d'arriver et faisait un scandale, car personne n'avait appelé les secours. Alors on a appelé les secours. Et la police.

Deux agents en uniforme ont fait leur entrée et réclamé un résumé de la situation. La mère du garçon a désigné Jenna en déclarant :

— Elle a frappé mon fils.

Les policiers étaient troublés, et à juste titre : dans un dojo de krav-maga, les gens viennent spécifiquement pour le combat. Et puis, une fille avait frappé un garçon, voilà qui les amusait. Le propriétaire du dojo, lui, ne trouvait pas ça drôle du tout.

Finalement, le garçon n'était pas gravement blessé. Le sang avait coulé d'une petite plaie à la lèvre, rien de sérieux. Personne ne s'est rendu à l'hôpital, personne n'a été arrêté. Mais Jenna et moi étions désormais bannis du dojo de krav-maga.

Durant tout l'après-midi, la mère du garçon a répété qu'elle porterait plainte. Cerise sur le gâteau, il m'a fallu annuler plusieurs cours de tennis, ce qui m'a attiré les foudres de plus d'un élève.

Une fois dans la voiture, j'ai posé la question.

— Pourquoi ?

Jenna regardait par la fenêtre.

— Il y avait forcément une raison, ai-je insisté.

Haussement d'épaules.

— Je ne sais pas. Pour voir si j'en étais capable.

— Capable de le frapper à coups de pierre ?

— Capable de le mettre KO.

Je me suis abstenu de lui rappeler que non, elle ne l'avait pas mis KO. Elle lui avait simplement ouvert la lèvre.

— Est-ce que tu vas le dire à maman ?

— Oui.

— Vraiment ?

En fait, je n'en savais rien. À ce moment précis, je n'étais même pas capable de regarder ma fille en face.

Je n'ai jamais trouvé qu'elle ressemblait à Millicent. À la naissance de Rory, il avait déjà ses mèches rousses. Jenna, elle, est née chauve. Lorsque ses cheveux ont enfin commencé à pousser, ils avaient la même couleur que les miens, ils étaient d'un brun franc, sans le moindre reflet carmin. Ses yeux étaient les miens également.

J'étais profondément déçu.

Rien contre elle, bien sûr. Jenna n'avait rien fait de mal. Seulement, je voulais que ma petite fille ait la même chevelure flamboyante que son frère et ma femme. C'était l'image que j'avais en tête, celle qui m'apparaissait lorsque j'imaginais ma famille. La vraie Jenna ne correspondait pas à cette représentation, car elle ne ressemblait pas à sa mère, mais à la mienne.

La première fois qu'elle m'a rappelé Millicent, c'est ce jour-là, quand elle a frappé un garçon avec une pierre. Le portrait craché de sa mère lorsqu'elle a frappé Robin dans la cuisine.

Et ce que je trouvais sexy chez ma femme me paraissait effarant chez ma fille.

Chapitre 44

Il est tard, la nuit est tombée. Je suis avec Millicent dans son bureau. Elle travaille pour l'agence Abbott, petite mare immobilière dont elle est le plus gros poisson. L'agence se situe dans une zone industrielle, prise en tenaille entre une salle de sport et un restaurant chinois. À l'intérieur, pas un chat, personne ne vient acheter une maison à cette heure-ci. L'inconvénient reste la grande vitrine ouverte sur la rue. N'importe quel passant peut nous voir. La disposition des lieux n'offre aucune intimité, nous laissons donc la lumière éteinte et restons au fond du local. En d'autres circonstances, on aurait presque pu trouver le cadre romantique.

Millicent est au courant pour Jenna. Une amie lui a tout raconté avant que je n'aie le temps de faire quoi que ce soit, ce qui a mis ma femme dans une rage noire. Elle a crié et pesté tout son soûl à m'en faire vibrer les tympans, disant que j'aurais dû l'appeler directement depuis le dojo. Et elle a raison.

À présent, Jenna est en sécurité. Elle dort dans son lit et ne jette de pierre à la figure de personne. Elle ne vomit pas. Elle ne coupe pas ce qui lui reste de cheveux. Millicent s'est calmée. Elle a même apporté un dessert : un éclair au chocolat qu'elle partage en deux parts parfaitement symétriques. Je croque dans la mienne, elle dans la sienne, et j'essuie une trace de chocolat sur sa lèvre.

— Elle ne va pas bien, dit Millicent.

— Non, c'est vrai.

— Il faut en parler à son psy. Je peux appeler…

— Est-ce qu'elle ressemble à Holly ?

Millicent repose son éclair comme s'il risquait d'exploser entre ses doigts.

— À Holly ?

— Je ne sais pas. C'est peut-être la même maladie.

— Non.

— Mais…

— Non. Holly torturait des insectes à l'âge de deux ans. Jenna n'a rien de commun avec elle.

La comparaison est juste. Jenna hurle à la vue de la moindre bestiole. Elle est incapable d'écraser une mouche, alors en torturer une, n'en parlons pas.

— Dans ce cas, c'est notre faute. Il faut se débarrasser d'Owen.

— On a déjà essayé, me rappelle-t-elle.

— Il faut que les recherches prennent fin. Il faut faire en sorte qu'ils la retrouvent.

— En quoi cela va-t-il aider à…

— Comme ça, nous nous débarrasserons d'Owen une bonne fois pour toutes. (Comme Millicent s'apprête à énoncer une évidence, je l'interromps d'un geste.) Je sais, je sais. Difficile de se débarrasser de quelqu'un qui n'est pas là, pas vrai ?

— C'est une façon de voir les choses.

— L'idée de départ était excellente, je ne le nie pas, mais les conséquences sont trop lourdes.

— Tant que ça ?

— Jenna. Les habitants de cette ville ont peur. Les femmes ont peur.

Je prends soin de ne pas évoquer ce qu'elle ignore, notamment au sujet de Trista.

Elle opine.

— Je n'ai jamais voulu faire de mal à Jenna.

— Je sais bien, soupiré-je en me penchant sur ma chaise, au plus près de Millicent pour me faire entendre distinctement. Il sera difficile, pour ne pas dire impossible, de prétendre qu'il est mort sans la présence d'un corps. Notre seule option serait de le noyer dans un océan ou un lac, où il ne serait jamais retrouvé. Mais le doute subsisterait. Et pour rendre l'affaire plausible, il faut qu'une personne crédible raconte l'histoire.

— Comme Naomi, déduit Millicent.

— Et quelles sont nos chances pour que Naomi s'en charge ?

— En dessous de zéro.

— Dans ce cas, Owen pourrait ne pas mourir. Simplement partir.

Une pause. J'attends sa réaction. Comme elle ne dit rien, je reprends :

— Owen est un personnage arrogant, il a écrit à un journaliste pour que tout le monde sache qu'il est revenu et connaisse la date de la disparition de sa prochaine victime. Pourquoi ne pourrait-il pas annoncer son départ ? C'est le genre de type à se vanter de tout ce qu'il fait. Il pourrait dire : « J'ai tenu ma promesse, sur le jour et sur l'acte, et vous n'avez pas su m'arrêter. À présent, vous ne me retrouverez jamais. »

Millicent hoche doucement la tête, comme en pleine réflexion.

— Je sais, mon plan n'est pas parfait, dois-je admettre. Mais si Owen disparaît, tout le monde cessera de parler de lui, et Jenna n'aura peut-être plus peur.

— Il faut trouver le bon timing, tempère mon épouse. Il faut qu'ils retrouvent Naomi avant ta prochaine lettre.

— Oh, c'est évident.

— Je m'occupe de ça en premier lieu.

— Nous devrions peut-être le faire ensemble.

Elle me regarde, la tête inclinée. L'espace d'un instant, je crois qu'elle va sourire, mais non. Ça devient trop sérieux. Nous avons dépassé le stade où ce petit jeu nous tenait lieu de préliminaires.

— Non, je me charge de Naomi, dit-elle. Toi, concentre-toi sur la lettre. Il faut faire croire à tout le monde qu'Owen est parti.

J'aimerais débattre, défendre mon idée, mais je me contente d'acquiescer. La sienne semble tout à fait sensée.

Un petit soupir lui échappe.

— J'espère que ça fonctionnera.

— Moi aussi.

Je tends la main pour la glisser dans la sienne. Assis tout près l'un de l'autre, elle prend mon éclair pour croquer dedans, et j'en fais autant avec le sien. Un sourire timide se dessine sur sa figure. Je serre sa main.

— Tout ira bien, lui dis-je.

Millicent a déjà utilisé ces mots-là. Quand nous étions jeunes, sans un sou, avec un enfant en bas âge et un autre bébé en route. Elle l'a dit lorsque nous avons acheté notre première maison, puis la seconde, plus grande.

Elle l'a dit à nouveau après l'épisode de Holly, quand son corps gisait sur le sol de notre salon, la tête enfoncée par une raquette de tennis.

Pendant que je me tenais là, penché sur le corps de Holly sans trop comprendre ce que je venais de faire, Millicent s'est mise en branle.

— Est-ce qu'on a toujours une bâche dans le garage ? a-t-elle demandé.

J'ai mis une seconde à reprendre mes esprits.

— Une bâche ?

— On l'a achetée pour la fuite, tu te souviens ?

— Ah. Oui, je crois.

— Va la chercher.

J'ai marqué une pause. Fallait-il prévenir la police ? N'est-ce pas ce que l'on est censé faire lorsqu'on tue quelqu'un par légitime défense ? N'appelle-t-on pas la police pour lui expliquer ce qui s'est passé, puisqu'on a fait quelque chose de mal ?

Millicent a lu dans mes pensées.

— Tu espères vraiment que la police te croira lorsque tu diras que ma sœur aurait pu te tuer ?

Moi, le sportif. Moi, avec la raquette de tennis en morceaux.

Holly, totalement désarmée.

Je n'ai pas cherché à discuter. Je me suis rendu au garage, ai fouillé dans les étagères et en ai sorti des boîtes de rangement en plastique dans l'une desquelles se trouvait la bâche bleue enroulée. De retour au salon, Holly avait changé de position. Ses jambes étaient tendues et ses bras le long du corps.

Nous avons posé la bâche à plat sur le sol et emmailloté Holly comme une momie.

— Mettons-la dans le garage, a proposé Millicent, d'un ton léger, comme s'il s'agissait d'une bagatelle.

Je me suis exécuté, et Holly a fini dans le coffre de ma voiture. Je l'ai emmenée dans un bois pour l'enterrer pendant que Millicent nettoyait le sang. Quand les enfants sont rentrés de l'école, il ne restait aucune trace de Holly.

Nous avons réitéré l'opération pour Robin, à ceci près que nous ne l'avons pas enterrée. Son corps a fini, avec sa petite voiture rouge, au fond d'un lac.

Millicent a raison. Nous nous en sommes toujours sortis.

À présent, c'est à moi de nous tirer d'affaire.

Nos deux moitiés d'éclair englouties, Millicent jette les serviettes dans une poubelle. Nous nous levons pour partir, traversant le bureau plongé dans l'obscurité, et regagnons notre voiture. Il est tard. Le restaurant chinois a fermé, mais la salle de sport est accessible vingt-quatre heures sur vingt-quatre. Elle se distingue dans la nuit par son enseigne lumineuse qui se détache sur fond de ciel noir.

Avant d'allumer le moteur, je me tourne vers Millicent. Elle est penchée sur son téléphone. Je lui caresse tendrement la joue, comme elle l'a fait pour moi des centaines de fois. Je lis l'étonnement dans son regard.

— Alors, on garde ce plan ? je lui demande.

Elle m'adresse un grand sourire qui lui fait plisser les yeux.

— Absolument.

Chapitre 45

Le calme après la tempête. Pour la première fois, aussi incroyable que cela puisse paraître, tout s'éclaire. Jusqu'à ce que Jenna frappe ce garçon, je n'avais pas conscience que Millicent et moi étions allés si loin. Nous étions en train de détruire notre propre famille.

La dernière lettre à Josh est la plus simple à écrire. J'ai désormais un but, me débarrasser d'Owen, et j'ai le sentiment de savoir comment m'y prendre pour y parvenir.

Bien qu'elle soit envoyée à Josh, comme les précédentes, elle s'adresse plus particulièrement au grand public. J'y traite les gens d'imbéciles.

> *Je vous ai fait un cadeau. Je vous ai donné une piste pour m'attraper : la date précise à laquelle ma prochaine victime serait enlevée. Je vous ai même accordé deux semaines pour vous préparer, vous organiser. Malgré tout cela, vous avez échoué. Vous ne m'avez pas arrêté. À cause de vous, Naomi est morte. Que les choses soient bien claires : elle n'est pas morte par ma faute. C'est à cause de vous. Elle était prévenue. Naomi a suivi les reportages, a lu ma précédente lettre. Ce qui ne l'a pas empêchée de sortir seule le soir du vendredi 13. Naomi avait conscience d'avoir commis une erreur, mais elle gardait espoir. L'espoir que vous la chercheriez, que vous finiriez par la retrouver. Elle n'avait qu'à moitié raison.*

Si j'avais assez de temps, je vous décrirais tout ce que je lui ai fait subir. Chaque cicatrice, chaque marque, chaque bleu. Mais ce serait une redite. Vous avez son corps, donc vous savez.

Finalement, il ne reste rien à dire. Nous avons joué, vous avez perdu. Naomi a perdu. Tout le monde a perdu, sauf moi. Et maintenant, j'ai terminé. J'ai atteint mon objectif. Je n'ai plus rien à prouver. Ni à vous ni à moi-même.

Adieu.

Enfin.

Ma dernière version achevée, j'en parle à Millicent. Elle est allée au club récupérer Rory, qui avait golf après les cours, et il a terminé avant moi. Millicent fait un crochet par le court de tennis, où j'attends mon prochain élève. Les talons de ses escarpins couleur chair résonnent sur le ciment quand elle avance vers moi, tout sourire.

Plusieurs jours se sont écoulés depuis notre conversation nocturne. L'inconnue du parking a finalement révélé son identité, elle accorde des interviews à tous ceux qui lui en réclament. Elle était partout à l'écran, jusqu'à ce qu'une autre inconnue entre en scène. C'était hier soir.

Au lieu d'organiser une conférence de presse, elle s'est filmée racontant son histoire, postant en direct sur Internet la vidéo que les informations locales ont relayée. C'est une femme plus jeune que les autres, peut-être encore étudiante, les cheveux noir de jais, le teint laiteux et des lèvres comme peintes au sang. Elle est à l'exact opposé des victimes habituelles d'Owen, mais son histoire ressemble à s'y méprendre à celle de l'inconnue du parking. À la différence qu'il s'agissait d'un autre parking, entre autres détails divergents. Cette femme prétend qu'Owen l'aurait frappée au visage, d'où l'hématome violacé sur sa pommette.

Dès la fin de la vidéo, mon bon vieux Josh est apparu à l'écran. Ces derniers temps, il affichait un air grave. Hier soir, il frôlait le sarcasme. Il n'a pas affirmé d'emblée qu'il soupçonnait la deuxième victime de mentir, mais c'était tout comme. Je pense que personne n'a cru cette fille. Pas moi, en tout cas.

Le problème étant que les femmes dans leur genre maintiennent Owen à la une des informations. Un détail qu'il m'est inutile de préciser à Millicent lorsqu'elle vient me voir sur le court.

— Je suis prêt, c'est quand tu veux, lui dis-je.

Ses lunettes noires cachent autant ses yeux au soleil qu'à moi, mais elle hoche la tête.

— Bonjour à toi aussi.

— Désolé. (Je l'embrasse sur la joue. Elle a un parfum d'agrumes.) Bonjour.

— Bonjour. La lettre est prête ?

— Tu veux la lire ?

J'aimerais qu'elle réponde oui et qu'elle la lise devant moi, mais elle fait signe que non.

— C'est inutile. Je te fais confiance.

— Bien sûr. C'était juste pour savoir.

Le sourire aux lèvres, elle m'embrasse.

— À tout à l'heure, à la maison. On dîne à 18 heures.

— Comme d'habitude.

Je la regarde s'éloigner.

Elle ne se rend pas *Chez Joe* aujourd'hui. La journée est entièrement consacrée à son travail, que ce soit au bureau ou en visites.

Je continue de surveiller le traceur, je regarde toujours où elle se rend, mais pas pour en apprendre plus sur Naomi.

Je sais déjà ce qu'il y a à savoir. Si elle n'est pas déjà morte, elle le sera bientôt.

Non, je surveille le traqueur parce que je prends plaisir à espionner Millicent.

Un jour passe, puis un autre, et Josh reprend son décompte des jours écoulés depuis la disparition de Naomi. Je visionne toutes ses vidéos sur mon portable en attendant l'annonce de la découverte du corps. Même au milieu de la nuit, lorsque je m'éveille en sursaut, j'ai besoin de vérifier s'il y a du nouveau. Sur la toile, les scoops peuvent surgir à tout moment. Normalement, cela ne me pose aucun problème. Mais maintenant que j'en attends une, c'est rageant. Et très gênant.

Je descends l'escalier et sors dans le jardin pour regarder mon téléphone. Les nouvelles sont les mêmes que lorsque je me suis couché. Rien de neuf. Il ne se passe rien. Des rediffusions, du réchauffé.

Mais je ne suis pas fatigué. À 2 heures du matin, l'air est tranquille, le voisinage aussi. Personne n'organise de fête à Hidden Oaks, personne n'écoute de musique trop fort. Pas une seule lampe allumée dans les demeures fortunées de notre quartier.

J'aimerais dire que cette maison est notre lieu de vie rêvé, que nous n'avions qu'à poser les yeux sur elle pour en avoir le cœur net, cette maison pour laquelle nous avions tant travaillé. Mais ce serait mentir. Notre maison de rêve se situe plus loin dans Hidden Oaks, là où les demeures ressemblent à des manoirs. Seulement, cette partie-là du quartier est réservée aux investisseurs et aux chirurgiens.

Notre maison se situe dans le cercle périphérique, et c'est une chance que nous avons eue grâce à un divorce qui se passait très mal ; les actifs étaient gelés, et une procédure de saisie était en cours. Comme Millicent avait envoyé de nombreux clients vers cette banque pour des projets immobiliers, nous avons pu nous permettre d'acheter une maison qui n'aurait pas été dans notre budget autrement. Voilà pourquoi nous vivons à la périphérie de Hidden Oaks. Nous devions être un peu tenus à l'écart, mais là encore, j'ai trouvé le moyen de faire ma place.

Un bruit dans le fourré me fait sursauter. Il n'y a pourtant pas le moindre vent ce soir.

Non, le bruit vient de notre propriété. Si nous avions eu un chien, je l'aurais soupçonné, or ce n'est pas le cas. Il n'y a même pas de cerfs dans la région.

Le bruissement reprend, suivi d'un craquement.

Téléphone en main, j'avance en direction du bruit. Le porche donnant sur le jardin court sur la moitié de la largeur de la maison, depuis la cuisine jusqu'à l'angle. Dans la nuit, je marche jusqu'à la balustrade, tout au bout. Le petit chemin longeant la maison est partiellement éclairé par le lampadaire de la rue, et il est désert. Pas d'animaux, pas de voleurs, pas de tueur en série.

Un léger grattement au-dessus de moi. Je lève la tête juste à temps pour apercevoir Rory qui se glisse dans la maison.

Apparemment, il a fait le mur.

Chapitre 46

Soirée, drogues, filles. Ou comme ça, sans raison particulière.

Voilà les raisons pour lesquelles Rory pourrait s'éclipser en douce. Les mêmes raisons que pour n'importe quel adolescent de son âge. Moi, la première fois, c'était pour fumer de l'herbe. La fois suivante, j'ai fait le mur parce que ça avait marché la première fois. Et plus tard, c'était pour voir Lily. Mes parents n'ont jamais été au courant. Ou plutôt ils s'en fichaient royalement.

Étrangement, lorsque Rory m'a surpris en train de découcher, il ne m'est même pas venu à l'idée qu'il pouvait en faire autant. C'est bien la preuve que je porte des œillères.

Plutôt que d'avoir tout de suite avec lui la conversation qui s'impose, j'attends le lendemain. Je peux ainsi vérifier s'il y a un élément qui aurait pu m'échapper et qu'il me faudrait savoir avant d'aborder le sujet avec lui.

Sa chambre est un véritable champ de bataille, comme d'habitude. À l'exception de son bureau, si bien rangé que c'en est presque effrayant. En dehors du bureau, c'est le chaos : vêtements froissés et livres jonchent le sol de la pièce. Si son bureau reste en ordre, c'est peut-être parce qu'il ne l'utilise jamais.

En d'autres circonstances, je n'aurais jamais fouillé sa chambre. C'est la première fois que je le fais, et seulement parce que j'ai surpris Rory en train de faire le mur. Mon fils a ses secrets, et cela mérite que je mène ma petite enquête.

Il est au collège. Il a emporté son téléphone avec lui, et son ordinateur est consigné hors de sa chambre, mes recherches se limitent donc au reste. Commençons par la table de chevet, puis le bureau, la commode et le placard. Je regarde même sous le lit, sous les meubles et au fond de son tiroir à chaussettes.

Ce sont les fouilles les plus décevantes au monde.

Pas de porno, il se contente de le regarder en ligne. Pas de billet doux d'une fille, ils échangent par texto. Aucune photo, elles sont sur son téléphone. Pas de drogue ni d'alcool, car s'il en consomme, il n'est pas assez bête pour les planquer dans sa chambre. Finalement, c'est plutôt rassurant. Mon fils n'est pas idiot.

Je n'en parle pas à Millicent, elle a assez à faire.

Elle n'est pas au courant. Si elle le savait, Rory serait déjà puni à vie. Et puis, elle ne peut pas l'avoir entendu filer, elle a le sommeil bien trop lourd. Je ne suis même pas sûr qu'une alarme incendie la réveillerait.

Il est presque midi lorsque s'achèvent mes fouilles infructueuses, je me rends donc au collège. La secrétaire envoie un message au professeur de Rory pour lui indiquer que mon fils est convoqué. Bien que mes enfants fréquentent un établissement privé, ils ne portent pas d'uniforme. En revanche, ils ont un code vestimentaire à respecter. Rory porte donc tous les jours un pantalon de treillis et une chemise. Aujourd'hui, elle est blanche. Son sac pend à l'une de ses épaules, et ses cheveux roux réclament un coup de ciseaux. En me voyant, il rejette sa frange en arrière.

— Un problème ? s'enquiert-il.

— Non, aucun. Je voulais seulement qu'on passe l'après-midi ensemble.

Il fronce les sourcils mais ne discute pas. Pour l'instant, la perspective d'être avec moi reste toujours plus alléchante que ses cours de l'après-midi.

Nous déjeunons dans son restaurant préféré, où il peut commander le steak que Millicent ne lui cuisinera jamais. Il ne pose aucune question jusqu'au retour de la serveuse avec un soda, boisson prohibée à la maison. Il sent que quelque chose se trame, je ne suis donc pas surpris lorsqu'il demande :

— Qu'est-ce qui se passe, papa ?

Mais sa question suivante, en revanche, me choque :

— Vous allez divorcer, c'est ça ?

— Divorcer ? D'où tu sors ça ?

Il hausse les épaules.

— Il y a forcément un problème.

— Tu crois ?

— Ouais.

Pour lui, c'est une évidence.

— Ta mère et moi n'allons pas divorcer.

— OK.

— Je t'assure.

— Oui, j'ai entendu.

Je bois une longue gorgée de thé glacé, tandis qu'il sirote son soda. Comme il ne dit plus rien, c'est à moi de prendre la parole.

— Comment ça se passe, pour toi ?

— Bien, papa. Et toi, tout baigne ?

— Oui, tout va bien. Tu as du nouveau ?

Rory hésite. L'arrivée de nos plats lui laisse le temps de réfléchir à ce que ma question sous-entend.

La serveuse repartie, il secoue légèrement la tête.

— Pas vraiment.

— Pas vraiment ?

— Papa.

— Hmm ?

Je mords dans mon steak.

— Viens-en aux faits. Qu'est-ce qu'on fait là ?

— Je veux seulement savoir ce qu'il se passe de nouveau et d'excitant dans ta vie. Ce doit être nouveau et excitant pour t'attirer hors de la maison en pleine nuit.

La main de Rory se fige sur le couteau qui tranchait sa viande. Je vois ses différentes options défiler dans son esprit.

— Ce n'est arrivé qu'une fois, dit-il.

Je ne réponds pas.

Un soupir, puis il repose ses couverts.

— J'étais avec Daniel. On voulait voir si on y arriverait sans se faire pincer.

— Il a réussi ?

— Aux dernières nouvelles, oui.

— Qu'est-ce que vous avez fait ?

— Rien de spécial. On est allés au parc taper dans un ballon. On a traîné.

Plausible. À quatorze ans, le seul fait d'être dehors à minuit suffit à être exaltant. Mais il s'est hissé beaucoup trop facilement à sa fenêtre pour que ce soit la première fois.

Cette nuit-là et la suivante, il ne fait pas le mur. Logique, maintenant qu'il s'est fait prendre. Mais je ne suis plus seulement attentif aux événements nocturnes ; le jour aussi, je remarque tout ce que je ne voyais pas avant.

Dans la soirée, je l'observe quand il tape un message, quand son téléphone vibre et qu'il regarde qui lui écrit, quand il est sur l'ordinateur. Pendant le film, je vois qu'il cache son portable, mais le consulte constamment. À un moment, il sonne, mais ce n'est ni la musique rock ni le bip de jeu vidéo. C'est une chanson que je ne reconnais pas, entonnée par une chanteuse à la voix éraillée qu'on croirait au bord du suicide.

En allant chercher mes enfants à l'école, j'arrive en avance et je me poste de sorte à bien voir l'entrée du collège. C'est alors que j'aperçois la fille qui semble faire tourner la tête de mon fils.

Petite blonde aux lèvres roses et à la peau laiteuse, elle rejette ses cheveux coupés au niveau du menton tout en discutant avec lui, se balançant d'un pied sur l'autre. Visiblement, elle est aussi nerveuse que lui.

Depuis combien de temps ? Depuis combien de temps cette fille est-elle la petite amie de mon fils, ou en tout cas l'objet de ses désirs ? Si je ne l'avais pas surpris en pleine nuit, je ne l'aurais jamais su. J'aurais peut-être passé ma vie à ignorer que Rory avait eu cette blondinette dans la peau.

D'autres petites copines, des blondes, des brunes ou des rousses, ont-elles rendu mon fils fou avant celle-ci ? Ai-je manqué sa première, sa deuxième, sa troisième peine de cœur ? À ce stade, il m'est impossible de le savoir. Si je lui posais la question, il ne répondrait pas. Il ne m'a même pas parlé de celle qu'il fréquente actuellement.

Et je n'ai rien remarqué, je ne me doutais de rien jusqu'au moment où j'ai fait l'effort de m'y intéresser. Sans quoi je serais passé à côté.

Serait-ce précisément ce qui est arrivé à mes parents ? Ils n'ont jamais fait l'effort, et je leur suis complètement passé à côté.

Chapitre 47

Pour le repas du soir, tous nos téléphones sont alignés sur le comptoir derrière Millicent. Au menu : risotto aux champignons accompagné de poireaux et de mini-carottes. Mon portable émet comme un coup de klaxon troublant notre dîner.

Une nouvelle actualité.

Millicent tend le bras derrière elle pour le mettre en silencieux.

— Désolé, dis-je. L'application des sports.

Elle me lance un regard noir. Les téléphones doivent être sur silencieux pendant le repas.

Cette nouvelle, ce pourrait être n'importe quoi. Mais moi, je sais que c'est important. J'ai mis un filtre sur mes notifications pour ne recevoir que les informations en rapport avec les mots « Naomi », « Owen Oliver » et « corps retrouvé ». La technologie a ce côté incroyable.

Mais c'est aussi une torture, car je dois à présent attendre que le dîner soit terminé pour en savoir plus. C'est bien pire que de baigner dans l'ignorance pendant vingt minutes.

Le repas enfin fini, je prends mon téléphone pendant que les enfants débarrassent la table.

Le corps d'une femme retrouvé

Je lève les yeux vers Millicent, debout près de l'évier, qui porte un vieux pull, un legging noir et mes chaussettes. Je capte son regard et touche mon téléphone du bout du doigt.

Elle opine brièvement, un petit sourire aux lèvres.

Je ne peux lire le reste de l'article qu'une fois la vaisselle terminée et les enfants devant la télévision. Là, je monte enfin à l'étage pour regarder les informations dans la salle de bains.

C'est parfait.

Le corps de Naomi a été retrouvé dans une benne à ordures derrière l'hôtel *Lancaster*. C'est justement sur ce parking qu'elle a été aperçue pour la dernière fois, non loin de cette même benne, en sortant du travail le fameux vendredi 13. La dernière image de Naomi a été prise par la caméra de surveillance qui l'a filmée alors qu'elle se dirigeait vers sa voiture. Les caméras ne filmaient pas l'intégralité du parking. La voiture de Naomi et la benne étaient deux angles morts.

Josh se tient de l'autre côté de la rue, face à l'hôtel, à l'endroit précis où je me garais pendant la phase d'observation de Naomi. Il paraît sur les nerfs, comme sous l'effet de la caféine ou de l'adrénaline, et c'est bon de le revoir dans cet état. Les prétendues victimes d'Owen Oliver lui ont visiblement miné le moral.

À présent, le revoilà débordant d'énergie, d'allusions et de spéculation, car finalement, nous manquons encore d'éléments tangibles. Tout ce que l'on sait, c'est qu'une femme correspondant au signalement de Naomi a été retrouvée dans une benne lors du ramassage des ordures par une équipe d'éboueurs. La police est intervenue, toute la zone a été bouclée. Il pourrait y avoir une conférence de presse ce soir. Ce n'est pas sûr, mais Josh pense qu'elle aura lieu.

Ce qu'on n'évoque plus, c'est le passé de Naomi. À présent qu'elle est morte, et non plus disparue, il serait malvenu de médire d'elle.

Josh souligne tout de même qu'il n'a plus reçu de nouvelles d'Owen Oliver Riley depuis des semaines.

Je souris.

La lettre est adressée à la chaîne de télévision avec la mention « Personnel et confidentiel pour Josh ». À sa livraison, j'imagine l'expression de Josh, au bord de l'extase. Il perdra son sourire en apprenant qu'il s'agit du dernier courrier d'Owen. Ces lettres ont fait de Josh une star, en tout cas à l'échelle régionale, et on raconte même qu'une chaîne du câble s'intéresserait à son profil. Il y aurait amplement sa place. C'est un gars sérieux et crédible qui convainc aisément son public.

Josh est l'un des rares qui tirera un bénéfice de cette affaire.

Trista ne peut pas en dire autant.

La pauvre Trista, six pieds sous terre, ne sera même jamais reconnue comme victime du tueur. Pourtant, elle l'était, même si c'est elle qui a mis fin à ses jours. J'ai des remords vis-à-vis d'elle, surtout parce qu'elle était d'une empathie débordante envers les autres. Difficile de ne pas aimer une personne aussi altruiste.

Tout ce que l'on peut faire désormais, c'est empêcher que cela ne se reproduise.

Je descends au rez-de-chaussée où les enfants débattent du programme qu'ils regarderont ensuite. Millicent menace de les envoyer lire dans leurs chambres s'ils ne trouvent pas un terrain d'entente, et la pièce sombre soudain dans le silence. Le générique d'une série pour adolescents démarre, la série préférée de Jenna, et Rory parvient par miracle à ne pas maugréer tout bas. Je soupçonne la petite blonde d'y être pour quelque chose. Ce doit être sa série préférée.

Millicent me fait signe, nous traversons la cuisine et gagnons la grande salle à manger que nous n'utilisons que pendant les vacances ou pour inviter des amis à dîner.

— Ils l'ont retrouvée ? murmure-t-elle.

— Oui, ils attendent la confirmation officielle, dis-je avec un hochement de tête.

— Et maintenant, tu…

— Je la poste demain.

— Parfait.

Je souris. Elle dépose un baiser au bout de mon nez.

Nous rejoignons les enfants au salon, mais comme la télévision est allumée, nous ne pouvons échapper aux dernières informations au sujet de Naomi. La nouvelle est annoncée pendant la pause publicitaire, si brutalement que nous n'avons pas le temps de changer de chaîne.

Le téléphone de Rory s'éclaire. Il s'en empare et commence à taper un message.

Jenna ne réagit pas. Elle regarde l'écran avec la même avidité que si c'était encore sa série préférée, et non l'annonce d'une découverte macabre.

— Qui a envie d'une glace ? demande Millicent.

Rory lève le doigt.

— Moi.

— Jenna ?

— Évidemment.

— Une boule ?

— Trois.

— Je m'en occupe, ma chérie, dis-je en me levant du canapé.

Millicent hausse un sourcil dans ma direction et me suit jusqu'à la cuisine. Je sors quatre bols, trois boules chacun. Elle allait protester, mais je la coupe dans son élan.

— Fermons les yeux sur le sucre pour une fois. Ça ne fait que commencer.

Je n'ai pas tort. Naomi sera à la une tous les soirs, ils décriront en détail la façon dont elle a été retrouvée et de quoi elle est morte. Ce sera pire encore lorsque Josh recevra ma lettre, car les journalistes passeront ensuite des heures à débattre de la véracité du départ d'Owen : disparaîtra-t-il vraiment ou attendra-t-il que le public se lasse ?

Peu à peu, les choses se tasseront. Un autre fait divers fera diversion, et Owen sera oublié pour de bon.

Mais pour l'heure, trois boules de glace.

Nous retournons au salon, l'épisode est terminé. Rory change de chaîne, et nous regardons la fin d'une émission en attendant que la suivante démarre. Entre les deux, une page d'informations. Millicent n'a pas le temps de s'emparer de la télécommande, Josh est déjà à l'écran. Il répète ce que l'on a appris sur l'autre chaîne. Une fois son reportage sur la découverte du cadavre terminé, Rory se tourne vers sa sœur.

— Tu crois qu'il l'a torturée ?

— Oui.

— Plus ou moins que sa victime précédente ?

— Eh ! m'indigné-je sans trop savoir quoi dire d'autre.

— Plus, répond Jenna.

— On parie ?

Elle hausse les épaules. Ils se tapent dans la main.

Millicent se lève et quitte la pièce.

J'emporte mon bol à la cuisine. Mon téléphone va s'éteindre, je fouille le tiroir fourre-tout en quête d'un chargeur. Ils traînent toujours partout, sauf là où je les cherche. Il n'y en a aucun dans le tiroir. Je tente ensuite ma chance avec le garde-manger. On peut y faire de drôles de découvertes. Quand Jenna était plus petite, j'y trouvais des peluches disséminées parmi les biscuits, comme si elle voulait les protéger. À présent, on y sème des gadgets électroniques.

Mais pas ce soir. Quoique, sur l'étagère du bas, derrière les bocaux de soupe, j'aperçois une petite fiole de collyre.

Ce produit auquel Millicent est allergique.

Chapitre 48

En voyant le collyre, je pense à Rory. Si Millicent, plus jeune, s'en servait pour dissimuler les effets de la drogue, alors forcément, d'autres adolescents ont pu avoir la même idée. Et si c'était pour cette raison qu'il filait en douce à la nuit tombée ? Il fume peut-être de l'herbe avec sa petite amie.

Ce ne serait pas le pire scénario. Loin de là.

Le garde-manger n'est pas le lieu le plus logique où ranger du collyre, mais je suppose qu'il l'a posé là sans trop réfléchir. Il a pu rentrer un soir, complètement défoncé, et poser le flacon ici dans la précipitation. À moins qu'il ne se soit dit que personne n'irait fouiller derrière les boîtes de soupe sur la dernière étagère.

Autre possibilité : Jenna. Serait-ce elle qui fume des joints ?

Non, ça m'étonnerait. Jenna ne voudrait pas s'encrasser les poumons. Le football est trop important pour elle.

J'emporte le flacon. En route vers le club, je cherche les causes qui peuvent irriter les yeux, outre la fumée, la poussière ou les produits ménagers. Les allergies et la fatigue, mais il n'y a aucune raison de s'en cacher. Une gueule de bois, peut-être. Ou une nouvelle drogue dont je n'aurais pas entendu parler.

À l'arrivée de Kekona pour son cours, je suis assis sur un banc et contemple le flacon de collyre.

Kekona regorge de ragots à colporter, tellement excitée qu'elle sautille sur ses talons comme une enfant de six ans. À peine le pied posé sur le terrain, elle se met à parler.

Elle a besoin de tout évacuer avant son départ. Chaque année, Kekona rentre à Hawaï pendant un mois, et le voyage approche à grands pas. Elle a peur de tout ce qu'elle pourrait manquer à présent qu'on a retrouvé le corps de Naomi.

— Étranglée, dit-elle. Comme les autres.

— Je sais.

— Et la torture. Toutes ces coupures de papier, c'est affreux.

Mon sang ne fait qu'un tour.

— Des coupures ?

— La police raconte qu'elle en était recouverte. Jusque sur les paupières.

Elle frissonne, comme sous l'effet d'une brise fraîche.

Des coupures de papier.

Je ferme les yeux, chassant l'image de Millicent à l'œuvre. Chassant l'idée qu'elle ait pu faire de notre petite plaisanterie une insanité pareille.

Il est à peine 11 heures du matin. Tout à l'heure, ils ont annoncé qu'on avait limé le bout des doigts de Naomi, mais la police tenait son dossier dentaire prêt pour l'identification. Et c'est bien elle.

— C'est la police qui a révélé l'information au sujet des coupures ?

— Pas officiellement, dit Kekona. Ce sont des sources anonymes. Mais à mon avis, le plus louche dans cette histoire, c'est la temporalité.

Elle marque une pause.

Alors je demande :

— C'est-à-dire ?

— La dernière victime a été séquestrée pendant un an. Pour Naomi, ça se termine au bout d'un mois et demi.

— Peut-être qu'Owen en avait assez d'attendre que la police le retrouve.

Kekona me sourit.

—Serais-tu d'humeur impertinente, ce matin ?

Nonchalant, je lui tends une balle de tennis pour lui indiquer que nous devrions jouer, n'est-ce pas ce pour quoi elle me paie ? Kekona s'étire et fait de grands mouvements de raquette dans le vide.

—Si c'était un film, ce contraste temporel aurait son importance.

Elle voit juste, mais pour les mauvaises raisons.

—C'est bien toi qui disais que la vie n'est pas un film d'horreur, non ?

Kekona ne répond rien.

—Service.

Elle sert à deux reprises. Je ne lui renvoie pas ses balles, car elle ne veut toujours pas travailler la volée. Elle veut apprendre le service parfait.

—Apparemment, elle aurait aussi été brûlée.

—Brûlée ?

—C'est ce qu'ils disent. Des brûlures partout sur le corps, comme si elle s'était ébouillantée.

La seule idée de recevoir accidentellement de l'eau brûlante sur la peau me fait grincer des dents. Or, Millicent a agi volontairement.

—Je sais. Moi aussi, ça me donne la nausée, ajoute Kekona en expédiant un nouveau service, puis elle s'arrête. Ce matin, ils ont émis l'hypothèse selon laquelle il reproduirait ses anciens crimes. Il avait déjà ébouillanté une victime, Bianca ou Brianna, je ne sais plus. Ils ont montré une photo d'elle à la télé, elle ressemblait beaucoup à Naomi.

J'ai manqué tout ça. Il devient problématique de ne pas pouvoir regarder les informations à la maison.

—C'est bizarre, dis-je. Service.

Elle s'exécute. Je compte neuf services avant qu'elle ne marque une nouvelle pause, mais cette fois, ce n'est pas pour parler d'Owen.

Mais de Jenna.

— On m'a dit, pour ta fille.

Je ne suis pas surpris que Kekona ait entendu parler de l'incident du krav-maga. C'était précisément le type de ragots dont nous discutions autrefois, sauf qu'ils ne touchaient pas ma famille.

Je marmonne un « ouais » en cherchant comment justifier le comportement de ma fille qui a frappé un gamin avec une pierre. Elle avait passé une mauvaise journée, raté un contrôle, oublié de prendre ses calmants ? Non, ça ne résoudrait rien. On croirait que ma fille ne sait pas se maîtriser.

Kekona vient me tapoter l'épaule.

— Au moins, tu n'as pas de souci à te faire. Ta fille sera une casse-cou.

Je ris. Pourvu qu'elle ait raison. Je préférerais que Jenna soit une casse-cou plutôt que n'importe quoi d'autre.

Une fois le cours de Kekona terminé, je peux enfin regarder les informations. Elle a raison au sujet de l'ancienne victime. Bianca et Naomi se ressemblaient avec leurs cheveux bruns et leur physique passe-partout. Bianca avait été brûlée, elle aussi, mais pas avec de l'eau.

Avec de l'huile.

Cette similitude pousse les médias à fouiller dans le passé du tueur et à reprendre le dossier de Lindsay. Ils ont retrouvé une autre victime qui avait les cheveux blonds et lisses.

Autant d'excuses pour continuer de faire de l'audimat sans nouvelle fraîche. Les journalistes voient des liens là où il n'y en a pas. Si Millicent avait voulu reconstituer un crime, le mode opératoire serait rigoureusement identique.

Ces dernières avancées me tracassent. Sur le chemin du retour, j'ai posté la lettre adressée à Josh. Il était tôt, le parking était désert, personne n'a remarqué mes gants en latex quand j'ai glissé l'enveloppe dans la fente. Mais si j'avais vu les informations plus tôt, je l'aurais formulée différemment. J'aurais dit à Josh que les médias se trompent et que, comme toujours, ils inventent tout et n'importe quoi. On ne cherche pas à reconstituer d'anciens crimes, alors cessez de rappeler toutes les formes de torture qu'elles ont subies.

Ma fille n'a pas besoin de savoir ça.

Mais maintenant, elle est écrite, et c'est trop tard.

Au club-house, Josh est sur plusieurs écrans, fatigué mais remonté. Il se tient toujours devant l'hôtel *Lancaster*. Sous le soleil franc, le bâtiment paraît presque criard.

— *Alors que nous avons la confirmation que la femme retrouvée dans la benne à ordures de cet hôtel est bien Naomi George, aucun autre rapport n'a encore été publié sur cette affaire. Nos sources nous informent toutefois que Naomi serait morte la veille de la découverte de son corps...*

Les données GPS de Millicent ne trahissent aucune activité anormale ce jour-là. Elle ne s'est même pas rendue *Chez Joe*, seulement au collège pour déposer les enfants, au bureau, à quelques maisons-témoins, à l'épicerie et à la station-service. Aucun indice de l'endroit où Naomi aurait été enfermée. À moins qu'elle n'ait été séquestrée dans une maison-témoin. Ce qui paraît improbable, sachant le passage permanent dans ce type de pavillon.

Tout cela n'a plus d'importance, on a retrouvé Naomi. Et demain, Josh recevra ma lettre.

Il s'empressera de la rendre publique. La dernière fois, je pensais que la police passerait plus de temps à l'examiner avant de la restituer au journaliste, or elle est apparue très vite aux informations. Il n'y a pas de raison qu'il en soit autrement cette fois-ci. Elle est en tout point pareille, le même parfum, et jusqu'au papier qui provient de la même rame. On n'aura aucun doute, l'expéditeur sera le même que pour les précédents courriers. Si j'étais joueur, je miserais sur le fait que la lettre sera sur tous les écrans avant même que je ne rentre du travail.

Mais je ne parie jamais. En trente-neuf ans, je suis plutôt devenu planificateur. Et je dirais même que je ne suis pas trop mauvais.

Chapitre 49

Ai-je gagné ou perdu mon pari ? Difficile à dire. Tout est question de nuance ou, dans le cas présent, d'heures.

Je pensais qu'une intervention de Josh au sujet de la lettre serait transmise juste avant les informations du soir pour que tout le monde soit au courant à l'heure du dîner. Mais elle est diffusée plus tôt, pendant que Jenna et moi nous trouvons dans le cabinet du docteur Beige. Ce dernier estime que notre fille a besoin de séances plus rapprochées. Moi, je crois qu'elle a besoin d'un autre médecin. Depuis qu'elle a commencé à le voir, après s'être coupé les cheveux, elle s'est rendue malade, puis a frappé un gamin avec une pierre.

Nous alternons avec Millicent pour l'accompagner. Impossible pour l'un comme pour l'autre de s'absenter du travail trois fois par semaine, ce qui correspond à la fréquence recommandée par le docteur depuis l'incident du krav-maga. Aujourd'hui, c'est mon tour, et je patiente dans la salle d'attente. J'ai le choix entre des bandes dessinées thérapeutiques, des magazines scientifiques ou la télévision. Personne autour de moi, à l'exception d'un réceptionniste austère et méprisant, coiffé d'un postiche noir. J'allume le poste et je m'amuse à deviner les réponses d'un jeu télévisé.

La coupure des informations intervient dix minutes après le début de la consultation de ma fille. Josh est à l'écran et, après une brève introduction, il lit à voix haute la lettre d'Owen.

Le réceptionniste lève les yeux.

À mesure que Josh lit les mots que j'ai écrits, un frisson me parcourt. Lorsqu'il arrive au bout du texte, à l'adieu d'Owen, je lutte pour réprimer un sourire. Owen n'est vraiment qu'un salaud arrogant dans cette lettre.

Adieu.
Enfin.

Josh l'a relue deux fois quand Jenna sort du cabinet du docteur Beige. Elle a l'air profondément lasse.

Le médecin se tient derrière elle. Lui a l'air ravi.

— À ton tour, dit-elle.

Je me rends dans le cabinet pour que le docteur Beige me serve un bol de son baratin couleur flocons d'avoine.

Aujourd'hui, je refuse.

— Pardonnez-moi, mais nous n'avons pas le temps. Seriez-vous disponible par téléphone un peu plus tard ?

Le bon docteur perd son sourire.

Mais je m'en fiche.

— C'est envisageable, répond-il. Si je ne peux pas répondre, laissez un message à…

— Parfait. Merci beaucoup.

Je lui tends une main qu'il hésite à serrer.

— Bien. Dans ce cas, au revoir.

— Au revoir.

Lorsque nous arrivons sur le parking, Jenna me jette un regard en coin.

— Tu es bizarre, fait-elle remarquer.

— Tu me le dis tout le temps.

— Oui, mais tu l'es encore plus que d'habitude.

— Ah. Étrange.

— Papa.

Bras croisés, elle me scrute un moment.

— Tu veux manger un hot dog ?

À sa grimace, on croirait que je l'invite à boire de l'alcool.

— Un hot dog ? répète-t-elle.

— Ben oui. Tu sais, ce long machin de viande ou autre, coincé dans un petit pain avec de la moutarde et…

— Maman interdit les hot dogs.

— Je lui proposerai de se joindre à nous.

Ma suggestion a dû faire exploser quelques-uns de ses neurones, mais elle monte en voiture sans discuter.

Chez *Top Dog*, on a le choix entre trente-cinq variétés de hot dogs, dont un au tofu. C'est celui que choisit Millicent. Et elle ne dit rien lorsque Rory en commande deux au bœuf et au chili. Finalement, c'est un peu jour de fête. Owen a disparu pour de bon. La nouvelle occupe tous les écrans au-dessus de nos têtes. Notre plan fonctionne à merveille, et tout le monde semble en ressentir un vif soulagement.

— On peut reprendre une vie normale, maintenant ? demande Rory.

Millicent sourit.

— Qu'entends-tu par là ?

— Finie la censure. On retourne à la civilisation.

— Tu veux regarder les infos ? en déduis-je.

— Je ne veux plus qu'on m'interdise de les regarder.

Jenna lève les yeux au ciel.

— Tu veux juste impressionner Faith.

Et là, en un mot, j'apprends que la petite blonde de Rory s'appelle Faith.

— Qui est Faith ? demande Millicent.

— Personne, élude Rory.

Jenna glousse. Rory la pince, elle pousse un petit cri.

— Arrête, le somme-t-elle.

— Ta gueule.

— Ta gueule toi-même.

— Attendez, vous voulez dire Faith Hammond ? intervient Millicent.

Rory ne répond pas, ce qui équivaut à un oui. Cela signifie également que Millicent connaît les parents de Faith, sans doute parce qu'elle leur a vendu leur maison.

— Pourquoi ils ne l'ont pas arrêté ? demande Jenna, les yeux levés vers l'écran.

On n'est pas encore tirés d'affaire.

— Ils l'avaient déjà arrêté, rappelle Rory. Et il est finalement sorti de prison.

— Alors ils ne peuvent pas l'arrêter ?

— Si, ils y arriveront. Les types comme lui ne peuvent pas rester en liberté indéfiniment, dis-je.

Rory voudrait argumenter, mais sa mère l'en dissuade d'un regard noir.

Toutes les phrases qui me viennent à l'esprit me paraissent niaises, alors je me contente de garder le silence. Même Rory ne dit plus rien. C'est le calme jusqu'à l'intervention de Jenna.

— Je suis barbouillée.

Elle se masse le ventre. Jenna a choisi le hot dog aux oignons et à la sauce barbecue, presque aussi gros que le mien au fromage piquant. Je ne pense pas que ses maux d'estomac soient dus au stress, cette fois.

Millicent me regarde en coin.

Je hoche la tête. Oui, j'ai eu tort de proposer des hot dogs.

Ma femme prend son sac à main et fait signe que nous partons. Elle s'est montrée plus permissive, cette fois-ci, alors que nous n'en avions pas discuté avant. Je lui prends la main, et nous suivons les enfants sur le parking.

— Toi, tu n'as pas mal au ventre ? me demande-t-elle.

— Pas du tout. Et toi, ça va ?

— À merveille.

Je me penche pour l'embrasser. Elle se détourne.

— Ton haleine me répugne.

— Et la tienne sent le tofu.

Nous rions ensemble, et je sens que mon estomac n'est pas aussi en forme que je le prétends. De retour à la maison, Jenna et moi sommes malades. Elle se rue à l'étage dans sa salle de bains de l'étage, moi je n'ai pas le temps. Je me précipite aux toilettes du rez-de-chaussée.

Millicent court de l'un à l'autre, nous apporte du soda au gingembre et des compresses froides.

— Malades comme des chiens ! nous crie Rory, puis il éclate de rire.

Intérieurement, je pouffe avec lui.

Ce soir, tout me paraît léger, drôle, alors que j'ai la tête au-dessus de la cuvette. Ce soir, j'ai le sentiment de pouvoir enfin respirer.

Je ne m'étais pas aperçu que je retenais mon souffle.

Chapitre 50

Ce hot dog m'a fait passer une nuit blanche, je m'octroie donc une grasse matinée le lendemain. Quand je quitte enfin la maison, il est trop tard pour passer à la supérette. Je me contente donc d'un café dans un troquet situé aux portes du quartier de Hidden Oaks. Le genre de lieu où l'expresso à cinq dollars est servi par un barman doté d'une barbe hideuse qui passe son temps à regarder la télévision. Il secoue la tête vers l'écran en me servant une pleine tasse de café.

— Faut que j'arrête de regarder les infos, déclare-t-il.

S'il savait comme je le comprends.

— C'est déprimant, renchéris-je.

— Tu l'as dit, bouffi !

Je ne savais pas que les gens utilisaient encore cette expression. Apparemment, pour ce grand barbu, elle n'est pas passée de mode.

Je m'en vais sans demander quelles sont les nouvelles. J'imagine que les journalistes en sont encore à supputer si la disparition d'Owen est un fantasme ou une réalité. En fait, il n'y a rien de neuf. Seulement de nouvelles techniques de réchauffage.

Le souvenir d'Owen se dissipe peu à peu. Il est toujours à la une, mais n'occupe plus l'intégralité des flashs infos.

Comme je l'avais anticipé.

Dorénavant, mon attention se concentre sur ma famille, mes enfants. Sur la petite amie de Rory que je n'ai toujours pas rencontrée. Je me suis aperçu que les Hammond habitaient dans une rue voisine. Rory doit mettre à peine une minute pour aller chez eux en coupant par l'intérieur du quartier. J'aurais dû me douter que Rory faisait le mur, mais j'étais trop occupé à le faire aussi. À présent, je rattrape le temps perdu.

Jenna se reprend de passion pour le maquillage. Ça date seulement de la semaine dernière, peut-être parce qu'elle ne cherche plus à se cacher d'Owen. Je l'ai surprise appliquant du gloss sur ses lèvres un matin avant d'aller à l'école. Millicent avait remarqué que quelqu'un était passé par notre salle de bains.

Et le couteau est toujours sous son oreiller. Je commence à croire qu'elle l'y a oublié.

Autant de détails qui m'échapperaient si j'étais encore focalisé sur Owen à cause de Naomi, Annabelle et Petra. Je n'ai pas rechargé mon téléphone à carte prépayée depuis des lustres.

Et Millicent. Nous avons envisagé d'organiser un rencard, un vrai. Ce soir-là, je me promets que nous n'aborderons pas le sujet de Holly, d'Owen ni rien de ce genre. De son côté, ma femme s'est lancée dans une croisade en ligne contre l'industrie du hot dog.

J'ai retiré le traqueur de sa voiture. Désormais, je veux m'intéresser à sa personne, pas à un point bleu censé la représenter.

Au travail aussi, la situation évolue. J'ai deux nouveaux clients grâce à mon emploi du temps redevenu calme et régulier. Je passe le plus clair de mon temps libre au club, si bien que quand je ne suis pas sur le court, j'élargis mon réseau.

Andy. Je ne lui ai plus parlé depuis qu'il a déménagé. Il a quitté Hidden Oaks juste après la mort de Trista. Sa maison s'est rapidement vendue, et je ne l'ai pas revu. Il ne vient plus au club-house. Je m'en veux de l'avoir laissé sortir de ma vie aussi facilement. C'est en partie à cause de mon planning chaotique, certes, mais aussi à cause de Trista.

J'appelle pour prendre des nouvelles. Andy ne décroche pas, il ne rappelle pas non plus. J'engage des recherches en ligne sans trop y croire, peut-être pour trouver sa nouvelle adresse, mais abandonne au bout de cinq minutes.

J'ai toujours le flacon de collyre, mais je n'ai aucune preuve indiquant que Rory, ou quelqu'un d'autre, se drogue sous notre toit. La présence de ce produit dans notre maison n'a aucun sens, encore moins dans le garde-manger. Quel intérêt aurait-on à y dissimuler des gouttes pour les yeux ?

Kekona est repartie à Hawaï pour un mois, ma principale cliente est donc Mme Leland. Elle n'aime pas discuter de crimes, d'Owen ni d'autres faits divers. Mme Leland est une joueuse sérieuse, nous ne parlons que de tennis.

Après son cours, j'ai une minute à tuer avant l'arrivée de mon prochain élève, ce qui me suffit pour lire un message de Millicent.

?

Perplexe, je lui réponds :

Quoi ?

Au beau milieu de mon cours avec un élève retraité prénommé Arthur, Millicent m'envoie le lien d'un article. Le titre me laisse pantois.

Owen est mort

Je lis l'article une première fois, puis une seconde, et ma troisième lecture ne rend la chose que plus invraisemblable encore.

Il y a quinze ans, Owen Oliver Riley était poursuivi pour meurtre, puis libéré à la faveur d'un vice de procédure. Il a disparu dans la nature jusqu'à récemment, lors de la découverte d'un corps. Une personne revendiquant être Riley a envoyé un courrier à un journaliste local, assumant toute la responsabilité du meurtre, et promettant de tuer une autre femme, précisant même le jour de la disparition de sa victime. À la découverte du second cadavre, tout portait à croire qu'il avait tenu ses promesses. La lettre suivante laissait entendre qu'il en avait assez et comptait disparaître pour de bon. Mais était-il vraiment de retour ?

Non, affirme Jennifer Riley.

La sœur d'Owen a contacté la police la semaine dernière pour faire une déposition.

Ce nouveau rebondissement est ahurissant. Elle déclare en effet que, après la libération d'Owen Riley il y a quinze ans, son frère et elle sont partis vivre en Europe. Ils ne sont jamais revenus aux États-Unis. Ils ont fait modifier leurs prénoms et ont vécu dans l'anonymat.

Il y a cinq ans, son frère a appris qu'il était atteint d'un cancer du pancréas. Après plusieurs séances de rayons, il a finalement succombé à sa maladie. Son corps a été incinéré.

La nécrologie d'Owen Riley n'a été publiée dans aucun journal américain. Sa mort a seulement été annoncée dans un journal britannique, sous son pseudonyme, ajoute Jennifer Riley. Elle a fourni une copie de l'article à la police ainsi qu'un certificat de décès. Les autorités vérifient actuellement l'authenticité des documents. Jusqu'à récemment, a-t-elle expliqué à la police, elle était loin de se douter que son frère était « revenu » dans le quartier où il a grandi. Elle poursuit : « Je ne voulais plus entendre parler de tout ça. Après avoir quitté le pays il y a des années, je voulais qu'on me laisse tranquille. Toutefois, une vieille amie a repris contact pour me convaincre de prendre la parole, car la police était convaincue de la culpabilité d'Owen dans cette affaire. Le meurtre récent de ces deux jeunes femmes est tragique et bouleversant. Mais je peux vous assurer que mon frère n'y est pour rien. »

Chapitre 51

Mon téléphone gît par terre, sur le court, l'écran fendu. Je ne me souviens pas de l'avoir laissé tomber. Ni même de l'avoir jeté.

Une main est posée sur mon bras. Arthur, mon élève, s'inquiète. Ses yeux, sous d'épais sourcils gris, sont plissés. En alerte.

— Ça ne va pas ?

Non. Ça ne va pas du tout.

— Je suis désolé, il faut que j'y aille. C'est une urgence…

— Bien sûr. Allez-y.

Je ramasse mon téléphone, attrape mon sac et quitte le terrain. En route vers le parking, j'entends quelques personnes me saluer, mais ne distingue aucun visage. Une seule image reste imprimée sur ma rétine :

Owen est mort

En voiture, le moteur allumé, je me fais la réflexion : je n'ai aucune idée de l'endroit où se trouve Millicent. Sans le traqueur, pas moyen de la localiser.

Malgré l'écran fendu, je lui écris un message.

Rencard ce soir

Sa réponse ne se fait pas attendre :

Rencard ce midi. Tout de suite.

Je quitte déjà le parking.

Les enfants sont au collège, nous nous retrouvons donc à la maison. Sa voiture est garée devant, elle fait les cent pas dans le salon. Aujourd'hui, elle porte des chaussures bleu marine qui ne font aucun bruit quand elle marche. Elle a les cheveux coupés au carré, juste au-dessus des épaules, pour que Jenna ne soit pas la seule fille aux cheveux courts dans cette famille.

Me voyant entrer, elle s'immobilise. Nous échangeons un regard. Que dire ?

Si ce n'est que nous avons merdé.

Elle esquisse un semblant de sourire.

— On ne l'a pas vu venir.

— On ne pouvait pas savoir.

Quand je tends la main, elle vient se blottir contre moi. Mon cœur bat la chamade sous sa joue.

— Ils vont se lancer à la recherche du véritable tueur, dis-je.

— Oui.

— On devrait partir.

Elle relève la tête.

— Partir ?

— Déménager. Rien ne nous retient ici. Ni dans le quartier ni dans l'État. Je peux enseigner le tennis n'importe où, et toi vendre des maisons où tu veux. (L'idée m'est venue comme ça, en regardant Millicent.) Choisis un endroit.

— Tu n'es pas sérieux.

— Pourquoi pas ?

Elle s'écarte et se remet à tourner comme un lion en cage, semblant dresser dans son esprit la liste de tout ce qu'il va falloir faire.

— Nous sommes en pleine année scolaire.

— Je sais.

— Je ne saurais même pas où aller.

— On trouvera ensemble.

Un silence.

Je répète une évidence :

— Ils vont se lancer à la recherche du véritable tueur.

Jusqu'à présent, nous n'avons jamais couru ce risque. Ils n'avaient retrouvé aucun corps avant celui de Lindsay. Personne n'était même au courant qu'il y avait eu des meurtres. Il n'y avait aucune enquête.

Maintenant, si. Et ils savent que le tueur s'est fait passer pour Owen.

— Ils ne découvriront jamais que c'était nous, affirme-t-elle.

— Jamais ?

Millicent secoue la tête.

— Je ne vois pas comment. Nous nous sommes partagé les tâches. Je n'ai jamais touché aux lettres…

— Mais l'endroit où tu détenais Naomi…

— Tu n'y es jamais venu. Et toi, d'ailleurs ? Quelqu'un t'a-t-il déjà surpris avec…

— Non. Je ne lui ai jamais adressé la parole.

— Jamais ? répète Millicent avant de marquer un silence. Tant mieux. Personne ne t'a vu avec elle.

— Personne.

— Et avec Lindsay ?

Je secoue la tête. Lindsay et moi discutions en randonnée.

— Non plus.

— Bien.

Une pensée me traverse l'esprit :

— Jenna. Je serais tenté de déménager pour…

— Attendons au moins de nous assurer que tout ça n'est pas un canular.

— Oui. Ça me va.

Le rappel bipe sur mon téléphone. Mon prochain élève arrive dans un quart d'heure. Soit j'y vais tout de suite, soit j'annule.

— Vas-y, me dit ma femme. Pour l'instant, nous ne pouvons rien faire de plus qu'attendre.

— Si jamais ce n'était pas un canu…

— Nous en reparlerons.

Je l'embrasse sur le front. Elle pose une main sur ma joue.

— On va s'en sortir.

— Comme toujours.

— Oui.

Les enfants sont déjà au courant de la nouvelle. Nous avions prévu de la leur annoncer ce soir, au repas, mais leurs camarades et Internet ont été plus rapides que nous.

Si Rory est touché, il n'en montre rien. Son téléphone, sa ligne de vie le reliant à sa petite amie, est greffé à sa paume.

Jenna reste de marbre. Ses yeux, d'habitude si pétillants, nous scrutent sans ciller. Elle n'écoute pas, elle est loin, très loin de nous. J'ignore où. Elle ne prononce pas un son avant que Millicent et moi achevions le discours que nous lui tenons depuis des mois : tu ne risques rien.

Elle n'en croit pas un mot. Moi-même, j'ai des doutes. Tout ce en quoi elle croyait se révèle pur mensonge. Owen n'est jamais revenu. C'était quelqu'un d'autre, mais qui ? Personne n'en a la moindre idée.

Je ne peux pas lui reprocher de se fermer comme une huître. J'en ferais autant à sa place.

Notre discours terminé, Rory se lève d'un bond et monte à l'étage. Déjà sur son téléphone.

Jenna regarde toujours dans le vague.

— Ma puce ? dis-je en touchant sa main. Ça va aller ?

Elle se tourne vers moi.

— Alors tout ça, c'était une imposture. Le tueur est peut-être toujours là.

— On n'en sait rien pour l'instant, répond Millicent.

— Mais c'est possible.

— Oui, c'est possible, dis-je.

Une minute passe, puis une autre.

— OK, marmonne Jenna en retirant sa main de la mienne.

Elle ajoute en se levant :

— Je vais dans ma chambre.

— Comment tu te…

— Je vais bien.

Millicent et moi la regardons s'éloigner.

Je passe le reste de ma soirée sur Internet, à chercher où nous pourrions aller vivre. Je parcours des sites d'info comparant la météo, les écoles, le niveau de vie.

Étrange sentiment que celui de ne pas savoir ce que l'avenir nous réserve. Depuis que j'ai écrit la première lettre à Josh, je n'ai été surpris par aucune nouvelle en provenance des médias. Je connaissais le contenu des lettres et devinais l'analyse qu'en feraient les journalistes. La découverte du corps de Naomi n'était pas non plus une surprise. J'ignorais les détails du meurtre, mais je savais qu'ils le trouveraient.

La seule chose qui m'a déconcerté, c'étaient les coupures.

À présent, je suis en terrain inconnu, je ne sais plus à quoi m'attendre. Et je n'aime pas cette sensation.

Chapitre 52

Je regarde les nouvelles comme si j'étais étranger à tout ça. Un spectateur parmi tant d'autres. Je n'ai pas le pouvoir de changer le cours de cette affaire, mais je garde espoir. Chaque fois que j'allume la télévision, j'espère apprendre que la sœur d'Owen est une affabulatrice. Mais un soir, dehors sous le porche derrière la maison, je regarde le flash info de 23 heures, et Josh fait d'autres révélations.

Il est au studio de la chaîne, en costume et cravate, fraîchement rasé. C'est avec une assurance journalistique épatante qu'il déclare que Jennifer Riley rentre au pays. Elle veut laver le nom de son frère.

Une fois de plus, j'ai envie de jeter mon téléphone par terre, mais un grattement sur le côté de la maison attire mon attention. Je me lève pour aller voir.

Rory.

Il faut être mon fils pour recommencer à faire le mur alors qu'il s'est fait pincer la première fois.

Ou plutôt il faut être mon fils pour ne pas se faire surprendre à refaire le mur alors qu'il s'est fait pincer la première fois. Combien de fois l'ai-je encore laissé sortir en douce sans m'en apercevoir ?

Il me voit à l'instant où ses pieds touchent le sol. Rory partait, il n'était pas sur le chemin du retour.

—Oh, dit-il. Salut.

—On prend l'air ?

Haussement d'épaules dégagé, d'un air de ne rien admettre. Je l'invite :

— Viens t'asseoir.

Mais au lieu de rester sous le porche, nous nous éloignons au fond du jardin, sur le côté, où nous avons installé une table de pique-nique sous son parasol, entre le grand chêne et l'aire de jeux démantelée.

Rory me provoque :

— Tu n'as pas de leçon à me donner en termes d'escapades nocturnes.

Il y a quelque temps, lorsqu'on pensait Owen disparu à tout jamais, ce commentaire me serait passé par-dessus la tête. À ce moment-là, je voulais discuter avec mon fils de sa première petite amie. Mais ce soir, il me tape sur les nerfs.

Je lui désigne l'un des bancs et j'articule entre mes dents serrées :

— Pose ton cul.

Ce qu'il fait.

— Premièrement, reprends-je, au cas où tu ne l'aurais pas remarqué, ta sœur traverse une période compliquée. Je suppose que toi, son unique frère, tu n'as pas envie de lui rendre la chose plus difficile.

Il secoue la tête, alors je poursuis :

— Non, bien sûr. Je sais donc que tu n'iras pas lui raconter ta petite théorie selon laquelle je tromperais ta mère.

— Une théorie ?

Je le regarde longuement.

Nouveau signe de tête de mon fils, accompagné d'un :

— Non. Je ne dirai rien.

— Et je sais que tu ne me compareras pas à toi, le gamin qui file en douce au milieu de la nuit. Tu n'as même pas la moitié de mon âge. Tu es encore loin d'être un adulte. Et à ton âge, on reste dans sa chambre.

Rory opine.
—Alors ?
—Non. Je n'allais pas nous comparer.
—Je sais également que si je te demande pourquoi tu fais le mur, tu ne vas pas essayer de me faire croire une fois de plus que tu traînes avec Daniel. Parce que c'est faux. Pas vrai ?
—Oui.
—Tu vas voir Faith Hammond.
—Oui.
—Parfait. Je suis content qu'on ait mis les choses au clair.
Le portable de Rory vibre. Son regard alterne entre le téléphone et moi, mais il ne lit pas le texto.
—Réponds-lui, dis-je.
—Non, c'est bon.
—Ne la fais pas attendre.
Il regarde le message puis pianote tout en chassant de son front une mèche rebelle. Faith lui répond aussitôt, il renchérit. La conversation se poursuit, et j'attends qu'il repose le portable sur la table. Écran vers le ciel.
—Désolé, s'excuse-t-il.
Je soupire.
Je n'en veux pas à Rory. Ce n'est qu'un gamin qui vient de découvrir que les filles ne sont pas si nulles que ça, finalement. Avant, il les traitait de « fétides et odieuses créatures, laides par-dessus le marché ». Une citation tirée d'un livre qu'il avait lu, qui m'amusait beaucoup. Chaque fois, je me tournais vers Millicent et disais :
—Tu as voulu les emmener à la bibliothèque toutes les semaines, voilà le résultat.
Si nous nous trouvions dans la cuisine, elle me donnait un petit coup de torchon. Un jour, le tissu m'a fouetté si fort que j'en ai gardé la marque. À peine un mince trait rouge.

Rien de grave, mais Rory était médusé par le geste de sa mère. Mon absence de réaction, elle, n'a surpris personne.

Et aujourd'hui, il fait le mur pour retrouver une petite blonde prénommée Faith.

— Elle aussi quitte sa maison en pleine nuit ? Vous vous retrouvez ailleurs ?

— Parfois. Mais sinon, je grimpe dans sa chambre.

J'aimerais lui interdire de continuer ce manège, installer un cadenas à sa fenêtre, appeler les parents de Faith, lui dire qu'ils sont trop jeunes, que c'est dangereux. Owen est mort, un tueur se promène dans la nature.

C'est faux. Seulement, je dois faire comme si. Et puis, je dois feindre de ne pas me souvenir de ma première petite amie.

— Il faut arrêter. Tu as vu les infos. Vous ne pouvez pas traîner dehors la nuit, c'est trop risqué.

— Ouais, je sais, mais…

— Tu ne devrais pas sortir en douce, point final. Si je le répétais à ta mère, elle verrouillerait ta fenêtre et installerait des caméras tout autour de la maison.

Rory fronce les sourcils.

— Elle n'est pas au courant ?

— Si elle l'était, tu serais puni jusqu'au bac. Et ta copine aussi.

— D'accord. On arrête.

Je prends une profonde inspiration. La colère ne doit pas me rendre irresponsable.

— Et puisque tu as une copine, est-ce que vous vous proté…

— Papa, je sais acheter des capotes.

— Très bien, très bien. Écoute, tu lui écris le soir, et vous vous voyez la journée. D'accord ?

Il accepte d'un hochement bref et se lève prestement, comme craignant que je ne change d'avis.

— Autre chose, dis-je. Et réponds-moi franchement.

— D'accord.

— Tu te drogues ?

— Non.

— Tu ne fumes pas d'herbe ?

Avec un signe négatif, il atteste :

— Je te jure que non.

Je le libère. Dans l'immédiat, je n'ai pas le temps de m'assurer qu'il dit bien la vérité.

Quand je ne regarde pas les informations, je suis tourmenté par l'idée qu'on ait pu laisser des traces derrière nous. Je repense aux pistes qui risqueraient de remonter jusqu'à nous, aux recherches médico-légales qu'on voit dans les films. L'ADN, les preuves oubliées, les fibres textiles, je me dresse la liste comme si elle avait du sens, alors qu'elle n'en a aucun. Une chose est sûre : rien ne peut mener jusqu'à moi. Quels que soient les indices qu'ils retrouveront, ils conduiront à Millicent.

La première fois que je vois la sœur d'Owen, c'est à la télévision. À sa grande époque meurtrière, Owen avait la trentaine passée. Aujourd'hui, il aurait environ cinquante ans. Jennifer paraît plus jeune, peut-être quarante-cinq ans. Elle a les mêmes yeux bleus, mais ses cheveux sont d'un blond plus sale. Sa maigreur fait ressortir ses clavicules, ainsi que les veines de son cou. On prétend que la caméra nous grossit toujours de quatre kilos. Si c'est vrai, Jennifer doit vraiment être rachitique.

Au club-house, elle occupe tous les écrans, scrutés par les clients de la pause-déjeuner qui s'attardent pour une autre tournée de cocktails afin de suivre la conférence de presse. C'est la première fois que la sœur d'Owen apparaît en public.

Elle est encadrée par le commissaire de police et le médecin légiste. L'un a toujours ses cheveux, l'autre non, mais tous les deux ont de l'embonpoint.

Jennifer explique qu'elle est la sœur d'Owen Oliver Riley et que nous faisons fausse route au sujet des meurtres.

— Je peux vous prouver qu'Owen n'a tué personne ces cinq dernières années. J'ai fait le voyage jusqu'ici afin de m'assurer que vous compreniez bien que mon frère est mort.

Elle brandit un document qu'elle présente comme le certificat de décès d'Owen, signé par un médecin légiste britannique et tamponné du sceau officiel. Elle répète ce mot :

— Mort.

Vient ensuite l'intervention du commissaire. Son équipe de police ne pouvait céder à la tentation de focaliser ses recherches sur Owen, n'a-t-il de cesse de répéter, mais ils ont été induits en erreur. Il confirme également la déclaration de Jennifer.

— Mort.

À présent, c'est limpide. Nous la croyons. Owen est mort, et la police passera les preuves en revue au cas où un détail leur aurait échappé.

Mais d'abord, Jennifer a quelque chose à ajouter.

— Je suis désolée pour les familles des victimes. Désolée qu'on ait perdu tout ce temps à courir après mon frère, au lieu de chercher le véritable coupable. Une vieille amie m'a contactée pour m'informer de ce qui se passait à Woodview. Lorsqu'elle m'a suppliée de revenir, j'ai su que c'était la meilleure chose à faire.

Jennifer désigne la personne qui se tient derrière elle. Le médecin légiste esquisse un pas de côté pour révéler l'amie en question aux caméras.

Mon sang ne fait qu'un tour.

La femme qui a appelé Jennifer Riley est rondelette et blonde, son sourire illumine l'écran.

Denise. La serveuse de *Chez Joe.*

Chapitre 53

Le traqueur GPS est posé sur le tableau de bord de ma voiture. Je le tourne, le retourne, ne cesse de le tripoter. Je l'agite pour faire écho à mon cerveau en ébullition depuis que la serveuse de *Chez Joe*, la nouvelle adresse préférée de Millicent pour ses pauses-déjeuner, est apparue à la télévision.

Denise. La femme qui nous a servis, Jenna et moi.

C'est une coïncidence. Il n'y a pas d'autre explication. La mort d'Owen ne nous aide pas, Millicent et moi. Bien au contraire.

Si *Chez Joe* était un restaurant bio, s'ils servaient du bœuf provenant de vaches élevées allégrement dans de verts pâturages, je pourrais croire à un hasard. Seulement, le terme « bio » semble exclu du vocabulaire de *Chez Joe*.

J'aimerais pouvoir questionner Millicent au sujet de son goût soudain pour les sandwichs bon marché de ce traiteur, mais je ne peux pas. Je détiens cette information uniquement parce que j'ai espionné ma femme.

Chose que je n'avais jamais faite auparavant. J'y avais songé sans jamais oser franchir le pas. Pas même à l'époque où Millicent travaillait avec un homme qui l'appréciait beaucoup plus qu'un simple collègue. Quand j'ai rencontré ce type, ça m'a sauté aux yeux. Cooper. L'ancien membre d'une fraternité étudiante qui ne s'est jamais marié et ne se mariera jamais. Il voulait coucher avec Millicent.

C'est lui qui a accompagné ma femme à cette conférence à Miami, le week-end où Crystal m'a embrassé.

J'étais convaincu que Cooper en avait fait autant avec Millicent.

À leur retour, ce doute m'a presque poussé à les espionner. Je ne l'ai pas fait. En tout cas, je n'ai pas espionné Millicent. Lui, en revanche, je l'ai observé assez longtemps pour m'apercevoir qu'il voulait coucher avec toutes les femmes. Pas seulement la mienne.

Et à ma connaissance, ils n'ont pas couché ensemble.

Maintenant que j'ai suivi ma femme, je prends conscience des complications que ça engendre. Je ne peux rien faire des informations que je collecte. Le traceur est posé sur mon tableau de bord, je suis garé sur le parking du club, les yeux rivés à ce gadget. Plus on traque, plus on a envie de traquer. Si j'avais su que ça m'entraînerait dans ce cercle vicieux, je ne me serais jamais lancé.

Tandis que je scrute mon mouchard, Millicent m'envoie un message.

Soupe phô au poulet pour le dîner ?

Bonne idée

J'attends la suite, un texto qui dirait « rencard » ou ferait référence aux dernières nouvelles, mais mon écran reste noir.

À mon retour à la maison, la voiture de Millicent est déjà dans le garage. J'hésite à remettre le traqueur en place, mais je ne le fais pas.

Elle est dans la cuisine, occupée à préparer la soupe. Je commence à l'aider, je coupe les légumes pendant qu'elle jette des morceaux d'oignon et du gingembre dans le bouillon.

Je ne vois pas les enfants.

— En haut, m'indique-t-elle avant que je ne pose la question. Ils font leurs devoirs.

— Tu as vu les infos ?

Elle fait la moue et dit :

— Il est bien mort.

— Ma foi, ils ne l'ont répété que cent fois.

La plaisanterie me fait sourire. Pas elle. On ne peut rien y changer, Owen est mort.

Nous laissons le silence s'installer en préparant le repas, et je cherche un moyen d'évoquer le sujet de Denise, mais les enfants arrivent.

Je leur rebats les oreilles du fait qu'ils ne devraient pas prêter attention à ce que racontent les médias.

— Il ne vous arrivera rien.

C'est l'exact opposé du discours que j'ai tenu à Rory l'autre soir, lorsque je lui disais de ne pas sortir la nuit parce que c'était trop dangereux. Mais Rory ne frappe pas d'autres gamins à coups de pierre. Jenna, oui.

Il fait toutefois le parallèle et lève les yeux au ciel. Nous avons très peu échangé depuis notre conversation nocturne dans le jardin. J'ignore s'il est en colère parce qu'il s'est fait prendre ou parce que je lui ai demandé s'il se droguait. Un peu des deux, j'imagine.

Le sujet d'Owen tari, nous parlons de samedi. Rory jouera au golf. Jenna a un match de foot, et c'est au tour de Millicent de l'y amener. Moi, je travaille. Nous nous retrouverons tous à midi.

Il n'est plus question d'Owen avant le soir, quand le repas est terminé, la vaisselle rangée et les enfants partis se coucher. Millicent est dans la salle de bains. En l'attendant, je regarde les informations. Elle ressort avec l'un de mes tee-shirts du club et un pantalon de sport, le visage luisant de sa crème de nuit. Elle se frotte les mains pour chasser l'excédent tout en regardant la télévision.

Josh se trouve devant l'hôtel *Lancaster* où séjourne Jennifer Riley. Il introduit la conférence de presse avant d'en montrer un extrait.

— Je n'ai pas vu cette vidéo, dit-elle.

— Ah bon ?

— Non, j'ai seulement lu l'article en ligne.

J'augmente le volume. On nous dévoile des bribes de la conférence de presse, et notamment les nombreuses occurrences du terme « mort ». Personne n'a décrit Owen comme étant « décédé », pas même sa sœur.

À l'apparition de Denise, j'observe la réaction de Millicent. Elle penche la tête sur le côté.

J'attends.

Quand l'extrait s'achève, elle dit :

— Bizarre.

— Qu'est-ce qui est bizarre ?

— Je la connais. C'est une cliente.

— Vraiment ?

— Elle tient un traiteur qui marche plutôt bien en ville. Elle cherche une maison.

Millicent retourne dans la salle de bains et, intérieurement, je pousse un soupir de soulagement.

Denise est une cliente. Je n'aurais jamais imaginé qu'elle puisse avoir assez d'argent pour s'acheter une maison. En tout cas, pas celles que vend Millicent. Et pourtant, si.

Que je suis bête.

J'ai beau avoir conscience que tout ceci n'est qu'une étrange coïncidence, entièrement due à ma petite enquête personnelle, notre problème n'est pas réglé. Il a empiré. Owen est mort, et la police recherche désormais le véritable tueur.

Le commissaire nous apprend qu'un nouvel inspecteur a été nommé en charge de l'affaire. Il vient du commissariat d'une autre circonscription et portera sur le dossier un regard neuf. Moi aussi, j'aurais dû porter un regard neuf sur Denise.

Quand Millicent ressort de la salle de bains, la télévision et les lumières sont éteintes. Elle se glisse sous les draps, et je me tourne vers elle dans le noir.

— Je n'ai pas envie de déménager, me dit-elle.

— Je sais.

Sa main se glisse dans la mienne.

— Je m'inquiète.

— Pour Jenna ? Ou pour la police ?

— Les deux.

— Et si on partait ?

— Mais je viens de te dire…

— En vacances seulement.

Un silence. Je dresse mentalement la liste de toutes les raisons qui nous en empêchent. Les enfants manqueraient des cours. Nous n'avons pas d'argent de côté. Elle attend la conclusion de plusieurs ventes. Je ne devrais pas annuler d'autres leçons de tennis. Millicent fait probablement la même liste de son côté.

— J'y réfléchirai, murmure-t-elle. Voyons comment les choses évoluent.

— D'accord.

— Bien.

— Ta soupe au poulet était délicieuse.

— Que tu es bête.

— Si on ne part pas en vacances ces jours-ci, on devrait le faire dans un avenir proche, quand tout ça sera terminé.

— Oui, on le fera.

— Promets-le-moi.

— Je te le promets, dit-elle dans un souffle. Maintenant, dors.

Chapitre 54

Le nouvel inspecteur est une inspectrice. Elle s'appelle Claire Wellington, un nom qui évoque l'époque du *Mayflower*, quoique son allure soit loin d'être florale. Enfin, libre à elle.

Claire renvoie une image austère avec ses cheveux bruns coupés court, sa peau pâle et son rouge à lèvres foncé. Elle porte un tailleur au pantalon sobre, bleu marine, et n'ébauche pas l'ombre d'un sourire. À force de la voir à l'écran, je remarque tous ces détails. Sa vision du travail de détective consiste à demander l'aide du public.

— *Je sais qu'il y en a parmi vous qui ont vu quelque chose, même s'ils n'en sont pas encore conscients. C'était peut-être le soir de la disparition de Naomi. Tout le monde était sur ses gardes ce vendredi-là, tout le monde savait qu'il allait se produire un drame. Ou était-ce lorsque le corps de Naomi George a été abandonné dans la benne de l'hôtel* Lancaster *? S'il vous plaît, réfléchissez à ce soir-là, à ce que vous faisiez, avec qui vous étiez et ce que vous avez vu. Vous pourriez être un témoin précieux qui s'ignore.*

Un site web a été créé pour recueillir les informations. Les témoins peuvent garder l'anonymat s'ils le souhaitent, et une ligne téléphonique a été ouverte pour tout renseignement concernant Lindsay ou Naomi.

Je n'aime pas ce nouveau rebondissement. Cette tournée médiatique de Claire pourrait bien faire resurgir des témoignages gênants. Josh annonce déjà que la police travaille sur des dizaines de nouvelles pistes.

— *Les autorités font également usage d'un programme informatique dernier cri développé à l'université de Sarasota dont les étudiants ont paramétré un algorithme capable de trier les mots et phrases-clés utilisés de façon récurrente. Ils sont ensuite classés par ordre de pertinence.*

Autant d'avancées survenues depuis l'arrivée de Claire. C'était déjà assez pénible de la voir à la télévision à longueur de journée. À présent, je dois en plus endurer les louanges sur son travail efficace et novateur. Même chez moi, on ne peut y échapper. Millicent tient à ce que nous ne regardions plus la télévision le soir, car Claire a toujours un mot à glisser pendant les pages de publicités. Les chaînes locales se mettent à diffuser les résultats obtenus sur les mots-clés dans les médias.

Pour remplacer la télévision, nous jouons à des jeux de société. Millicent a retrouvé un jeu de cartes et des jetons, et nous enseignons à nos enfants les règles du poker. C'est toujours mieux que les interventions de Claire.

Rory sait déjà jouer. Il a une application de poker sur son téléphone.

Jenna comprend vite, comme à son habitude. Et pour bluffer, elle n'a pas son pareil. Elle est encore plus douée que sa mère pour cacher ses émotions.

Moi, j'en suis incapable. Je perds systématiquement.

Tout en jouant, Rory nous informe qu'une assemblée est prévue au collège le lendemain. Millicent fronce les sourcils, puis reprend un air détendu. Elle essaie de moins froncer à cause des rides.

— On ne m'a pas prévenue, s'étonne-t-elle.

— La police rend visite à notre collège, explique Jenna.

— La meuf de la télé, précise Rory.

Millicent fronce de plus belle.

— Qu'est-ce que l'inspectrice vient faire dans votre établissement ? dis-je.

Rory hausse les épaules.

— Elle veut sûrement nous demander si on a vu quelque chose. Le même baratin que celui qu'elle sert aux journalistes. Daniel m'a dit qu'elle passait dans toutes les écoles.

Jenna confirme d'un hochement de tête.

— Elle m'énerve, reprend Rory. Mais au moins, ça nous fera un cours qui saute.

Il fait mine de ne pas remarquer le regard noir de sa mère et retourne à son jeu de cartes.

— Moi, je l'aime bien, proteste Jenna.

— L'inspectrice ?

Elle me fait signe que oui.

— Elle a l'air forte. Comme si elle allait vraiment réussir à l'arrêter.

— Là-dessus, je te rejoins, reconnaît son frère. On dirait que résoudre cette affaire l'obsède.

Finalement, il est assez logique que la personne susceptible de nous retrouver soit celle qui parvient à rassurer Jenna. J'admets :

— Tout le monde a confiance en elle.

— J'espère que je pourrai lui parler, déclare ma fille.

— Elle doit être occupée.

— C'est sûr. Mais bon, on sait jamais.

Au collège, les assemblées ne sont pas tenues dans le gymnase. Ils ont une salle de conférences dédiée, portant le nom du généreux donateur qui a permis sa construction. À mon arrivée, les gradins sont remplis d'élèves, de membres du personnel et de parents. Toutes les apparitions télévisées de Claire l'élèvent quasiment au rang de star.

Elle est plus grande que je le croyais, et même dans une salle comble, je la trouve intimidante. Claire n'est pas là pour parler d'elle, de son parcours ni de ses expériences. Elle commence par assurer aux enfants qu'ils sont en sécurité.

— Le tueur n'est pas une menace pour vous. Il s'intéresse aux femmes plus âgées. Il est très probable que vous ne croiserez jamais la route de la personne qui a tué Naomi et Lindsay.

Jenna est avec ses copines à droite de la scène. Même assise au fond, je la vois se pencher en avant pour mieux voir, mieux entendre.

Rory est au milieu, avec sa petite amie, et je ne saurais dire s'il s'intéresse ou non à ce qui se passe sur la scène.

— Et même si vous veniez à croiser la route de ce tueur, vous n'en sauriez rien. Vous avez peut-être remarqué quelque chose, un détail insignifiant pour vous. Le moindre élément sortant de l'ordinaire peut avoir son importance.

Elle répète le discours qu'elle a tenu devant les caméras, mais en s'exprimant par des phrases plus courtes et avec moins d'emphase. Elle termine sur sa disponibilité après son intervention pour quiconque aimerait s'entretenir avec elle. C'est ce pour quoi je suis venu. D'abord, pour m'assurer que Jenna parviendra à échanger deux mots avec l'inspectrice. Et ensuite pour la rencontrer moi-même.

Devant ses copines, Jenna évite soigneusement de me faire un câlin. Ensemble, nous faisons la queue pour parler à Claire. Une file s'est improvisée devant elle, et quand vient notre tour, je me présente. Nous mesurons à peu près la même taille. À la télévision, ses yeux paraissaient marron. De près, ils ont des reflets dorés.

— Voici ma fille, Jenna.

Au lieu de s'enquérir sur son âge ou sa classe, Claire lui demande si elle aimerait devenir inspectrice.

— J'adorerais ça ! s'exclame Jenna.

— Dans ce cas, la première chose à faire, c'est de comprendre que tout compte. Même les petits détails insignifiants.

Jenna opine. Ses yeux pétillent comme jamais.

— Je m'en sens capable.

— Votre fille fera une excellente enquêtrice.

— Elle l'est déjà, à mon sens.

Nous échangeons un sourire.

Elle passe à la personne suivante, nous tournant le dos.

Jenna ne tient plus en place.

— Tu crois vraiment que je pourrais devenir inspectrice ?

— Tu deviendras qui tu veux.

D'un coup, elle s'immobilise.

— Papa. On croirait entendre une pub.

— Désolé, mais c'est la vérité. Et je pense que tu ferais une excellente inspectrice.

Sur un soupir, Jenna se tourne vers ses copines qui lui font signe. Elle m'esquive lorsque je tente de lui faire un câlin.

— Je dois y aller.

Je la regarde filer vers ses amies, qui réagissent à la nouvelle avec bien plus d'enthousiasme que moi.

Échec de papa nº 79 402, et elle n'a que treize ans.

Je suis reconnaissant envers Claire de vouloir donner aux enfants un sentiment de sécurité. Je n'avais pas vu ma fille aussi heureuse depuis un certain temps, et c'est grâce à elle.

Pour autant, je n'aime pas cette femme. D'ailleurs, à présent que je l'ai rencontrée, je dirais même que je la déteste.

Chapitre 55

J'allais mener ma petite enquête sur notre nouvelle inspectrice, mais Jenna me coupe l'herbe sous le pied. Au dîner, elle nous sert la biographie de Claire Wellington, d'après les informations disséminées sur la toile. Née à Chicago, des études effectuées à New York, un premier poste au NYPD. Elle a ensuite emménagé dans le Midwest où elle est devenue inspectrice à la brigade des stupéfiants. Puis Claire a quitté les bourgades pour la vie citadine où elle a accédé au rang d'inspectrice au sein d'une brigade criminelle. Elle faisait partie de l'équipe en charge d'enquêter sur les meurtres de River Park. Ils ont arrêté le tueur à peine deux mois après l'arrivée de Claire.

Peu à peu, elle s'est imposée comme une référence parmi les inspecteurs de la criminelle. Son pourcentage de résolution d'affaires est de cinq pour cent supérieur à la moyenne de ses collègues.

Bref, elle est aussi épatante qu'elle en a l'air.

Les enfants et moi ne sommes pas les seuls à l'avoir rencontrée. Millicent a également eu affaire à elle. Claire cherchait une location, l'hôtel étant trop cher pour les budgets de la police. Elle a donc appelé l'agence immobilière Abbott pour trouver un logement. Un endroit modeste et meublé avec un loyer mensualisé. Millicent ne gère pas les locations, mais elle travaillait au bureau lorsque Claire est passée.

Tôt dans la matinée du dimanche, alors que nous sommes seuls dans la cuisine pendant que les enfants dorment encore, je demande à Millicent ce qu'elle pense de Claire Wellington.

— Elle est très grande.

— Et intelligente, renchéris-je.

— Pas nous ?

Nous échangeons un sourire.

Millicent revient d'un footing. Elle est devant l'évier dans sa tenue de sport moulante, et je me rince l'œil allégrement. Surprenant mon regard, elle hausse un sourcil.

— Tu veux retourner te coucher ? je lui demande.

— Pourquoi ? Tu veux me faire une démonstration de ton intelligence ?

— Oui.

— Il faut d'abord que je prenne une douche.

— Je peux t'accompagner ?

La réponse est positive.

Nous commençons sous le jet d'eau et poursuivons au lit. Notre étreinte est plus tendre et familière que passionnée et furtive. Ce n'est pas plus mal.

Quand Rory se lève, nous sommes toujours au lit. Je le reconnais au claquement de sa porte et à ses pas lourds dans l'escalier. Un instant plus tard, Jenna suit le même chemin : salle de bains, cuisine, mais avec plus de grâce.

Millicent est blottie contre moi. Nue, la peau encore chaude.

— La cafetière est restée allumée, s'aperçoit-elle. Ils vont se demander où on est passés.

— Et alors ?

Je n'ai aucune intention de quitter ce lit tant que je n'y serai pas contraint et forcé. Je m'étire et ferme les yeux.

La télévision est allumée, le volume à fond. Les enfants doivent se réjouir d'avoir le rez-de-chaussée pour eux tout seuls. D'habitude, on ne regarde pas la télévision le dimanche matin. C'est donc jour de fête. Ils alternent entre des dessins animés et un film d'action.

— Je parie qu'ils mangent des céréales, dit Millicent.

— On en a ?

— Des bio. Sans sucre.

— On a du lait ?

— De soja.

J'évite de m'exclamer « beurk », ce serait malvenu, mais ce n'est pas l'envie qui me manque.

— Dans ce cas, ils ont le droit.

— Oui, je suppose.

Elle se love plus près de moi.

Voilà à quoi ressemblait la vie avant Holly. Les jours s'écoulaient plus tranquillement, moins frénétiques, sans grande exaltation.

Ils se fondaient les uns dans les autres, ponctués de temps à autre par des événements importants. Notre première maison était minuscule, et pourtant elle nous paraissait immense, jusqu'à ce qu'elle devienne trop petite pour nous tous. Ensuite, il y a eu le premier gros contrat de Millicent, le premier jour de rentrée de Jenna, notre nouvelle maison, bien plus grande, et le prêt qui l'accompagnait. La coupure de papier sur la main de Rory.

À quatre ans, Jenna a eu un rhume qui s'est transformé en bronchite. Elle dormait à peine une heure avant qu'une quinte de toux ne la réveille. Nous avons passé trois nuits dans sa chambre, moi par terre et Millicent dans le petit lit de Jenna. Finalement, notre fille a mieux dormi que nous deux réunis.

J'ai appris à Rory à faire du vélo. Il a du mal à l'assumer, mais il a gardé les roulettes très longtemps. L'équilibre, ce n'était pas son truc. Ce n'est toujours pas le cas, d'ailleurs.

Rien de tout cela n'était bien excitant. C'était la routine, une somme de responsabilités, un sourire occasionnel et, parfois, un éclat de rire. Des moments de bonheur suivis de longues périodes monotones.

Aujourd'hui, je donnerais cher pour retrouver cette routine. J'ai eu ma dose d'exaltation. Ce n'est plus ce à quoi j'aspire.

— Attends, murmure Millicent en se redressant sous la couette, ses cheveux roux en bataille. Tu entends ?

En bas, la musique annonce un flash info coupé au milieu. Les enfants préfèrent changer de chaîne pour un dessin animé.

Je prends un air las.

— Des nouvelles, il y en a toutes les cinq minutes.

J'attire Millicent dans mes bras. Pour que je quitte ce lit, il faudrait que la police enfonce notre porte.

— Une célébrité a dû se faire arrêter.

— Ou bien une star est morte.

— Ou alors ils ont découvert qu'un homme politique avait une maîtresse.

— Ça ne justifierait pas un flash spécial, juge-t-elle.

Je m'enfouis plus encore sous les draps avec un éclat de rire.

Personnellement, j'espère qu'ils ont trouvé un coupable pour les meurtres. Ce ne serait pas le tueur de Naomi et Lindsay, mais ce serait quelqu'un de mauvais, qui mériterait d'être emprisonné avant de refaire du mal à quiconque. J'imagine ce coupable débraillé, un homme négligé au regard de dément.

— Bon, ça suffit, décide Millicent. Je me lève.

Elle rejette les couvertures d'un geste sec, un peu comme on retire un pansement. Et ça marche. Sans elle, le lit me paraît soudain moins douillet.

Elle enfile une robe de chambre et disparaît dans l'escalier. Je passe d'abord par la douche.

Quand je descends, les enfants sont sur le canapé devant une série de science-fiction pour adolescents. Leurs bols de céréales vides traînent encore sur la table basse. Tiens, surprenant. Millicent ne les a pas encore débarrassés. Elle est dans la cuisine, près de la cafetière. Sa tasse est renversée, le café coule sur le comptoir et goutte sur le sol, mais elle n'y prête aucune attention. Son regard est braqué sur le petit téléviseur installé dans la cuisine.

Josh est à l'écran devant un paysage verdoyant, à la végétation si dense que je peine à distinguer le bâtiment derrière lui. Seul un clocher dépasse de la cime des arbres. Je ne connais pas cet endroit et ne saurais le situer. Le panneau de bois devant l'église est ravagé par le temps. La bouche de Josh bouge, mais aucun son n'en sort. Le volume est trop bas.

Inutile de l'entendre. La nouvelle est en gros titres rouges en bas de l'écran.

MAISON DE DIEU OU MUSÉE DES HORREURS ?
UN CACHOT DÉCOUVERT SOUS UNE ÉGLISE
À L'ABANDON

Chapitre 56

Pendant une seconde, j'ai cru que Millicent était bouleversée par l'horreur de ces faits choquants, bien loin de nous. Enfin, c'est ce que j'aurais aimé croire.

En réalité, j'ai vite compris que c'était elle. C'est dans cette église qu'elle a emmené Lindsay et Naomi.

— Une église ?

Nous sommes remontés dans la chambre. L'ambiance a radicalement changé. Il n'y a rien de sexy dans un cachot dissimulé sous une église.

Notre famille ne va jamais à la messe. Millicent a reçu une éducation agnostique ; la mienne était catholique, mais a rapidement périclité. Nous ne nous rendons dans les églises que pour des mariages, des enterrements ou des ventes de gâteaux. Moi-même, je dois admettre que Millicent aurait difficilement pu choisir un lieu plus dérangeant. Sur l'échelle de l'horreur, l'église se situe juste avant l'école maternelle.

Millicent a dépassé sa stupeur et ses craintes initiales. Elle est à présent sur la défensive.

— Il fallait bien trouver un endroit. Un lieu qu'ils ne fouilleraient pas.

— Baisse d'un ton.

Les enfants regardent la télévision en bas, mais je crains tout de même qu'ils ne nous entendent.

— On n'a pas trouvé les filles, que je sache. Pas de leur vivant.

— Non. Personne n'a repéré cette église avant l'arrivée de Claire.

D'après Josh, on aurait découvert ce lieu de culte grâce à une déposition. Un témoin aurait aperçu une voiture sur l'ancien parking à présent recouvert de broussailles.

Millicent a les poings sur les hanches, toujours en robe de chambre.

Derrière elle, la télé de notre chambre est allumée. Les journalistes ont l'interdiction d'entrer, et aucune photo n'a encore été diffusée, Josh ne peut donc que répéter ce que ses sources lui ont communiqué.

— *Une scène abominable… des chaînes attachées aux murs… des menottes en métal couvertes de sang… a touché aux larmes les policiers jusqu'aux plus chevronnés… digne d'un film d'horreur.*

D'un geste vague, Millicent chasse ces inepties.

— Elles n'étaient pas couvertes de sang. Cette pièce n'est pas un cachot, c'est un sous-sol. Cette église date du siècle dernier, qui sait ce qui a pu se passer là-dedans ?

— Mais tu as tout nettoyé ?

Elle plisse les yeux.

— Tu es sérieux ?

En guise de réponse, je lève les bras au ciel.

Millicent s'approche, le visage plus près du mien que lorsque nous étions sous la couette, mais cette fois sans la moindre trace de tendresse.

— Je te défends de me critiquer. Ce n'est pas le moment.

— Je ne…

— Si. Et tu vas arrêter tout de suite.

Sa robe de chambre virevolte quand elle me tourne le dos pour disparaître dans la salle de bains.

Je peux concevoir sa colère. Elle est fâchée qu'on ait retrouvé l'église, fâchée que je la remette en question.

Mais moi, je n'aurais pas laissé la moindre goutte de sang dans cette cave. J'aurais aspergé le sol d'ammoniaque ou de javel, de n'importe quel produit détergent pour me débarrasser de la moindre trace d'ADN. Avec peut-être une cigarette allumée pour tout brûler et faire croire à un accident.

Mais je n'ai jamais eu l'occasion de le faire, puisque je n'étais pas au courant pour l'église. Je n'avais pas la force de vouloir savoir.

Millicent décrète que nous devrions tous aller au cinéma cet après-midi. Compte tenu des circonstances, l'idée me paraît absurde, mais c'est toujours mieux que de passer la journée à regarder les informations. Oui, nous ferions bien de quitter la maison. De nous changer les idées. De nous éloigner de Josh. Je me répète ces phrases tout en m'habillant, cherchant à chasser toute pensée en rapport avec une église et son caveau. Ça fonctionne presque.

— Je me sens barbouillé.

Pour illustrer mon propos, je me tiens le ventre.

Millicent me lance son fameux regard.

— Un peu de pop-corn pourrait arranger tout ça.

— Non, non. Allez-y, amusez-vous.

Ils partent sans moi.

Je ne rallume pas la télévision. Je me rends directement à l'église.

Les images sur un écran ne me suffisent pas. Je veux voir par moi-même cet endroit où Millicent a maintenu en vie Lindsay et Naomi.

L'édifice est au bout d'une route déserte, au milieu de nulle part. On ne croise sur ce chemin qu'un bar condamné par des planches, une ancienne station-service décrépite et un ranch abandonné au fond d'une voie privée. Voilà pourquoi je n'ai jamais remarqué d'activité près de cette église sur le GPS. Le ranch est à vendre, son adresse est apparue plusieurs fois sur le traqueur. Millicent pouvait en sortir par la porte arrière et se rendre à l'église en quelques minutes de marche. Personne ne pouvait l'apercevoir depuis la route.

La zone est bondée de voitures, de camionnettes de chaînes télévisées et de badauds. J'enfile une veste et une casquette, et je me mêle à la foule.

Les journalistes sont déployés devant l'entrée de l'église, le clocher s'élevant au-dessus de leurs têtes. Ils s'amassent contre les rubans jaunes gardés par des policiers en uniforme. Certains sont encore joufflus, d'autres approchent de la retraite.

Je n'ai jamais été aussi proche de Josh, je ne l'avais vu qu'à l'écran. Il est plus petit et plus mince que je ne l'aurais cru.

Une femme plus âgée, à l'épaisse chevelure blanche et aux yeux jaunis, se tient à côté de moi, son regard alterne entre trois journalistes.

— Excusez-moi, lui dis-je. Savez-vous s'ils ont du nouveau ?

— Du nouveau depuis quand ? me demande-t-elle avec la voix râpeuse d'une fumeuse de longue date.

— Une demi-heure environ.

— Non, vous n'avez rien manqué.

Derrière un épais bosquet, on devine le sommet d'un barnum, ce genre de tente qu'on monte pour les mariages ou les fêtes d'anniversaire.

— Qu'est-ce que c'est ?

— La police installe son campement. Ils l'appellent leur « camp de base ».

— L'inspectrice est là-bas, intervient un homme dans mon dos.

Massif, il me dépasse de dix centimètres en hauteur et d'une bonne trentaine de centimètres en largeur.

— Ils veulent être sûrs, déclare-t-il.

— Sûrs de quoi ?

— Sûrs qu'il n'y a eu que deux victimes. Et pas d'autres.

— Seigneur ! s'exclame la femme.

Évidemment, il y a eu Holly et Robin, mais aucune n'a été séquestrée dans ce sous-sol.

Pas à ma connaissance, en tout cas.

Une lumière vive s'allume, Josh est en direct. Une fois de plus, il cite ses sources sans préciser de noms.

On lui a donné de nouvelles informations concernant la pièce enterrée sous l'église. Les enquêteurs auraient trouvé quelque chose. Sur le mur, caché dans un coin, une victime retenue prisonnière aurait tenté de laisser un message.

Chapitre 57

Pendant une seconde, j'ai presque envie d'aller demander à Josh s'il en sait davantage. Nous ne nous sommes jamais adressé la parole, je n'ai jamais communiqué avec lui en dehors des lettres, mais cette rumeur au sujet d'une inscription cachée n'est pas loin de me faire paniquer.

Avant de faire une bêtise, comme ça m'est si souvent arrivé, je prends un moment pour réfléchir. J'ai besoin d'un peu de recul pour évaluer correctement la situation. Et j'en viens à la conclusion suivante : c'est absurde. Tout cela est absurde.

Les sources de Josh se trompent forcément. Si la police a découvert ce message en moins d'un jour, il n'a pas pu échapper à Millicent. Elle n'a peut-être pas remarqué que son fils sortait en douce la nuit, mais elle repérerait un grain de poussière à l'autre bout de la maison. Elle n'a pas pu laisser passer une inscription sur un mur.

Et puis, quel genre de message Lindsay ou Naomi auraient-elles voulu transmettre ? « À l'aide » ? « Je suis enfermée » ?

Millicent n'a sûrement pas couru le risque de révéler son vrai nom. En général, un ravisseur prend les dispositions nécessaires pour éviter que les victimes connaissent son identité.

L'inscription cachée est forcément un mensonge, une idée de Claire pour nous inciter à commettre une erreur.

À la télévision, la police ment, tout le monde le sait. Ça suffit, je rentre chez moi. Je dois parler à Millicent.

Il n'y a personne à la maison. J'allume la télévision et je zappe d'une chaîne d'informations à une autre. Josh évoque toujours ce fameux message, mais sans donner davantage de précisions. Sur une autre chaîne, ses déclarations sont relayées. Sur une troisième, on retrace l'histoire de l'église.

L'Église évangélique du Pain de vie est partie d'une simple famille pour finalement rassembler une cinquantaine de fidèles. Sur de vieilles photographies, on voit un groupe de gens aux visages sévères et fatigués, les vêtements en lambeaux. Plus tard, le groupe semble avoir prospéré ; les fidèles ont meilleure mine, certains esquissent même un sourire. Ils ont connu leur apogée dans les années 1950 et ont décliné jusqu'à leur dissolution dans les années 1980. Le bâtiment serait à l'abandon depuis plus de vingt ans. Aujourd'hui, c'est dimanche, et le département d'urbanisme est fermé ; nous n'aurons donc pas accès aux plans de la ville avant lundi. En attendant, les historiens supposent que le caveau date de la construction originelle de l'édifice. Sa fonction première était sans doute de conserver des denrées au frais.

Je change de chaîne en attendant du nouveau. Il est un peu plus de 17 heures lorsque Millicent et les enfants rentrent à la maison. Après le cinéma, ils ont passé l'après-midi au centre commercial, où Jenna s'est acheté de nouvelles chaussures et Rory un sweat à capuche. Les enfants filent dans leur chambre, nous laissant seuls tous les deux.

— Tu te sens mieux ? me demande ma femme.

Je crois déceler une pointe de sarcasme.

— Pas vraiment, non.

Elle lève un sourcil.

La télévision est éteinte. J'ignore si elle est au courant des derniers rebondissements.

— Ils parlent d'un message, lui dis-je.

— Un quoi ?

Millicent va dans la cuisine commencer à préparer le dîner. Je lui emboîte le pas.

— Une inscription sur le mur. Laissée par une personne séquestrée.

— Impossible.

Je la regarde trier une salade verte.

— Oui, c'est ce que je me suis dit.

— Tiens, occupe-toi de ça, me somme-t-elle en poussant le saladier dans ma direction. Je pensais faire des croque-monsieur au thon.

— Je déteste le thon.

— Sous toutes ses formes ?

— Presque.

Derrière moi, la porte du frigo heurte le mur. Millicent ne dit rien, mais sa colère est palpable.

La porte se referme sur un claquement sec.

— Bon. Dans ce cas, on peut faire un gratin d'aubergines, propose-t-elle.

— Parfait.

Nous œuvrons à quatre mains ; elle pèle les aubergines, et je râpe le fromage. Une fois le plat au four, Millicent se tourne vers moi. Les cernes sous ses yeux ont rarement été aussi profonds.

— Pardon pour tout à l'heure, soupire-t-elle.

— Ce n'est rien. On est tous les deux à cran avec cette histoire d'église, Claire, tout ça.

— Tu as peur ?

— Non.

— Tu en es sûr ?

Mon sang-froid semble la surprendre.

— Et toi ?

— Non, me répond-elle.

— Dans ce cas, tout va bien. Pas vrai ?

Elle passe une main dans mon cou.

— Oui, très bien.

On y croirait presque.

Je monte souhaiter bonne nuit aux enfants. La lumière de la chambre de Rory est éteinte, mais il ne dort pas encore, absorbé par son téléphone.

Il me devance :

— Oui, j'écris à Faith. Et à Daniel. Et je joue à un jeu en même temps.

— Ça se passe bien, tout ça ?

Il abaisse son portable pour me lancer ce regard. Le même que Millicent.

— Et je ne fume pas d'herbe.

Je m'en doutais : il m'en veut encore.

— Comment va ta petite copine ?

— Faith.

— Comment va Faith ?

Un soupir.

— Toujours ma copine.

— Tu ne sors pas ce soir, hein ?

— Seulement si tu ne sors pas non plus.

— Rory…

— Oui, père ? rétorque mon fils de sa voix de gros malin. Quelle leçon souhaites-tu m'inculquer ce soir ?

— Bonne nuit.

Je referme la porte avant qu'il ne me provoque encore. Je ne suis pas d'humeur. Pas ce soir.

Jenna se met tout juste au lit, je m'assieds pour lui parler un peu. Les enfants sont tous les deux au courant pour l'église et son sous-sol. Comme toujours, ils sont les premiers à savoir.

Si seulement il existait un moyen d'empêcher qu'ils soient ainsi contaminés par les nouvelles. Jenna est trop jeune. Elle n'a plus l'âge de dormir avec ses peluches, mais n'a pas encore celui de s'en séparer. Et en même temps, elle est trop au fait de toutes ces choses-là. Les jeunes filles se font enlever et séquestrer dans les livres, les films, les séries, et dans la vraie vie. Elle ne pouvait pas y échapper, la voilà donc parfaitement informée.

— Elles étaient menottées dans ce sous-sol, n'est-ce pas ?

Je secoue la tête.

— On n'en sait rien pour l'instant.

— Arrête de mentir.

— Bon, d'accord. C'est possible.

Bref hochement de tête, puis elle se tourne dans le lit vers sa table de chevet. L'abat-jour de sa lampe a des motifs fleuris. Orange, évidemment.

— Et ton ventre, ça va mieux ?

— Ça va.

— Bien.

— Pourquoi faire du mal à quelqu'un de cette façon-là ?

Je hausse les épaules.

— Certaines personnes sont mauvaises par nature. Elles pensent que le mal, c'est le bien.

— Je parie que Claire l'attrapera.

— Je parie que tu as raison.

Un petit sourire se dessine sur ses lèvres.

Pourvu qu'elle se trompe.

Chapitre 58

Les premières images du sous-sol sont surprenantes. Il n'a rien du cachot médiéval que je m'étais imaginé.

On dirait plutôt la cave inachevée d'un vieil immeuble en travaux. Un sol sale, des étagères en bois fixées aux murs, un escalier vermoulu. Le mur du fond est différent des autres, c'est le seul qui puisse témoigner de ce qui s'est passé dans cette pièce. Il a été couvert de briques et de stuc. Un tas de chaînes et de menottes gît sur le sol au pied de cette cloison.

Claire présente cette photo lors d'une conférence de presse en soirée. Je la regarde dans un bar. Celui où je me trouvais le soir où on a retrouvé le corps de Lindsay.

Avec ma bouteille de bière, je suis assis près d'une fenêtre. De l'autre côté de la rue se dresse une enseigne de grill où l'on peut déguster de gigantesques hamburgers avec d'immenses bières provenant de microbrasseries, le tout pour moins cher qu'ailleurs. Comme Millicent n'est amatrice ni de burger ni de bière, je ne mange dans ce restaurant qu'avec des clients ou à l'occasion de soirées.

Claire décrit en détail chaque cliché. On trouve des plans rapprochés de taches sur les murs et sur le sol sale. On dirait de la rouille, mais elle explique qu'il s'agit de sang.

Le barman secoue la tête. Dans le bar, pas un bruit. Tout le monde boit en regardant la télévision.

J'imagine difficilement Millicent laisser tout ce sang derrière elle, si tant est qu'il s'agisse vraiment de sang.

Claire pourrait mentir. Son regard braqué sur la caméra me donne l'impression qu'elle me scrute. Moi, ou le type assis à la table voisine. Ou bien le barman. C'est déroutant.

Je déteste les pantalons de l'inspectrice. Ce soir, le tailleur est bleu marine avec un chemisier gris sombre. On la croirait toujours en route pour un enterrement.

Claire est sur une estrade installée à proximité de l'église, mais trop loin pour que l'on distingue autre chose que des arbres. On n'aperçoit même pas le clocher. D'un côté de l'inspectrice, le maire et le commissaire. De l'autre, un chevalet sur lequel sont empilés des agrandissements de photos. Deux policiers les feuillettent à mesure que Claire les commente.

— *Nos experts travaillent actuellement sur les traces de sang pour les comparer à l'ADN de Naomi et Lindsay. Nous avons trouvé de la salive, également en cours d'identification.*

Elle n'accepte aucune question. La conférence dure une vingtaine de minutes, ce qui laisse assez de temps aux journalistes pour analyser l'intervention. Claire n'évoque pas la moindre inscription sur le mur et n'en présente aucune photo.

Le barman zappe pour diffuser une chaîne sportive. Je commande une autre bière à laquelle je touche à peine.

Quarante minutes plus tard, je le vois. De l'autre côté de la rue, Josh se rend au restaurant grill. C'est son adresse favorite.

J'ai obtenu cette information par hasard, alors que je passais devant l'établissement en voiture il y a trois jours. Arrêté au feu rouge, j'ai vu Josh qui sortait de sa voiture pour aller y dîner. Le lendemain soir, je suis repassé devant et j'ai reconnu sa voiture sur le parking. Le soir suivant, rebelote. Ce soir-là, j'ai longé les baies vitrées et je l'ai aperçu au comptoir qui sirotait une bière en regardant l'écran de télévision.

Je traverse la rue et m'installe sur un tabouret de bar à quelques mètres de Josh. Puisque j'ai déjà mangé, je commande un shooter et une bière. La même chose que lui.

Je le regarde, puis me détourne, et le regarde encore, comme si je le reconnaissais.

Sans même pivoter vers moi, il annonce :

— Oui. C'est moi, le mec des infos.

— Je me disais bien. Je vous vois à la télé presque tous les soirs.

Josh est très différent dans la vie réelle. Ses traits paraissent moins doux, et sa peau moins lisse. Il a le nez rouge, les yeux aussi. Dommage que je n'aie plus le collyre sur moi.

Il pousse un soupir, puis finalement se retourne vers moi.

— Merci de me suivre.

— Merci à vous de nous tenir informés. Vous êtes une référence sur ce dossier, pas vrai ?

— Je l'étais.

— Vous l'êtes toujours. Vous savez tout avant tout le monde.

Josh boit un tiers de sa bière d'un seul trait.

— Et vous, vous êtes accro aux faits divers ?

— Pas du tout. J'aimerais seulement qu'on arrête ce salopard.

— Cool.

D'un signe au barman, je commande un autre shooter.

— Allez, mon vieux, dis-je à Josh. Je vous paie un verre.

— Ne le prenez pas mal, mais je ne suis pas homo.

— Pas de problème, moi non plus.

Josh accepte le shooter, et le barman nous sert deux bières.

Ensemble, nous regardons la chaîne des sports et commentons les prouesses de telle ou telle équipe. Je paie une nouvelle tournée de shooters, mais renverse le mien dans un bol de cacahouètes quand le journaliste regarde ailleurs. Josh boit ses verres et en commande d'autres.

Au départ d'un match de football, il hoche la tête.

—Je parie sur les Blazers. Et vous ?

—Pareil.

Un mensonge.

—Vous jouez ? me demande-t-il. Vous avez une tête à faire du foot.

Haussement d'épaules.

—Pas vraiment, non.

Il vide son verre de bière et en réclame deux autres d'un geste évasif.

—Avant, je jouais pour une équipe qui s'appelle les Maraudeurs. On était nuls, mais les gens avaient peur de nous. C'était plutôt cool.

—Je veux bien vous croire.

Pendant la mi-temps, une publicité pour un journal local diffuse un extrait de la dernière conférence de presse. Claire Wellington est à l'écran, une fois de plus.

Josh se tourne vers moi d'un air las. Son regard paraît moins lucide qu'à mon arrivée dans ce restaurant.

—Vous voulez une info en exclusivité ?

—Bien sûr.

Il montre la télévision.

—C'est une conne.

—Ah bon ?

—Pas parce que c'est une femme, soyons clairs, ça n'a rien à voir avec ça. Mais le problème avec l'arrivée d'une nana à un poste à responsabilité, c'est qu'elle se croit obligée de tout changer. Pour faire ses preuves, vous comprenez ? Ce n'est pas sa faute, j'en suis conscient. Seulement, je regrette que ça foute tout en l'air.

—Vous êtes sérieux ?

— On ne peut plus sérieux.

Dans la vraie vie, le jeune journaliste fougueux est loin du personnage médiatique. Je ne m'attendais pas à ça.

Je nous commande une nouvelle tournée. Josh vide d'un trait son shooter avant de le reposer bruyamment sur le comptoir.

— Il y a deux jours, j'ai annoncé une information communiquée par une source anonyme. Le lendemain, cette même source me défend d'en reparler. Techniquement, les flics peuvent se faire virer pour avoir renseigné les journalistes. Elle a simplement décidé d'appliquer la loi. (Les bras en l'air, il semble trouver cela aberrant.) Même pour moi, alors que j'ai collaboré avec la police lorsque j'ai reçu les lettres d'Owen. Ou de je ne sais qui, d'ailleurs. Je n'étais pas obligé de les prévenir. J'aurais pu les rendre publiques sans avertir la police.

— Qu'est-ce que ça signifie ? Vos sources ne veulent plus rien vous dire ?

— Si, elles me disent encore des trucs, mais me défendent de les répéter à l'antenne. Je pourrais le faire quand même, mais je suis réglo. Je ne veux faire virer personne, encore moins un informateur dont j'ai besoin. Cette conne ne restera pas là éternellement.

Avant que je réponde, son téléphone sonne. Il y jette un coup d'œil et lève les yeux au ciel.

— Tenez, vous voyez ? Une source me file un tuyau. C'est la deuxième à me donner cette information, et je ne peux toujours rien en faire. « TAY », qu'ils disent. Touche Avec les Yeux. Le pire acronyme du monde.

Il pousse un profond soupir.

— Ça craint, renchéris-je.

— Sans blague.

J'attends. Je regarde la télévision sans un mot, d'un air que j'espère le plus détaché possible. Moins je m'y intéresserai, plus il s'épanchera.

Pour cela, il lui faut un shooter de plus.

— Bon, j'ai besoin d'en parler à quelqu'un, marmonne-t-il. Mais si vous le répétez, je nierai tout en bloc. En tout cas, jusqu'à ce qu'ils rendent l'info publique.

— Ils le feront, vous croyez ?

— Ils n'ont pas le choix.

Josh fait glisser le téléphone vers moi. Le message est ouvert à l'écran, envoyé par un certain J. Cette mascarade me fait penser à moi dans le rôle de Tobias.

Et puis, je lis le texto.

TAY :
On a trouvé des corps enterrés sous l'église.

Chapitre 59

Je pensais que le texto évoquerait la prétendue inscription sur le mur. Au lieu de ça, ils parlent de corps enterrés.

— Et alors ?

— Et alors ? s'étonne Josh.

— Cette église a plus de cent ans. Un véritable cimetière doit se dissimuler là-dessous.

— Sans doute, mais il ne s'agit pas de ça.

Josh se penche vers moi et baisse d'un ton. Tout cet alcool ingéré m'agresse les narines.

— Vous y êtes allé ?

Je me souviens juste à temps que je ne suis pas un accro aux faits divers.

— Non.

— Ils ont monté une grande tente, cachée derrière un bosquet. C'est là qu'ils examinent les corps.

— Vous répétez ce mot sans arrêt, mais de quels corps parlez-vous ?

— Les corps trouvés dans le sous-sol n'ont pas cent ans, m'explique-t-il. Ce sont des femmes tuées récemment.

— Non…

— Si. Et je n'ai pas le droit de le dire à l'antenne.

Dans un flot de paroles, Josh libère sa frustration au sujet de Claire et de ses sources. Je ne l'écoute plus.

Naomi et Lindsay ont déjà été retrouvées, il ne reste donc que Robin et Holly. Holly a été tuée dans notre salon, mais je l'ai enterrée dans les bois.

Robin est morte dans notre cuisine. Sa voiture et son cadavre sont au fond d'un lac.

J'interromps Josh au milieu d'une phrase.

— Savez-vous quand ils l'annonceront ?

— Bientôt, je pense. Ils ne pourront pas cacher ces cadavres indéfiniment.

Il ne cesse de parler, mais mes pensées dévient vers Claire Wellington. Elle sonnera à notre porte d'ici peu et exigera d'en savoir plus sur la sœur de Millicent, Holly.

Elle demandera pourquoi on n'a jamais signalé sa disparition.

Parce qu'on la croyait à l'étranger.

Parce qu'on s'en fichait.

Parce qu'elle torturait ma femme.

Parce qu'elle était folle.

J'écris de ce pas un texto à Millicent.

On a besoin d'un rencard.

Elle décline l'invitation.

Pas de rencard. Je suis à l'hôpital.

Je relis le message trois fois avant de claquer un billet sur le comptoir et de quitter le restaurant sans un mot de plus à Josh. Ou peut-être lui ai-je dit que je devais filer. Je ne sais plus.

Millicent m'appelle à l'instant où je tente de la joindre. Son débit de parole est rapide, et j'ai bu de l'alcool. Je ne comprends donc que les grandes lignes.

Rory. Aux urgences. Tombé de la fenêtre.

Je ne m'encombre pas de la voiture, l'hôpital est à quelques pâtés de maisons. J'y vais en courant. Millicent m'attend dans le hall, elle fait les cent pas.

Dès que je la vois, je devine que Rory va bien.

Il s'en sortira.

Millicent crispe les poings et fait la moue, comme électrocutée. Si Rory était gravement blessé, elle serait rongée par l'inquiétude, en pleurs, sous le choc. Or, ce n'est pas le cas. Elle est folle de rage.

Elle me serre vigoureusement contre elle. Une étreinte brève, violente, puis elle s'écarte aussitôt, détectant l'alcool dans mon haleine.

— De la bière, lui dis-je. Que s'est-il passé ?

— Notre fils a fait le mur pour aller voir sa copine. Il est tombé en voulant grimper à sa fenêtre.

— Mais il va bien ?

— Oui. On a cru à une fracture du poignet, mais c'est une simple foulure. Il devra porter une écharpe…

— Pourquoi ne m'as-tu pas appelé quand c'est arrivé ?

— Je l'ai fait. Je t'ai envoyé un message.

Je sors mon téléphone. Exact, le texto est là, sous l'écran fissuré. Selon l'angle, on le devine plus ou moins facilement.

— Oh, mon Dieu, je suis désolé…

— Oublie. Tu es là, et il va bien, c'est l'essentiel, tranche Millicent, toujours dans une colère noire. Je te jure qu'il sera puni à perpétuité.

J'entends un gloussement.

Derrière le mur, Jenna patiente en salle d'attente. Elle me fait signe. Je lui réponds. Millicent me conduit vers un distributeur de boissons. Le café est amer, il me brûle la langue, c'est exactement ce dont j'ai besoin. Au lieu de m'exciter, la caféine apaise mon cœur lancé à cent à l'heure, entre la course, l'alcool et le fait que mon fils soit aux urgences.

Millicent s'éclipse dans la chambre de Rory. Lorsqu'ils en ressortent, il a une attelle au poignet et le bras en écharpe. La colère de Millicent semble s'être apaisée, du moins pour l'instant.

Mon fils évite mon regard. Peut-être m'en veut-il encore, ou a-t-il conscience qu'il est dans de beaux draps ? Difficile à dire, car je suis moi-même partagé entre l'envie de lui donner une gifle magistrale et celle de le prendre dans mes bras. Je lui ébouriffe les cheveux.

— Si tu ne voulais plus jouer au golf, il suffisait de le dire.

La plaisanterie ne le fait pas sourire. Il adore le golf.

Quand nous rentrons à la maison, il est minuit passé. Je vais voir Rory quelques minutes après qu'il se soit couché. Il s'est endormi comme une masse.

Je retourne m'asseoir sur mon lit, épuisé.

Ma voiture est restée garée sur le parking du restaurant.

Et des cadavres sont enterrés sous l'église.

— Millicent ?

Elle sort de la salle de bains, mais n'a pas terminé de se préparer pour aller se coucher.

— Quoi ?

— Ce soir, j'ai bu des bières avec Josh. Le journaliste.

— Mais pourquoi…

— Il m'a dit que des corps avaient été retrouvés dans la cave de l'église.

— Des corps ?

J'acquiesce en l'observant attentivement. Sa surprise me paraît sincère.

— Est-ce qu'ils ont été identifiés ?

— Je suppose que c'est Holly et Robin.

— Elles ne sont pas dans cette église, tu le sais très bien.

Tandis qu'elle retourne dans la salle de bains, je la suis.

— Tu n'en sais pas plus sur ces cadavres, tu me le promets ?

— Évidemment.

— Alors ce ne sont que des inconnues, enterrées sous une église ?

— Bon sang, je n'en sais rien. Ce même journaliste a parlé d'une inscription sur un mur. On n'en sait pas plus là-dessus, que je sache.

Elle marque un point.

Peut-être que Josh fait fausse route. Peut-être que quelqu'un lui ment pour le tenir à l'écart de la vérité.

Dans les fictions, c'est ce que fait la police en général. Claire est maligne, elle en est capable.

Chapitre 60

À présent informée que son fils a une copine et qu'il fait le mur pour se rendre chez elle, Millicent tient à rencontrer les parents de Faith pour en discuter. Les Hammond sont des clients de son agence et acceptent sans hésiter l'invitation à dîner. Rory et Faith n'y sont pas conviés.

Nous sommes en route vers le restaurant, un lieu traditionnel aux napperons blancs qui ne propose que des plats délicieusement gras ou sucrés. Un choix des Hammond, certainement pas de Millicent.

— Ce sont des gens corrects, me dit-elle.

— Je n'en doute pas.

À notre arrivée, les Hammond sont déjà attablés et nous attendent. Hank Hammond est un petit homme blond, comme sa fille. Corinne Hammond n'est pas petite, ni naturellement blonde. Tous les deux arborent un style vestimentaire plutôt classique et des sourires polis. Nous commandons directement nos plats. Personne ne prendra de vin.

La voix grave de Hank contraste avec sa silhouette menue.

— Faith est une gentille fille. Elle n'a jamais fait le mur avant de rencontrer votre fils, dit-il.

Je visualise très clairement l'arc tracé par le ballon envoyé dans notre camp. Millicent sourit, cordiale et sirupeuse.

— Je pourrais en dire autant au sujet de l'arrivée de votre fille dans la vie de Rory, mais les reproches ne nous mèneront nulle part.

— Je ne vous fais aucun reproche. Je parle simplement de les tenir à l'écart l'un de l'autre.

— Vous voulez leur interdire de se voir ?

— Faith a déjà l'interdiction de revoir votre fils en dehors de l'école, déclare Hank. Voilà au moins une chose qui me semble inévitable.

— Vous pourriez l'inscrire à des cours par correspondance, suggère ma femme. Comme ça, ils ne risqueraient plus de se croiser.

Je pose ma main sur celle de Millicent, qui dégage aussitôt la sienne.

— C'est peut-être votre fils qu'il faudrait garder chez vous, rétorque Hank.

Corinne approuve.

— Vous pensez réellement qu'une interdiction suffira à… les séparer ? questionne Millicent.

— Notre fille fera ce qu'on lui dira de faire, atteste Hank.

Je sens que mon épouse se mord la langue, et j'en fais autant.

Corinne brise la glace. Je me laisse surprendre par le ton ferme de sa voix.

— C'est pour le mieux.

Millicent la regarde et marque une pause avant de répondre :

— Je n'ai pas pour habitude d'interdire gratuitement à mes enfants de faire ce qui leur plaît.

Un fieffé mensonge.

— Ce doit être sur ce plan que nos avis divergent, en conclut le mari.

J'interviens :

— Peut-être devrions-nous revenir au sujet qui nous intéresse. Inutile de se lancer dans des débats sur l'éducation.

— Très bien, dit Hank. Gardez votre fils loin de ma fille, et ne parlons plus de cette affaire.

Le serveur nous apporte l'addition, et Millicent s'en empare avant M. Hammond.

— C'est pour nous, décide-t-elle en me tendant la note.

Le dîner s'achève sur un au revoir glacial.

Le trajet du retour se fait en silence.

Quand nous arrivons à la maison, Rory nous attend à la porte. Il a une entorse au poignet, ne peut plus faire de golf et purge sa punition. Faith est son unique rayon de soleil, ou plutôt *était*. Je n'ai pas hâte de lui annoncer que ça aussi, il l'a perdu.

Mais nous ne disons rien. Millicent s'approche pour lui caresser la joue.

— C'est bon, déclare-t-elle.

— Vraiment ?

— Mais interdiction de refaire le mur.

— Promis !

Rory court chercher son téléphone pour appeler Faith qui, elle, recevra une tout autre leçon de ses parents.

Millicent me décoche un clin d'œil.

Serait-ce de là que certaines petites filles tirent leur sournoiserie ? Des mères des autres ?

Le lendemain, le collège nous appelle. C'est au sujet de Jenna, pas de Rory. Cette fois, il ne s'agit pas de couteaux ni de brûlures d'estomac, mais de ses notes.

Elle qui a toujours figuré parmi les meilleurs de sa classe, ses résultats sont en chute libre depuis un mois. Aujourd'hui, elle n'a pas rendu son devoir à faire à la maison. Elle n'a même pas pris la peine d'inventer une excuse.

Millicent et moi ne nous doutions de rien. Jenna a toujours été une élève si brillante que je ne vérifie plus les appréciations des professeurs publiées chaque semaine sur leur espace en ligne. Après un déluge de coups de téléphone et de textos, nous décidons d'avoir une conversation avec elle après le repas.

Millicent commence par lui parler de l'appel du collège et demande d'un ton sec :

— Bon, qu'est-ce qui t'arrive ?

Notre fille n'a aucune explication à nous donner, si ce n'est quelques mots bafouillés sur un hochement de tête.

— Je ne comprends pas, soupire ma femme. Tu as toujours été douée à l'école.

— À quoi bon ? se défend Jenna. (Elle se lève de son lit et traverse la chambre.) Si un type peut m'enfermer dans une cave et m'y torturer, à quoi bon étudier ?

— Personne ne te fera subir ça, lui promets-je.

— Je te parie que les mortes pensaient la même chose.

Nouveau coup de poing dans le ventre. Ou plutôt une sorte de pic à glace en plein cœur.

Millicent prend une profonde inspiration.

Après avoir rencontré Claire, Jenna semblait aller mieux. Elle parlait sans arrêt de faire carrière dans la police. Mais tout s'est dégradé quand on a découvert l'église.

La discussion tourne en rond, impossible de recourir à la logique pour dissiper ses craintes. Nous n'obtenons guère mieux que sa promesse de faire plus d'efforts en classe.

Tandis que nous sortons de sa chambre, je repère un carnet ouvert sur son lit. Elle y a recensé toutes les femmes kidnappées et tuées, année par année.

Millicent s'active sur son téléphone pour lui trouver un autre psychologue.

C'est le troisième jour que nous passons sans plus de nouvelles au sujet de l'église. Claire tient une conférence de presse tous les soirs pour répéter ce que l'on sait déjà.

Le quatrième jour se lève sur l'aboiement d'un chien. Il y en a plusieurs dans le quartier, je ne saurais dire lequel me réveille à 5 heures du matin, mais il ne cesse de s'affoler.

Je me redresse dans le lit et me demande comment je n'y ai pas pensé plus tôt.

Un chien.

Assez gros pour que Jenna se sente en sécurité, assez protecteur pour aboyer dès que quelqu'un s'approche de la maison. Comme Rory, lorsqu'il s'amuse à entrer et sortir en douce en pleine nuit.

Que je suis bête de ne pas y avoir songé avant ! Un chien réglerait une grande partie de nos problèmes.

Pour une fois, je me lève avant Millicent. Lorsqu'elle me rejoint en bas en tenue de sport, je sirote mon café tout en effectuant des recherches sur Internet. Me voyant faire, elle s'arrête net dans son élan.

— Tu peux m'expliquer pourquoi…

— Regarde, lui dis-je en pointant l'écran du doigt. Celui-ci est au refuge. Un bâtard, mi-rottweiler, mi-boxer.

Me volant ma tasse des mains, Millicent boit une gorgée de mon café.

— Tu veux un chien.

— Pour les enfants. Pour protéger Jenna et empêcher Rory de filer la nuit.

Elle me regarde un moment, puis hoche la tête.

— Ça frôle le génie.

— J'ai des fulgurances, parfois.

— Tu t'occuperas de ce chien ?

— Les enfants s'en chargeront.

Elle sourit.

— Si tu le dis.

Je prends ça pour un oui.

Entre deux cours de tennis, je passe au refuge. Une femme avenante me fait visiter pendant que je lui explique ce que je recherche. Elle me recommande plusieurs chiens, dont le croisé rottweiler-boxer. Il s'appelle Farfouille. Elle parcourt son dossier et atteste qu'il s'intégrerait bien à une famille, mais avant de lancer la procédure d'adoption, les enfants doivent venir le rencontrer au refuge. Je lui promets de repasser.

Le chien me rend une touche d'optimisme.

Je m'arrête à un drive pour acheter un café glacé et un panini. En attendant mon repas devant le guichet des livraisons, j'aperçois la télévision dans les cuisines. Claire Wellington tient une nouvelle conférence de presse. Les mots qui défilent en bas de l'écran me donnent des sueurs froides.

DE NOUVEAUX CADAVRES DÉCOUVERTS DANS L'ÉGLISE

Lorsque la vendeuse ouvre la fenêtre pour me remettre ma commande, j'entends la voix de Claire.

— *... corps de trois jeunes femmes ont été retrouvés enterrés sous la cave.*

Je me gare sur le parking pour écouter la suite de la conférence à la radio.

Trois femmes. Toutes tuées récemment.

La police doit se tromper, ça ne peut être qu'une erreur. Comment aurait-on pu enterrer des cadavres alors que Lindsay était...

— *La mort de deux femmes sur les trois est assez récente pour que nos experts puissent identifier la cause de leur décès.*

Comme les autres, elles ont été étranglées. On note également des signes de torture.

Impossible de reprendre mon souffle, Claire ne s'arrête plus de parler.

— *Nous avons aussi retrouvé des mots inscrits au sang sur le mur du sous-sol, derrière une étagère. Bien que nous n'ayons pas encore les résultats des tests ADN, le groupe sanguin correspond à celui de Naomi.*

Lorsque Claire prononce les mots tracés sur le mur, mon sang ne fait qu'un tour.

Tobias.

Sourd.

Chapitre 61

Naomi ne peut pas avoir écrit le nom de Tobias. Elle ne l'a jamais rencontré.

Je passe en revue les différentes hypothèses. Lindsay connaissait Tobias. Elle savait qu'il était sourd.

Mais son corps a été découvert avant la disparition de Naomi. Elles n'ont donc pas pu s'adresser la parole, ni échanger ce genre d'informations.

Seule Millicent savait.

Ça n'a aucun sens. Je ne comprends plus rien.

Je quitte le parking et j'écoute la fin de la conférence de presse en roulant. Lorsqu'elle s'achève, les journalistes reprennent le sujet et n'ont de cesse de répéter ces mots :

Tobias.

Sourd.

Naomi ne connaissait pas Tobias.

Lindsay, oui.

Et Millicent aussi.

Je m'arrête sur le bord de la route, l'esprit si torturé qu'il m'est impossible de réfléchir et de conduire en même temps.

Tobias.

Sourd.

J'éteins la radio et je ferme les yeux. L'image de Naomi, menottée à un mur dans ce sous-sol d'église, m'obsède. Je la chasse tant bien que mal pour reprendre le contrôle de mes émotions. Mais je la vois toujours, recroquevillée dans un coin, couverte de terre et de sang.

Ça me donne la nausée. De la bile me pique la langue. Je sors de la voiture prendre l'air quand mon téléphone se met à sonner.

Millicent.

Elle parle dès que je décroche.

— Tu as crevé ?

— Pardon ?

— Tu es arrêté au bord de la route.

Je lève les yeux et m'attends à voir un drone ou une caméra, mais rien, le ciel est désert. Pas même l'ombre d'un oiseau.

— Comment le sais-tu ?

Elle pousse un soupir. Long et exaspéré, le genre de soupir que je déteste.

— Regarde sous la voiture, me commande-t-elle.

— Quoi ?

— Sous la voiture, répète-t-elle d'une voix irritée.

Je me mets à genoux pour vérifier. Un traceur. Comme celui que j'ai installé sur la sienne.

Voilà pourquoi je n'ai jamais été au courant pour l'église.

Elle savait que je la traquais.

Cette prise de conscience me fait l'effet d'une bombe.

Une seule personne aurait pu écrire ce message avec le sang de Naomi. Je l'ai su dès l'instant où j'ai entendu la nouvelle, je cherchais simplement une autre explication.

Et il n'y en a aucune.

— Tu m'as piégé, murmuré-je. Pour chacune d'entre elles. Lindsay, Naomi…

— Et les trois autres. Ne les oublie pas.

Les images défilent dans mon cerveau, Millicent tuant toutes ces femmes en me faisant porter le chapeau.

Je sais à présent ce qu'elle manigançait pendant que j'étais à la maison tous ces jours et toutes ces nuits avec Jenna quand elle était malade.

L'avenir se déroule devant moi tel un tapis rouge sang.

Je me rassieds derrière le volant. Les yeux fermés, la tête rejetée en arrière, je songe à tous les moyens par lesquels Millicent a pu se jouer de moi. Tout l'ADN auquel elle a accès. Tous les indices qu'elle peut semer, toutes les pistes qu'elle peut offrir à la police. Sans parler des gens qui me connaissent sous le nom de Tobias, le sourd.

Annabelle. Petra. Et même les barmans.

Ils se souviendront.

Tout ramène à moi.

Je lutte contre cette pensée. Je tourne en rond, cherche une solution, comment me tirer d'affaire. Mais c'est peine perdue. Toutes mes options mènent à des impasses déjà anticipées par Millicent. Je me trouve dans un immense labyrinthe à la sortie murée. Finalement, je ne suis pas doué en organisation, contrairement à ma femme.

Je sors de la voiture, fais les cent pas, le crâne comme écrasé par chaque pulsation de mon sang affolé.

— Millicent, pourquoi me faire une chose pareille ?

Elle rit. Un son de morsure.

— Ouvre ton coffre.

— Quoi ?

— Ton coffre, répète-t-elle. Ouvre-le.

J'hésite. Qu'y a-t-il là-dedans ? Comment la situation pourrait-elle encore empirer ?

— Fais-le, me somme-t-elle.

Je m'exécute.

Et n'y trouve rien d'autre que mon matériel de tennis. Rien n'a bougé, pas même une balle qui traîne.

— Qu'est-ce que tu…

— La roue de secours, me guide-t-elle.

Mon portable à carte prépayée. Celui qui contient des textos de Lindsay et d'Annabelle. Je plonge la main dans la roue, mais aucune trace du téléphone. À la place, il y a autre chose.

Des pailles au sucre.

Lindsay.

La première avec qui j'ai couché.

C'est arrivé après notre seconde randonnée.

Tu es mignon. C'est ce que Lindsay m'a dit.

Non, tu l'es bien plus que moi.

La voix de Millicent me ramène à l'instant présent.

— C'est fou tout ce qu'on peut apprendre quand on séquestre quelqu'un pendant un an.

— Qu'est-ce que tu…

— Elle t'a vu le soir où on l'a enlevée. Lindsay a repris ses esprits avant que tu ne partes chercher notre fille. D'ailleurs, elle était surprise que tu ne sois pas sourd.

La nausée me saisit à nouveau. À l'idée de ce que j'ai fait. De ce que ma femme a fait.

— Le plus drôle, poursuit-elle, c'est que Lindsay croyait que je la torturais parce qu'elle avait couché avec toi. J'ai tenté de lui expliquer que ça n'avait rien à voir, mais je pense qu'elle ne m'a jamais crue.

— Millicent, qu'as-tu fait ?

— Moi ? Rien. C'est toi. C'est toi qui as fait tout ça.

— Je ne sais pas ce que tu imagines, mais…

— Ne prends pas ce ton condescendant avec moi. Il est inutile de nier.

Je me mords la langue jusqu'au sang.

— Depuis combien de temps manigances-tu ta vengeance dans mon dos ?

— Quelle importance ?

C'est vrai. Ça n'a plus aucune importance.

— Laisse-moi t'expliquer.

— Non.

— Millicent…

— Quoi ? Tu es désolé, ce n'est pas ce que je crois, ça ne voulait rien dire ?

Je m'en mords la langue. Littéralement.

— Alors qu'est-ce que tu comptes faire, maintenant ? me demande-t-elle. Fuir pour te cacher ou rester te battre ?

Ni l'un ni l'autre. Ou les deux à la fois.

— Je t'en prie, ne fais pas ça.

— Tu vois ? Ton problème est là.

— Quoi ?

— Tu te focalises toujours sur ce qu'il ne faut pas.

Je m'apprête à lui demander sur quoi je me focalise, avant de me raviser au dernier moment. Ce serait lui donner raison.

Elle rit.

Puis la ligne se coupe.

Chapitre 62

Je devrais être malade. Je devrais rendre tout le contenu de mon estomac en apprenant que celle à qui je suis marié depuis quinze ans me fait porter le chapeau d'une série de meurtres. Seulement, au lieu d'être malade, j'ai l'impression d'être engourdi, anesthésié.

Ce n'est pas plus mal : dans l'immédiat, je préfère réfléchir que ressentir.

Fuir pour me cacher. Rester me battre.

Aucune de ces solutions ne me convient. Pas plus que la prison ou la peine de mort par injection létale.

Fuir.

D'abord, je dois faire le point. La voiture, le réservoir d'essence à moitié plein, un panini, un café glacé entamé et environ deux cents dollars en liquide. Des cartes de crédit dont je ne peux pas me servir, car Millicent me pisterait.

Je me demande si j'ai le temps de retirer quelques centaines de dollars à la banque.

En dehors de ça, j'ai peu d'options. Je ne peux pas garder la voiture trop longtemps, à moins de retirer les plaques d'immatriculation. Et puis, pour aller où ? Le Canada est trop loin. Le temps de l'atteindre, ma photo sera sur tous les écrans.

En voiture, le Mexique reste mon unique chance, et encore, la route est longue. Tout dépend de la vitesse à laquelle les événements vont s'enchaîner. Mon nom et ma photo pourraient être révélés dans les prochaines heures.

Je pourrais quitter le pays en avion, mais il me faudrait utiliser mon passeport. Ils sauraient alors où j'ai atterri. Je n'ai pas eu le temps d'anticiper ma cavale.

Millicent le sait.

Fuir me mènerait tout droit en prison.

Et ça voudrait dire abandonner les enfants. Les laisser à Millicent.

Maintenant, je suis malade. Derrière ma voiture garée en bord de route, je vomis. Jusqu'à ce qu'il ne me reste plus rien dans le ventre.

Fuir pour me cacher. Rester me battre.

Je commence à envisager une troisième possibilité. Et si je me rendais tout simplement au poste de police pour tout leur raconter ?

Non. Certes, Millicent se ferait arrêter, mais je ne serais pas libéré pour autant. Je ne peux pas vraiment clamer mon innocence ; ce serait mentir.

Il existe forcément une solution. Un moyen de l'inculper elle sans me faire attraper, puisque je n'ai tué personne. En trouvant le bon avocat, le bon procureur, les bonnes preuves, je pourrais m'en tirer. Sauf que je n'ai rien de tout cela. Contrairement à Millicent, je n'ai pas échafaudé de plan pour faire condamner mon épouse pour meurtre.

« Tu te focalises toujours sur ce qu'il ne faut pas. »

Elle a sans doute raison, c'est perdre du temps que de chercher à savoir *pourquoi*. Du moins pour l'instant. Mais plus tard, ce pourquoi me hantera, j'y repenserai chaque nuit dans mon lit. Si tant est que je dorme dans un lit. Et pas sur une banquette de cellule de prison. Elle a raison pour le pourquoi. Ce n'est pas là-dessus que je dois concentrer mon énergie.

Fuir pour me cacher. Rester me battre.

Ces deux solutions tournent en boucle dans mon esprit, comme ces mots inscrits sur le mur du sous-sol. Millicent m'a donné cette alternative comme si je n'avais aucun autre choix. Comme si c'était un pile ou face.

Elle a tort. Ces options ne sont pas les bonnes.

D'abord, je compte rester. Hors de question d'abandonner mes enfants.

Et si je reste, je dois me cacher. Du moins jusqu'à ce que je trouve un moyen de convaincre la police de la culpabilité de Millicent.

Ce qui impliquerait de me battre.

Rester. Me cacher. Me battre. La première phase est simple. Pas de fuite.

La police. Je pourrais me rendre au poste et tout leur raconter. Leur dire…

Non. Je ne peux pas. J'ai du sang sur les mains, c'est évident. Et si je ne vais pas voir les flics, alors je dois les éviter.

De l'argent. J'ai deux cents dollars dans mon portefeuille. Ça ne me tiendra pas longtemps. Je me rends directement à la banque et retire autant que possible sans alerter le fisc. Millicent le saura à cause du traceur toujours en place sur ma voiture.

Millicent. Depuis combien de temps est-elle au courant ? Depuis combien de temps me traque-t-elle ? Quand a-t-elle commencé à tout planifier ? Les questions sont infinies, et je n'ai aucune réponse.

Après tout ce que nous avons traversé et vécu ensemble, je n'arrive pas à me résigner à l'idée qu'elle ne m'ait pas parlé de tout cela, ne m'ait rien demandé, ne m'ait même pas accordé le bénéfice du doute. Je me retrouve piégé, sans aucune chance de m'expliquer.

C'est quand même fou.

Et triste à la fois.

Mais je n'ai pas le temps de m'apitoyer sur mon sort. En moins d'une heure, ma vie s'est réduite à sa plus simple forme : la survie.

Jusqu'à présent, je n'ai pas été très doué. Millicent sait où je me trouve, et je n'ai aucune idée de ce que je dois faire ensuite.

Rentrer chez moi. Ma maison reste mon point de ralliement.

J'emporte ce que je peux : vêtements, produits de toilette, ordinateur. Celui que j'utilisais pour chercher des victimes a disparu, il a probablement été détruit, mais je tombe sur la tablette de Millicent et la fourre dans mon sac. Des photos. J'emporte aussi quelques photos des enfants accrochées au mur. Et je leur envoie un texto.

Ne croyez pas tout ce qu'on vous raconte. Je vous aime.

Avant de partir, j'éteins le traqueur GPS, mais je le garde toutefois avec moi. Pendant un moment, elle va se demander si je suis toujours à la maison. En supposant que je connaisse ma femme.

Je sors du chemin et roule sans savoir où aller.

Une bâtisse à l'abandon, un motel, un parking ? Les marécages, les bois, les sentiers balisés ? Aucune idée, mais mieux vaut éviter un endroit que je ne connais pas. J'ai besoin d'un lieu familier et calme où je puisse réfléchir. Un endroit où personne ne viendra me chercher pendant quelques heures.

À court d'idées, je prends la direction du country club.

En tant qu'employé, j'ai la clé du bureau. Je ne l'utilise jamais, contrairement à celle de la salle du matériel et celle des courts. Je m'arrête rapidement sur la route pour acheter de quoi grignoter, puis disparais de la circulation jusqu'à 21 heures. C'est l'heure à laquelle les lumières des terrains s'éteignent, fermés pour la nuit.

Le bâtiment du club est truffé de caméras, mais il n'y en a aucune sur les terrains, c'est donc là que je me rends.

Chapitre 63

Sur le court, je suis dans mon élément. J'ai grandi là, sur le terrain. C'est ici que j'ai appris à jouer au tennis, mais pas seulement. Mon entraîneur me faisait courir tout autour pour me maintenir en forme. J'y ai gagné des coupes et m'y suis fait botter les fesses, le tout dans la même journée.

C'était mon échappatoire, l'endroit où je pouvais me réfugier loin de mes amis, de l'école et surtout de mes parents. Au début, je m'y cachais pour voir s'ils viendraient me chercher. Ils ne sont jamais venus. J'y ai même reçu mon premier baiser.

Lily. Elle avait un an de plus que moi et bien plus d'expérience. C'était du moins l'impression qu'elle donnait. Un soir d'Halloween, il y a bien longtemps, mes copains et moi étions déguisés en pirates. Elle et ses copines étaient déguisées en poupées. Nous nous sommes tous croisés dans le quartier de Hidden Oaks pour aller faire du porte-à-porte et récolter des bonbons, et Lily m'a dit qu'elle me trouvait mignon. J'en ai déduit qu'elle m'aimait et je crois bien que c'était le cas.

Une phrase menant à une autre, je lui ai rapidement proposé de l'emmener dans un endroit cool. Elle a accepté.

« Cool » était peut-être un brin exagéré, mais à treize ans, je trouvais ça cool d'être dehors, la nuit, avec une fille. Lily ne trouvait pas la situation trop déplaisante non plus, puisqu'elle m'a embrassé. Elle avait un goût de chocolat et de réglisse. Un délice.

Pendant une seconde, je reste lové dans mon souvenir avec l'impression que tout va bien. Mais c'est faux. Je suis caché sur ce court parce que la police me recherche et que je ne peux pas rentrer chez moi.

L'évocation de Lily me rappelle qu'il me reste un endroit où aller.

L'alarme de mon téléphone me réveille à 5 heures. Je me lève d'un bond, rassemble mes affaires et monte en voiture. À chercher le sommeil sur ce banc froid, j'ai eu le temps de mettre au point un plan. J'ai peaufiné mon idée en allant recueillir quelques informations sur Internet. À ma grande surprise, la toile regorge de sites expliquant comment changer de vie, comment disparaître dans la nature, comment fuir la police, un patron ou une femme en colère. On a tous quelque chose à fuir.

Je quitte la ville, prends l'autoroute et roule une bonne heure sans m'arrêter. Je fais une pause à une station-service, allume le traqueur GPS et le place sur un camion. Une fois la batterie séparée de mon téléphone, je m'achète un portable sans abonnement bon marché.

Et puis, je reprends la route direction Hidden Oaks.

Internet le déconseille, mais Internet n'a pas d'enfants. Si je n'étais pas père, je continuerais de rouler, je changerais d'immatriculation ou me débarrasserais de la voiture. Je prendrais le car et traverserais le pays direction le Mexique.

Mais ce n'est pas au programme. Pas tant que Jenna et Rory seront entre les mains de ma femme.

À mi-chemin de la maison, je m'arrête pour remplir mon coffre de courses. Je regarde tous les journaux en quête d'une photo de moi, mais ne vois rien. Les gros titres se limitent à ces deux mots :

Tobias. Sourd.

En route vers chez moi, je me demande si je ne commets pas, une fois de plus, une grave erreur.

Deux portails permettent d'accéder à Hidden Oaks. Le premier est à l'entrée principale, gardé par des agents de sécurité auxquels il faut se présenter pour passer.

Mais le quartier est grand avec son terrain de golf et ses centaines de maisons. Il existe donc un autre accès à l'arrière. Ou plutôt il y en a deux. Pour le premier, il faut un code et, pour l'autre, une sorte de télécommande, comme pour une porte de garage électrique, sans agent de sécurité. C'est cette entrée que je choisis.

Une fois à l'intérieur de l'enceinte, je roule devant les demeures les moins chères du quartier, accède à la zone en développement, puis m'arrête devant la villa deux fois plus imposante que la mienne. Six chambres, au moins autant de salles de bains et une piscine dans le jardin. La maison de Kekona est déserte, car sa propriétaire est toujours à Hawaï.

Je n'ai jamais élaboré un plan aussi brillant. Ou aussi stupide. Je ne le saurai qu'une fois parvenu à l'intérieur.

C'est là que vivait Lily. Ce fameux soir d'Halloween, elle est devenue ma première petite amie. J'ai passé tant de nuits à sortir en douce de ma chambre pour me rendre dans la sienne. Comme mon fils le fait aujourd'hui avec sa copine.

Des années se sont écoulées depuis, la maison a été repeinte, remodelée, rénovée. Les serrures ont dû être changées à plusieurs reprises. C'est assez courant dans l'immobilier. Les gens se protègent contre les cambriolages. En revanche, je parie que la baie vitrée à l'étage, celle du belvédère donnant sur le jardin, s'ouvre toujours aussi facilement. Cette porte coulissante ne s'est jamais bien fermée.

J'ai plus de mal à escalader qu'à l'époque, mais je ne crains pas de me faire repérer. La maison de Kekona est enfouie en plein cœur de Hidden Oaks, là où les gens ont plus de terrain qu'il n'en faut. Les voisins les plus proches sont à peine visibles depuis la porte d'entrée, je ne risque donc rien dans le jardin.

Par chance, je grimpe sans tomber et, d'un seul regard, je la reconnais. Elle a été repeinte, peut-être même que les joints ont été changés, mais la serrure est la même. Je souris de soulagement.

Quelques minutes plus tard, je suis à l'intérieur, puis ressors par le garage. Kekona ne possède qu'un 4x4, ce qui laisse bien assez de place pour y cacher ma voiture.

Je rentre les courses, prends une douche et m'installe. Pour la première fois en vingt-quatre heures, il me semble que je suis capable de me tirer d'affaire. Comment ? Ce n'est pas encore clair, mais au moins je ne dors plus sur un court de tennis.

Quand j'ouvre mon ordinateur, un premier problème se pose.

Le mot de passe du Wi-Fi.

Kekona a retiré de son modem l'étiquette avec les identifiants, impossible de retrouver la clé de sécurité. Après un long moment, je m'aperçois que l'étiquette de la box est collée sur la porte du frigo.

Une fois connecté, j'essaie d'allumer la tablette de Millicent. On me demande un code à quatre chiffres. Je sais pertinemment qu'elle n'utiliserait pas une date de naissance ou de mariage trop évidente. Il va falloir se montrer plus malin.

Aux informations, on ne parle que de la conférence de presse : Tobias et les trois cadavres enterrés dans le sous-sol.

Je cherche à deviner qui cela peut être, qui Millicent a pu assassiner. Des femmes de notre liste ? Des femmes que j'aurais refusées, comme Annabelle ou Petra ? Pourvu que ce ne soit pas Annabelle. Elle n'a rien fait pour mériter un sort pareil.

Non, ce ne serait pas logique. Il faut que quelqu'un reste vivant pour pouvoir identifier un sourd nommé Tobias. Elle n'aurait pas pu tuer tous ceux qui ont croisé son chemin.

Peut-être que Millicent a choisi des inconnues, des femmes que je n'ai jamais vues, à qui je n'ai jamais parlé. Mais ma charmante épouse n'est pas du genre à s'en remettre au hasard.

Bon, il est temps que je me calme. Mes pensées s'embrouillent et ne mènent nulle part.

Je multiplie les tentatives pour trouver le code de la tablette. Au coucher du soleil, je suis toujours bredouille.

Il est 18 heures, je devrais être rentré pour le dîner. Aujourd'hui, c'est soirée film, et je ne suis pas à la maison. Si mon message n'a pas fait comprendre à Jenna et Rory que quelque chose se tramait, mon absence s'en chargera.

À mon réveil, je me crois chez moi. Je tends l'oreille, guette le bruit de Millicent dans la cuisine, de retour de son footing, préparant le petit déjeuner. Mon programme de la journée se déroule dans ma tête ; mon premier cours est à 9 heures. Je roule sur le côté et tombe par terre dans un bruit sourd.

Pas chez moi. J'ai dormi dans le grand salon de Kekona. Son canapé d'angle vert d'eau est immense, mais ça ne m'a pas empêché d'en tomber. La réalité m'a heurté en même temps que son parquet.

La télévision est allumée, la petite cafetière ronronne, et l'ordinateur tourne. J'ai passé la nuit à dresser des listes. Ce que je sais, ce que j'ignore, ce que j'ai besoin de savoir. Comment récolter les informations qui me manquent. Cette dernière liste est assez courte, car je ne suis ni détective ni hacker. Ce que je sais se résume à deux choses : soit j'arrive à prouver que Millicent a tué ces femmes, soit j'arrive à prouver que ce n'est pas moi. L'idéal serait de faire d'une pierre deux coups.

Le soir où Naomi a été kidnappée, je suis rentré chez moi auprès de mes enfants, laissant Millicent seule avec la victime. Rory et Jenna sont un alibi sur lequel je ne peux pas compter. Une fois couchés, ils ne pouvaient attester de rien.

Mais puis-je prouver que Millicent est coupable ? Pas plus que je ne peux prouver mon innocence.

La tablette de Millicent me pose un problème plus technique que prévu. Il existe des programmes capables de réinitialiser le code PIN, mais pour cela, il me faut avoir accès à l'adresse mail enregistrée dans la tablette. Encore un mot de passe que je ne saurais deviner. Au milieu de la nuit, je me suis résolu à lire des forums alimentés par des adolescents cherchant à exécuter la même manœuvre que moi.

Il existe un autre moyen, mais pour y parvenir, je dois convaincre quelqu'un de m'aider.

Je passe une bonne partie de la matinée à me demander s'il vaut mieux lui demander tout de suite, avant que ma photo ne soit diffusée sur toutes les chaînes d'informations, ou après, quand je serai officiellement recherché par la police. J'essaie d'imaginer ma réaction si quelqu'un venait à réclamer mon soutien. L'aiderais-je ou lui refermerais-je la porte au nez avant d'appeler la police ?

La réponse est toujours la même : ça dépend.

Je n'ai pas mille solutions. Mes amis sont les amis de Millicent, nous les partageons. J'ai mes élèves, mais mes relations avec eux sont strictement professionnelles la plupart du temps. Réflexion faite, je n'ai qu'une option : une seule personne susceptible de me prêter secours.

Reste à savoir si Andy acceptera.

Chapitre 64

Le *Golden Wok* est un buffet chinois à une demi-heure de Hidden Oaks. J'y suis allé une fois, simplement pour faire une pause pendant un long trajet. C'est un buffet à volonté comme un autre. Je m'y rends tôt et remplis mon assiette de bœuf à la mongole, de porc à la sauce aigre-douce, de chow mein au poulet et de rouleaux de printemps frits. Au milieu de mon repas, Andy Preston entre dans le restaurant pour se joindre à moi.

Je me lève et lui tends la main. Il n'en tient pas compte et me serre dans ses bras.

Andy n'est plus le même homme depuis que Trista s'est donné la mort. Il n'est plus le même que celui que j'ai vu à l'enterrement. Ses kilos en trop ont disparu, je le trouve presque trop mince, chétif. Je l'invite à prendre une assiette.

C'est lui qui a choisi ce restaurant chinois. Il a quitté Hidden Oaks après le décès de Trista. D'après Kekona, il aurait démissionné de son travail pour passer ses journées sur Internet à dissuader les gens de se suicider. Je veux bien la croire.

Andy s'assied à ma table et m'adresse un sourire. Un sourire froid.

—Alors, quoi de neuf? lui dis-je. Comment vas-tu?

—Ce n'est pas terrible, mais ça pourrait être pire. Ça peut toujours être pire.

Je suis impressionné qu'il tienne ce discours après tout ce qui lui est arrivé.

— Je suis bien d'accord.

— Et toi ? Comment va Millicent ?

Je me racle la gorge.

— Oh-ho, ironise Andy.

— J'ai besoin d'aide.

Il hoche la tête sans me poser la moindre question, comme le fait un véritable ami. Alors que moi, je n'ai pas été là pour lui.

J'ai passé la matinée à me demander jusqu'où je pouvais me confier à lui. D'abord, la tablette. Je la sors de mon sac de sport et la glisse vers lui sur la table stratifiée.

— Peux-tu m'aider à accéder à ces données ? Elle s'allume avec un code PIN, mais je n'ai aucune idée de ce que ça peut être.

Le regard d'Andy alterne entre l'appareil et moi. L'inquiétude s'y dessine.

— Un enfant y arriverait.

— Je peux pas demander à mes gosses de le faire.

— J'en déduis que c'est la tablette de Millicent ?

Je fais signe que oui.

— Mais ce n'est pas ce que tu crois.

— Sûr ?

— Certain. (Je désigne son assiette.) Finis ton plat. Ensuite, je vais tout t'expliquer.

Enfin, pas *tout*.

Le repas terminé, nous montons dans sa camionnette, un vieux pick-up qui contraste avec la voiture de sport qu'il conduisait à l'époque.

— Qu'est-ce que tu as fait ? veut savoir Andy.

— Qu'est-ce qui te fait croire que j'ai fait quelque chose de mal ?

Il me lance un regard circonspect.

— Tu as mauvaise mine, tu as changé de numéro et tu veux fouiller dans la tablette de ta femme.

J'aimerais vraiment pouvoir tout raconter à quelqu'un, mais c'est impossible. Aussi forte soit mon amitié pour Andy, il est des limites que je ne peux pas franchir. Le meurtre en fait partie. Ainsi que les secrets de l'épouse de l'ami en question.

— J'ai trompé Millicent.

Il n'a pas l'air surpris.

— Et tu t'en mords les doigts, c'est ça ?

— C'est le moins qu'on puisse dire.

— Elle te fiche dehors et garde tout ? La maison, le plan d'épargne retraite et les sous pour les études des enfants ?

Si seulement elle ne me demandait que ça.

— Pas vraiment, lui dis-je. Millicent veut plus.

— Pour être franc, ça ne m'étonne pas.

Une pause. Il secoue la tête et reprend :

— Maintenant que tu as tout foutu en l'air, je peux t'avouer la vérité.

— Quelle vérité ?

— Je n'ai jamais aimé Millicent. Elle m'a toujours semblé froide.

J'ai envie d'éclater de rire, mais ce serait malvenu.

— Elle veut me faire porter le chapeau de choses que je n'ai pas faites. Des choses graves.

— Du genre illégal ? s'enquiert Andy.

— Oui. Trois fois oui.

Il lève une main pour que je n'en dise pas plus.

— Alors, j'avais raison. Elle est froide comme la glace.

— Oui, tu avais raison.

Quelques minutes s'écoulent en silence. Il fait courir sa main sur le volant, un geste qu'on fait sans réfléchir quand nos pensées sont ailleurs. Je m'efforce de me taire, de le laisser mesurer l'étendue de ma folie.

— Si tu as seulement besoin d'accéder au contenu de cette tablette, pourquoi m'avoir raconté tout le reste ? demande-t-il.

— Parce que toi et moi, on se connaît depuis toujours. Je te dois la vérité.

— Et ?

— Et parce qu'on parlera bientôt de moi aux infos.

— Aux infos ? Bon sang, qu'est-ce qu'elle manigance ?

— Tu es le premier à m'avoir aperçu depuis hier, Andy. S'il te plaît, n'en parle à personne.

Son regard se perd dehors, vers l'enseigne lumineuse du *Golden Wok*.

— Il vaut mieux que je ne sache pas, c'est ça ?

J'acquiesce.

— Le vrai service que tu me demandes, c'est mon silence.

— En quelque sorte, oui. Mais j'ai aussi besoin d'allumer ce truc, j'ajoute en pointant du doigt la tablette de Millicent posée devant moi sur le tableau de bord d'Andy. Alors, tu vas m'aider ?

Là encore, il marque une pause.

Andy va m'aider. Il ne le sait peut-être pas encore, mais il a déjà pris sa décision. Sans quoi il serait parti depuis longtemps. Et à voir sa mine, il en a peut-être autant besoin que moi.

— Tu m'as toujours cassé les pieds, grommelle-t-il. Et soit dit en passant, tes cours de tennis sont hors de prix.

J'esquisse un sourire.

— J'en prends note. Mais tu m'as accusé d'avoir couché avec ta femme. Tu me dois bien ce service.

Il hoche la tête. Puis je désigne la tablette de Millicent, posée sur le tableau de bord d'Andy.

— Donne-moi ça.

La pire étape reste l'attente. C'est comme savoir qu'une bombe explosera sans savoir où ni quand. Ou qui elle fauchera. Je passe la journée suivante dans la salle de projection de Kekona. Elle a installé un écran aussi large que le mur et des fauteuils inclinables au cuir patiné. J'écoute Josh parler de Tobias en continu. Il se renseigne même auprès de spécialistes de la surdité.

Je dois reconnaître que j'apprends deux ou trois choses intéressantes, qui m'auraient été utiles à l'époque où j'en avais besoin.

L'alerte sonore annonçant un flash spécial interrompt le fil de mes pensées. L'image à l'écran me donne des sueurs froides.

Annabelle.

La douce Annabelle, la contractuelle dont le petit ami a été tué par un chauffard.

Elle est vivante.

Et plus jolie que jamais, avec ses cheveux courts et ses traits fins. Mais elle ne sourit pas. Elle n'a pas l'air heureuse lorsque Josh la présente comme « celle qui a rencontré le sourd prénommé Tobias ».

Il n'est pas surprenant qu'elle soit la première à se manifester. Faute d'avoir pu sauver son petit ami, elle tentera de sauver le reste du monde.

Annabelle raconte son histoire, en tout cas sa version, à commencer par le jour où elle a failli mettre une contravention à la voiture que je prétendais être la mienne. Elle explique comment nous nous sommes croisés dans la rue par la suite et mon invitation à boire un verre. Elle donne même le nom du bar. Si Éric le barman n'a pas été interrogé, il le sera bientôt.

Annabelle n'omet aucun détail, pas même le texto qu'elle m'a envoyé. La police aura donc le numéro du téléphone à carte prépayée.

Je me demande si Millicent décrochera.

Dernière chose, et non des moindres : Annabelle annonce qu'elle a passé la matinée avec un dessinateur pour établir un portrait-robot. Celui-ci sera diffusé juste après l'entretien.

C'est à la fois ressemblant et loin du compte.

J'imagine Millicent devant les informations, critiquant le dessin : le nez est trop gros, les yeux peut-être trop petits. Elle dirait qu'ils ont oublié mon grain de beauté à l'oreille, que ma peau n'a pas cette teinte. Rien ne lui échapperait, comme d'habitude.

On ne mettra pas longtemps à m'identifier, d'autant qu'on doit déjà me rechercher. À commencer par mon patron. Millicent doit jouer les épouses affolées, prétendre que j'ai disparu sans raison.

Jenna et Rory. Que vont-ils croire ?

Je passe la journée enfermé, apeuré à l'idée de sortir en plein jour.

Tout ça me rappelle le jour de notre mariage, la maison des parents de Millicent au milieu de nulle part. Je la revois dans sa robe toute simple, avec les fleurs ornant sa coiffure, sorte de fée ou de nymphe venue d'un autre monde. C'était du Millicent tout craché, une créature venue d'ailleurs. Aujourd'hui encore.

Je repense également à ses mots ce jour-là. Ils sont terriblement d'actualité aujourd'hui.

« C'est parti. »

Les flashs spéciaux s'emballent. Il faut dire que les gens disposent désormais de juste assez d'informations pour en fournir davantage.

La deuxième personne à déclarer connaître Tobias est un barman, mais ce n'est pas Éric. Ce jeune homme travaille au bar où j'ai rencontré Petra. Josh, bien qu'excité par les nouvelles, paraît déçu par son témoin qui ne se souvient plus du jour exact ni de l'heure où il a rencontré Tobias. Il se souvient de si peu de chose que c'en est presque gênant, en tout cas pour lui. Cerise sur le gâteau, il se trompe dans la boisson. Tobias n'a jamais commandé de vodka-tonic.

J'en suis presque vexé. Je pensais que Tobias marquerait davantage les esprits.

À moins que ce barman ne soit qu'un imbécile.

Comme il n'y a pas d'autre nouvelle, les journalistes se répètent et repassent l'interview d'Annabelle en boucle, en particulier les phrases-clés. À tel point que je les garde en tête. Pendant les coupures publicitaires, je me demande si mes enfants regardent la même chaîne.

Millicent la regarde, je le sais. Je l'imagine sur le canapé, observant Annabelle sur notre écran géant. Je me la représente en train de sourire. Ou de froncer les sourcils. Ou les deux.

Aux informations du soir, Éric apparaît à l'écran, mais sur une autre chaîne. Cette fois, Josh n'est pas aux commandes. La journaliste qui questionne le barman est une femme d'un âge mûr, l'une de nos personnalités locales. Jusqu'à présent, elle n'avait jamais couvert ce dossier, que ce soit pour le retour d'Owen ou pour l'annonce de sa mort. Le fait qu'elle s'implique dans l'affaire m'inquiète. La chasse à l'homme est ouverte, et c'est moi qu'ils cherchent.

Éric a une meilleure mémoire que l'autre barman, à commencer par la boisson : gin-tonic. Il décrit mon costume jusqu'à la couleur de ma cravate. Il se souvient de la couleur de mes yeux, de mon teint et de la longueur de mes cheveux.

Chaque nouvelle révélation me noue l'estomac. Quelle chance, je suis tombé sur le seul barman physionomiste de cette ville.

En quelques minutes, toutes les chaînes diffusent les pistes apportées par Éric. J'ai la nausée lorsque Josh relaie tous ces détails à mon sujet. Si j'avais su qu'il était si malsain, je ne lui aurais jamais envoyé ces lettres.

Enfin, ce n'est pas à moi de juger qui est malsain et qui ne l'est pas.

Les heures passent, et la nuit est bien entamée avec son lot de vieux films et de publireportages. J'ouvre mon ordinateur et surfe sur les sites dédiés aux faits divers. Mon portrait-robot est partout, accompagné des interviews que je viens de voir. Je lis les articles associés. Mon nom n'est nulle part et n'a aucune raison d'y être. Pour l'instant.

Chapitre 65

La nuit a été courte. À peine une heure après mon réveil, les journalistes se préparent pour une conférence de presse donnée par Claire Wellington. J'avale mon café avec peine dans l'attente de la suite. Claire n'a jamais rien dit qui vaille, ce n'est pas aujourd'hui qu'elle commencera.

On a monté une estrade au poste de police, flanquée d'un drapeau américain et d'un autre de l'État. Il y a des micros, des appareils photo et des projecteurs partout. Dix minutes après l'horaire annoncé, Claire s'avance sur le podium. Aujourd'hui, pas de pantalon strict, mais un ensemble jupe et veston bleu marine, le même genre que porterait Millicent, quoique moins moulant. Je vois ça comme un signe de mauvais augure.

Claire introduit son rapport par le dessin déjà relayé par les médias et invite la communauté à afficher ce portrait dans les entreprises, les écoles et les bâtiments municipaux ainsi que sur les sites web locaux. En réalité, pour avoir manqué ce croquis, il faudrait ne disposer ni de la télévision ni d'Internet. Ou être dans le coma.

Mais ce n'est pas pour cette raison que Claire a organisé cette conférence. Ce n'est que l'ouverture de sa pièce. Le sujet principal arrive ensuite.

—À présent, j'ai du nouveau concernant les trois femmes retrouvées dans le sous-sol de l'église. Les différents stades de

décomposition des corps ont rendu l'identification délicate. Comme pour les autres, leurs dermatoglyphes ont été limées.

Une pause. Elle prend une profonde inspiration.

— *En dépit de ces difficultés, le médecin légiste et la police scientifique ont fait un excellent travail. Une première victime a été identifiée, nous avons contacté ses proches. Grâce au dur labeur d'une grande équipe, cette jeune femme peut désormais reposer en paix.*

Avant qu'elle ne révèle le nom de la victime, sa photo apparaît à l'écran.

Je la connais.

Jessica.

La caissière du EZ Go où j'aime prendre mon café. Elle a disparu récemment. Celui qui l'a remplacée la disait partie étudier dans un autre État. Je suis sous le choc d'apprendre que Millicent la connaissait. Elle n'a aucune raison d'aller dans la supérette du EZ Go.

Elle doit me suivre depuis plus longtemps que je ne le pensais. Peut-être depuis toujours. Elle surveillait peut-être mes moindres faits et gestes : ce que je faisais, à qui je parlais.

Mon cœur bat la chamade. Je repose mon café.

À la télévision, l'écran est divisé en deux : d'un côté la photo de Jessica, de l'autre Claire sur son estrade. L'inspectrice poursuit son rapport, expliquant que les autres victimes n'ont pas encore été identifiées.

À présent, je sais ce qu'a fait Millicent. Elle a tué des femmes que je connaissais, qui ont pu être reliées à moi. Cela devait faire partie de son plan.

Ou peut-être croit-elle que j'ai couché avec chacune d'entre elles.

À moins qu'elle ne pratique la politique de la terre brûlée, détruisant quiconque sur mon passage susceptible d'être une menace pour elle.

Mes pensées s'emballent quand je cherche qui pourraient être les deux autres femmes. Ce ne sont pas mes élèves de tennis. Aucune n'a disparu récemment, j'aurais été au courant. La disparition d'une riche héritière affole tout le monde.

Je dresse la liste de toutes les femmes que je connais, en particulier les jeunes femmes correspondant au profil d'Owen. On en trouve plusieurs au club, elles sont barmaids, serveuses ou vendeuses d'articles de sport. Je les connais à peu près toutes de vue et les salue quand je me rends au travail. Certaines travaillent au club depuis plus longtemps que d'autres. Elles sont toutes toujours là, et non pas enterrées dans un sous-sol d'église.

Sauf une.

Beth.

La jeune et joyeuse Beth et son accent d'Alabama. Je n'ai pas eu d'aventure avec elle, c'est simplement quelqu'un que j'apprécie. Il nous arrivait de discuter quand je mangeais au club. Sans plus.

Il y a peu, elle est retournée dans sa ville natale pour régler une urgence familiale. C'est ce que m'a dit le patron du restaurant. Personne n'a mis cette théorie en doute. Personne n'a pensé qu'il avait pu lui arriver malheur. Personne ne l'a cherchée.

S'il s'était écoulé plus de temps, sa famille aurait fini par s'inquiéter.

Je me lève pour faire les cent pas, d'abord dans la salle de projection de Kekona, puis dans toute la maison. À l'étage, au rez-de-chaussée, dans toutes les pièces, je tourne en rond.

Il en reste une.

Millicent a tué une troisième femme. Personne d'autre n'a disparu – pas que je sache, en tout cas –, alors je me demande si c'est Petra. Puisque les barmans et Annabelle reconnaissent Tobias, pourquoi ne pas se débarrasser de Petra ?

La sonnerie du téléphone me tire de mes pensées. Le seul à connaître mon nouveau numéro, c'est Andy.

— C'est toi, me dit-il.

Il n'évoque pas le portrait-robot, c'est inutile. Je hoche la tête comme s'il pouvait me voir.

— C'est ce que j'ai tenté de t'expliquer. Elle essaie de me faire porter le chapeau.

— Ouais, j'ai cru comprendre. Mais tu ne m'as pas précisé l'étendue de sa colère.

— Rappelle-toi, il valait mieux que tu ne saches pas.

— Comment peut-elle te faire accuser de ça ?

Là encore, j'aimerais tout lui raconter, mais je ne peux pas. Je ne trouve aucune réponse valable.

— Si je le savais, je le dirais à la police.

Il soupire. Puis, juste avant de raccrocher, il jure entre ses dents.

Il est toujours en possession de la tablette de Millicent.

Je passe la journée à regarder les informations, à chercher mes enfants sur Internet. Rien de neuf à signaler, seulement de vieux articles sur la page du journal local au sujet de l'équipe de foot de Jenna ou des tournois de golf de Rory.

Je regarde les photos que j'ai emportées de la maison. Elles semblent dater d'une éternité, à l'époque de cette vie qui me semble aujourd'hui réduite à un vieux rêve.

C'est la nuit. Je suis dehors et marche autour de la piscine. Si Kekona avait des voisins, ils me prendraient pour un fou – et peut-être auraient-ils raison –, mais personne n'habite assez près pour me voir. Alors, je saute dans la piscine, tout habillé, et reste sous l'eau aussi longtemps que possible.

L'air rentre brutalement dans mes poumons quand je regagne la surface. De quoi me réveiller et m'apaiser tout à la fois.

Je sors de l'eau pour aller m'étendre sous le patio, les yeux rivés vers le ciel, m'efforçant de ne pas songer à tout ce qui pourrait encore empirer.

Mon existence vient de s'écrouler, je devrais être furieux. La colère est bien là, elle bout sous la surface, mêlée de tristesse et d'un profond chagrin, de culpabilité, de honte et d'horreur. Ce mélange détonant finira par éclater. Mais pas tout de suite. Pas tant que je n'aurai pas trouvé un moyen de me sortir de ce pétrin.

Et de récupérer mes enfants. Je m'endors en pensant à eux. À nous trois, sans Millicent.

Le soleil me réveille sur fond de chants d'oiseaux. L'air est si paisible chez Kekona que je pourrais presque me croire seul au monde. Je comprends mieux pourquoi elle ne quitte jamais le quartier. Qui voudrait abandonner ce havre de paix et rejoindre la réalité ? Pas moi. Je resterais ici, si j'en avais la possibilité.

Le moment est venu. Je regagne la maison et j'allume la télévision.

Moi.

Je me regarde droit dans les yeux. Ma photo occupe tout l'écran, avec mon nom en bannière, à côté des mots :

POTENTIELLEMENT IMPLIQUÉ DANS L'AFFAIRE

J'avais beau m'y attendre, je tombe à genoux.

C'est arrivé si vite. En moins d'une semaine, ma vie s'est effondrée. Si je ne le vivais pas, je demanderais à le voir pour le croire.

La voix de Josh me fait lever les yeux au ciel. Il parle avec animation. Aujourd'hui, il n'est pas journaliste. Puisque nous nous sommes rencontrés au restaurant grill, il se retrouve de l'autre côté du micro. C'est lui la star.

Une majeure partie de son témoignage est un tissu de mensonges, abrégé de surcroît. Je l'ai accosté. Je l'ai interrogé sur l'affaire. Je l'ai supplié de me donner le nom de ses sources. Il fait l'impasse sur son ivresse, sur ses insultes à l'égard de Claire Wellington qu'il a traitée de conne, sur ses lamentations au sujet des informations qu'on lui transmettait avec l'interdiction de les annoncer à l'antenne.

— *Je comprends que la police s'en tienne pour l'instant à le qualifier de « potentiellement impliqué », rien n'est encore sûr. Mais je peux partager avec vous mon ressenti. Vous savez, ce qu'on appelle un mauvais pressentiment ? Cette alarme qui résonne dans votre tête, vous somme de prendre vos jambes à votre cou ? C'est l'effet que m'a fait ce type.*

Sa description est assez lugubre pour me faire passer pour coupable, alors que Josh n'était pas en état de ressentir quoi que ce soit le soir où nous avons discuté.

J'aimerais remettre la batterie dans mon téléphone. Voir si mes enfants m'ont écrit, s'ils s'inquiètent, s'ils croient un traître mot de ce qu'on raconte sur moi. Ou voir combien de fois la police a tenté de me joindre.

Au lieu de cela, je reste seul, coincé dans la superbe demeure de Kekona sans personne à qui parler.

Quand soudain le téléphone se met à sonner. Andy.

Je décroche mais ne souffle mot, car il me dit aussitôt :

— Ces meurtres ont bouleversé Trista. Je me réjouis presque de savoir qu'elle n'est plus là pour voir toutes ces victimes.

Si Trista était vivante, elle aurait appris qu'Owen n'a pas tué ces pauvres femmes. Et elle n'aurait aucune raison de mettre fin à ses jours. Mais je n'en dis rien.

— Je me souviens, réponds-je à Andy. Nous en parlions, au club.

— Ce n'est pas toi, alors ?

— Je n'ai pas assassiné toutes ces femmes.

Ce qui est vrai. J'ai seulement tué Holly, or personne n'a retrouvé son corps.

— Si jamais je découvre que tu…

— Dans ce cas, appelle la police. Dénonce-moi.

— Non, j'allais dire que je te tuerai de mes propres mains.

J'émets un profond soupir.

— Marché conclu.

— J'ai réussi à déverrouiller la tablette. Tu peux me dire où tu es ?

— Dans ton intérêt, il vaut mieux…

— Que je ne sache pas, conclut Andy. J'ai compris.

Nous nous retrouvons sur un autre parking, pas celui du *Golden Wok*. Je sors sous couverture d'une casquette et de lunettes de soleil et ne me suis pas rasé depuis deux jours. C'est peu de chose, mais personne ne prête attention à moi dans le 4 x 4 de Kekona. Je quitte Hidden Oaks par le portail arrière pour éviter les agents de sécurité.

La nuit est tombée, car je préfère ne pas sortir de jour. Et je ne veux pas non plus montrer la voiture ou la plaque d'immatriculation à Andy. Je me gare à quelques rues du lieu de rendez-vous pour m'y rendre à pied. Il m'attend devant sa camionnette, la tablette de Millicent à la main. Aucun autre véhicule à l'horizon, aucune lumière allumée. Le parking appartient à une vieille casse à l'abandon.

Andy se tient plus droit que la dernière fois que je l'ai vu. Il a le menton haut.

— Toute la région est à ta recherche, mon vieux, me lance-t-il.

— Oui, j'ai appris.

Andy se retourne et pose la tablette sur le capot en gardant sa main dessus.

— Si tu me dis que tu as échoué, j'arrêterai de croire que tu es un génie.

— Je n'échoue jamais. Mais je ne sais pas si ça te sera utile, annonce-t-il en faisant glisser un doigt sur l'écran qui affiche alors un pavé numérique. Nouveau code, six trois sept quatre. Je commence par la mauvaise nouvelle : elle doit se douter que tu l'as emportée parce qu'elle a supprimé tout le contenu du cloud.

— Il fallait s'y attendre.

— Pas de panique, il y a une bonne nouvelle. Il restait sur le disque dur des informations auxquelles elle n'a pas accès.

Il me montre des photos. Mes enfants, quelques maisons à vendre et une liste de courses prise en photo.

Je secoue la tête. Trop banal pour être utile.

— Elle aime jouer, m'informe Andy en ouvrant des applications de puzzles et de mots croisés.

Mes derniers espoirs retombent comme un soufflé. Évidemment, il n'y a rien sur la tablette. Millicent est trop maligne pour ça.

— J'ai aussi trouvé des recettes, ajoute-t-il en ressortant des fichiers pdf.

— Des champignons farcis ?

— Mm-mh, de la sauce houmous aux épinards, quel délice.

— Crétin, dis-je après avoir laissé échapper un soupir.

— Eh, c'est ta femme, pas la mienne. Pour finir en beauté, j'ai son historique de recherches. Elle l'avait supprimé, mais j'en ai récupéré une grande partie, pour ce que ça vaut.

Et ça ne vaut pas grand-chose. Il s'agit essentiellement de recettes, de sites médicaux sur les foulures au poignet ou les maux d'estomac, le calendrier du collège en ligne et quelques pages immobilières.

— Rien de suspect, en déduis-je.

— A priori, non.

Je pousse un nouveau soupir.

— Ce n'est pas ta faute. Merci d'avoir essayé.

— Tu m'es redevable jusqu'à la fin de tes jours, mon vieux.

— Si je ne les passe pas derrière les barreaux.

Il me prend dans ses bras avant de disparaître au loin dans sa vieille camionnette.

Je me retrouve seul, peu pressé de retourner chez Kekona. Si grande soit-elle, une belle demeure peut parfois se révéler étouffante.

Je repousse donc mon départ en naviguant dans la tablette parmi les sites immobiliers que Millicent a visités. Personne n'est parfait, me dis-je. Pas même ma femme. Elle a forcément commis une erreur.

Et quand je la trouve, mes yeux manquent de saigner.

Chapitre 66

Le site web sur lequel Millicent s'est rendue le plus souvent est une base de données immobilières. Elle ouvrait cette page tous les jours pour y chercher des rapports de ventes et autres transactions financières, autant d'informations accessibles au public. Son navigateur garde en mémoire les adresses des biens auxquels elle s'est intéressée.

L'un d'eux est un bail commercial situé au 1121 Brownfield Avenue. Il y a six mois, un certain Donald J. Kendrick aurait vendu ce local pour cent soixante-deux mille dollars. La bâtisse existe depuis plus de vingt ans, louée par une entreprise depuis quelques années.

Chez Joe.

Donald a revendu les locaux à une SARL possédée par une autre SARL, elle-même gérée par une troisième société. En définitive, les murs appartiennent désormais à la SARL R.J. Entreprises.

Rory. Jenna.

L'intelligence de Millicent dans toute sa splendeur. Pour elle, ce n'est pas une erreur. Nos enfants ne seront jamais une erreur. Elle a choisi ce nom en pleine conscience.

Je repense à cette période : il y a six mois, Millicent venait de vendre trois maisons d'affilée. Autant d'argent à sa disposition.

Denise n'a jamais été la cliente de Millicent.

C'est sa locataire. Une locataire qui est également une vieille amie de la sœur d'Owen.

Connaissant Millicent, elle a dû passer des heures à fouiller dans le passé du tueur en série : sa famille, l'endroit où il a grandi, les établissements fréquentés, etc. Après des recherches approfondies, elle a découvert qu'Owen était mort et elle s'est trouvé quelqu'un pour le prouver. La sœur d'Owen, par exemple. Qu'il suffisait de faire revenir au pays.

Pour la convaincre, qui de mieux placé qu'une vieille amie ? En outre, une vieille amie dont la propriétaire sait se montrer persuasive. Pour l'inciter à contacter Jennifer Riley et la supplier de sortir du silence au sujet de la mort d'Owen.

Millicent. Tout ça, c'était l'œuvre de Millicent. En l'espace de six mois.

À présent, je comprends mieux sa réaction au sujet des femmes qui prétendaient avoir été agressées par Owen sur des parkings. Millicent était convaincue qu'elles mentaient. Elle était catégorique : il n'était pas revenu. Et pour cause, elle savait déjà qu'il était mort.

On aurait pu trouver admirable son zèle employé à faire de ma vie un enfer si cela n'avait pas été aussi malsain.

Cependant, je ne détiens encore aucune preuve. Une simple SARL et un bail commercial, que même le pire des avocats pourrait reléguer au simple rang d'investissement, et non de terrain propice pour faire accuser quelqu'un de meurtre.

Je retourne à Hidden Oaks par le portail arrière que j'actionne avec la télécommande de Kekona. Une fois entré, j'ai une envie folle de passer devant ma maison. Le soleil se lève, je me demande si les enfants dorment encore. S'ils trouvent le sommeil. Si nous habitions ailleurs, ils seraient harcelés par les journalistes. Mais pas ici. L'accès au quartier est privé.

Mais je ne passe pas devant la maison. Ce serait idiot.

En revanche, je retourne chez Kekona et j'allume l'écran géant.

Moi. Je suis partout.

Maintenant que l'on m'a identifié, tout le monde a un mot à dire à mon sujet, et tous passent aux informations. D'anciens élèves, des collègues de travail, de vagues connaissances. Chacun y va de son point de vue sur mon implication dans l'affaire. Une personne « potentiellement impliquée » qui s'est volatilisée.

— *Un type sympa. Un peu trop mielleux, peut-être. En même temps, c'est un prof de tennis.*

— *Ma fille prenait des cours avec lui. Aujourd'hui, je m'estime heureuse qu'elle soit encore en vie.*

— *On se croisait au club. Toujours à se chercher de nouveaux clients.*

— *Ma femme et moi les connaissions depuis des années. On était loin de se douter. Très loin.*

— *Ici, à Hidden Oaks ? C'est incroyable. Vraiment.*

— *Terrifiant.*

À présent, Josh est interviewé par d'autres journalistes, car notre conversation fait de lui un témoin de l'affaire.

Mon patron dit de moi que j'étais le meilleur joueur qu'il ait jamais embauché. Dommage que je sois un malade mental.

Et Millicent. Elle n'apparaît pas à l'écran, ils ne diffusent aucune photo d'elle, mais elle fait simplement cette déclaration :

Mes enfants et moi-même vous prions de respecter notre vie privée en cette période immensément difficile. Je coopère pleinement avec la police et n'ai rien de plus à ajouter pour l'instant.

Doux et concis, sans conteste la plume de Millicent sur les conseils probables d'un avocat. Un avocat choisi parmi son portefeuille de clients. Quelqu'un qui était autrefois mon ami.

Maintenant, il ne me reste plus qu'Andy, quoique s'il apprenait la vérité, il me tuerait.

Je repense à Kekona et me demande si c'est une amie. Me croirait-elle si elle était là ? Nous nous connaissons depuis plus de cinq ans. Notre relation est devenue familière, nous plaisantons souvent pendant les cours. Elle paie chaque leçon, même celles qu'elle annule, et nous invite à chacune de ses soirées. Cela fait-il d'elle une amie ? Je ne sais plus.

Je n'ai pas l'habitude d'être aussi seul. Millicent a toujours été à mes côtés, et les enfants aussi. J'avais une famille à gérer, ma propre vie à mener. Au bout de quelques années à vivre à Hidden Oaks, mes vieux amis ont commencé à se marier, à déménager, à fonder une famille. Je ne m'inquiétais pas vraiment de les voir s'éloigner. J'avais de quoi m'occuper.

À présent, je mesure mon erreur. À trop me focaliser sur ma famille, je me suis isolé, loin de tout le monde, hormis du seul ami qui ne pourra jamais savoir la vérité.

Mon coup de blues est interrompu par Claire Wellington, qui doit certainement détester le blues comme toutes les autres formes de musique. En concert, je l'imagine regarder sa montre, finir son verre d'eau et repérer la première occasion de s'échapper. Peut-être que je me trompe, mais j'en doute.

Elle tient une nouvelle conférence à 17 heures, juste à temps pour être ensuite relayée aux informations du soir. Aujourd'hui, elle arbore un affreux tailleur gris en fausse flanelle, la dernière matière à porter en Floride. Sa coiffure est d'un terne innommable, tout comme son teint. Claire manque de sommeil, elle ferait bien de lever le pied.

— Comme vous le savez, notre équipe travaille dur pour identifier les corps trouvés dans le sous-sol de l'église. La jeune Jessica Sharpe, vingt-trois ans, a été notre première découverte. À présent, nous connaissons l'identité des deux autres victimes.

Elle prend une profonde inspiration, et moi aussi.

Des chevalets sont installés de part et d'autre de l'inspectrice, sur lesquels sont voilés des agrandissements de portraits. Un policier révèle le premier.

J'avais raison. Beth, la joyeuse serveuse.

Sur cette photo, elle n'est pas maquillée, et ses cheveux sont relevés en queue de cheval, ce qui lui donne l'air d'avoir douze ans.

— Beth Randall avait vingt-quatre ans. Originaire d'Alabama, elle était serveuse au country club de Hidden Oaks. Il y a peu, ses parents ont reçu une lettre d'elle annonçant qu'elle partait travailler dans une ferme du Montana. Il semblerait qu'elle ne soit pas l'auteur de cette lettre.

Millicent. Je reconnais là son sens de l'humour. À part les bateaux de pêche, il n'y a rien qu'elle déteste plus que les fermes.

— À la même période, son employeur a reçu un courrier l'informant qu'une urgence familiale lui imposait de repartir en Alabama. Aucune des deux parties n'a soupçonné que sa lettre était une escroquerie.

Claire marque un silence, le temps pour la caméra d'opérer un zoom sur le portrait de Beth. Elle se tourne ensuite vers l'autre chevalet. Je crois toujours qu'il s'agit de Petra. Je ne vois personne d'autre qui aurait disparu ou déménagé. Et je n'ai pas pris de nouvelles de Petra depuis un long moment. Si j'avais pu quitter cette villa, je l'aurais peut-être cherchée pour vérifier ma théorie.

Le policier découvre le portrait.

Cette fois, je me suis trompé. Ce n'est pas Petra.

C'est Crystal.
Celle qui travaillait pour nous.
Celle qui m'a embrassé.

Je n'y avais même pas pensé. Maintenant que j'y songe, je m'aperçois que j'aurais dû, mais je n'ai pas vu Crystal depuis plus d'un an. Nous n'avons plus aucun contact depuis qu'elle a cessé de travailler pour nous.

Millicent était-elle au courant pour le baiser ? Est-ce la raison pour laquelle elle a tué Crystal ? Ou était-ce simplement un dommage collatéral, un détail du plan colossal de Millicent ?

Je ne le saurai probablement jamais. De toutes les questions que j'aimerais lui poser, celles-ci ne seraient pas en tête de liste.

Mais, à mon avis, Crystal a tout raconté à Millicent. Sous la torture.

Je préfère ne pas y penser.

La conférence de presse se poursuit. Claire présente un homme dont le nom me dit quelque chose, il me semble l'avoir entendu dans un documentaire sur Owen. Il s'agit d'un profileur assez célèbre, désormais à la retraite et devenu consultant indépendant. Il a écrit plusieurs thrillers basés sur des faits réels. Cet homme, grand, mince et décrépit, monte sur l'estrade et annonce n'avoir jamais rencontré de tueur de ma trempe.

— *Il tue des femmes qu'il a connues de près comme de loin, comme cette caissière, et se forge un autre personnage à part entière, un certain Tobias, sourd, dont il se sert pour dénicher de nouvelles victimes. La variété de ses méthodes explique sans doute qu'il ait pu sévir si longtemps sans être découvert.*

À moins qu'on ait menti sur ma culpabilité. Mais cette hypothèse, personne ne l'envisage.

Morceau par morceau, ma vie est démantelée, comme si elle n'avait jamais vraiment existé. Une simple ligne de dominos disposés par Millicent. Plus vite ils tombent, moins je peux m'en dépêtrer.

Pourtant, je continue de regarder cet écran.

Jusqu'à en avoir les yeux troubles et la tête comme enfoncée dans mon cou.

Une vraie preuve. Voilà ce qu'il me faut. Une preuve ADN sur l'arme du crime ou une vidéo de Millicent tuant l'une de ces femmes.

Seulement, cette preuve je ne l'ai pas.

Le téléphone me réveille. Alors que je regardais se dérouler le film de mon apocalypse, je me suis endormi. Les fauteuils de Kekona sont décidément bien trop confortables.

Je décroche et écoute la voix d'Andy.

— Tu respires toujours ?

— À peine.

— Je n'arrive pas à croire qu'ils ne t'aient pas encore attrapé.

— Ne sous-estime pas mon intelligence.

À la télévision, ils diffusent une photo de moi au bal de promo du lycée.

— Tu parles, c'est plutôt un coup de chance, rétorque-t-il.

En plus du reste, il y a la culpabilité. Andy me croit parce qu'il ignore presque toute la vérité.

Un autre profileur apparaît à l'écran. Son accent nasillard me donne envie de changer de chaîne. Mais je tiens bon.

— *Le niveau de torture peut être directement lié au niveau de colère nourri par le tueur pour sa victime. Par exemple, les brûlures sur le corps de Naomi sont l'indication que le tueur lui en voulait terriblement. Impossible de savoir si cette colère provenait de ce qu'elle lui aurait fait, ou si cette femme lui rappelait simplement quelqu'un d'autre. Nous pourrions ne jamais le savoir tant que nous ne l'aurons pas arrêté.*

C'est le moment de changer de chaîne. Un fantôme apparaît. Mon fantôme.

Petra.

Chapitre 67

Non seulement elle est vivante, mais elle a changé. Moins de maquillage, moins d'apparat. Plus de tenue, comme si elle revenait de deux jours de relooking. Ses yeux bleus sont perçants et droits, et ses cheveux autrefois ordinaires sont brillants et stylisés.

Je me rappelle son appartement, son lit. Son chat Lionel. Elle aime le vert citron et la glace à la vanille et refusait de croire que j'aimais le jambon sur la pizza. En effet, j'ai horreur de ça.

Je me souviens également de la voix de Petra lorsqu'elle m'a demandé si j'étais vraiment sourd. Cette même voix qu'elle prend à la télévision. Suspicieuse. Accusatrice. Un brin blessée.

—J'ai rencontré Tobias dans un bar.

À la question du journaliste qui souhaite savoir pourquoi elle a attendu si longtemps avant de se manifester, Petra hésite, puis répond :

—Parce que j'ai couché avec lui.

— Vous avez couché avec lui ?

Elle acquiesce, la tête penchée, accablée sous le poids de la honte. Honte d'avoir couché ou de m'avoir choisi, moi ? Je ne saurais dire. Peut-être un peu des deux.

D'abord, les médias me catégorisent comme un malade mental, un tueur en série psychopathe et tordu. À présent, je suis un tueur en série psychopathe et tordu qui trompe sa femme.

Comme si les gens avaient besoin d'une raison supplémentaire de me haïr.

S'ils savaient où je me cache, ils viendraient en masse, armés de fourches. Seulement, ils ne savent pas. Je peux donc rester là, à manger des cochonneries devant la télévision en attendant qu'on me débusque ou que Kekona rentre chez elle. L'un des deux.

Le silence de Petra est désormais contrebalancé par sa présence sur toutes les chaînes. Elle ment sur certains points, raconte la vérité sur d'autres. À chaque interview, le récit se précise un peu plus, et ma dépression sombre dans l'abîme.

Il m'arrive encore de croire que je vais pouvoir m'en sortir, et je passe alors des heures sur cette satanée tablette en espérant y découvrir soudain un nouvel élément. Une vidéo que Millicent aurait prise dans cette cave, par exemple, ou une liste de ses prochaines victimes.

Lorsque je ne m'attelle pas à une activité aussi futile, c'est moi qui suis futile. Un tas d'apitoiement inutile qui se demande bien pourquoi il s'est marié. Qui regrette d'avoir rencontré Millicent et de s'être assis à côté d'elle dans cet avion. Sans elle, je ne serais pas devenu ce que je suis aujourd'hui.

Et quand je ne m'enfonce pas dans les sables mouvants de la déprime, je regarde les informations. Comme si tout ça concernait quelqu'un d'autre.

À quel point mes enfants me détestent-ils ? Que raconte docteur Beige à mon sujet ? Je parie qu'il fait croire à Jenna que je suis à l'origine de tous ses problèmes. Ça n'a jamais été Millicent ni Owen, mais bien moi. Pas Millicent ; jamais, évidemment.

Andy me rappelle.

— J'ai vu ta femme.

— Tu quoi ?

— Millicent. Je suis allé chez toi pour la voir.

— Pour quoi faire ?

— Écoute, j'essaie de t'aider. Crois-moi, je n'avais aucune envie de me trouver dans la même pièce qu'elle. Alors je l'ai appelée. Millicent et moi avons beaucoup de choses en commun. On a perdu nos moitiés.

Sauf que je ne suis pas mort.

— Les enfants étaient là ?

— Oui, je les ai vus tous les deux. Ils vont bien. Ils deviennent fous à force d'être cloîtrés chez eux. À cause des journalistes, tout ça.

— Ils ont parlé de moi ?

Une pause.

— Non.

Sans doute une bonne nouvelle, mais quand même, ça fait mal.

— Écoute, quoi que tu décides de faire, fais-le vite, suggère Andy. Millicent m'a dit qu'elle voulait prendre le large quelque temps avec les enfants.

Ce qui paraît logique de la part d'une femme qui vient d'apprendre que son mari est un tueur en série. Tout comme c'est logique de la part d'une tueuse en série qui fait porter le chapeau à son mari.

— Elle n'a pas dit où ils iraient, j'imagine ?

— Non.

— Je m'en doutais.

— Autre chose, ajoute Andy.

— Quoi ?

— Si on ne s'était pas parlé avant toute cette histoire, je ne sais pas si je t'aurais cru. Pas après avoir vu Millicent dans cet état.

— Dans quel état ?
— Dévastée.

Voilà ce qui m'inquiète. Personne ne croira un traître mot de ce que j'aurai à dire. Pas sans preuve tangible.

À mesure que les heures passent, je m'enfonce dans le fauteuil de Kekona. Les images à l'écran ondulent devant mes yeux comme sous l'effet de la houle : Lindsay, Naomi, moi, Petra et Josh. Ce dernier parle, parle encore, se répète.

Autopsie. Étranglées. Torturées.

Ce dernier mot, il l'a bien prononcé un millier de fois.

À la mille et unième, je me redresse d'un bond.

Je me rue à travers la maison de Kekona, fouille dans mes affaires jusqu'à trouver l'objet que je recherche.

La tablette de Millicent.

Elle est allée sur des sites médicaux pour se documenter au sujet des maux de nos enfants, mais il y avait peut-être autre chose. Une chose qui m'aurait échappé.

Si je devais torturer une personne sans la tuer, je me renseignerais. À commencer par diverses blessures répertoriées sur les sites médicaux.

Mes espoirs sont faibles. Très faibles.

Aussi bête puis-je me sentir de penser qu'elle aurait pu laisser une telle preuve sur la tablette, l'idée de me sentir plus bête encore si je ne vérifiais pas me donne la force de continuer… et elle est là, juste sous mon nez.

La tablette se trouvait dans la salle à manger de Kekona, sur la grande table pouvant bien accueillir seize personnes. L'endroit parfait pour me poser et reprendre mes investigations. Je parcours chacun des sites visités, en quête d'un indice concernant la torture ou la strangulation. Je cherche des mentions de brûlures provoquées par de l'huile bouillante, d'hémorragies internes et de coupures sur les paupières.

J'inclus même les brûlures par cigarette, ce qui est absurde, car Millicent a le tabac en horreur.

Je ne trouve rien de concluant.

Millicent a regardé le temps de convalescence nécessaire pour une foulure du poignet. Elle s'est renseignée sur les maux d'estomac, ce qui les provoque et comment s'en guérir.

Et c'est tout.

Rien au sujet de la torture, rien d'utile. Il fallait s'en douter.

Je repousse la tablette qui glisse sur le bois. Par réflexe, je vérifie que je n'ai pas rayé la table de Kekona. C'est futile, mais plus fort que moi. Je me lève et me penche sur le plateau, j'y promène les doigts, quand un détail sur la tablette attire mon regard.

La page des maux de ventre est toujours ouverte. Sur la colonne de droite sont listées toutes les causes possibles. L'une d'elles est en violet au lieu du bleu, car on a cliqué sur son lien.

Le collyre.

Chapitre 68

La tétryzoline est l'agent actif du collyre qui permet d'apaiser les rougeurs de la cornée. Mais ingérée en grande quantité, elle peut engendrer de graves effets secondaires. Ces gouttes pour les yeux font chuter la tension artérielle, pouvant aller jusqu'à plonger quelqu'un dans le coma. Voire entraîner sa mort.

En revanche, à dose homéopathique, le collyre cause seulement des maux de ventre et des nausées. Sans fièvre.

Le collyre était à Millicent.

Elle en a fait avaler à Jenna.

Non.

Impossible.

Cette idée me rend physiquement malade. Jenna est notre enfant, notre petite. Ce n'est ni Lindsay ni Naomi. Ce n'est pas une victime à torturer.

À moins que si. À moins que Jenna ne soit comme les autres aux yeux de Millicent.

Ma fille ne souffre pas d'une maladie chronique.

Elle a une mère qui l'empoisonne.

J'ai envie de tuer Millicent. J'ai envie de rentrer chez moi, de tuer ma femme et d'en finir une bonne fois pour toutes. Voilà où se situe ma colère.

C'est un sentiment nouveau. Avant, il ne m'était jamais arrivé de penser sans détour : « J'ai envie de tuer une femme », ni même : « J'ai envie de tuer telle femme ». Mes désirs n'étaient pas aussi nets, aussi tranchés. Je le faisais pour Millicent, pour notre couple, ce que j'en tirais personnellement n'était pas évident à définir.

À présent, c'est clair comme de l'eau de roche. J'appelle de mes vœux la mort de ma femme.

Je me dirige vers la porte d'entrée sans casquette, sans déguisement ni arme d'aucune sorte. Je suis furieux et dépité, je me fiche de n'avoir aucun plan. Ma main est déjà sur la poignée lorsque je prends conscience de ma bêtise. J'ai toujours été stupide.

Je pourrais traverser Hidden Oaks sans me faire repérer. Tous me croient en cavale, et non caché dans mon propre quartier. Et une fois que j'arriverais chez moi, rien ne m'empêcherait d'entrer, puisque j'ai la clé. En admettant que ma maison ne soit pas sous surveillance.

Mais je risque de me retrouver nez à nez avec ma femme. Celle qui – je le sais désormais – est un monstre.

Au même titre que le véritable Owen.

Et puis, il y a mes enfants. Ils sont dans la maison et pensent que je suis coupable. À leurs yeux, c'est moi le monstre. Et je n'ose imaginer leur réaction lorsque j'aurai tué leur mère.

Je n'ouvre donc pas la porte d'entrée.

J'ai besoin d'un plan. De preuves. Car à la télévision, des preuves, il y en a des tonnes contre moi.

Mon ADN. J'aurais dû le voir venir, mais Millicent ne cesse jamais de me surprendre. Je le dis depuis le jour de notre rencontre.

Elle s'est débrouillée pour semer mon ADN un peu partout dans l'église évangélique du Pain de vie. Ma sueur était sur la poignée de la grande porte, sur le verrou de l'accès à la cave et même sur la rampe d'escalier. À croire qu'elle avait récolté tout un flacon de ma transpiration pour le disséminer sur les lieux.

Une tache de mon sang a été trouvée sur une étagère au mur.

Encore un peu de sueur sur les menottes.

Du sang sur les chaînes et dans la terre.

La scène laisse croire que j'ai tout nettoyé, mais oublié quelques traces.

Pour annoncer toutes ces découvertes, Claire tient une conférence de presse en milieu de journée. Je passe officiellement de « potentiellement impliqué dans l'affaire » au rang de suspect. Le seul et unique suspect.

Elle me déclare même « probablement armé et certainement dangereux ».

Après plusieurs heures à écouter le rapport d'experts, de reporters et d'anciens amis me condamnant avec ferveur, je finis par quitter la maison. Je traverse Hidden Oaks et retourne dans le monde réel, où l'on pourrait me reconnaître.

De l'autre côté de la ville, je passe devant la supérette EZ Go où j'aimais boire mon café. Au lieu de ralentir, je roule une quinzaine de kilomètres sur l'autoroute et m'arrête à un autre EZ Go qui met à disposition le même distributeur de boissons chaudes. La casquette enfoncée sur le front, les joues dissimulées sous une barbe d'une semaine, j'entre dans la supérette et je me sers un café.

Le jeune caissier lève à peine les yeux de son téléphone. C'en est presque décevant.

Et puis, son indifférence m'enhardit. Le monde entier n'est pas lancé à ma recherche. Je pourrais presque manger au restaurant, faire du shopping et aller au cinéma. Personne ne prête attention à moi. Encore faudrait-il que j'aie envie de me divertir.

De retour à Hidden Oaks, je cède au désir de passer devant ma maison. Plus aucun jouet ne traîne sur la pelouse, le panneau de bienvenue a été retiré de la porte d'entrée, les volets et les rideaux sont tirés.

Millicent a-t-elle racheté du collyre depuis ? A-t-elle seulement remarqué que l'autre flacon avait disparu ?

Je me demande si Jenna a été sa seule victime.

Moi aussi, j'ai été malade à plusieurs reprises. Si Millicent est capable d'empoisonner sa propre fille, elle peut s'en prendre à n'importe qui.

Mais je n'entre pas dans la maison. Pas encore. Je retourne chez Kekona. La police ne m'y attend pas, et je n'ai pas été suivi. Tout est resté en l'état.

J'aimerais garder la télévision éteinte, faire une pause, mais la curiosité est la plus forte.

Ils n'ont tous que les lettres « ADN » à la bouche, à la seule exception de Josh. Il a retrouvé son statut de journaliste et interviewe cette fois le médecin légiste. Sa voix n'est pas aussi nasillarde que celle du profileur, mais il est un peu barbant à la manière d'un vieux professeur. Sauf lorsqu'il aborde le sujet des coupures de papier sur le cadavre de Naomi.

— *La localisation des blessures est primordiale pour définir l'instrument qui a pu les provoquer. Nous parlons de papier à cause de la forme des incisions, mais il pourrait s'agir d'autre chose que d'une simple feuille de papier. Certaines coupures restent en surface sur les parties du corps où la peau est épaisse, notamment sous le talon. D'autres sont plus profondes, comme à l'intérieur de l'avant-bras. Cela tend à nous indiquer que le même objet a été utilisé sur tout le corps, mais il ne peut s'agir d'une feuille de papier ordinaire. Ce papier-là est capable d'entailler un talon.*

Je me lève du canapé, comme secoué par une onde de choc. Et c'est un peu ce qui m'arrive. Je sais parfaitement de quoi Millicent s'est servie.

Chapitre 69

Millicent laisse rarement la place au hasard. Tout ce qu'elle fait est motivé par une raison.

Et c'est précisément le cas ici.

Tout a commencé il y a de nombreuses années, quand elle m'a demandé comment je comptais la protéger des crétins qui tenteraient de la draguer dans l'avion.

« Je les assoirais sur le siège du milieu, monopoliserais l'accoudoir et leur ferais de petites coupures au bras à coups de notice de consignes de sécurité. »

La notice de consignes de sécurité. Celle que je lui ai offerte pour notre premier Noël ensemble. Elle l'a gardée.

Dans son vieil appartement, la notice était scotchée au miroir de la salle de bains.

Quand nous avons emménagé ensemble dans la petite maison en location, la notice était fixée à la porte du frigo par un aimant aux yeux exorbités.

Dans la première maison que nous avons achetée, elle l'avait glissée dans le cadre d'un grand miroir en pied.

Et dans notre nouvelle maison, la plus grande, nos enfants n'ont pas trouvé drôle notre petite blague autour des fiches répertoriant les consignes de sécurité à bord d'un avion. Ils estiment que c'est ringard. Alors Millicent a rangé sa notice plastifiée dans le pare-soleil de sa voiture. Quand la lumière l'aveugle, elle baisse le pare-soleil et rit en l'apercevant.

C'est cet objet-là qui a causé toutes ces coupures. Je n'ai jamais été aussi sûr de moi.

Hidden Oaks n'est pas l'endroit rêvé pour se cacher. Les gens remarquent une nouvelle voiture, surtout lorsqu'elle surgit de nulle part et se gare dans la rue. En revanche, ils ne remarquent pas les coureurs ni les promeneurs. Nombreux sont les habitants pleins de bonnes résolutions qui se mettent au sport et interrompent leur programme à peine entamé. On peut croiser dix coureurs un jour et aucun le lendemain. Certains s'y tiennent, comme Millicent, mais ils sont rares.

J'enfile un pantalon de sport et un tee-shirt ; grâce à Kekona, j'ai accès à une incroyable collection de vêtements trop grands. J'ai toujours ma casquette et ma barbe, de plus en plus fournie. Je sors de la maison par le jardin, saute par-dessus la clôture et pars courir sur la route.

Une semaine s'est écoulée depuis ma disparition, et les journalistes sont toujours sur le qui-vive. À présent, Millicent et les enfants ne peuvent plus mener une vie normale. Elle ne peut plus se rendre au travail et les petits au collège, mais j'ai besoin de savoir s'il arrive à ma femme de quitter la maison. J'aurais bien moins de difficulté à récupérer cette notice de sécurité si la voiture était garée ailleurs que dans le garage.

Mon plan pourrait mal tourner. Millicent a pu nettoyer méticuleusement cette feuille plastifiée pour n'y laisser aucune trace d'ADN, ni le sien ni celui de ses victimes. À moins qu'elle ne s'en soit débarrassée, qu'elle l'ait brûlée ou jetée à la poubelle.

Ce qui serait loin de m'arranger.

Certes, j'ignore tout ce qu'elle manigance et tout ce qu'elle a pu accomplir par le passé, mais je sais qui elle est au quotidien. Millicent garde ce souvenir qui a une valeur sentimentale pour elle. Cela lui permet de se rappeler ce qu'elle a fait subir à ces femmes. Elle y prend plaisir. Je le sais à présent.

Me croirait-on si j'apportais cette notice à la police ? Si l'on y trouvait l'ADN de ma femme et de l'une, voire de plusieurs de ses victimes, mais pas le mien ? Sans doute pas.

Me croirait-on si je parlais du bâtiment racheté par Millicent avec trois SARL, de Denise et de la sœur d'Owen, et si je leur montrais mon agenda à l'époque où ces femmes ont été enlevées ? Chaque fois, j'étais chez moi. Et je n'ai aucune idée de ce que déclareraient les enfants au sujet de ces soirées-là.

Non, la police ne me croirait pas. À cause de mon ADN dans le sous-sol, de tous les témoins me connaissant sous le nom de Tobias, sans parler du jeu d'actrice de Millicent. On ne croirait pas une seule seconde à mon innocence. En revanche, on pourrait croire au fait que Millicent et moi avons tué ces femmes ensemble, ce qui mettrait mes enfants en sécurité.

C'est ma seule chance. Pas seulement pour me sauver, mais aussi pour que Millicent soit mise hors d'état de nuire : en prison ou en enfer. Les deux me vont, du moment qu'elle ne s'approche plus d'eux.

Je pars courir en longeant les maisons du côté de la route où se situe la mienne, cherchant la voiture de Millicent dans les allées. À mon second passage, je prends la rue qu'elle emprunterait pour se rendre au collège.

Sans surprise, je ne trouve sa voiture nulle part.

La journée passe, et je reviens plusieurs fois mais ne la vois jamais partir. Comment en être sûr ? Ce serait si simple si j'avais laissé le traqueur en place. Je poursuis mes efforts, on ne sait jamais. La course et la marche à pied deviennent mon nouveau passe-temps. Dommage que je n'aie pas adopté ce chien au refuge. Il m'aurait été bien utile.

J'appelle Andy. Il a l'air surpris d'avoir de mes nouvelles. Surpris, peut-être, que je sois toujours vivant.

— J'ai juste une question.

— Dis toujours.

Je lui demande s'il arrive à Millicent de quitter la maison et ajoute :

— Je suppose qu'elle ne se rend plus au travail.

Avant de répondre, il hésite.

— Je ne crois pas. Des voisins lui apportent à manger tous les jours. Les déchets traînent un peu partout, je pense qu'elle se barricade à l'intérieur de la maison pour fuir les journalistes.

— Je m'en doutais.

— Pourquoi cette question ?

— Peu importe. Merci encore, tu n'as pas idée de ce que ton aide représente pour moi.

Il se racle la gorge.

— Quoi ? dis-je.

— Je dois te demander de ne plus chercher à me joindre.

Comme je ne réponds pas, il poursuit :

— Avec cette histoire d'ADN, ça a pris des proportions…

— Je comprends, Andy. Ne t'en fais pas.

— Je te crois, mais je ne peux pas garder…

— Je sais. Je ne te rappellerai plus.

Il raccroche.

Ce qui m'étonne le plus, c'est qu'il ait tenu aussi longtemps. Je ne méritais pas son amitié. Pas après ce qui s'est produit avec Trista.

Le soleil décline, je décide de passer une dernière fois devant ma maison avant de tenter une intrusion. Je n'ai qu'à entrer dans le garage et accéder à sa voiture, mais pour ça, Millicent doit dormir.

Un quart d'heure plus tard, je suis sur le trottoir d'en face et cherche les signes d'une activité inhabituelle chez moi. Une voiture de police banalisée, attendant que je fasse précisément ce que je m'apprête à faire. Mais rien. Pas de véhicule suspect ni de camionnette d'entreprise. Rien qui soit étranger au quartier. Sauf moi, le barbu qui court trop souvent. Il est surprenant que personne ne m'ait encore signalé.

Je retourne chez Kekona en passant par d'autres rues. La route est plus longue, mais j'ai pris le raccourci à l'aller. Lorsque j'arrive au virage menant chez elle, je m'arrête net.

Une berline de luxe est garée devant la maison.

Le chauffeur sort une valise du coffre.

Je reconnais cette voix. Kekona est rentrée.

Chapitre 70

Elle saura. Ils sauront tous.

Kekona mettra quelques secondes à comprendre que quelqu'un a squatté sa maison. La police m'identifiera en un tour de main. Ma voiture est dans le garage. Mes empreintes sont partout, ainsi que mon ADN. La tablette de Millicent est posée sur la table de la cuisine.

Ah, et mon portefeuille. Je ne l'ai pas emporté pour aller courir. Lui aussi est resté sur la table.

Je fais demi-tour et reprends ma course vers le quartier plus populaire de Hidden Oaks. À l'écart des jeux pour enfants, il y a un carré de pelouse près des arbres où je m'arrête pour faire semblant de m'étirer.

Je n'ai nulle part où aller. Plus d'Andy à appeler ni même de téléphone pour le joindre. Pas d'argent, pas d'ami et presque plus aucun espoir. Mais j'ai des clés. Le seul objet dans ma poche.

De toute façon, je m'apprêtais à le faire ce soir, à m'introduire dans le garage pour récupérer la notice. De ce côté-là, le plan n'a pas changé. Ce qui a changé en revanche, c'est qu'il me faut une nouvelle planque en attendant que Millicent s'endorme.

D'abord, je pense au country club. Celui-ci regorge de pièces et de vestiaires où se cacher en attendant la nuit tombée. Le problème, c'est qu'il y a bien trop de caméras pour que je puisse y trouver refuge.

Le terrain de golf est désert à cette heure, mais c'est beaucoup trop visible depuis la route.

Je ne trouverai jamais de voiture ouverte dans la rue. À Hidden Oaks, les gens ont des véhicules hors de prix et modernes, automatisés jusqu'au système de verrouillage des portières.

Pendant une seconde, je songe à me glisser sous une voiture, mais j'aurais bien trop peur que le propriétaire la démarre et s'en aille.

Au loin, des sirènes. Elles approchent, mais pas dans ma direction. Droit sur la maison de Kekona.

Je ne sais plus quoi faire, mais je ne peux pas rester indéfiniment sur ce carré de pelouse. À moins de m'y enterrer.

J'envisage même de me cacher dans mon propre jardin. C'est finalement ce que je fais.

Tout paraît différent vu d'en haut. Le voisinage, les voitures, le ciel. Ma maison. Ma cuisine dont la lumière est allumée.

Et Millicent.

C'est elle qui m'a convaincu de grimper à un arbre. Je n'aurais jamais cru recommencer un jour, et pourtant je suis là, dans le grand chêne de mon jardin. Assez à l'écart pour que personne n'ait entendu le bruissement des feuilles quand je suis monté.

Millicent débarrasse la table. Elle est trop loin pour que je distingue autre chose que des cheveux roux et des vêtements noirs. Je parie qu'elle ne porte que cette couleur en ce moment, surtout quand la police lui rend visite. En deuil de ces femmes, de son mari et de sa famille à présent déchirée.

Je suis à la fois impressionné et dégoûté.

Rory entre dans la cuisine et se dirige vers le frigo. Son bras droit ne bouge pas, encore en écharpe. Il sort un truc du réfrigérateur et reste dans la pièce quelques minutes, probablement pour parler à Millicent.

Jenna n'apparaît pas, mais je pense qu'elle va bien. Qu'elle n'est pas malade. Millicent n'a aucune raison de l'empoisonner aujourd'hui.

Une crampe à la jambe me fait ajuster ma position, mais je demeure dans cette seule cachette qu'il me reste. La lumière de la cuisine s'éteint, mais pas celle de la chambre. Il est encore trop tôt pour dormir.

Autour de moi, le voisinage s'apprête à se coucher. Il y a de moins en moins de voitures sur la route. C'est mardi, un jour peu propice pour les sorties. Je repose ma tête contre le tronc et j'attends.

Vers 22 heures, tout le monde devrait être au lit. À 23 heures, j'ai envie de quitter mon perchoir, mais je juge plus prudent de patienter encore une demi-heure. À 23 h 30, je descends de l'arbre et longe le grillage en direction de la maison.

En rejoignant la porte latérale ouvrant sur le garage, je lève les yeux.

La lumière de Rory est éteinte, et sa fenêtre fermée.

Nous n'utilisons presque jamais cette porte pour accéder au garage. Je suis un peu exposé, car elle donne sur le portillon. Je glisse la clé dans la serrure et la tourne. Le bruit du loquet me paraît assourdissant, je me fige une seconde, puis j'entre.

Dans le garage, je reste près de la porte et j'attends que mes yeux s'acclimatent à l'obscurité pour ne pas avoir à allumer.

Les contours de la voiture de Millicent m'apparaissent. Le 4 x 4 de luxe est garé au milieu du garage. Plus besoin de laisser de la place pour la mienne. Je le contourne pour rejoindre le côté conducteur. Par chance, la vitre est baissée. Je n'ai même pas à ouvrir la portière. Je tends la main et baisse le pare-soleil. Quelque chose tombe sur le siège.

Je tâtonne, mais ne sens aucune feuille plastifiée ni rien de ce genre. J'ouvre alors la portière. Aussitôt, le plafonnier s'allume, et je vois l'objet sur le siège de cuir beige.

Une boucle d'oreille en verre bleu.

Petra.

Elle savait. Millicent était au courant pour les deux femmes avec qui j'ai couché.

Rory ne l'a jamais dit à Jenna. Il l'a dit à sa mère.

Je tombe à genoux. Vaincu. Non, ce n'est pas le bon mot. Foutu. Je suis foutu.

Le temps passe, et je reste recroquevillé sur le ciment, en position fœtale. Aucune envie de me relever, encore moins de courir. Je préfère encore ne rien faire et attendre qu'on me trouve.

Je ferme les yeux. Le sol est si frais, presque froid. Dans l'air plane un mélange de poussière, d'huile et un fond de gaz d'échappement. Ni réconfortant ni agréable. Pourtant, je ne bouge pas.

Une heure s'écoule, peut-être deux. Je ne sais pas. Peut-être cinq minutes.

Finalement, c'est pour mes enfants que je me redresse.

À l'idée de ce que Millicent pourrait leur faire subir.

Chapitre 71

La maison n'est pas tout à fait plongée dans le noir. Entre le clair de lune et l'éclairage public, un peu de lumière filtre par les fenêtres, me permettant d'y voir juste assez pour ne pas trébucher. J'avance à pas de loup. On finira bien par m'attraper, bientôt, mais j'ai besoin d'un peu plus de temps.

Au bas de l'escalier, je tends l'oreille. Personne ne bouge là-haut. Je monte.

La cinquième marche craque un peu. Peut-être le savais-je ou n'y ai-je jamais prêté attention.

Je poursuis mon ascension.

La chambre de Jenna est sur la gauche, suivie de celle de Rory et, au bout du couloir, la suite parentale.

Je commence par ma fille.

Elle est couchée sur le côté, tournée vers la fenêtre, le souffle régulier. Paisible. Elle est enroulée dans son épaisse couette blanche comme dans un nuage. J'ai envie de la toucher, mais c'est une mauvaise idée. Alors j'observe et mémorise chaque détail. S'ils me mettent en prison à perpétuité, c'est le souvenir que je veux garder de ma petite fille. En sécurité. Au chaud. En bonne santé.

Au bout de quelques minutes, je sors et referme la porte derrière moi.

Rory est étendu en étoile de mer sur son lit. Enfin, à une branche près. Son bras en écharpe est le seul membre replié contre lui. Il dort la bouche ouverte, mais ne ronfle pas ;

chose étrange. Je le regarde un long moment pour le graver dans ma mémoire. J'espère que mon garçon sera meilleur que je ne l'ai été. J'espère qu'il ne tombera jamais sur une femme comme Millicent.

Je ne lui en veux pas d'avoir tout révélé à sa mère. C'est à moi que j'en veux. Pour Petra. Pour avoir emporté les boucles d'oreilles. Pour tout.

Je quitte sa chambre et referme la porte sans un bruit avant de remonter le couloir. J'imagine Millicent au lit, blottie sous les draps, ses cheveux roux étalés sur l'oreiller blanc. J'entends déjà sa respiration lente quand elle est plongée dans le sommeil profond. Et j'imagine son regard affolé lorsqu'elle se réveillera avec mes mains autour de son cou.

Car j'ai l'intention de tuer ma femme.

Quand Millicent a découvert que je l'ai trompée, elle a considéré que le point de non-retour était atteint.

Mais le véritable point de non-retour est imminent.

L'oreille collée contre la porte de la chambre, j'écoute. Aucun bruit. Quand j'ouvre, je vois d'abord le lit.

Vide.

D'instinct, je regarde derrière la porte. Millicent serait bien capable de me poignarder dans le dos.

Personne.

— Tu en as mis du temps.

Sa voix vient de l'autre bout de la pièce. J'aperçois une ombre, sa silhouette. Millicent est assise près de la fenêtre, dans le noir. Elle me guettait.

— Je savais que tu viendrais, confirme-t-elle.

J'avance. Mais pas trop.

— Vraiment ?

— Évidemment. C'est logique.

— De rentrer à la maison ?

— Tu n'as nulle part où aller.

La vérité me frappe comme une gifle. Le pire, c'est de deviner son sourire dans l'obscurité. Elle se lève et allume la lumière. Millicent porte sa longue chemise de nuit en coton. Elle est blanche et ondule autour de ses chevilles. Je ne m'attendais pas à la voir réveillée. Je n'ai même pas prévu une arme.

Elle, si.

Le pistolet qu'elle tient pointe vers le sol. Elle ne me vise pas, mais ne le cache pas non plus.

— C'est ça, ton plan ? je demande en le désignant. Tu comptes me tuer par légitime défense ?

— N'est-ce pas ce que tu es venu faire ? Me tuer ?

Je lève les mains. Mes mains vides.

— Comme tu peux le voir, non.

— Menteur.

— Tu crois ? Je m'offrais simplement une petite promenade.

Elle glousse.

— Tu n'es pas assez bête pour ça. Sinon, je ne t'aurais jamais épousé.

Le lit nous sépare. Un modèle king size. Je me demande si je pourrais sauter par-dessus et l'atteindre avant qu'elle ne tire un coup de feu.

Vu la distance, c'est peu probable.

— Tu n'as pas trouvé la notice, n'est-ce pas ?

Je ne réponds rien.

— Rory m'a donné cette boucle d'oreille minable. Il pensait que tu me trompais avant de comprendre que, si tu filais en douce, c'était pour tuer des femmes. Évidemment, je ne lui ai pas dit que ses premiers soupçons étaient les bons.

Je secoue la tête, incrédule.

— Pourquoi…

— J'ai épargné cette femme pour que tout le monde sache quel salaud infidèle tu étais.

Petra.

Petra vit encore parce qu'elle a couché avec moi. Chose qu'elle ne saura jamais.

— As-tu seulement idée, reprend Millicent, du nombre de séances de psy dont ton fils aura besoin ?

Je n'arrive pas à mesurer la folie de ce qu'elle a entrepris. Cette quantité stupéfiante de patience. De discipline.

— Pourquoi ne pas m'avoir simplement quitté ? Pourquoi faire tout ça ?

— Faire quoi ? Tenir notre foyer, prendre soin des enfants, m'assurer que tout se déroule en douceur ? Tenir les comptes et préparer les repas ? À moins que tu ne parles d'Owen. Puisque le plan, à l'origine, était de le faire revenir. Pour épicer notre vie de couple.

Elle fait un pas vers le lit sans paraître vouloir le contourner.

— Non…

— Et tu étais tellement emballé. Je n'avais presque pas à t'encourager. C'est toi qui as tué Holly, pas moi.

— Elle t'a menacée. Elle a menacé notre famille.

Millicent rit à gorge déployée. Elle se moque de moi.

Tandis que je l'observe, toutes les histoires qu'elle m'a racontées au sujet de son aînée me reviennent en mémoire. Les blessures, les accidents, les menaces. La coupure sur sa main, entre le pouce et l'index. Les pièces s'ajustent dans ma tête comme un puzzle qu'on aurait jusqu'à présent mal rassemblé.

Millicent s'infligeait ces blessures à elle-même, puis accusait Holly.

— Mon Dieu. Holly n'a jamais été une menace, pas vrai ?

— Ma sœur n'était qu'une pleurnicheuse, une faiblarde qui méritait tout ce que je lui ai fait.

— Elle a eu un accident parce que tu la torturais. Et non l'inverse.

Millicent sourit.

Tout m'apparaît d'une clarté brutale. Si brutale que j'en ai le vertige. Millicent a manipulé sa sœur pour causer sa perte et elle en fait autant avec moi aujourd'hui.

Elle torture les autres depuis toujours. Sa sœur. Lindsay. Naomi.

Jenna. Qui sait, peut-être empoisonnait-elle sa fille pour d'autres raisons que pour m'écarter de son chemin.

Et moi. Toutes les fois où j'ai été malade, ce pouvait être à cause d'elle.

Puisque Millicent prend plaisir à faire du mal.

Entre mes dents, je gronde d'une voix sourde :

— Tu n'es qu'un monstre.

— C'est drôle, la police dit exactement la même chose de toi.

Le triomphe se lit sur sa figure et, pour la toute première fois, je vois combien elle est laide. Je n'arrive pas à croire que j'aie pu la trouver belle.

— J'ai vu le collyre, lui dis-je. Le flacon dans le garde-manger.

Une étincelle s'allume dans ses yeux. J'ajoute :

— Tu as empoisonné notre fille.

Elle ne s'attendait pas à cela. Elle ne pensait pas que je devinerais.

— Tu es vraiment fou, marmonne-t-elle, à présent moins convaincue.

— J'ai raison. Tu la rends malade depuis le début.

Elle secoue la tête. Du coin de l'œil, j'aperçois un mouvement. Je me tourne vers la porte.

Jenna.

Chapitre 72

Elle se tient sur le seuil dans son pyjama orange et blanc, une mèche de cheveux collée à son front et les yeux grands ouverts. Elle dévisage sa mère.

— Tu m'as rendue malade ? demande-t-elle d'une voix si ténue qu'on croirait un nourrisson, un bébé au cœur brisé.

— Pas du tout ! se défend Millicent. Si quelqu'un ici t'a empoisonnée, c'est ton père.

Jenna pivote vers moi, les yeux emplis de larmes.

— Papa ?

— Ma puce, non. Ce n'était pas moi.

— Il ment. Il t'a empoisonnée et a tué ces femmes.

Je regarde Millicent sans plus savoir qui est cette personne que j'ai épousée. Elle soutient mon regard. Je me tourne vers notre fille.

— Elle met des gouttes de collyre dans ton assiette pour te rendre malade.

— Tu perds la tête, grommelle Millicent.

J'insiste auprès de Jenna :

— Réfléchis bien. Toutes les fois où tu avais mal au ventre, qui faisait à manger ? Est-ce que je cuisine, moi, d'abord ?

Plongée dans une profonde réflexion, Jenna nous observe tour à tour, sa mère et moi.

— Ma chérie, ne l'écoute pas, supplie Millicent.

— Qu'est-ce qui se passe ?

Cette voix nous fait sursauter.

Rory.

Il s'approche derrière Jenna. Le regard vaseux, il se frotte les yeux tout en nous détaillant tous les trois, sans comprendre. Mes enfants ont vu leur vie se déliter en l'espace d'une semaine. Leur père a été accusé de meurtres en série, leur mère a corroboré cette théorie. J'ignore ce qu'ils croient.

— Papa ? Qu'est-ce que tu fais là ?

— Je n'ai pas commis ces crimes, Rory. Il faut que tu me croies.

— Arrête de mentir, intervient Millicent.

Jenna se tourne vers son frère.

— Papa dit que maman m'a empoisonnée.

— C'est la vérité, renchéris-je.

— Il ment, s'obstine Millicent. Il ne fait que ça : mentir.

Rory lui répond :

— Est-ce que tu as appelé la police ?

Elle fait signe que non.

— Je n'ai pas eu le temps. Il est entré dans la chambre sans prévenir.

— Et tu avais miraculeusement ce pistolet dans la main ? la mets-je au pied du mur.

Voyant l'arme que tient sa mère, Rory écarquille les yeux. Elle ne l'a toujours pas braquée sur moi.

— Elle m'attendait. Pour me tirer dessus et faire croire à la police que c'était de la légitime défense.

— Ferme-la, me somme-t-elle.

— Maman ? C'est vrai ? chevrote Jenna.

— Votre père est venu me tuer.

Je secoue la tête.

— C'est faux. Je suis venu vous éloigner de votre mère. (Je vais même plus loin, car il faut qu'ils sachent.) Votre mère m'a tendu un piège. Je n'ai pas tué ces femmes.

— Une minute, demande Rory. Comment ça…

— Mais bon sang, je comprends rien ! crie Jenna.

— Ça suffit, ordonne Millicent d'une voix sourde.

Nous nous taisons tous, comme chaque fois qu'elle prononce ces mots. Seuls nos souffles saccadés troublent le silence épais.

— Les enfants, reprend-elle. Sortez de là. Descendez au salon.

— Qu'est-ce que tu vas faire ? veut savoir Jenna.

— Sortez !

— Mais papa n'est pas armé, objecte Rory.

À nouveau, je lève mes mains vides et précise :

— Je n'ai même pas de téléphone.

Rory et Jenna se tournent vers leur mère.

Millicent me foudroie du regard, contourne les enfants et pointe l'arme dans ma direction.

— Maman ! hurle Jenna.

— Attends ! s'exclame Rory en s'interposant entre le pistolet et moi.

Il arrache son écharpe et lève les deux bras.

Millicent ne fléchit pas et empoigne l'arme à deux mains. Le canon braqué vers notre fils.

— Ôte-toi de là, gronde Millicent.

Il secoue la tête.

— Rory, pousse-toi, lui dis-je.

— Je ne bougerai pas. Baisse ton arme, maman.

Millicent avance d'un pas.

— Rory !

— Non, je reste là !

La colère bouillonne dans les yeux de ma femme. Son visage se teinte d'une étrange couleur rouge.

— Rory, dégage ! aboie-t-elle si férocement que Jenna sursaute.

Mais Rory ne bouge pas. Je tends la main dans l'intention d'attraper son bras pour l'écarter. Dès lors, Millicent éloigne le canon et tire un premier coup de feu. La balle va se planter droit dans notre lit.

Jenna pousse un cri.

Rory se fige.

Millicent fait un pas vers lui.

Elle a perdu le contrôle. Je le vois dans ses yeux devenus noirs. S'il le faut, elle tuera Rory.

Elle nous tuera tous.

Je me jette sur Rory pour le protéger. Au moment où je l'entraîne dans ma chute, je perçois un éclair de métal.

Jenna. Elle a pris le couteau sous son oreiller. Je ne l'avais même pas vu dans sa main.

Elle se rue sur Millicent, lame tendue, et la bouscule de son petit corps. Elles roulent toutes les deux sur le lit.

Un deuxième coup part.

Un autre cri.

Je me lève d'un bond, Rory sur les talons. Il ramasse le pistolet tombé des mains de Millicent. J'attrape Jenna pour la tirer de là. Le couteau vient avec elle.

Du sang.

Partout, du sang.

Millicent bascule sur le sol, les mains sur son ventre. Tout ce sang est le sien.

Derrière moi, Jenna crie, et je pivote pour voir si elle est blessée. Rory secoue la tête, l'index pointé vers le mur. La deuxième balle est logée là-haut, ma fille est saine et sauve.

— Fais-la sortir d'ici, j'ordonne à Rory.

Il conduit Jenna hors de la chambre, hystérique, je l'entends pousser des hurlements dans l'escalier. En partant, elle a laissé tomber son couteau ensanglanté.

Je me tourne vers Millicent.

Elle est couchée par terre, me regarde. Sa chemise de nuit blanche devient rouge sous mes yeux. C'est ma femme, aucun doute, et en même temps, j'ai le sentiment de ne pas la connaître.

Elle ouvre la bouche, comme pour parler. Du sang en sort. Ses yeux furieux me lancent des éclairs. Il ne lui reste plus beaucoup de temps. Quelques minutes, quelques secondes, et elle le sait. Pourtant, elle essaie de parler.

Je ramasse le couteau et le plante sèchement, profondément dans sa poitrine.

Millicent n'aura pas le dernier mot.

Épilogue

Trois ans plus tard

La carte accrochée au mur représentait le monde entier, depuis l'Australie jusqu'aux Amériques en passant par les pôles Nord et Sud. Nous n'avons pas utilisé de fléchettes, étant vaccinés des objets pointus en métal. À la place, nous avons récupéré un vieux jeu, celui de la queue de l'âne. Une fois l'adhésif remplacé par du scotch neuf, nous nous sommes bandé les yeux et avons joué à coller la queue chacun notre tour. D'abord Jenna, puis Rory et enfin moi.

J'ai poussé un soupir de soulagement lorsque les deux premières queues ont été scotchées sur l'Europe. L'Arctique et l'Antarctique étaient loin de me faire rêver.

Nous avons alors accroché une carte de l'Europe. Comme on dit, on prend les mêmes et on recommence. Jusqu'à trouver l'endroit où on prendrait un nouveau départ : Aberdeen, en Écosse.

Notre choix était fait.

C'était il y a deux ans et demi, après que la police m'avait enfin innocenté. Je ne pensais pas cela possible. En fait, je pensais que Millicent serait comptée comme une victime de plus à mon actif. Personne n'a su que Jenna avait planté le couteau, j'avais pris soin d'essuyer le manche pour m'assurer que les seules empreintes dessus étaient les miennes. Et puis, j'ai avoué. J'ai raconté à la police que j'ai tué ma femme par légitime défense, car c'était elle, la véritable meurtrière. Il ne m'a jamais traversé l'esprit que l'on pourrait me croire.

Et on ne m'aurait pas cru sans Andy, persuadé que je ne pouvais pas être le tueur. Je ne savais même pas utiliser une tablette, a-t-il déclaré à la police, comment aurais-je pu tuer autant de femmes sans me faire pincer ?

Et puis, il y a eu Kekona qui me savait piètre menteur et donc incapable de tenir le rôle d'assassin. Elle a tout de même précisé que, pour donner des cours de tennis, je n'étais pas mauvais.

Et mes enfants. Jenna a dit aux autorités qu'elle avait entendu notre dispute lors de laquelle sa mère a reconnu avoir monté ce piège contre moi. Rory a attesté qu'il s'agissait de légitime défense, que sa mère s'apprêtait à lui tirer dessus. Ni l'un ni l'autre n'a raconté ce qui s'est réellement passé. Finalement, ce sont des détails sans importance.

Je me plais à penser que la police a cru tous ceux qui m'ont soutenu, convaincus que je n'ai pas le profil d'un tueur. Mais l'ADN a complexifié la chose. Toutes les preuves collectées dans le sous-sol de l'église ont subi des tests rigoureux au laboratoire du FBI à Quantico. Les résultats confirmaient ce que nous savions déjà : l'ADN était bien le mien.

Les échantillons prélevés provenaient de deux sources : de la sueur et du sang. C'est ce qui m'a sauvé. Ou plutôt, c'est l'ignorance de Millicent. Les tests du FBI ont révélé que ces échantillons présentaient exactement le même stade de décomposition chimique. Millicent aurait prélevé mes fluides le même jour et les aurait semés dans cette cave en une seule fois. Le rapport en a conclu que je n'ai pu me rendre dans cette église qu'une fois, ce qui rend impossible la théorie selon laquelle j'ai tué toutes ces femmes à des moments différents.

Dommage que Millicent ne sache pas à quel point elle a raté son coup.

Aussitôt innocenté, j'ai vendu notre maison, et nous avons quitté Hidden Oaks. Le plus dur a été de s'habituer à la pluie. Et à la neige.

Je n'ai jamais vécu dans une région froide, et voilà que la neige nous entoure. Au début, les flocons sont légers et duveteux comme de la barbe à papa. Quand ce manteau blanc recouvre la ville, le calme s'impose en maître. C'est comme si l'on avait élevé Aberdeen dans les nuages. Le lendemain, elle a fondu sous les pots d'échappement, et toute la ville paraît baigner dans la suie.

Notre troisième hiver approche, et je commence à m'y habituer. Pas Rory. Hier soir encore, il me montrait le site Internet d'une université américaine en Géorgie.

— Trop loin, ai-je tranché.

— On est en Écosse. Tout est trop loin.

Il marque un point. Mais c'était tout l'intérêt de la démarche. S'éloigner de notre ancienne vie. Nous nous en sortons bien. Je peux à présent le dire avec sincérité.

Jenna est suivie par un nouveau psy et prend quelques médicaments. Je suis impressionné de voir ma fille encore en état de marche après tout ce que sa mère lui a fait subir. Rory a son propre psy, et moi le mien. De temps en temps, nous avons une séance groupée, et personne n'a encore fait de mal à personne.

Je ne leur dis pas qu'elle me manque. Parfois. Ce qui me manque, c'est la famille qu'elle a construite, la structure, la façon dont elle régentait nos vies. Mais pas toujours. Désormais, nous n'avons plus autant de règles, mais certaines subsistent. C'est moi qui dicte les nouvelles règles. Personne ne vient me dire si j'ai tort ou si j'ai raison.

Aujourd'hui, je suis à Édimbourg, une ville plus grande qu'Aberdeen. Je viens consulter mon conseiller financier. Quitter un pays s'avère complexe. Il faut payer des impôts à divers endroits, selon dans quel pays on garde son argent. Notre maison à Hidden Oaks s'est bien vendue, nous avons largement de quoi vivre pour l'instant. Je donne également des cours de tennis. Les Écossais aiment particulièrement ce sport, quoique nous jouions généralement en intérieur.

Mon rendez-vous terminé, j'ai un peu de temps devant moi avant mon train pour Aberdeen. Je m'arrête dans un pub non loin de la gare et commande au barman une pression. Ma chope se remplit d'un liquide noir et sirupeux, bien loin des bières que je buvais au pays.

La femme assise à côté de moi a les cheveux bruns et la peau claire. À voir ses vêtements, elle sort à peine du travail et s'offre un verre avant de rentrer chez elle. Je sens son soulagement à l'idée que la journée soit bientôt achevée.

Après quelques gorgées, elle me jette un coup d'œil et sourit.

Je lui souris en retour.

Elle se détourne, puis me regarde à nouveau.

Je sors mon téléphone, rédige un message et fais glisser l'appareil sur le comptoir.

Salut. Je m'appelle Quentin.

Remerciements

Quand je me suis décidée à réfléchir aux remerciements, je ne savais pas par où commencer. Je ne suis pas habituée à l'exercice, mais je suis sûre d'une chose, c'est que de très nombreuses personnes ont permis à ce livre d'atterrir entre vos mains. Je ne les remercierai jamais assez, mais je vais tout de même essayer.

Merci à mon agent, Barbara Poelle. Sans elle, *Pas de secrets entre nous* n'aurait jamais vu le jour. Il s'avère qu'elle est aussi folle que moi (peut-être même plus), assez en tout cas pour prendre le risque de miser sur une parfaite anonyme dans mon genre.

Merci à mon éditrice, Jen Monroe. Elle a amélioré ce livre, a supprimé toutes mes erreurs sans jamais lâcher le morceau. Mon cœur tressaille chaque fois que je vois son nom dans ma boîte mail, mais c'est une bonne chose.

À toute l'équipe de Berkley, je vous suis reconnaissante d'avoir publié ce livre, merci pour le temps et les ressources que vous y avez consacré.

Merci à mes amis, partenaires critiques et compagnons écrivains sans qui je ne serais pas arrivée jusque-là. À commencer par Rebecca Vonier, qui m'a aidée à ne jamais baisser les bras en cours de route. Je n'aurais pas achevé ce livre sans elle, il n'aurait pas été publié. À Marti Dumas, qui traque minutieusement tous les défauts de la narration. Laura Cherry, qui remarque jusqu'aux plus petits détails et m'en fait part sans détour. Et Hoy Hughes, qui a lancé le groupe d'écriture à l'origine de ma rencontre de tout ce beau monde.

Ils sont très nombreux à avoir également pris le temps de lire et de faire un commentaire sur mon écriture (alors assez médiocre). Je n'essaierai même pas de les nommer chacun, car j'en oublierais, mais vous vous reconnaîtrez.
À tous les blogueurs, écrivains, critiques et tous ceux qui ont eu ce livre entre les mains. Avant toute chose, je suis une lectrice. Et j'ai de la gratitude pour la joie que m'a apportée la lecture et pour tous ceux qui voudront lire mes mots.
Je ne peux oublier de citer ma patronne et amie de longue date, Andrea, qui m'a soutenue dans tous mes projets.
Enfin, le meilleur pour la fin, je tiens à remercier ma mère, toujours là pour moi, quelle que soit la folle aventure dans laquelle je m'embarque, et mon frère, qui m'a rendue plus forte.

Achevé d'imprimer en août 2021
Par CPI Brodard & Taupin à La Flèche
N° d’impression : 3045013
Dépôt légal : mai 2021
Imprimé en France
38122172-2